纸篱笆

纸系列三部曲

梁奕◎著

人民东方出版传媒
東方出版社

目 录

CONTENTS

第一章　暗恋的女同学登门了

THE FIRST CHAPTER

只要下雨，雾水河狮子岩的狮鼻就会变红。

可天还没下雨，王玉珲的鼻子却变红了。

都是当年的中学校花老同学赵梦茹刚刚一个电话闹的。

王玉珲揉着他那红红的鼻子，一直揉得眼眶里溢出了泪水，他才摇摇头，把右手从鼻子上拿了下来。

只要下雨，雾水河狮子岩的狮鼻就会变红。

可天还没下雨，王玉珲的鼻子却变红了。

都是当年的中学校花赵梦茹的一个电话闹的。

王玉珲揉着他那红红的鼻子，一直揉得眼眶里溢出了泪水，他才摇摇头，把右手从鼻子上拿了下来。他在镜子里看着自己的鼻子，觉得鼻子似乎红得比以往更厉害，他在想自己的过敏性鼻炎，是不是越来越重了。以前这鼻子一红，天气就会变化，可是有好长一段时间鼻子不红了，天气预报也没有了。前段时间，公司里的一位山东来的电工从家乡给他带来了一个偏方，这个药方据说已治好了不少顽固的过敏性鼻炎。他按方子吃了几个疗程，果然有效。好长一段时间，他都没打喷嚏了。而且即使他坐人家的车，进入刚装修的楼堂馆所，这鼻子也安静得很。他真的以为自己这老毛病给这山东药方治好了。为此他还专门请了那山东电工吃了一顿饭。但是今天接到赵梦茹的电话后不到三分钟，他就连打了十几个喷嚏。而且喷嚏打得凶猛程度超过了以往任何一次。并且鼻子又不合时宜地变红了。刚才他脑袋嗡嗡地在镜子里看了半天，就像照相机取景器里的焦距没有对好，自己那熟悉的大脑袋就是在镜子里看不清。

他却在镜子里仿佛看到了另外一个窈窕的身影，那是校花赵梦茹的倩影。他松开了鼻子的手不禁又想去触摸那刚放下的话筒。他眯上眼睛开始回味起刚才听筒里既遥远又清晰的声音来。他对那声音太熟悉了。倒是赵梦茹刚才在电话里还想玩点悬念，让他猜猜自己是谁。猜什么猜嘛，虽然岁月过去了三十年，这三十年里王玉珲可说是阅尽人间春色，但是赵梦茹那令人心尖儿发颤的清脆的声音就像是刻在唱片上的密密的纹路，深深地留在他的脑际里。只要有根锐利的唱针在上面划过，它就会重复响起那悦耳的声音。王玉珲只听了对方的第一句："你好！是王总吗？"他就明白那熟悉的声音就像来自天际。一时唤起了他少年时就留下的朦胧感觉。要知道他曾经最早喜欢的女同学可不是他现在的妻子，而是听筒里姣美的赵梦茹。

他打开抽屉，翻找出一本已经泛黄卷边的歌谱手抄本，在夹页里抽出了他百看不厌的那张毕业合影。他除了高中，就再没有读过更高的学堂，这张合影也象征着他最高的学历。当然他每每端详这张合影，绝对不是为了品味他的最高学位。文凭对于他来说算个屁。他看合影就是为了去回忆赵梦茹的身姿，想想赵梦茹秀美的面容。他在抽屉里拿出了一个放大镜，不用寻找，就直接用放大镜套住了娇小的赵梦茹。他在放大镜里端详着赵梦茹熟悉的脸庞，耳朵里却回响着赵梦茹刚才的声音。恰如潺潺流水声的话语，让他内心里充满了甜蜜。赵梦茹为什么要给我打这个电话，她那婉转的声音转达了什么信息。王玉珲一时竟记不起来了。他只记得赵梦茹的声音是那么甜美，但是她在电话里对自己说什么，他却一时想不起来了。王玉珲拍了拍自己的脑门，他真的记不起什么了。好像说要登门拜访。她是不是找自己来借钱的？现在自己名声大了，来登门拜访最多的就是想借些钱。借钱的老朋友，老同学也有不少了。如果赵梦茹来找自己借钱那可是自己最容易办到的事了。那好办，赵梦茹能来求自己，她要借多少都行，借条都不用打，自己身后就是保险柜。真的，自己得先检查柜里还有多少现金，万一赵梦茹来了，可不要出丑。于是他连忙转过身打开身后的保险柜。他看了看柜里还有四五万现金，他想赵梦茹来借钱，顶多也只会开几万块钱的口，这几万肯定是够了。但是轮到赵梦茹找自己来借钱，她肯定已经认可了自己有钱，认定自己已经是个成功人士，赵梦茹肯定对自己充满了好奇、充满了期待。他要让赵梦茹那双扑闪着的充满好奇的大眼睛继续闪个不停，让她眼见为实，让她崇拜自己，王玉珲于是拿起了桌上的电话，拨通了财务室，他让财务室马上调四十万现金来。现在王玉珲真的希望赵梦茹是找他来借钱的，钱是准备好了，她借，或者不借，钱都在这里。他再看了看自己身上的西服，那是曾经为了接待几位重要的日本客户专门去日本定做的，花了他两万多人民币，西服内层口袋上还绣有王玉珲三个汉字。他低头看了看自己的鞋跟，西裤裤脚离皮鞋有四十多公分高，他摇了摇头，这日本人做的上衣他是很满意的，笔挺有型。就是这西裤，他不理解为什么裤脚要做得那么短，就像吊脚裤。他个子不高，就喜欢穿裤脚长的裤子。当他第一次穿这条裤子时，以为是搞错了尺码。后来才知道日本人的西服裤脚都是短短的。他就感到莫名其妙了，日本人普遍也不高，怎么裤脚做得那么短？这条短了一截的裤子也就成了他莫名其妙的一点小小的忧虑。每每他感到不自信的时候，他都想是否要换条别的裤子。王玉珲从柜子里抽出了一条全新的灯芯绒休闲裤，他换上了新裤子。在镜子里反复看了看，觉得新裤脚终于可以把皮鞋盖住了，就像把自己不长的双腿延长了似的。他松了一口气，心里在想赵梦茹看到自己的装扮会是什么样子。

他把那本卷边的歌谱理平了，那封面用蓝墨水画的五线谱已经变得浅浅的，就像是淡淡的水墨画，那上面认真却缺乏力度的线条显示出是学生的作品。这本歌谱可是赵梦茹的手迹啊，他珍藏了好多年。翻开第一页是朝鲜电影《金姬和银姬的命运》主题曲《孩子快快睡吧》，第二页是另一部朝鲜电影《轧钢工人》的主题曲《重逢》。那个年代出版业不发达，很多歌谱和小说都是用手抄的，他还记得当年乔军和自己一块儿偷偷看过的手抄本小说《少女之心》和《第二次握手》。女同学们都爱精心制作这么一本歌曲集，收集最喜爱的电影歌曲，没事时就互相交换着一起抄歌、唱歌。赵梦茹的这本歌曲集被王玉珲捡到了，他没有还给它的主人而是收入私囊。王玉珲嘴里轻声地哼着《重逢》，检视室内，桌上是一只堆满了金币的金蟾蜍，墙上飘着青烟的是供奉的财神菩萨。他把这本歌谱压在了金蟾蜍身子下。他还不确定这次见面会不会让它完璧归赵。王玉珲又环顾了一圈自己气派的办公室，他不能确定赵梦茹会不会喜欢自己的办公环境。他一点都不了解赵梦茹的爱好。但从她的工作经历来看，赵梦茹绝对是个酷爱时尚艺术的女人。她肯定对这些招财进宝的把戏嗤之以鼻。王玉珲可是非常地迷恋这些器物，连楼道里的清洁工都知道：王总的这两件宝物是不让外人擦拭的，他得自己伺候。王玉珲打了个电话，找来了办公室主任王晓。他对王晓说："找俩人来，把桌上和墙上的这两个大家伙搬下来！"

王晓觉得纳闷了，太阳从西边出来了？她知道王总平常是很看重这两件宝物的。王总可不止一次说，我们公司这两年风调雨顺，全赖我的菩萨保佑。当初从南岳大庙里请来这尊菩萨，也没少花钱。这下王总要把他们请出去，不知道他搭错了哪根筋。但是王晓心里知道，王玉珲决定的事只管执行好了，有时候你多问他几句，他就会很生气。但是近段时间公司好像很正常，并没有什么异常情况发生，这财神爷为什么要请出来？真邪乎。王晓只是像以往一样什么事都埋在心里不出声。她立马喊来了两个小伙子，把东西轻手轻脚地搬了出去。

王玉珲用手轻叩着自己的办公桌说："这香火可不能断啊，过两天我还得搬回来的。"王晓连忙指挥两个年轻人把两个器物搬进了自己的办公室。王玉珲又对王晓说："你把你办公桌上的那尊维什么斯的塑像搬到我这儿放两天。"

王晓一边答道："好的！"一边往外走去。

王玉珲说："不急，这墙上被烟熏得像腊肉似的，找幅什么画来盖盖。"王晓虽然也是王玉珲的老同学，但是她的嘴十分紧，她在王玉珲的面前永远都不会问为什么，她只知道回答"好"或者"是"就会使王玉珲满意。在王玉珲的面前她永远是服从，这王玉珲可不像自己的丈夫曾金刚那样羸弱，他是异常地强势，从内心到举止都永远保持着强人的姿态。

王玉珲走到办公室的窗口前，他推开窗户。前方不远处就是雾水河。雾水河的流速舒缓而平静，也许是它流经的地方都是森林植被覆盖茂密的山地，常年四季河水的颜色都是浅绿色的。即使是六七月山洪暴发的时候，也只有短暂的几天河水会变得浑黄，等上游浑黄的洪水过了后，它又会变回浅浅的绿色来。它是沅水的一条支流，这条支流发源于黔东，然后在湘西转了一圈，再与沅水汇拢，最后注入烟波浩渺的洞庭湖。黔东湘西的苗民自古就有造反的传统，雾水河因此也就成了一条忙碌的河流。河里总有从下游驶来的官府的运粮船，几十丈见长的运粮船，有时只能靠着人力拉纤才能逆水而上。雾水河两岸的石头上因此就留下了好多纤夫的脚板磨出来的脚窝窝。这些逆水而上的粮食就这样被长木船运到了沿岸的湘西黔东的一些兵营里，成了进攻苗民的军士们的补给。返程的船上又装满了当地盛产的桐油、板栗、柑橘、茶叶甚至烟土，顺流而下，日行百里。作为朝廷征战苗民的供血动脉，那可是雾水河最为荣耀的时期。到了现在，这条河水虽然更见丰盈，但是水中的行船却不见了，水面上只有些不动的挖沙船，不舍昼夜地发出难听的聒噪声。

雾水一中的校友们对雾水河是不陌生的，雾水一中的校办农场邻着雾水河的三角滩，三角滩的对岸是一个被雾水河包裹得很紧的叫瘦岛的半岛。这个雾水的三角弯在这里拐得急了些，几乎就是九十度的一个直角。雾水河在这里掉了一个头，留下一个墨绿色的深潭，就径直奔东边去了。凡是到雾水一中农场待过的校友，对雾水河记忆深刻的有两点：一是每年三角滩都会夺走几条生命，大部分是同龄的学生，有些年头淹死的就是同班的学友；二是三角滩的对岸瘦岛的顶端有一尊酷似狮子的礁石落在水中，校友们把它称为"狮子岩"。狮子岩常年孤零零矗立在水中遥望着雾水一中的同学们，这倒是很平常。稀奇的是每当涨水，那狮子的鼻子就会变红。于是狮子岩为什么每逢涨水鼻子就会变红这一现象成了雾水一中校友们课余间议论最多的话题。久而久之，狮子岩这一标志性的景致就成了刻在雾水一中校友们心中永远的记忆。

王玉珲估摸着赵梦茹快来了，他还有件事没有准备好，让他放不下心来，那就是如果让公司的财务部长、自己的老婆张灿看到赵梦茹单独来找自己，那张灿肯定会不依不饶，自己下不了台，让大家难堪。得找个法子把张灿支使出去，他想自己孩子的学校是不是需要家长去转转，好像理由并不充分，老师最近没有来过电话。财务方面的对口单位从来就是直接找张灿的，自己反倒插不进去。他一时还没了办法。但是他知道无论如何都要把张灿弄出去。于是他又习惯性地想到了何疆民，用一句“有困难找警察”来形容王玉珲和市公安局经侦支队的支队长何疆民的关系就再适合不过了。何疆民这位老同学可是及时雨，不管王玉珲碰上什么难缠的事找何疆民肯定能摆平。果然王玉珲一个电话去，何疆民就一口应承下来。何疆民答应得太快，王玉珲有点担心地追问了一句：“你拿什么借口跟张灿说啊？”

何疆民急急地回答：“我还没想好，我在开个小会，等会儿我会处理好的。”

王玉珲又打了个电话给门卫，让他们直接放行一个会来找他的赵女士。然后他不断地看表，开始算计赵梦茹现在应该到哪儿了，他等得有点焦躁不安了。他好像很多年都没有这样焦虑地等人的感受了，现在还有谁让他这么急切地等待，客户吗？领导吗？他才不在乎呢。他为赵梦茹的即将到来感到一阵阵的兴奋，他就像在等待一个好久没见面的恋人似的。但是即使到了现在，他也没有像平常对待其他可心女人一样，还没见面，就开始设计如何拥她入怀占有对方。他只是想象着两人相见的各种场面，想象着对方对自己的财富充满了憧憬的眼神，想象着对方对自己的财富张着嘴半天合不拢的惊讶表情。他确实没有其他肉欲的幻想，对赵梦茹的身体甚至没有半点觊觎的想法。但是这次见面又显示出不愿让人知晓的心理。他不知道这是自己心灵深处尚未自知的龌龊还是返老还童的羞怯使然。他担心的倒不仅仅是自己的老婆，连王晓甚至所有了解他过去的人他都不愿意让他们知晓此事。他不停地看表，甚至走到窗口眺望远方，即使从窗口看不到马路。王玉珲就是在这样紧张而又期待的焦虑中度过每一分钟，渐渐接近那个让人心动的时刻。

王玉珲记得自己在初中开学报到的第一天，那是个阳光灿烂的日子。他在红旗飘飘、大喇叭声声震耳的校园里兴奋地游弋着。猛然一股栀子花的香味袭来，他四处看了看，旁边没有栀子花树啊。他又觉得这股香好像来自地底下，于是他低下头好奇地找寻着芳香。他发现了一双秀气的女式白塑料鞋，两只鞋上插了几朵栀子花。他抬起头来看了看花鞋的主人，那是一个秀气的女生，一双大大的好奇的眼睛正在找寻着什么，那张娇媚的脸蛋让王玉珲怦然心动。王玉珲应该属于那个年代早熟的学生。那时的开学报到要缴费，交作业，领课本，还要找教室，找座位。一切都是新的，刚入学的新生都有点摸不着北。王玉珲真想走上前去问问这位漂亮女生有什么需要帮助，但少年的羞怯还是让他反应迟钝。转瞬间那位漂亮女生就消失在人群中。

王玉珲寻思着，这么漂亮的女生不知道是哪个年级的，更不知道是哪个班的。真要能与她同班那会多开心啊。开学上课的第一天，王玉珲早早到了学校，走进校园他就在校门口候着，他多想再看到那位漂亮女生。但是直到上课铃声响了他也一直没看到那娇媚的面孔出现。他悻悻然走回自己的教室，边走边阿Q式地安慰自己，那女生报到的那一天八成是来找人的，或者是陪人家来报到的。说不定她根本就不是本校的学生。王玉珲坐到自己的座位上，书包随意地放在同桌的椅子上。他在低头整理着自己桌子里的杂物，猛然一股栀子花香袭来，他没有抬头就看见了那双他期盼的插着栀子花的白色塑料鞋停留在他的课桌前。王玉珲已经不敢抬头去看那双好奇的大眼睛，心咚咚地乱跳，他只是低头把放在同桌的椅子上的书包狼狈地抓了回来，这位大眼睛女孩名叫赵梦茹，后来成了王玉珲的同桌。

王玉珲好像又闻到了栀子花的香味，他有点茫茫然自己是否还沉浸在旧日的思绪中。但是终于他听见了清晰的敲门声。他连忙把搁在大班桌上的双腿放了起来，此时他已经闻到了浓郁的栀子花的香味。他知道那位他等待的人已经到了，他急忙放下双腿，走向门口。情急之中，他踢翻了脚下的纸篓，他既想去扶起纸篓，又急着去开门，局促令他的鼻子更加发红。门终于拉开了，赵梦茹曼妙的身影闪了进来，王玉珲正担心赵梦茹会嘲笑自己的红鼻头，可赵梦茹好奇的眼睛并没有在王玉珲的身上停留片刻。眼睛就直往屋里瞄，嘴里玩笑地说着：“母老虎不在啊？”

想象的场景没有出现，王玉珲有点失落地回答说：“张灿外出了。”

“哦！是你故意安排的吧？”

“没有没有！”王玉珲好像被赵梦茹看透了心思一样，急忙否定着。王玉珲轻轻地阖上房门。

“那她的小帮凶王晓呢？不会也被你安排出去了吧？”

王玉珲苦笑着说：“她有她的事，你想见她吗？”

赵梦茹一听两位克星不在，一时放松下来，她像个女主人似的扭着腰肢，轻松地在室内踱着步，栀子花香水的味道在房间里萦绕。赵梦茹笑吟吟地摆着手说：“我没事找事呀，找她们干什么？我是来找你的，王董事长。”然后她直接坐到王玉珲的椅子上，并把双腿搁上了大班桌。皮鞋上缀着几朵洁白的栀子花。“这么多年了，我老了吧？”说完赵梦茹一双好奇的大眼睛直视王玉珲。王玉珲这位情坛老手见了梦中情人竟然像一位情窦初开的少年郎一样手足无措。他连忙弯腰扶起倒在地上的纸篓，以掩饰内心的恐慌。赵梦茹得意地说："老同学见了我还紧张吗。你可是见过大世面的啊，见一个女同学都会不好意思啊？"

"你变化真不大，还像过去一样漂亮。"

王玉珲的赞扬可不是情人眼里出西施，这么多年过去了，如果站在赵梦茹身后，一眼看去，你肯定会以为亭亭玉立的她是一位二十岁的少女。即使从正面看，岁月在她的脸上也没有留下什么印记，她的脸还是那么娇艳欲滴。你很容易会误认为那是一张似曾见过的明星脸，那张脸你一定会认为是用了昂贵的羊胎素或者是什么最新科技产品养护而成的。因为你不会相信天生丽质会达到这个高度。

"是吗？王董事长在夸我吧。"赵梦茹斜倚在大班椅上的身子一时兴奋地挺立起来。声音看上去不高，但声调明显提高了几度。她同时掏出个小面镜照了照脸，然后又把粉脸伸向王玉珲笑着说："好看吗？"

门外有人在敲门，"王总，市政府外宣办找你。"是王晓的声音。赵梦茹紧张地把搁在大班桌上的双腿急忙抽了回来。

"怎么不打我的电话？"

"是不是你的电话没有挂好？老占线。"

"就说我不在，明天再说。"王玉珲霸气十足地回应。赵梦茹看着前后判若两人的王玉珲。大眼睛扑闪着。她轻轻地拿起桌上的话筒，准备挂回话机。王玉珲摆了摆手说："电话太多。"

赵梦茹轻轻地"哦"了声，就把话筒轻轻地放回到桌子上，一时房间里变得很安静了。王玉珲上前一步，掀开桌布。那本画着五线谱的歌谱手抄本就映入了赵梦茹的眼帘，赵梦茹初看觉得它怎么这么眼熟？定睛细看恍然大悟，她惊喜地捧起了那本年代久远的手抄本，嘴里喃喃地说着："这是我的歌谱，我找了好久都没有找到。怎么会在你手上？你好坏啊，不还给我。还记得当年我为它哭了好多次。"赵梦茹翻着歌谱问："这首歌你会唱吗？'睡吧啊，我的宝贝，我可爱的宝贝，夜已深啊，黑又静，睡吧啊，我的宝贝。白头山上有颗星，日夜照耀。'"

王玉珲在一旁看到，赵梦茹的双眼渐渐变得湿润，心想她还是那么一个富有激情的浪漫女人。这么个浮躁的时代，居然没有消融她的率性。还是那么与众不同，这正是令王玉珲对她念念不忘的魅力所在。等赵梦茹一曲唱罢，王玉珲递上一张纸巾，赵梦茹接过纸巾拭了拭眼角。

王玉珲说："这本歌谱可以正式送给我吗？"

赵梦茹如梦初醒地，嘴角露出一丝笑容说："我这次来可不是来找歌谱的。"赵梦茹一双带泪的大眼睛仰视着王玉珲。

直看得王玉珲心都要碎了。王玉珲连忙接茬说："有什么事尽管说。"

赵梦茹装出一脸嗔怪："找你还能有什么？找你要钱啊。"

果然不出所料！王玉珲二话不说，旋开保险柜。柜门"砰"的一声打开，满满一柜的人民币出现在赵梦茹的眼前。

王玉珲淡定地问："要多少？"只有与钱在一起，王玉珲才能在赵梦茹的面前显出自信，才能结束面对赵梦茹就张口结舌、面红耳赤的窘境，否则他觉得自己又回到只能在心里暗恋她，在暗处偷窥她洗澡的份了。实际上王玉珲已经给自己打了不少气了，他告诫自己，自己已经不是读书时期的王玉珲了，他现在是公司老板，是社会精英，他阅人无数，他腰缠万贯。而赵梦茹只是位普通的幼儿园教师，她除了容颜未改可没见过什么大世面。自己完全有理由在她的面前轻松地说话，就像自己平常跟任何一个美女说话一样。这些美女不是一个个对自己趋之若鹜、有求必应吗？不管他们有没有丈夫，有没有相好，只要目睹到自己的经济实力，她们就没有一个不被自己所征服。根据赵梦茹的性格和经历，王玉珲认为自己俘获她的芳心应该是为期不远了。今天她来借钱了，那余下的事还不是水到渠成？但另一方面，王玉珲又不希望赵梦茹会这么轻易地被自己征服，他不希望看到自己少年时期矗立在心中的女神会轰然倒地。会像自己征服过的那些美女那样不是被自己的内在折服，而仅是为自己的金钱倾倒。他内心深处甚至还有一种念头就是希望赵梦茹有坚强的定力，希望她在与金钱的抗衡中持久坚守。但不管怎样，这时的他没有任何想通过外力来得到赵梦茹的想法，一丝一毫都没有，他会充分尊重她的选择。

王玉珲料定赵梦茹会惊讶的，他的内心既有得意，又浮起一丝淡淡的哀伤。人到底还是脱不了俗。赵梦茹挑起眉毛瞪大了眼睛："这么多钱啊，就像银行一样，一辈子都花不完。"王玉珲没有搭腔，他只是在默默注视着赵梦茹的表情，他不愿看见神像坍塌后的废墟。"我这次看样子不会白来。"

王玉珲终于把话说开了："你是来借钱的。"

赵梦茹还是那样率性，说话偏要拧着劲，摇摇头说："我是来要钱的。借钱是要还的，要钱可不用还。"

这回轮到王玉珲吃惊了，还没有人敢在他的保险柜前说这样的话。他不由自主地

"哦"了一声。他不知道赵梦茹要钱干什么，而且口口声声是没有还的。他知道不管怎样自己是挡不住赵梦茹开口的，甚至还不好意思跟她讨价还价。他一时有些后悔自己太显摆了，应该听完赵梦茹的要求后再给她展示保险柜的。他有点含含糊糊地说："你要钱干什么？"

赵梦茹显然没有听清他在说什么，她反问了一句："你说什么？"王玉珲只好重复了一句，他的额头上渗出了细细的汗珠。赵梦茹看出王玉珲的紧张，马上反客为主地说："怎么？紧张了吧，找你借钱看来不难，找你要钱就有点要命了吧。"然后她轻轻地补了句："小气鬼！"语气中充满着不屑。

王玉珲显然被赵梦茹后面的嘲讽刺激到了，他声音一下提高了，粗声大气地问："要多少？"

"十万！"王玉珲立马伸手准备拖现金。"不想知道我用钱干什么去？"

王玉珲说："不想，给你就是了。"然后王玉珲毫不犹豫地从保险柜里拿了一捆十万的现钞放在赵梦茹的桌前。

赵梦茹拍着桌上的钱，盯着王玉珲的眼睛说："这些真给我了？"王玉珲轻轻地阖了一下眼示意点头。赵梦茹追问："也不用还了？"王玉珲又点了点头。赵梦茹说："有什么附带要求吗？"王玉珲稍微迟疑了一下继而又快速地摇了摇头，他好像要把自己头脑里的"要求"用力地摇出去。"哈！哈！哈！"赵梦茹猛然大笑起来。王玉珲被赵梦茹的大笑搞糊涂了，现在轮到他惊讶地看着赵梦茹了，不明白她葫芦里卖的什么药。"王玉珲啊王玉珲，你看样子真是发了财了。气魄啊。"

王玉珲急忙说："换个人我兴许不会给，是赵大美人你开口了啊。"

赵梦茹的眼神变得温柔，她笑意盈盈地望着王玉珲说："谢谢你心里还有我！这些年当官发财的很多人都是贵人多忘事。有你这样的真不多。"王玉珲还期待着赵梦茹褒奖的话再往下说。可赵梦茹的话锋来了个急拐弯，"他们那些老同学都推着我来，说我一开口，你肯定不会拒绝的。还是同学们了解你。"

王玉珲满脸遗憾地望着赵梦茹，他心想弄了半天，你赵梦茹还是代表人家来的，此行还不是你个人的意愿。王玉珲故作轻松地问："谁啊？"

赵梦茹回答："老同学啊，彭洋、刘旭、孙红梅他们推着我来的。今年不是我们毕业三十周年吗，大家都认为要热热闹闹庆祝一下，这经费要是能落实，后面的工作就好办了。"

王玉珲讪讪地笑着说："那你是为大家做事，我可更要支持了。"

赵梦茹说："不是为了老同学，我哪敢来求你。"

王玉珲说："都是老同学了，还这么见外呢？你看你开口，我可没说一个不字啊。"

赵梦茹说："我刚才不是表扬你了吗？"

"按说这事应该是小喇叭来找我才对。"王玉珲有点不甘心地说。"小喇叭"是孙红梅，她以嗓门大而且传播小道消息速度快而出名。

"同学们都知道我俩的关系，才让我来的。"赵梦茹大大咧咧地说着。

王玉珲倒是有点不好意思了，他有点受宠若惊地问："我俩算什么关系啊？"

赵梦茹说："不就是那个那个，我也说不清。"

王玉珲一看有些尴尬，就连忙转了个话题说："钱我用个袋子给你装起来。"

赵梦茹说："不急，等他们的策划方案出来后。报请大家同意，再来开支。只要你今天同意了，我就可以复命去了。"

王玉珲说："那也好，钱先留在这，等你们准备好后随时来取。没事时也可以经常来看看我，多关心我们这些老同学！"王玉珲依依不舍地送着赵梦茹，他打开房门，想送远些，可看着长长的走廊又有点犹豫。

赵梦茹看出了王玉珲的犹豫，会意地抿嘴一笑，就伸出纤手来，握了握王玉珲的手，疾步离去，她也不愿意在这是非之地招惹不必要的麻烦。

三月的天如同孩子的脸说变就变，此时天空竟突然下起了暴雨，噼里啪啦敲打在屋顶上，就像滴在头上。赵梦茹已经走出了大门，又不好再折返回去，只好在屋檐下停了下来躲雨，一位高大帅气的男子从屋檐的那头跑了过来。一只手还遮在头上，挡着雨水。旁边的空地上停满了货车，屋檐下雨打不着的地方已经很窄了。赵梦茹正在犹豫着怎么把路让给对方，对方已经跑到了她跟前，绅士般地伸出另一只手来，示意她不要动，他准备擦身而过。赵梦茹定睛一看，怎么这么巧，那人居然是老同学乔军。就在那一瞬间，赵梦茹的脑海里又泛起了一幅久远的画面来。

中学时代的校办农场也是下着大雨，孙红梅和赵梦茹站在屋檐下，对着雾水河对岸指手画脚。赵梦茹说："我听人说，只要下雨，对面狮子岩的鼻子就会红。"

孙红梅说："我怎么就看不出呢？"

刘旭正好要从屋檐下过，见两位女同学站在那儿，只好在屋檐外拐了一个弯，在雨里淋了雨。刘旭摸着头上的雨水搭讪着说："好狗不挡道，在看狮子岩啊？"

孙红梅说："不告诉你，一边去。"

这时乔军走了过来，那张阳光帅气的脸，把她俩的视线吸引了过去。乔军的身材虽然还显单薄，但他的身形却像极了那时的日本电影《追捕》中的男一号高仓健。即使是现在，乔军也完全能算得上是帅哥。如果乔军踏上演艺道路，可以断定黎明也好、陆毅也好、谢霆锋也好，肯定都会排在他的后面。真可惜了乔军一副好相貌。

屋檐下赵梦茹和孙红梅站在一排，孙红梅连忙尽量往里靠了靠，好让乔军不淋到雨顺利通过。只有赵梦茹看到乔军走近时，身子首先跟着孙红梅往后退了半步。但随即赵梦茹好像后背顶住了什么东西似的“哎呦”叫了一声，往前故意鼓着个不大的胸脯扑了上来。正好扑在乔军的身上，赵梦茹那不高的胸脯抵在了乔军的手臂上，乔军像触了电似的“嗷”的叫了一声，便将手抽了回去，自己也退到了雨地里。

孙红梅吃惊地去看乔军的手臂，问道：“怎么了？怎么了？”

乔军好像在掩饰什么似的，只把手臂往身后藏去，嘴里说着：“没什么，没什么。”

刘旭想跑到赵梦茹的身后去看刚才她是被什么顶了一下，赵梦茹也摇着手，嘴里说着：“没什么，没什么。”

孙红梅和刘旭都说：“两个神经病。”赵梦茹低着头，为自己的小伎俩得逞窃喜。乔军真被吓到了，那个时代男女同学的身体是不可能有接触的，刚才赵梦茹的胸口在自己的手上擦过，感觉手臂就像被电打过一样，一直在发麻，而胸口却是狂跳不已，半天停息不下来。

刘旭对乔军谄媚地打着招呼说：“班长亲自上茅房啊？”乔军哼了一声，就走了过去。

等乔军的身影一消失，孙红梅大着嗓门喊了起来：“你拍他马屁，马屁精！马屁精！”

刘旭说：“我拍马屁？你俩才拍马屁呢。乔军来了，俩人都使劲缩肚子。我来了，俩人都把身子横在路上，害得我淋了一头雨水。”刘旭还夸张地拨弄着短发弹着头上的雨水，惹得赵梦茹、孙红梅都笑了起来。赵梦茹悄悄地目送着乔军的背影。

孙红梅问刘旭：“你知道对面狮子岩的鼻子会红吗？”

刘旭说：“谁不知道，下雨会红的。”

孙红梅说：“你看现在红了没有？”

刘旭看了看说：“已经开始红了。你注意看那个狮子的鼻尖的下面，是从下面开始红起来，然后再红上去的。”

孙红梅在刘旭的耳旁大声叫了起来：“看见了！看见了！”

刘旭急忙用手堵住了耳朵，嘴里嚷嚷道：“你小声点好吗？小喇叭！把我的耳朵都吵聋了。”

想到这，赵梦茹对近在咫尺的老同学大叫一声：“乔军！”正跑着的乔军始料未及，急停下来，却没留神踩到凸出的地砖上，一个趔趄险些失去平衡，与赵梦茹撞了个满怀，使得赵梦茹差点栽到了雨地里。他这次倒不像当年那样触电般的反应，而是手疾眼快地扶住了赵梦茹的肩头和手臂。惊魂甫定，他礼貌地道歉：“不好意思，你没事吧？”此时的乔军才认出了屋檐下的漂亮女人，开心地笑道：“啊！是赵梦茹啊。”

赵梦茹又看见了那摄人心魄的笑容，她有点故作矜持地躬身打着招呼：“老同学好。”

赵梦茹自从高考失利，上了一所幼师学校，毕业后就分在县幼儿园当孩子王。在情感上，她在中学就心仪乔军，但在王晓和张灿的干扰下，乔军好像对她一直没有那个意思，赵梦茹也就渐渐放弃了天真烂漫的少女梦想。最后经人介绍，完成任务似的嫁了个边防军人。老公虽然不在身边，但幼儿园孩童们朝夕相伴，却像个保鲜桶一样，不操凡人半点心，让她青春永驻，容颜不改。她面对曾心仪的男生，一时有些紧张，又有些兴奋。

倒是乔军显得很轻松，他说：“好久没见，你怎么在这儿，来找王总的？”赵梦茹点了点头。“来化缘的？”乔军估摸八成是这个原因。

平心而论，赵梦茹在这家企业里虽然有很多老面孔她不愿意看见，但是乔军却是她最愿意见到的老同学。她回答说：“要搞同学聚会，来拿点赞助。”

乔军问：“同意了吗？”赵梦茹得意地点了点头。

乔军若有所思地一时沉默起来。乔军被王玉珲聘为玉龙公司的总经理后，在一起合作了多年，他太了解王玉珲了，王玉珲在公司的财务上向来都是我行我素，独断专行。公司的钱就像他自己的银行卡，想给谁就给谁，何况这次来要钱的还是王玉珲学生时代的梦中情人。乔军本来还想问问赵梦茹要了多少钱，但是转念一想，也没什么意思。关键是自己管不住自己的合作伙伴。乔军很多次想在财务上规范起来，他知道要规范玉龙公司的财务就等于是跟王玉珲叫板。这一回自己没有那么傻，拿同学聚会的事跟王玉珲叫板，那不就等于是跟全体老同学叫板了吗？看样子机会还不成熟，但是也要想办法给王玉珲制造点麻烦，让他今后不要太肆无忌惮了。

赵梦茹打破沉默地问：“听说你也在这里上班？”

乔军笑着说：“打打工，帮帮忙。上去坐坐吧，这么大的雨你也走不了。”

赵梦茹说：“不了，回去还有事。”

乔军说："那这样，我去找把伞来。你等着。"说完便冲进了雨幕。一会儿乔军撑了把花伞回来了，他对赵梦茹说："走吧！我给你喊台车去。"雨伞显然小了许多，俩人的肩膀都露在伞外了。乔军伸出长长的手臂，很自然地遮护在赵梦茹的肩头上。赵梦茹闭上了眼睛，心里在默默地惊呼："我的天啊，这个男人的手臂怎么那么有力。"赵梦茹有点眩晕了，以前想了多少年，梦想被这双手臂抱一抱，没想到今天就这样轻易地实现了。赵梦茹只感到自己的心房跳得猛烈。如果没有乔军有力地簇拥着，她怀疑自己还能不能迈得动双腿。赵梦茹感到乔军坚实的胸膛衬在自己的肩膀上，她觉得自己太需要这样的臂膀了，如果能这样延续下去，什么代价她都愿意付出。就在这一刻，赵梦茹似乎又回到了中学时代的甜蜜时分。

乔军刚送走了赵梦茹的出租车。旁边就传来了一个女人的声音："看样子乔总要抱得美人归了。"乔军一听就知道是公司财务主管、王总的太太、自己的老同学张灿在说话呢。

乔军没转身就开着玩笑说："我可没走桃花运，美人可不是来找我的。"张灿一听脸上马上就挂不住了，红一块紫一块。她转过身就冲向王玉珲办公室。

乔军在后面叫道："我可什么也没看见啊！"

第二章　张灿挑起事端

THE SECOND CHAPTER

张灿没有转过背来，只是冷冷地说：“你高兴了，那你就去赞助吧，赵梦茹也会很高兴的。”张灿这女人光想着钱只进不出，每次要说服她往外拿一点额外的钱，王玉珲都要想尽办法，说尽好话。这次自己可是已经在赵梦茹那里夸下了海口，张灿这样不合作的态度让王玉珲已经苦恼了几天。他想如果张灿死板着不同意，自己在赵梦茹那边颜面尽失不说，老同学那里后果更是不堪设想。每次额外开支，其他股东都好对付，难对付的是自己的老婆。

清晨，王玉珲在床上开始了与妻子的例行动作，他看着妻子张灿怡然消受的背影。便抓住机会讨好地说："老婆，还有几个月就是我们老同学毕业三十周年了，这三十年大庆可是个好日子，我们玉龙公司可以借这次老同学聚会好好宣传一下，我们也可以出一点赞助。"

张灿没有转过背来，只是冷冷地说："你高兴了，那你就去赞助吧，赵梦茹也会很高兴的。"张灿这女人光想着钱只进不出，每次要说服她往外拿一点额外的钱，王玉珲都要想尽办法，说尽好话。这次自己可是已经在赵梦茹那里夸下了海口，张灿这样不合作的态度让王玉珲已经苦恼了几天。他想如果张灿死板着不同意，自己在赵梦茹那边颜面尽失不说，老同学那里后果更是不堪设想。每次额外开支，其他股东都好对付，难对付的是自己的老婆。

一想到这些，王玉珲下面就马上软了。赵梦茹可是王玉珲的梦中情人，赵梦茹、王玉珲与张灿都是十四班的老同学。王玉珲一开始喜欢赵梦茹是众所周知的，张灿倒不是第三者插足，不过张灿最后还是被王玉珲娶了过来。直到现在，在王家是绝对不能提赵梦茹名字的，只有张灿敢经常有事没事地说到赵梦茹。张灿看了王玉珲一眼，看到王玉珲不吱声，她的嘴撇了撇，说："一说到赵梦茹，你的激情就不知到哪里去了，阳痿了不是？"

前几天张灿知道赵梦茹来找过王玉珲，便大发雷霆，而且那以后一直横眉冷对，今天估计是张灿自己耐不住寂寞了。昨天晚上，两人的功课都不理想，今天早晨王玉珲加倍补偿，趁机提出赞助的事，看样子计划又要泡汤了。每次有额外的开支，王玉珲都要想尽办法讨好张灿，久而久之，张灿觉得这个时候才能显示自己的重要性，更不会随便答应。王玉珲认为，一般家庭中老婆越是优秀能干，越是有成就感，夫妻之间的话语就会越来越少，夫妻生活质量也越来越差。他俩已经发展到每次做爱时张灿就催促他："你能不能快点，你越来越重了，哎呦我受不了你。"要么就说："我看你是越来越不行了，半天到不了高潮。"王玉珲就是在这种不断被埋怨的境况下完成一次次的家庭作业的，且每次都非常地快捷。但有什么办法，张灿就是这样一个老婆。

重重的关门声，王玉珲知道张灿出门了。他如释重负地迅速爬了起来，穿衣、穿鞋。然后，他走到餐桌前，张灿已经给他准备好早餐了。张灿确实能干，每天的早餐都变着花样，今天是面包片中间还塞了两片火腿肠，牛奶也是温热的。说实在话，王玉珲从心里一直认为张灿是个能干的女人。她出身贫寒，完全是靠着自己勤奋念书，考上了物价学校，然后在雾水物价局工作了几年。王玉珲在雾水一中农场的那一偷窥事件中就决定了要娶张灿为妻。就这样当王玉珲开办公司后，便让老婆下了海，跟自己在公司干起了财务。有张灿的铁算盘，玉龙公司确实正规了不少，现金流越来越稳定，业务也越做越大。玉龙公司的充电电池起步早，技术领先，很多进口的大牌手机也用上了玉龙镍镉充电电池。企业发展起来了，王玉珲有一天明白过来，发现张灿实际上是把自己的企业管得死死的。自己的空间越来越小。最为头痛的是张灿的个性也越来越飞扬跋扈了，全然不把自己放在眼里。表现在夫妻关系上，就是对自己的日趋冷淡。

王玉珲吃过早饭，他简单收拾了桌子，就面对穿衣镜扎了根鳄鱼皮领带，这根鳄鱼皮领带还是乔军送给自己的，这也是王玉珲最喜欢的领带。当时乔军是因公司业务第一次去了香港，他在香港买了四根一样的鳄鱼皮领带，回来后就分别送给了自己和曾金刚还有法院的彭洋。乔军自己也系了一根。王玉珲知道他们这四个人之所以玩到了一块，还是源于初中时的一次文艺演出。他们四位的个头在班上属于最高的一拨，就像一个模子倒出来似的，齐刷刷一般高。乔军和彭洋都是在高中时期个头才窜上去的。

班主任杨思冲老师就是看中了他们身材的共同特点，才强迫他们代表班上参加了全校的文艺会演。七十年代的表演也没有现在这么多的艺术形式和演出设备，那个年代的演出都是因陋就简。有一种非常简单的舞台表演形式叫"三句半"。四人同时上台，一人拿一面铜锣，四人每人说一句话，前面三位说的内容和韵律都差不多，只有最后一位说的话只有一个词组，相当于半句话，加起来正好是三句半话。说完一轮，大家就把铜锣敲打一下，然后大家绕场一圈，又开始第二轮。每次"三句半"都会绕着一个主题展开。这次杨思冲老师要他们表演的是反映农村现代化建设的主题。他们四人每天放学后就凑在一块琢磨台词，最后杨老师通过了节目方案，他们又排练了一段时间，就十分紧张地上台演出了。

王玉珲至今还记得他们四人上台的情景。学校礼堂是一个巨大的长方形的红房子，前后一般宽，舞台上没有候场的地方和幕布。前面的节目完了后，演员就在观众的视线里直接从舞台右边的台阶跑下舞台。报幕员就雄赳赳气昂昂地上台预报下个节目的内容。而下个节目的王玉珲、乔军、彭洋、曾金刚就在舞台左边的台阶上紧张地候场。左右台阶实际上都是直接通向观众区的。在众目睽睽下候场，对于王玉珲四人来说是最要命的，他们恨不得节目马上开始。

而舞台工作人员因为怕出错，总是早早地让下个节目的演员在台阶上候着场、曝着光。那时学生们登台演出的妆扮是最简单的，脸上由音乐老师挨个潦草地抹上两坨红晕。正是这两坨红晕使演员们迥异于其他作为观众的同学，而且还得带着这两坨红晕在台前台后跑来跑去，这可能就是让王玉珲他们最不愿意参加文艺活动的原因了。

王玉珲他们前面的节目是一个歌颂解放军的舞蹈，最后的结尾用了一个军人步枪突刺的刺杀动作，而且配以有力的大喊“杀！”报幕员上台昂首挺胸地预报了王玉珲他们的节目，王玉珲、乔军、曾金刚、彭洋就依次登上了舞台。

王玉珲到现在还记得最开头的那几句台词：“稀奇真稀奇，插秧用机器，老汉六十七，开眼。”王玉珲记得更为清楚的是他们四人正在紧张地表演时，语文老师周致平的三岁儿子不知什么时候跑上了舞台。只见他拿着一根木棍，学着前面那个节目的结尾亮相动作，对着台下来了一个有力的突刺动作，大喊了一声：“杀！”这一“杀”完全把王玉珲他们四人的声音盖住了，引来全场的哄堂大笑。当时就把乔军的台词给笑断了。后面曾金刚和彭洋两位的词也没办法接了。还是王玉珲反应快，他用力打了一声锣，提前带着大家在舞台上转了一圈。重新又把这组刚断了的三句半表演了一遍。直到现在王玉珲还没忘记那个三句半的台词，有时一个人有事没事地还来几句。

王玉珲念着：“稀奇真稀奇，插秧用机器，老汉六十七，开眼。”司机给他打开车门，他坐进了新买的宝马745。王玉珲是个很勤奋的人，按照他的个性，这车应该是自己开的。可惜王玉珲对现代的很多新玩意却玩不转。不要说驾车、用电脑、传真机，就是他天天使用的手机，除了接打电话外，储存个号码、发个短信，他都统统不会。他的头脑实际上每天都装了无穷的东西，实在是没有耐心再去学习这些小玩意，装进这些新知识了。

宝马车融入了车河。雾水早在十几年前，就已经由县改为市了。城市的建筑水平是其发展的标志。雾水市的地标建筑每年都在更新。十几年前的地标建筑物在雾水市的外宣画册上还能看到，但在现实里早就被一个又一个的新型建筑物挤压得看不见了。你要是按图索骥的话，兴许你再也找不到地图上的那栋建筑物了，它可能早就化身为一栋造型新颖的新大楼。再就是雾水的建筑物虽然越修越高，马路却一直没有拓宽，车倒是越来越堵。有时候置身车流中，却仿佛像穿行在香港一样，狭窄而又拥挤。满街的商业广告，琳琅满目的各式商品堆在一个个紧挨着的门面里。以前在雾水的任意一个角落里都能听到雾水的乡音，但是现在大街上敢大声说话的都是那种南方腔的普通话。有时候说了半天，你才发现你的对方是个本地人。反正以前随处都能看见的熟面孔，现在好像都躲在家里不上街了。上街的好像都是外地人似的。雾水已经是一个能纳八方客、能听四方音的现代都市了。

你站在雾水的街口，你会想这些外地人熙熙攘攘都忙碌什么。这些人十有八九都是生意人，雾水城里有外地人开办的食品批发市场，塑料市场，钢材市场，还有水产市场。总之只要你有足够的想象力，你就可以建一个专业大市场。而且开张后，保准这个市场火爆，人气旺盛。雾水就是在商贸中，建起了自己的发展模式，在流通中带动了当地的GDP。懂雾水历史的学者开始长篇累牍地论述雾水的商品流通模式已经从雾水河的古老河运转变为陆地运输，由船运变为火车、汽车运输。雾水河已经变为娱乐和餐饮的中心，一份份带来财富和官司的合同就是在这条河上签署的。如果有一位站在雾水河的船上、卷着裤腿、打着领带的汉子在兴奋地打着电话，这八成是雾水河上的娱乐中心又签署了一份可以给签署人带来几个晚上睡不着觉和美好期望的被称为合同的东西。

王玉珲记得在七十年代的雾水河畔，连绵不断的崇山峻岭，簇拥着雾水河。阳光下雾水河就像一条泛着光的丝带，绕着绿色的山峦，变幻着曲线，迤逦而去。雾水一中的校办农场就坐落在这苍山绿竹之间，它与瘦岛隔着雾水相望，狮子岩孤零零地蹲在对岸的水中。半山腰上，搭着在当地很常见的两栋房，一栋是当地的木质农屋，雾水流域很常见的木板房。这种房屋首先用粗大的杉木柱打出房子的梁架，大梁架好后，就能显现出三间房的雏形。然后在梁架间隔上杉木板，中间的是堂房，两边的是厢房，中间房用来吃饭，卧室则在厢房里。

南方潮湿，木房的梁架都是立在石礅上的，房子下面留有一尺的离地高度，这就成了鸡鸭狗猫的天堂。这个天堂的生活细节是成人们的眼光寻视不到的，只能残留在农家长大的儿童记忆深处。在三间房的楼上是屋顶部分，一般农家是用来放些农作物和农具的。如果子女多，也可以把顶房四面围了，住住人，但是顶房中间部分的高度还可以直立行走，到了两边就只能勉强蹲着才能进去了。这屋顶青瓦盖得中间高两边低，南方的雨水丰沛，不像北方屋顶都是平的。这山上的雨水可能是太多的缘故，这青瓦屋顶更是倾斜得可以。以至于你见了会想，这顶上的瓦片会不会随时滑下来，砸在谁的脑袋上可是不太妙啊。这木房子的抗震性肯定是最佳的，可惜建这房子的地方从来没地震过。这房子还环保呢，建好之后刷一层桐油，白色的木质上亮晃晃的，很是炫目。过不了多长时日，木板的颜色就返璞归真了。颜色越来越暗，最后竟然跟苍绿的山色融为一体。如果你站在山的对面一眼看过来，要发现那间暗色的农屋，你的眼力必须要非常地好。

比这农屋还要环保还要防震的房子，那就是雾水一中农场的另一栋被称为教室的牛棚了。说它是牛棚，是因为它的结构和建筑的材料和牛棚的都一样，只是比牛棚要大得多，毕竟里面得放上几十张课桌，还要坐进几十位发育不全的学生。牛棚教室的四周都是用了细木条编成的篱笆墙，外面糊了一层黄泥。糊得薄的地方，能从小洞里看见屋外的青山，当然冬天的时候也会从这小洞缝隙里刮进寒冷的风，冻得学生们上课都在跺脚。课桌椅都是从学校本部搬来的用油漆编了号的连体桌椅，这种连体桌椅当初从山下搬上来时，肯定是费了很多劳动力的。这里的环境有点像现代旅游时走到大西南的深山里，猛然碰到了一所在半山腰建造的最简陋的学校。当然你若是坐汽车碰上的还不算，你得像个驴友似的在步行了两个小时的山路后偶遇的才有点那个味道。因为雾水一中校办农场就是一间没有通公路的深山学校。

王玉珲和雾水一中十四班的同学就坐在牛棚教室里听农场的老场长致欢迎词，教室的正前方贴着“开门办学兼学别样”八个黑墨写的大字。一块比门板大不了多少的刷了黑油漆的黑板立在讲台上，上面写着几个斗大的粉笔字：“热烈欢迎！”

老场长在台上说着话：“你们看这农场的山水美不美啊？”

同学们齐声回答说：“美……”大家巨大的声音在山谷里回响，同学们兴奋地张开了嘴巴仔细谛听着自己的回音。

“这里的上课环境安不安静啊？”

“安静……”大家的声音更加高昂。

老场长满脸风霜，一看就像让人尊敬的老农民伯伯，他热情激昂地说：“你们知道南泥湾的故事吗？三五九旅啊。我们这里就是南泥湾，你们就是三五九旅。这个农场有大片的荒地等待你们去开垦，去种上果树，庄稼，要通过你们在这里的劳动改变旧模样。到了秋天你们再回来的时候，到处都是甜美的果实，丰收的庄稼。你们敢不敢向荒山进军，向荒山要粮啊？”

同学们兴奋地回答：“敢……”大家甚至为群山呼应自己的声音都感到新奇，感到兴奋。

老场长开始为同学们唱起《南泥湾》那首开荒种地的名曲来：“往年的南泥湾，处处是荒山……”虽然老场长五音不全，把这首《南泥湾》唱得找不着调。但同学们的热情被老场长完全点燃了，他们恨不得马上就能扛把锄头上山去开荒。他们从小就接受劳动光荣的教育，他们的哥哥姐姐很多都已经在农村改天换地了。每次送别哥哥姐姐下农村锻炼时，他们就只恨妈妈晚生了自己几年。那时很多家庭早早地就把给孩子下放的箩筐扁担准备好了，就像现在早早地给孩子们买保险似的，那时的孩子中学一毕业就要到农村去接受贫下中农再教育。他们一直盼望着奔赴农村，虽然这一次只是在校办农场短暂的学习，但足以把他们的革命豪情激发出来，足以令初到这里的他们热血沸腾。

接着带队的杨老师代表大家表示了决心，但杨老师强调同学们都处于长身体的时候，劳动时不可蛮干，一定要适可而止。老场长好像对杨老师的话有些不满意，站在一旁的小田老师没有发言。称数学老师为小田老师，是因为她实在不比这帮学生大几岁。当时师资力量缺乏，就在社会上请了一批临时的代课老师，小田老师就是一位代课老师。欢迎会在一片热情洋溢的气氛中结束了。

王玉珲走进办公室的时候，王晓进来汇报，说张姐来找过他。玉龙公司的职工不分年龄大小都把张灿称为张姐，可能是张灿在公司除了会计一职外，并没有担任其他的职务。所以大家也只好以示尊重称她为张姐了。王玉珲对王晓说：“你给她去电话，就说我已经到办公室了。”王晓答应着退出了办公室。不一会儿，张灿来了，王玉珲说：“有什么事不能在家里说啊？”

张灿愤愤地说：“我一上班就听说了，乔总反对由你小舅子来承包门面的开发，他凭什么啊？”

王玉珲心里一喜，知道张灿有事要求自己了。他连忙赔着笑脸开玩笑说：“只怕是我小舅子的姐姐来承包这个门面，只是用小舅子的名义而已。不过这件事好像我们确实还没有画押的哦。”王玉珲这么一说，至少挑明了自己老婆与这个项目的关系，同时也表明了自己的态度。王玉珲虽然不是很支持，但也没有反对。王玉珲知道这可能会成为张灿愿意给同学聚会提供十万元赞助的关键点，张灿肯定会以让自己支持她弟弟开发门面来换取她同意资助这十万元。想到这王玉珲又是一身轻松起来，他这次费不了多少口舌就能说服自己的老婆。

张灿看到王玉珲一脸得意的样子就说：“你不就是一天到晚想着怎么帮赵梦茹搞定那十万块钱吗，看你有多大出息，那屁大的事。现在关键是人家股东都要骑在你头上拉屎了，你还无动于衷。”王玉珲知道张灿算是对那十万元解禁了。心里既有释然的轻松，又有一种说不出的悲哀。他想自己跟老婆打交道怎么就这么累呢，就像跟自己的竞争对手做交易似的。只要自己想实现一个目的，肯定就要先行满足她的一个要求。

王玉珲知道在张灿的眼里，只有她娘家的人最要紧。张灿现在忙于把公司门口的临街门面开发出来。只要把这些门面房盖好，每个月可以净挣房租三十多万。但是张灿想让自己的弟弟来开发这些门面，要开发这门口的门面，她不想让公司来做，暗地里指使她的弟弟跟公司签十五年土地租赁合同，以她弟弟的名义来开发这沿街两百米的门面。现在的问题是股东会上过不去，其他股东要求由公司自己开发。特别是乔军，不知道怎么回事，对自己的抵触情绪越来越大，自己现在的所有提议，他几乎都要提出异议来。前些年，可不是这个样子。以前公司都是董事长负责制，一般的事都是由王玉珲一个人说了算。股东甚至连账都不看，只是参与每年的分红。

王玉珲自从偷看女同学洗澡的事件败露后，他的学习成绩就一落千丈。高考时，他跟张灿都没考上大学，他父亲自从下台后，一直赋闲在家，家里负担不轻。于是王玉珲在大家各种相异的眼光里开始办起小饭店，做起小买卖来。屈指一数，他开过卤菜店，皮具店，服装店，KTV……一步一步完成了资本的原始积累。这个玉龙公司是王玉珲一人投资的，他以前是个门外汉，他掘到了第一桶金，就把乔军从国营电池厂总工程师的位置上挖出来，他给了乔军玉龙企业百分之三十的股份。乔军一门心思放到产品研发上，对企业的账目根本就不介入。等曾金刚和王晓加入玉龙企业后，王玉珲又送了百分之五的干股给曾金刚。曾金刚也是化学系出身的技术干部，只管埋头拉车，绝不搭理公司的钱财。时间一长，就形成了王玉珲一个人独断专行的工作风格。虽然张灿独自开门面的想法不太妥当，但乔军也用不着那样激烈地反对。王玉珲确实不明白是不是大家的经济地位提高了，要求当家做主的意识也渐长？

王玉珲摆出一副严肃的样子说：“我可不是那十万元就能搞定的，乔军说的也有道理，你换位思考下。不过……”

王玉珲话还没说完，张灿就大声喊道：“放屁！”脸上的怒容却晴朗了不少。张灿继续说着，好像王玉珲不了解情况似的。实际上王玉珲对这些沿街门面的开发已经关注很久了。张灿说："这两百米的地方本来是公司当苗圃用的，种些花草有个屁用。你们两年前不是就准备改门面，乔总那个脾气又协调不好园林局的关系。来现场看绿化带的人还没上饭桌就被他搞僵了，人家放出话来只要是玉龙公司的绿化带改门面，一百年内都不批。"张灿每次给王玉珲说事时，总是把王玉珲已经明白的事不厌其烦地又诉说一遍。实际上这也是他们夫妻沟通的一种办法。张灿这么重复一次，实际上不是在说服王玉珲，而是在告诉王玉珲怎么去说服外人。张灿自己不是老总，她总不能亲口去说服当事人吧。她只能借丈夫的口去表达自己的理由。这已经是他们夫妻遇事处理的一种默契了。

王玉珲说："人家说这是公司的地盘，理应由公司来开发。""人家说"这几个字一说出来，张灿也明白，这是王玉珲的一种暗示，意思是人家的道理是这样的，你还有没有别的高见来说服对方。王玉珲在心里想女人就是女人，抓不住要害。你就说当初我们股东口头上不是都同意他去跑手续，他去经营的吗。人家还能有什么话好说，但是他不想把这些要点都告诉自己的老婆。他担心张灿得理不饶人，会对乔军穷追猛打。

张灿说："人家的道理不存在啊。现在这么说，早干什么去了。我弟弟也没什么钱，他真借了不少钱才把这事摆平的。这一摆平，你们见桃子熟了，就想抢桃子，没门！"

王玉珲说："乔总说了，可以双倍返还你弟弟的花费。"

张灿说："不行，我们这可是有合同的，反悔不成。"

王玉珲说："合同？怎么我不知道。"

张灿微微一笑说："我弟弟跑批文前，不是跟你和乔总，包括曾金刚都说过了吗？他说这个地方空着也是空着，不如让他去试试。万一没跑成，算他赔了。如果跑成了，这个地方就让他来盖房子，让他来承包。你们不是当时都爽快地同意了嘛？口头合同也是合同的一种啊。"

王玉珲心想自己低估了老婆，这个张灿还是厉害，关键问题肯定抓得住。他说："跑这批文花的钱肯定不多。关键是要把这几十个门面盖起来，要花的钱也不是一个小数。张军能拿出这个钱吗？"

张灿知道这是王玉珲在跟自己论证这个方案的可行性，她也不恼。她说："你就别操这个心了。钱他不会去找人借啊，反正绝不会找玉龙公司借钱。"

王玉珲对张灿说："好吧，我先跟其他几位股东说说，你先回去吧。"

王玉珲拿起桌上的电话机给乔军拨了个电话，电话通了。王玉珲大声地喊着："怎么出气出不赢啊，气喘吁吁的，是不是还在床上忙着？"

乔军严肃地说着："别瞎说！我在办公室，我就过来。"说完乔军就挂了电话。一会儿乔军就到了王玉珲办公室。乔军刚一进门就开门见山地说："反正我不同意你的小舅子开发门面，你那小舅子不知欠了人家多少钱。就在我们公司里至少不下十几个人跟我说过，张军借了他们的钱。指望张军把门面经营好，做梦！"乔军就是一个急性子，不到两分钟，他就横眉立目地把自己的态度表述得清清楚楚。

王玉珲走上前去，扶着乔军的手说："别着急啊，有的是时间。要不我们再开个股东会议一下？"

乔军说："不是已经开过了吗？再开，太多余了。"

王玉珲说："你知道我要跟你商量的是什么事啊，我要跟你说同学聚会的事啊。你也知道赞助的事吧？"

乔军先是一愣，然后说："你说的不是你小舅子的事啊。什么赞助啊？我还真不知道。"

王玉珲笑着说："那一天不是你把张灿的那把火烧起来的吗？"

乔军也笑了，他说："你说赵梦茹啊，那天是张灿看到我跟赵梦茹在一起就开我的玩笑。我跟她解释说赵梦茹不是来找我的。她也不容我说第二句，就冲向你办公室了。"

王玉珲有点恼火地说："你了解她那个脾气，跟她说话你一定要当心。你一个玩笑搞得我俩冷战了几天。"王玉珲看了看乔军开心的样子就不失时机地说："那天赵梦茹来找我，说是受全体老同学之托，为毕业三十年欢庆，要我们赞助十万元。"

乔军想起赵梦茹跟他在雨里说的赞助费的事情来，他接着说："这么一位美人上门要钱，你肯定很豪爽地答应了。"

王玉珲连忙说："哪里，我说还要经过我们股东会讨论。如果乔总觉得不妥的话，我们当然可以拒绝。"王玉珲心里跟明镜似的，他知道乔军无论如何在这十万块钱上是不会投反对票的。

乔军一听王玉珲这么一说也醒悟过来，自己可不能当这冤大头，让王玉珲日后在同学面前说自己的不是。反正自己也不是大股东，有什么必要去为此得罪老同学。但是他实在不甘心就这样轻易地让王玉珲又一次遂了心愿。他知道独断专行往往来源于自信，而自信可能就是来源于若干次正确的决断。这件事让王玉珲轻易过关，与其是让他讨好了一把女同学，还不如说是又一次助长了他的独断专行。于是他灵机一动地问了一句："那张灿的态度呢？"按说张灿不是股东，这件事用不着去问她，但是玉龙公司的财务管理具体情况就是这样。因为只有张灿可以在财务上约束王玉珲，所以大家也只好顺其自然了。

王玉珲轻轻一笑说："她已经同意了。"

乔军还是不死心地回了一句说："那还是开个股东会，大家一块儿来决定吧。"

王玉珲的目的就是为了开这个股东会，他就是想逼着乔军来提议开这个会。他接了一句说："好吧！那就开个会，其他几件事也可以顺便讨论一下。"

乔军已经意识到上当了，但是又不好意思反悔。

第三章 乔军应变同学圈

THE THIRD CHAPTER

于是乔军的声音放大了若干倍。那时在那寂静的山上听恐怖故事就有点像现在看电视娱乐节目一样上瘾。“那棺材盖实在是钉得太紧，他们费了很大劲才把它打开。”乔军故意卖着关子，停顿了片刻。

这回是王玉珲着急的声音：“看见什么没有？”

乔军不紧不慢的声音：“结果里面挖出了一件红袍子，其他什么都没有看见。”

王玉珲说完，乔军就起身走了，回到自己的办公室，乔军躺在沙发上想，自己这么多年来就一直在同学圈里打转转，从七十年代末到现在都三十年了他就没有离开过这个圈子。

七十年代末的农场，一天下午，课堂里很是安静，只有班主任老师杨思冲的声音在屋里飘荡，杨老师正在上着物理课。教室里荡漾着山林绿色植物的气味，偶尔有些牛粪的气味被风带了进来。即使是牛粪，也比城郊的牛粪多了些许的青草味。教室里除了杨老师那带着省城口音的声音外，就只有远处传来的山涧流水声和各种鸟鸣声，这看似简陋的环境却没有引起同学们的不安。大家从城市里初到乡村，有无尽的新鲜事在满足他们的好奇心。王玉珲就愿意上劳动课，即使在这牛棚教室里，他也愿意早点结束这枯燥的课程，投身到让人兴奋的山野里去。也许是上午开荒太累的缘故，王玉珲迷迷瞪瞪打起瞌睡来。

杨思冲老师正说着抛物线的定义，他说："什么是抛物线呢？是这个物体抛出去在空中划出的弧线。"杨老师显然看到了王玉珲在打瞌睡。只见他用手上的粉笔头，瞄了瞄王玉珲。然后，他把粉笔头扔向了王玉珲。第一次，粉笔头在空中把抛物线是画出来了，但是显然没有击中王玉珲。于是杨老师又说："大家看清楚没有，如果没有看清楚的，我再演示一次。"说完他又把粉笔头扔了出去，这一次粉笔头很精准地击中了王玉珲的脸。

王玉珲受了惊似的弹起脑袋，涎水从桌子上一直拉到王玉珲的脸上。不过因为张力太大，涎水很快地在空中闪着光亮地被拉断了。杨思冲老师暗自笑了起来，旁边很多同学也笑了。

杨老师说："搞劳动时，我叫你们不要下死力气，你就偏不听，这下午上课就顶不住了吧。毛主席不是说以学为主、兼学别样吗。”

让王玉珲怒火中烧的是他最心仪的女同学赵梦茹瘦削的肩膀也在一动一动地偷着笑得正欢。乔军在地上捡了个粉笔头趁杨老师背过身子在黑板上板书时，向王玉珲扔了过去。粉笔头只是在王玉珲的头上擦着头发飞了过去，王玉珲勃然大怒，拾起桌上的文具盒向乔军扔了过去。文具盒没有按照主人的指令飞向目标，而是在空中就打开了盒盖。里面的铅笔、钢笔、三角尺、直尺、圆规都纷纷掉了下来。圆规从空中落下，竟直直地插在何疆民放在桌上的右手的虎口之间，何疆民用恐惧的眼光看了王玉珲一眼。

这稀里哗啦的响声惊动了台上的杨老师，他严厉地喊道：“何疆民，站起来！怎么回事？”全班同学都哄堂大笑起来。杨老师脸上浮起了笑容，他走到何疆民的课桌前，看了看屋顶说：“这屋顶也没见开了什么洞，难道这些东西是从飞机上掉下来的吗？”

何疆民哆哆嗦嗦地站了起来，他颤着声音说：“我也不知道，这东西就怎么从天上掉了下来？”

杨老师厉声问道：“今天我讲的内容都听懂了吗？”何疆民紧张地鸡啄米似的点着头。

杨老师说：“那你提个问题吧。”

何疆民支吾起来，一旁坐着的曾金刚哧哧地笑着，曾金刚是班上成绩最好的学生，杨老师就是不问曾金刚。杨老师指着何疆民严肃地说：“你提不出问题，就一直站下去吧。”说完，杨老师就走了回去。何疆民吭哧了半天，最后提问：“不知道狮子岩的鼻子为什么会红？”全班同学都大笑起来。

杨老师缓缓转过身子，看了何疆民一眼说：“第一我不知道狮子岩的鼻子为什么会红，第二我要求的是提与上课内容相关的问题。继续站着。”

何疆民恼恨地把头转来转去地分别瞪了王玉珲和乔军两人一眼。乔军摊着双手，做着鬼脸；王玉珲则对何疆民竖起了大拇指。何疆民的腿碰动了连体式桌椅，坐在何疆民前面的女同学张灿的两只脚板蹭在地上把椅子使劲往后挤，开始重复着男女同学间最为常见的抢地盘的战事。何疆民站立着艰难地用大腿顶着。经过一番争斗，何疆民终于全线败退，他只能把椅子往后面挪了挪。

快下课时，一直在后面站着的何疆民把张灿的辫子和娇小的王晓的辫子轻轻地相互缠在一起。杨老师一说下课，何疆民迅速就离开了座位。只见张灿和王晓收拾好文具，站起来迈步走时，两人都痛苦地齐声大叫了起来。此时，何疆民溜出了牛棚教室，一路小跑上了木屋的男生宿舍。男同学都睡在不能随意直腰的楼顶上。那楼面也是木板铺的，同学们带来的花花绿绿的被子，都沿着屋檐席地放着。中间屋顶的最高空间则成了行人通道。何疆民跑上楼梯，一屁股坐在被子上。捂着肚子使劲笑了起来，他直笑得用两只手相互拍着木楼板砰砰地响。

刚走进楼下厢房的赵梦茹端起窗台上的茶缸准备喝水，楼上不知谁在跺地板。赵梦茹愤愤地抬头往上看了看。屋顶的间隙处正有一些脏物噗噗地往下掉，尘埃在明亮的冬日光线里飘浮着。赵梦茹熟练地抄起靠在墙角的一根长竹竿，对准天花板连捅了几下。楼上的何疆民顿时反应过来，做了个无奈的鬼脸，静了下来。楼下的赵梦茹举着竹竿，见上面没了动静，就停止了男女生间的这场习以为常的对抗战。然后赵梦茹端起茶缸走到门外，把茶缸里的水泼了出去。乔军正巧从门前过身，茶水泼了乔军一脸。赵梦茹吃惊地用嘴掩住了自己的嘴，“嘭”的一声，茶缸掉到了石头地上，弹起好高。乔军生气地停下了脚步，恼怒地用手一把抹下脸上的茶叶。他扭过头来，正好看见赵梦茹紧张而又兴奋的眼睛，赵梦茹一副潮红而又含羞的脸庞好像正在等待乔军的呵斥。乔军看了看地上的茶杯，没有说什么，迈动了他颀长的双腿径自走去。

王晓走了过来，关心地问赵梦茹：“他没有把你怎么样吧？”

赵梦茹像是梦中醒过来似的，说：“没什么，没什么。”像是怕被人猜透了心思，赵梦茹躲避着王晓的眼神，急忙蹲了下去像在掩饰什么似的捡拾自己的茶缸。王晓一脸哀怨地望着乔军渐去的身影。

“开饭了！开饭了！”“当！当！当！”那是彭洋在敲击屋前吊在一棵苦楝树上的半截锄头。吃饭在这开门办学的日子里算是最幸福的事情。大家排上队，一个个端着碗，在耐心等候。没有一位同学像现代的孩子似的，还没动筷子，就要先把所有的菜目视一遍，然后再开始下筷子。他们实在是太了解自己的伙食了，上山已经有十几天了，到现在还没尝过肉味。他们知道每顿菜大不了就是炒南瓜、炒白菜一类的，若放在现在倒是特绿色的时令蔬菜。大家也懒得像个饿鬼似的挤到前面去看了。彭洋是炊事班班长，他带着张灿等几个手巧的女同学负责把每天的菜做出来。这些都是十五六岁的孩子，刚上山几天，谁也没用过这样大的锅给几十号人煮过米饭。要么是水放少了，饭给煮糊了；要么水多了，饭没有煮熟。弄得这帮习惯到点吃饭的孩子把个手上的搪瓷碗敲得震天响，直敲得炊事班手忙脚乱，每到开饭时间都要延迟一两个小时。炊事班成了大家诟病最多的小集体了，以张灿为首的炊事员们罢了几次工以表示抗议，班上差点找不到愿意出来做饭的同学。其实在校办农场只有做饭这个差事算是最轻松的。

既不要开荒种地，又不要到点上下课。但是因为大家都怕临开饭时，听到敲饭碗的声音，所以除了张灿那几个最为剽悍的女同学，没人敢出来接这个活。最后杨老师制定了吃饭时谁敲碗谁就洗碗的规矩，才把敲碗的歪风邪气杀了下去。但是后遗症还是留了下来，大凡在炊事班干过的女同学，包括彭洋成年后，每当在家里主勺时，有儿女要敲敲缸碗的，必然要换来他们的一顿气愤无比的臭骂。

同学们排着队先在菜锅前装了菜，然后再走到饭锅前去装米饭。每个人都机械地伸出饭碗，不抱任何希望地等着装进一瓢被称为菜的东西。这段开门办学期间的伙食影响了这班同学成年后的饮食习惯。首先是彻底破坏了他们的味蕾，不管他们日后吃什么，他们的胃口极好，吃什么都香，极易满足。其次，只要有吃，不管三七二十一，先填饱肚子再说。即使儿女们剩下的一点饭菜，都要想尽办法送进肚子而后快，绝无浪费。何疆民也是麻木地递着饭碗，他不用看，今天打进碗里的东西还是有点分量，他掂着心里踏实。然后他又随着队伍走到饭锅前，向前伸出饭碗。彭洋用饭瓢铲了一坨米饭，他刚想送进何疆民的饭碗。他觉得那碗里的菜的颜色不对。彭洋的视力不好，他凑上前去，闻了闻。他问："何疆民，你自己带的菜啊？"

何疆民狐疑地看了看自己的饭碗。他发现那不是什么菜，那是潲水桶里捞出来的潲水。他回过头去，正看见张灿一只手撑着菜勺子，一只手在捂着嘴笑。何疆民气坏了，拿着手上的碗就向张灿冲去。张灿一见形势不妙，丢下菜勺子，掉头就跑。何疆民看样子非要把手里的潲水泼到张灿的身上不可。张灿在几个女同学的身后左躲右藏。那些女同学但凡只要看见何疆民手里端的东西，就没有一个见义勇为的。反而花容失色地躲到张灿的身后。张灿的个子本来就比一般的男同学还要高，她哪里能躲得过那些娇小的女生。正在张灿实在是躲不过去的时候，只听得王晓在喊，"快找杨老师！"

一句话提醒了张灿，张灿扯开了嗓门杀猪般地大喊："杨老师！杨老师！"

"哎！就来了。"杨老师在茅房里答应着，那时候的厕所不像现在受重视。看看如今的饭店、酒店的厕所有的比餐厅、大堂还要卫生豪华。那时山区、乡村里都把厕所称为茅房。首先是因为其构造简单，就是一些茅草和木板交错搭出来的。而且粪坑为了便于农作物的利用，出粪方便，茅坑也挖得很浅。茅房的一切都是为了简陋，就连茅房门也只是一堵拐弯的土墙。

"杨老师，快出来啊。"张灿已经什么都不顾地向茅房跑了过去，何疆民则是怒气冲冲地紧追不舍。张灿跑到男厕所的门口放肆地大喊："杨老师！杨老师！"其他同学端着饭盆站在房檐下大笑着，看着热闹。张灿恐惧地看着何疆民端着那盆潲水越来越近，她已经是无路可跑了，竟然大喊着“杨老师！”一头扎进了男厕所那拐弯的土墙内。

接着厕所里传来的是杨老师惊慌失措的叫声：“你怎么进来了？”

“何疆民在追我，他用碗里的东西泼我。”何疆民端着饭碗站在门口，已经犹豫起来。他不知道是不是应该继续追进男厕所。他转而一想，觉得有些害怕，就端着饭碗往回跑。继而把碗里的东西都往外面倒。

杨老师则提着裤子狼狈地从男厕所里走了出来。张灿则紧张地跟在他身后，惴惴不安地提防着。杨老师提着裤子，虚张声势地边走边喊：“人呢？人呢？”“何疆民！何疆民！”

何疆民空着手跑出人群，说：“我在这儿。”

杨老师厉声训斥道：“你在干什么？你的碗呢？”

何疆民跑进人群中拿碗去了。等何疆民拿了碗出来，只有张灿一个人站在男厕所门口恐惧地看着何疆民手里的碗。何疆民用目光四下里找寻着杨老师，王玉珲告诉何疆民说：“进去系裤子去了。”

何疆民拿着空碗假装里面还盛有东西似的往张灿身上用力一倒。张灿又是杀猪般地叫道：“杨老师！杨老师！”何疆民害怕了，就把碗底亮给张灿看了一眼。张灿一看是个空碗，就放心了，只见她示威似的向何疆民做了一个鬼脸。何疆民气不过，飞快地捡起一个石子扔向张灿，石子打在了张灿的头上蹦起好高。

杨老师走了出来，问张灿：“怎么回事？”

张灿捂着头说：“他用石子打我。”

杨老师问：“多大的石头？”

张灿在地上捡了一颗，递给杨老师看说：“这么大。”

杨老师说：“你就用这颗石头打他。”

张灿疑惑地看了看杨老师，她确定了杨老师不是开玩笑，她就把石头扔向了何疆民。石头在何疆民的头上弹起好高。杨老师说：“这下都扯平了，不准再为这件事闹了。”

这一天，校办农场出了件怪事。农场养的一群鸡，同学们也不知道是集体的还是老场长私人的，不知怎么了，操场里、屋檐下、厨房边死了三只母鸡。老场长气愤地说这是一起蓄意的破坏事件，一定要追查到底。

杨老师倒好像不那么紧张，反而笑着说：“这也算是割资本主义的尾巴，既然死了，那就马上剖了，晚上吃了。”

老场长说："瞎说！这是农场的集体财产，谁害死了这鸡，谁就是破坏生产，谁就是反革命。"

杨老师就是等着老场长这句话，他说："既然是集体财产，我们把它们吃了，也算它们死得其所。慰劳了我们这些开荒种地的英雄们。"

老场长知道自己的话说错了，知道自己上了杨老师的当，但是已经没有办法说回来了。他只是在嘟哝着："你们算什么英雄？"

小田老师说："还不知道是怎么死的，能不能吃？"

杨老师看了看一脸阴沉的老场长说："只有剖了，才知道这鸡是怎么死的，是不是还能吃？解剖也是破案必备的程序，不解剖怎么搞得清敌人是下了什么毒呢，没有证据啊。"

老场长就说："那先剖了再说。"

张灿负责剖鸡，剖开后，食袋里并没有发现什么可疑的东西。只是发现所有死的鸡的屁股里都塞进了一截树枝。这样怪异的死亡事件确实把三位老师都难住了，他们百思不得其解，不知道"凶手"这样凶残的作案手法的动机是什么？杨老师也不管什么破案了，他说："至少有一点我们明白了，这鸡可以吃。张灿！今天晚上就炒着吃。去挖点生姜来，用干辣椒炒，放茶油。"一说到吃，杨老师总是很关心。他要亲自决定每个重点菜的做法，按照他的意思，凡是带点荤腥的菜，在那个年头，来得不容易。若是重点菜，就千万不能浪费了，就必须做好。

老场长恼火地看着杨老师说："这案就不破了？就只吃鸡了？"

杨老师装着义愤填膺的样子说："此案必破，不破此案，绝不收兵，先立着案。"杨老师说完就走到张灿身旁指导炒鸡的程序去了。

老场长望着他的背影对小田老师说："看样子杨老师不吃完这只鸡，是不会破这个案子了。"小田老师已经看懂了两位在斗法，竟扑哧地笑了起来。

吃完鸡，何疆民一嘴油光地走到杨老师身旁说了一句："杨老师，你看我们是应该谴责这位冷血杀手，还是应该感谢他。不知道他是不是连环杀手？还作不作案？"

一句话把杨老师逗笑了，杨老师说："有鸡吃还堵不住你的嘴啊。"杨老师笑着把手里的鸡骨头扔向了何疆民，"还想吃鸡啊，我拿鸡骨头砸你。"

山区的夜晚来得早，天很快地黑了下来，气温也迅速地降了下来。同学们无事可干，蹲在哪儿，都感到异常的寒冷。大家只好躺在被窝里聊天，在农场的日子，一到夜晚聊得最多的是当地广为流传的"红袍子"的故事。

乔军对王玉珲说："今天我问了农场的老场长，见没见过'红袍子'？老场长说，几年以前，这山上闹鬼，都说是山脚下吊死了个姓周的地主婆。他们家就住在我们上山的必经之道，就是长了一棵大槐树的那家。我们买菜的板车就停在他们家对面，鬼是从周家地主婆的坟墓里闹出来的。于是山下的民兵营长就带了几个民兵，去挖那座地主婆的坟墓。"

这时睡在靠门口的何疆民便大声要求："声音大点，我们听不见。"

于是乔军的声音放大了若干倍。那时在那寂静的山上听恐怖故事就有点像现在看电视娱乐节目一样上瘾。"那棺材盖实在是钉得太紧，他们费了很大劲才把它打开。"乔军故意卖着关子，停顿了片刻。

这回是王玉珲着急的声音："看见什么没有？"

乔军不紧不慢的声音："结果里面挖出了一件红袍子，其他什么都没有看见。"

彭洋的声音："那地主婆呢？难道地主婆没死，是隐蔽下来的特务？"

"不可能，民兵营长亲眼看见地主婆死去的，也是他亲自监督下葬的。"乔军坚定的声音。

何疆民充满恐惧地问："那这么说，地主婆变成鬼了？"

乔军说："我可没有这么说啊。不过据民兵营长事后回忆，他撬开棺材盖的那一瞬间，就发现有一缕青烟从棺材里飘了出来。"

何疆民恐怖的声音："我说是变成了鬼了吧。"

曾金刚插话说："别打岔，让乔军说完。"

"那民兵营长也是一个当过兵且胆大的人。他说这件红袍子还很新，于是便打了这个地主婆的土豪，将红袍子拿回家自己穿去了。"乔军诡秘的声音在被周遭无尽的黑色包裹下的木屋顶上徘徊着，左右着十四班全体男生的心理世界。屋外传来的凛冽北风吹得四面挡风的竹席刺啦啦地响，就像是给乔军的悬疑故事配上的音效，这可比现代版的恐怖片《沉默的羔羊》的音效逼真得多。那种音效就压根不是后期配的，而是真实的现场直播。

何疆民的声音越发有些颤抖："那……那民兵营长后来呢？"

乔军说："民兵营长穿了这件衣服后，不到三天，也死了。"乔军又停了一会儿，谁也没有问话。只有外面的北风吹得席子传来的刺耳的声音。

"呵呵！"可能是彭洋大声咳嗽了一声。何疆民被吓得把脑袋藏进了被子里。接着传来了大家一片谴责声："别吓人啊，人吓人吓死人的！"

乔军诡秘的声音又在黑夜里回响，大家顿时安静下来。乔军继续说："故事还没完，大家把棺材抬来，准备去搬民兵营长的尸体时，发现民兵营长的尸体不见了。大家再去看那件挂在墙上的红袍子时，居然也没有了。从此后这边山林里就经常传来红袍子的故事了。"

何疆民急切地说："怪不得今天早晨，我去上茅房，雾色很浓。我从茅房里往外走，怎么也走不出来。我以为是我在做梦，我确实迈不动步子。我发现雾里面有个红色的影子，一直等到那红色的东西消失后，我才走了回来。"正在此时，只听得门口那块临时充作门的木板被推开了，还听得"呜呜"的哭叫声，就是不见人进来。

有同学大喊了一声："红袍子！"顿时大家被吓得没了声音。何疆民被吓得从自己的被子里跳了出来，径直钻进了彭洋的被子里。但是门还在被继续推着，哭叫声继续传了过来。王玉珲胆子大些，竟直起身子认真看了看，说："什么红袍子？是楼下的狗吧？谁开开电筒。"于是几道电筒光照了过去，确实是楼下的那只老黄狗冷得受不了，也想跑到楼上跟大家暖和呢。那狗正被门卡住了，进不来，还在"呜呜"地叫呢。

彭洋连忙起身跑了过去，把那狗放了进来。何疆民回到自己的铺上，踢了那狗一脚。嘴里说："吓死我了，我还真以为是红袍子呢。"那狗也十分乖巧，找了个有稻草的角落，盘着身子睡起来。

这山区的夜晚是特别不一样，夜晚吓得死人。除了肆虐的北风就再也听不到别的声音了。但是到了清晨，被窝外照样寒冷。但屋外的鸟鸣声却让人感觉到这山野清晨的温馨和诗意。

彭洋瞌睡大，鼾声如雷。何疆民没穿罩衣，就拿了火柴和牙膏跑到彭洋的床前。他熟练地挤了点牙膏到彭洋的手上，然后拿了一根火柴划燃。他让火柴从头到尾燃烧一遍后，立马就用火柴盒子把火柴上的火焰压熄。这时这根火柴没有回火，完全被炭化，这是杨思冲老师告诉大家烤火用的炭是怎么烧出来的小窍门。杨老师还跟大家说过，牙膏虽然很清凉，但是它的导热性也是极其快的。何疆民正在用学来的知识做小实验。他把烧好的火柴炭棍子插到彭洋手背上的牙膏里，然后他又划燃了一根火柴，果然那根炭棍子迅速被点燃了。只是它没有明火，像根炭一样地烧着了。这根炭很细小，所以燃烧起来的速度比我们平常看到的烧着的炭要快得多，有点像导火索的燃烧速度。

何疆民急忙回到自己的被子里，躲了起来。一会彭洋拍着自己的手背，从被子里跳了出来，他不知道是什么弄得自己很生痛。但是他从同学们开心的笑声里听出来了，有人使坏。昨晚被彭洋的鼾声折腾过的同学都在这一瞬间找到了心理平衡。这时何疆民火烧火燎地站了起来，他扭曲着身体。看样子是刚才他恶作剧时受了点凉，肚子有点憋不住了。彭洋则跑了过来，一把揪住何疆民说："是不是你小子使的坏？"

何疆民说："不是我，我要上茅房了。"

彭洋还是不依不饶地不肯放过何疆民："那是谁？你不说就不让你上茅房。"

何疆民急忙解释说："我真要上茅房了，再迟就不行了。我刚才睡着了。"正说着，何疆民放了一个臭臭的屁。

一旁的曾金刚将头藏进被子里高声喊道："快放他走，别让他在这放毒了！"

彭洋手一松，何疆民就顺手抄了一把黄草纸，往楼下跑去，只留下一连串的响屁。一会儿，楼下的杨老师在大声地催促大家起床。同学们都一个个地往楼下走，最先出门的同学大呼小叫地喊了起来。大家都跑了出来，才看见楼梯台阶上很有规律地散着一个个金黄色的小圈子，一直向茅房延伸过去。这是何疆民的杰作，大家一路追了过去，何疆民还在茅房里大呼小叫地拉着大便。

彭洋解气地说："你一路拉过来，还没拉完啊。"

何疆民说："我肚子痛，帮我请个假，我出不了操了。"彭洋答应着走了。

过了一会儿，彭洋在茅房外高声喊："何疆民，杨老师准你的假，你不用做操了。不过你要把你拉出来的东西给收拾干净了。"

何疆民有气无力地说道："好的！"

彭洋没有听清何疆民的回答，就跑了进来问何疆民："你听清没有？"

何疆民难堪地说："你小点声啊，你是怕大家不知道是吧。"

彭洋恨恨地说："知道害羞，你就别拉啊。"

下午三点，股东会就在会议室里开始了。玉龙公司的股东全部加起来就只有王玉珲、乔军、曾金刚三人。王玉珲的股份占了百分之六十，乔军占了百分之三十，曾金刚是百分之五。还有百分之五，王玉珲说由他来决定送给以后对玉龙公司有重大贡献的人，实际上这是王玉珲开公司的一贯做法。那就是每次都要预留一些股份给那些对自己公司有生杀予夺大权的公务人员，他这一招屡试不爽。这样做首先从制度上解决了与公司有利益关系的人，不会因为出现临时拿一笔钱出来进行商业贿赂而纠结不已。其次，对公务员预留的股份一旦成交，会让对方觉得自己很有诚意。这比拿钱赤裸裸地行贿要让人感到舒坦得多，安全得多。最主要的一点，送股份实际上就是把对方牢牢地套住了，他得永远为玉龙公司效力。王玉珲就是依靠这招过关斩将，一路杀过来的。

曾金刚是最后一个到的，曾金刚屁股还没坐下就说：“王晓刚才对我说，周致平老师病了，我们等会儿去看看吧。”

王玉珲说：“行，我们开过会就去看吧，大家知道今年是我们高中毕业三十年，三十年应该好好大庆一下吧。老同学赵梦茹跟我说，要我们玉龙公司赞助一把，不知你们两位意见如何？”

乔军还在较劲，他说：“董事长，这算不算今天的议题？”

王玉珲说：“乔总，平常我们都是大家合计一下就算过。既然认真起来，认真也有认真的好处，以后开股东会会议我们最后一个程序就是表决。”王玉珲停顿了一下又补充了一句：“按股份表决。”

这句话一说出，大家都知道按股份表决，实际上就是控股方说了算，王玉珲占的比百分之五十一还多，不就是他说了算吗？王玉珲这句话说出口，实际上也是在提醒另外两位股东，以前我什么事都跟你们商量，是因为大家都是老同学、老朋友，彼此之间都相互尊重。实际上按照公司法，我是绝对控股方，我完全可以不与你们商量。还有一个意思，就是以前大家认为我王玉珲独断专行，实际上是有法可依的。乔军愣了愣，马上就明白了王玉珲那句“按股份表决”的含义了，乔军在此以前，确实还没想过会有这么一说，但是王玉珲今天说了出来，他马上就明白了其中的分量是不容自己质疑的。乔军想到，王玉珲提出这个意见来，肯定是针对自己的。乔军一时觉得自己是不是有点太过了，是不是有点太逼王玉珲了？才迫使他收回了他的权利。

曾金刚也听出了王玉珲的意思，他知道这是王玉珲要收回自己权利的开始，也是要加强他个人领导的信号。在这三人股东会里，自己是最小的一个，是最没有权利的一个股东。他大学考上了企业管理专业，毕业后，分配到大西北工作。王晓学的中文，毕业回了家乡雾水六中教书。两人在省城读书时建立了恋爱关系，分居了几年后。他费了好大的劲，把自己的关系调回到省城一家部属企业。刚报到，这家企业就干部冻结，集体搬迁到华东去了。他又等待了两年，最后去他妈的，辞职下海跟了王玉珲。王晓因为一中进不去，去了六中。六中高考连续几年剃了光头，学校不景气。在六中干也没什么盼头，王晓只好办了停薪留职手续，到玉龙公司打工。王玉珲、张灿两口子对他俩一点都不薄，让他当玉龙公司的总工程师。工资待遇那就不用说了，就是家里有什么红白喜事，王玉珲也是当仁不让，全力以赴。曾金刚一直认为自己是得了王玉珲的恩赐才会有今天的，公司不管什么大小事，他都是唯王玉珲马首是瞻。曾金刚是一个典型的中国知识分子，总认为自己得到的要比付出的多得多，已经很满足了。曾金刚听到王玉珲这么说，就有点不祥的感觉，他害怕开会时，几位好朋友会争吵，他心想只要不吵架，最好就是王玉珲一个人做主就行了。

还是乔军开的口："我同意给同学聚会捐款，就是不知道要捐多少？"

王玉珲说："现在匡算是十万。可能刘旭、赵梦茹他们想先组建一个筹委会，等预算出来后才知道具体数额。"

乔军说："那这个问题，下次再开个会明晰一下就行了。今天的会议主题可能不仅仅是为聚会捐款吧？"

王玉珲开门见山地说："以前我小舅子跑门面项目时，不是问过我们吗？当时我们都是同意的，现在批下来了，我们反口，怕有点不合适吧？"

乔军说："当时确实都同意过，但是这么大的事不能就站在街头上那么一说，便草率决定了吧？"王玉珲心里明白乔军是指张军上次给他们提这件事时，他、乔军还有曾金刚当时就是站在公司的大门口正准备上车时说的。正因为如此乔军就认为这样形成的决定不是正式的，是随意敷衍的。

王玉珲想到这儿就说："你觉得那不够正式，但是我们至少答应人家了。口头约定也是合同的一种啊。"

乔军的倔脾气又上来了说："反正我认为那不能算，那是大家闲谈之余随意答应的。"他停了一会儿又说："公司门口的临街门面由谁开发的问题，我的意思是不能由张军来干。因为道理很简单，这个门面的投入是一次性，而获益是永久的。为什么这么好的项目要让公司以外的人来干，自己不干？"

曾金刚只是静静地听着，脸上并无任何的表情。王玉珲也没有言语，他从身边的公文包里拿出了几份文件。王玉珲说："这份文件，是张军以玉龙公司的名义给区园林局打的请示报告。区园林局刘局长的签字是：此地建筑密集，绿地太少，不可再废止绿地。"

王玉珲说："大家都看看，我手上这份报告，是张军打给区城建办的。城建办在一个月后终于签了字，上面是这么写的：拟同意，请市城建局刘、王局长批示。又一个月后，王局长签了同意两个字。这时一把手刘局长又出国了，半个月后，刘局长回来了，他签的意见是请区园林局拿个具体规划。这又弄回到区园林局。区园林局又签上了最开始的意见。张军等于是干了半年，终点又回到了起点。"王玉珲边说边把手上的报告递给乔军。

王玉珲接着说："张军每走一步，在经济上和时间上都花费了不少，他一直想绕过区园林局，因为区园林局已经跟我们玉龙公司结怨，他左冲右突就是过不去。最后还是没能绕过去。这个时候张军都想放弃这个项目，他跟我诉苦。我就对他说，干项目哪有那么容易的事，你如果不往下走，前面你的投入就和你以前干的项目一样打水漂了。你现在只有坚持，才有可能在这个项目上挽回损失。你是不是把所有的路都试了，都是此路不通，肯定还会有办法的。于是他想到了找上面，靠上面往下压，把这个项目拿下。但是这次他的代价更大，他用了一年的时间去结识主管副市长，正好副市长的老妈得了肺癌，吃不了医院的伙食。于是他对副市长说他老婆在家闲着，反正得给孩子做饭吃，顺便可以给老太太做三餐饭的工作，实际上张军一身欠账，他老婆早就跟他离了。就这样张军自己把厨师工作坚持了下来。副市长老妈的癌症拖了半年，张军也坚持了半年。等老妈去了，张军拿到了副市长的这份签字。这上面是这么批的：同意，请市城建局督办，月底审批结果报市三办。张军这次虽然没花什么钱，但是用心了。"王玉珲把手上的最后一页报告递了出去。

曾金刚说："没想到建个门面还要这样麻烦。"

乔军说："那区园林局的最难伺候，就是一帮龟孙子。"

王玉珲说："你们觉得这个门面是不是应该给张军来干？"

乔军就说："从情感角度来说，张军把这个项目批下来，确实不易。我是没有这个本事把它搞定的。但是理性看这个问题，这么大一个项目，把它交给公司以外的任何人来做，我觉得都不妥。还有一点，如果张军不做，我想在经济上绝对不能让张军吃亏，一定要给予张军优厚的回报，至少他把这个项目批下来了。"

王玉珲转过头去问曾金刚："曾总的意见呢？"

曾金刚很清楚，上次开会已经讨论过这个项目。乔军当时就是毫不含糊地反对让张军来干。今天怎么又拿出来重新讨论？可以想见，乔军和王玉珲在这个问题上是意见相反的。王玉珲肯定是同意张军上这个项目的。而且会议一开始，王玉珲就明确了，今天的会议是股东根据股份来投票决定事项。那自己的表态还有什么用呢？想到这儿，曾金刚就说："以前我还真不知道，这事竟这么周折。我个人觉得张军拿下这个项目是很不容易的，付出了极高的代价，不管是经济上，还是人力上。再加上张军干这个项目时就跟我们打过商量，虽说就只有那么几句话，但是那几句话双方都表达得很清楚。到今天为止，大家对那几句话，也没有别的什么异议。那就是说至少张军是在我们同意过后才开始干的。现在这事办妥了，我们又要收回这个权利，违背我们当时的承诺。这可能就是我们的问题了，人家张军是没有错的。我的意见是这个项目还是让张军继续干下去，此项目虽然有稳定的现金流。但是对于我们其他项目来说，也只是一个零头。更何况，这块地是我们的，张军还是要给我们交钱的。我们并不是没有钱挣。说不定，张军帮我们来管理，还是一个好事。我们既不需要承担风险，也不需要管理那么多的商户。每个月的房租催起来也要命，生意好时，还好说；生意不好时，那催房租就是一项非常具体的事了。”

王玉珲脸上浮起一丝笑意："曾金刚你的意思，前面两句话就可以表达清楚。后面啰嗦了半天，还是这个意思，就是你同意把临街门面交给张军开发？”

曾金刚笑着回答："就是，就是这个意思。”

王玉珲说："那好，大家时间宝贵。我们现在就开始表态吧，我个人也同意曾金刚的意见。”

乔军还是板着脸说："我反对。”

王玉珲说："根据《公司法》，我们是百分之六十五的同意。反对意见只占百分之三十。此提案可以通过了。再补充一句，以后通过提案，都按照《公司法》、遵循这个定律吧。”乔军心里愤愤不平地想，遵循这个定律还不是遵循你王玉珲的定律。

第四章　青春期的故事

THE FOURTH CHAPTER

王玉珲醒悟过来，于是他也好奇地轻轻揭开自己的垫被，然后扒拉开下面的稻草，他很容易地找到了一条缝隙。他把眼睛凑了上去，他看清了是小田老师正在下面洗澡。小田老师是站立着的，她那前凸后翘的白白的身体尽入眼底。王玉珲吃惊地抬起了头，不敢再看。他想了想，这个老流氓还在看小田老师洗澡。怎么办呢？他干脆趴在旁边的木板上，轻声地喊：“老场长！老场长！”

开完会，他们三人就准备出门去看周致平老师。王晓已经把车子准备好了，她在公司前台等着他们散会。王晓从他们三位股东比较严肃的表情感觉到，今天他们三人在会议上定是有了争执。王晓也是年近半百的人了，但是她的身材依然还是中学时代的小巧玲珑，没有半点其他女同学忧心忡忡的发福迹象。王晓戴着眼镜还是那样温柔文弱，她说话的音量就注定了她不是个好老师，做她的学生听她的课，估计从中排开始一直到后排可能都听不清她的声音。自从三十年前她在王玉珲挨批斗时替他说出那句关键的话，便被其视为恩人。王玉珲当时在批斗台上暗暗发誓：有朝一日发达了，绝对不能忘记两个人。第一是张灿，第二就是王晓。王玉珲被批斗的故事跟青春期有关，发生在七十年代缺少精神生活的雾水一中校办农场。这个故事彻底改变了王玉珲同学的命运，也让很多同学的个性和人格都产生了变化。

七十年代的农场大山上满是绿荫葱葱的松树和杂木，簇拥着这些树林的是些齐腰深的杂草。老场长站在一块大石头上，给大家下达着今天的劳动任务："今天我们的任务是把这几块荒山开垦出来。大家要先把这几块地的周围砍出一条防火道，要使烧荒地的火不要烧到防火道外围去。等我检查完你们砍出的防火道以后，听我的命令才能点火。等过了火后，就把地一块块地整出来，用石块把每块地的护坡垒出来。"

对于现在的十五六岁的孩子们，要让他们去开荒种地，那估计不如杀了他们。但在二十世纪六七十年代，那时的孩子们就是这样过来的。今天是杨老师和小田老师带着大家劳动。看得出老场长对小田老师厚待有加，高看一眼。小田老师走到哪里，老场长就跟到哪里，而且眼神总是围着小田老师打转转。如果是杨老师带队劳动，老场长是绝对不会全程陪同的。

小田老师来自新疆，她的爸爸是转业干部，在新疆娶了维吾尔族的老婆，生了小田老师。小田老师身材高挑，容貌秀丽，她已经习惯成年男人注视自己的火辣眼神了。小田老师指挥着大家砍着山地上的灌木丛和藤蔓，稍大点的树早已经被砍掉了。剩下的残枝败叶倒是好清理，没多久，防火道被清理出来。

老场长对小田老师说："田老师，我们一起检查一圈吧。"

小田老师答应着："好，王玉珲、曾金刚，你们俩带着砍刀跟着我们一块儿检查。"王玉珲和曾金刚拿了刀，跟上了两位老师。老场长悻悻地低头往前检查起来。其他同学则在防火道外面休息，等待着放火后进行开荒。他们四人转了一圈，又回到原点。彭场长下达了放火的命令，男同学特别的兴奋，每个人都抢着放火。于是防火道里几个方向都同时燃起了熊熊大火，寒冷的空气被大火烤得热烘烘的，火焰在大家兴奋的眼睛里闪现。

一会儿工夫，山地就被烧平整了。小田老师说："现在是党和人民考验我们的时候了，我们要把地里的土都翻一遍，把树兜子都要挖出来，再用石头把一块块的土地护坡垒起来。"大家开始用锄头挖起地来。这山上的土多是红色的泥土，特别适于种茶树，当然也有种花生、红薯、高粱、玉米的。这红泥土的上面已经有一层厚厚的黑红色的有机肥了，这些肥料本来是大自然给予这些山林的，现在十四班的同学要把它们翻过来，变成生产粮食的有用肥地了。那个时候还没有绿色环保一说，只有"人定胜天""开荒种粮"的口号在激励这些热血少年。他们用尚未发育成熟的胳膊，举高了锄头，向荒山要粮。

乔军的身材是同学中最高大的，他开荒的速度也最快。他先把土里的树兜挖出来，然后就把泥土全部翻松一遍。他尽量把里面的泥土往外面挖，这样使开垦出来的一块完整的地显得宽大些。然后再用就地取材的石头把这块土地的边缘垒起来，以防止下雨时雨水冲走了泥土。乔军默默地干着，把本来并排的何疆民渐渐地拉远了。何疆民看了看在后面检查的小田老师，又看了看他无论如何也赶不上的乔军。他觉得自己落在乔军的身后，差距太大，对自己不利。于是他挪了挪，把自己的劳动位置调整到女同学当中去了。

杨老师跟在何疆民后面，杨老师说："我俩算一组的，我们一块干活。"杨老师在上课时要求大家严厉，搞劳动就正好相反。他自己就是一个出勤不出力的懒骨头，只见他一会儿拣拣树枝，一会儿拣块石头。没动几下他就坐下来歇歇，要不就在一旁提醒着同学们要爱惜身体，看得老场长在一旁对他不停地翻白眼。杨老师认为，以前自己下放在农村，那就是干农活的。现在读了书，出来当老师，那就是教书的。自己也是很小就被弄出来干活，弄得书没好好读，现在不能再干这种傻事了。学校要求开门办学，他也没有办法抵制。但磨磨洋工，你奈我何。

赵梦茹可能是挖累了，拄着锄头看了看前边抡圆了锄头的乔军，她看他的眼神有些痴了。真有点像日本电影《追捕》中的风见明子注视着田岛耕作驾驭烈马的情景。王玉珲也在注视着，他注视的是赵梦茹。他看见赵梦茹对乔军的神态，眼里就流出些许的伤心来。还有一位也在注视着赵梦茹，那是王晓的眼神，她的眼里充满了嫉妒。她对准赵梦茹扔了一块泥疙瘩。赵梦茹猛地醒悟过来，也不看谁扔的泥巴，就心虚地拿着锄头继续挖了起来。

过了一会儿，王晓凑到赵梦茹的身边。赵梦茹显然已经缓过神来。赵梦茹自言自语地说："你看那小子怎么像个机器人似的？使不完的劲。"

王晓幽幽地说："你是说乔军吧？"

赵梦茹嘴里嘟哝了一句："是的。"

王晓说："他老子是南下的，每天都要他早起跑步，做俯卧撑。这么长的鞭子拿在手上，做不完就抽，做不好也抽，动作慢了还抽。他身上都是一道道黑黑的伤痕。"王晓比划着鞭子的长度和抽鞭子的动作。

赵梦茹一把抓住王晓挥动的手，心痛地说："真的，怎么能这样呢？这不是法西斯吗？"

王晓看了一眼赵梦茹抓住自己胳膊的手说："你抓我干吗？我又没抽啊。"

赵梦茹疑惑地看了王晓一眼问："你怎么知道的？"

王晓说："我跟他住对门，天天都能看见。"说完王晓扭过身子，把个赵梦茹留在那里独自伤心。

小田老师在大声指导同学们："大家注意啊！一个人的力量是撼不动大树兜的，大家先不要管它。我们等会集中优势兵力来对付它。"一会儿，她叫齐了乔军、曾金刚等几位体型高大的同学。

何疆民大声地掺和道："田老师，我们班还有一位大力士，可以成为攻坚力量。"

小田老师问道："谁啊？"

何疆民说："彭洋啊，他是我们班力气最大的男同学。"

小田老师说："别瞎掺和了，彭洋要给大家做饭吃，要不你代他去做饭。"何疆民顿时没了声音。小田老师又问大家："先从哪里开始？"

赵梦茹连忙举手说："从我这吧，这棵树兜实在太大了，不先挖出来，就没办法干别的了。”王晓在一旁轻蔑地瞥了赵梦茹一眼。

小田老师说：“好，乔军，你们就从这里开始吧。”乔军有些热了，他利索地脱下身上的毛衣，里面就剩下一件海军衫。脱毛衣时，把里面的海军衫带到了腰部。赵梦茹极想看到乔军的背上有没有鞭痕，但是又不好大胆地直视。

到处都是黑乎乎的泥土，乔军不知道要把脱下来的毛衣放到哪里。赵梦茹接了过来，说：“没有地方放衣服，我来拿吧。”乔军就把毛衣递给了赵梦茹。赵梦茹抱过毛衣闭上了眼睛，轻轻地闻起了衣服上的气味。王晓连忙接过其他几位男同学的毛衣，一把全部堆在赵梦茹的怀里。赵梦茹睁开眼睛时，竟发现自己的胸前被毛衣堆过了额头。

乔军让其他男同学把树兜下的泥土尽量掏空。然后再用砍刀把连接地面的根须一根根砍掉，然后他使劲摇起树兜。最后把树兜尽量掰歪，反复顺时针和逆时针转着树兜，直到树兜下面的主树根断掉为止。就这样一棵大树兜被挖了出来，大家齐声发出胜利的欢呼。

接下来，要拔掉的是王玉珲那块地里的一棵大树兜，只看那树兜，也不好辨别是什么树。乔军等人又是如法炮制，但是前面的手段都好使。到了最后，树兜下的那根主树根实在长得太粗了，而且还长得很隐蔽。砍刀锄头都够不着，不管大家怎么用力，那根主树根就是断不了。

所有人几乎累得不行了，全身都已经汗透。连小田老师都把毛衣脱了下来。她那发育成熟的鼓鼓的乳房看得老场长眼睛都不会转了。那时的学生比现在学生的性成熟期晚得多，同学们的性意识是自生自灭。没有催长的，却有打杀的，所有文字和图像以及口头的教育都是禁欲的口径。所以大家的性启蒙都来得很迟，当然也不是像上下课似的一般整齐，有快有慢。王玉珲看过“手抄本”，算是懂事比较早的，他觉得自己的眼睛管不住似的总想往小田老师身上溜，特别是想停留在小田老师的胸部。他知道这是资产阶级的腐朽堕落的思想在诱惑自己，他不能上这个当。他强迫着自己不去看小田老师，尽量把眼神停留在别的地方。

乔军把衣袖卷了起来，他说“大家让让，我再来试一把。”于是乔军两只手用力地转动起树兜，小田老师也站在了乔军的对面，为乔军加油。随着乔军一声大喊，树兜被乔军掀翻在地。乔军用力太猛，也倒在对面小田老师的身上。王玉珲清楚地看到乔军的胳膊挤到了小田老师的胸部上，小田老师的胸脯猛烈地弹跳着。王玉珲的心脏随之激烈地跳动起来，此时王玉珲的心跳比乔军的要跳得快得多。

中午，老场长说今天任务完成得很好，他把仓库里的一筐花生拿了出来慰劳大家。

大家都出了不少汗，煮过饭后，那些堆得像小山似的树兜的后面就成了天然的澡堂。乔军、曾金刚、王玉珲等男同学一人提了桶饭锅里烧热的水，那水上还漂着油花。大家也没人计较那菜锅里烧出来的水，站在树兜上就哗啦啦地洗了起来。

下午上小田老师的数学课，没多久，很多男同学就一个个趴在桌子上，打起瞌睡来。倒是王玉珲睡不着，他一直在克制自己别去看小田老师，但他又管不住自己的眼睛。他弄不清楚资产阶级腐朽思想到底是在自己的脑子里，还是在小田老师的胸部？他觉得要抵制资产阶级腐朽思想太难了。怪不得思想教育是这样的重要，抵制资产阶级的侵蚀是长期艰苦的一项斗争。小田老师知道同学们上午的劳动体力透支过度，她自己也觉得非常疲劳。好在这农场也只有杨思冲老师和小田老师两位正副班主任，她也不需要向谁请示，于是她干脆就直接下课让同学们休息去了。小田老师不明白的是，怎么一说下课，那个王玉珲就火烧火燎地跑出了牛棚教室，难道他有什么急事不成？

傍晚，农场又发生了一件怪异的失盗案件。吃过晚饭后，王晓、张灿到操场旁去收自己的衣服。她们发现自己的衣服掉了几件，最后经仔细清点，她们确认丢失的衣服全部都是自己贴身穿的内衣和短裤。她们又急又羞，张灿说："这跟老师说不说啊？说出去人家会笑话我们的。"

王晓说："肯定要跟老师说，不说，下次可能还会偷的。"于是他们决定先去跟小田老师报告，看小田老师怎么处理。小田老师听完她们的报告，大吃一惊。她从来就没有听说过这样的丑事，她觉得这样的事不像是真的，太匪夷所思了。

小田老师说："这样的事还是要告诉杨老师，他见过世面，知道怎么处理。"

王晓就说："小田老师，这样的事说给杨老师听，多不好意思啊。要早知道你会跟杨老师说，我们就不会告诉你了。"

小田老师说："那我们能把这件事搞清楚吗？这样吧，我们先分析一下，你们说这件事有可能是什么人干的。他想干什么？"

王晓说："我想应该是个男的，而且有可能是外面过路的男人。"

张灿说："为什么就不是我们农场的人呢？"

小田老师说："农场的人除了老场长，就是我们班上的人了，难道是我们的男同学干的？"

王晓说："不可能！应该是外面过路的人呢。"

张灿说："我看何疆民就完全可能干得出来。"

王晓说："那你说，何疆民偷你的衣服干什么，他家里总不缺这几件衣服吧？"

这一问倒是把张灿问住了，张灿一时无语。小田老师问王晓："那你为什么说是外面过路的人偷的？"

王晓说："因为这里过路的人，大部分是比较穷的山民，他们才有可能需要这些衣服。"

张灿又问："那为什么只偷小衣服，大衣服不偷呢？"小田老师显然认为这个问题提得好，她也一脸狐疑地看着王晓，等着王晓的回答。

王晓说："这个问题我想过了。因为那些过路的人还要走远路，他们不便于带这些外衣，太重了。正因为如此才能解释为什么不是我们内部的人偷的。"直说得小田老师连连点头。

张灿站立起来，掏出了一条小手巾和一双毛线手套，她说："这两样东西是我爸爸在上海给我买的，也是小东西，他为什么不要。"

小田老师接了过来，端详着。她说："是啊，为什么这么好的东西他不要呢？"

王晓说："也许是山里人，不识货。"

张灿说："那就更不对了，我那条短裤，是妈妈拿我姐姐的几条红领巾自己拼接起来的。做得很差，谁都能一眼看出来。"王晓也想起了自己的那条碎花内衣也是妈妈自己做衬衣多出来的一块布料子，在自己家的缝纫机上踩出来的。王晓一时也找不到合适的理由了。

张灿却猛地反应过来，她说："说不定这个过路人不是为了偷衣服，而是另有目的。"

小田老师说："你说下去。"

张灿凑近了神秘地说："说不定就是留个记号，然后再来杀人。"王晓一听吓得差点把自己的双手都塞到嘴里去了。正在此时，一只猫跳到了小田老师的窗台上。猫的尾巴猛地打到窗纸上，那猫还凄厉地叫了一声："喵！"三个人顿时吓得抱成了一团。

小田老师撒开抱着两位女同学的两只手，气愤地说："你的这种判断太荒唐了，太牵强了，也太恐怖了。"小田老师的气愤神态把两位女同学全部逗笑了。小田老师趁机说："这件事情必须跟领导们汇报，别真的弄出什么人命案，谁也担待不起。"两位女同学就都不吱声了。

不到几分钟，老场长和杨老师都到了小田老师的房间里。房间里只有一张椅子，小田老师就坐在椅子上，老场长和杨老师一并坐在床上。小田老师跟他们两人把情况介绍了一遍。杨老师听得很仔细，老场长的两只手在小田老师的床上移来摸去的，弄得小田老师心里直反胃。

老场长听完了小田老师的介绍就说："这没有什么啊，两条短裤和衣服还当不了一只鸡呢。农村掉点这样的东西是常事，没有什么事。这远远没有比整死鸡的性质恶劣。"

小田老师不无担忧地说："就怕是外面的人别有企图，先拿衣服，再制造恶性案件。"

老场长立即接上话，很淫秽地说："你是怕招来强奸犯吧，先奸后杀。"

杨老师连忙打断了老场长的话，他说："我估计这是我们男同学干的事，没有什么大问题。"

老场长立即站了起来说："这就好办了，马上突击检查，把男同学全部叫下来，然后挨个检查铺位。赃物肯定还没有转移，很好查。抓到了严惩不贷。"

杨老师很淡定地说："这件事我以前处理过，还是由我来处理吧。"

小田老师马上说："我同意由杨老师来处理。"

老场长只好说："你的学生，你处理吧，那我就不管了。"老场长说完就回自己的房间去了。

杨老师立即把张灿和王晓叫到小田老师的房间里，杨老师严肃地对两位女同学说："这件事说出去丑，就不要对其他同学说了，不会有什么问题的。"两位女同学都同意了。杨老师离开小田老师的房间时回过头来对小田老师说："这件事确实没什么，我见过。田老师你还小，以后你会明白的。"小田老师满脸疑惑地送走了杨老师。

晚上，王玉珲在自己的铺位上辗转反侧，久久不能入睡。乔军又开始讲起红袍子的恐怖故事来，但对于王玉珲来说，他是一句也听不进去。没多久，彭洋的鼾声又传了出来。王玉珲的脑海里总是抹不去乔军的胳膊撞击到小田老师的胸部那一瞬间的情景。

想着想着，王玉珲好像听到了窸窸窣窣的声音，但不是从同学这边发出的。是从相反的一面传过来的。王玉珲连忙凑近了隔板，从缝隙里看了过去。他第一次发现隔壁还摆了一张床，但是床上没有人，桌上的煤油灯还亮着。老场长就睡在这里。不知怎么能听见声音，却看不见人呢？正在王玉珲纳闷时，老场长的那张布满皱纹的脸隔着木板突然出现在他的眼前。正当王玉珲被吓住时，那张脸并没有看他，而是又矮了下去。看样子老场长正在聚精会神地贴着地板寻找什么东西，但奇怪的是老场长怎么脸贴在一个地方就不动了呢？那不像是在寻找东西。好像是在看什么。对！他是在看楼下的什么东西。

王玉珲醒悟过来，于是他也好奇地轻轻揭开自己的垫被，然后扒拉开下面的稻草，他很容易地找到了一条缝隙。他把眼睛凑了上去，他看清了是小田老师正在下面洗澡。小田老师是站立着的，她那前凸后翘的白白的身体尽入眼底。王玉珲吃惊地抬起了头，不敢再看。他想了想，这个老流氓还在看小田老师洗澡。怎么办呢？他干脆趴在旁边的木板上，轻声地喊："老场长！老场长！"

老场长被喊声吓得连忙站了起来，半天才搞清了方向，凑了上来呵斥道："怎么这么晚了，还不睡啊？"

王玉珲轻声地说："老场长，我饿，睡不着。"

老场长也不言语，走到一口大柜子前面，打开了木柜子，只见他拿了一只小簸箕铲了一小堆花生，然后走了过来。他从上面一个孔里递了过来。他说："拿着，明天再吃，快睡吧。"

王玉珲说："我饿得不行了，我吃了就睡，老场长你也睡吧，你今天也累坏了。"

老场长无奈地走回了床铺，脱了衣服，吹了灯。王玉珲则傻傻地看着老场长睡觉，自己却故意地把花生吃出声响来。王玉珲边吃花生边想，即使今天老场长不会偷看了，但明天后天呢？以后呢？不行，我还得想办法。让他永远偷看不成，他想好一个办法，于是他掀开了垫被，他不敢再往下面看，只是机械地用一些稻草和纸片往那缝隙有光处塞了进去。塞完后，他铺好床铺开始睡觉。

王玉珲就是睡不着，他开始用数数的办法，一直数到五百多下，他还是睡不着。只要闭上眼睛，小田老师那前凸后翘的身段就出现在他脑海里。就这样辗转反侧不知道过了多久，他迷迷糊糊渐入梦乡。他感觉好像在奔跑，然后遇到了赵梦茹拦住了自己。赵梦茹笑吟吟地看着他，他被看得不好意思了。赵梦茹好像还在往自己身上凑，他猛地觉得赵梦茹好像没穿衣服。定睛一看，发现赵梦茹光着身子，他大吃一惊。赵梦茹的身材竟是这样玲珑剔透，凹凸有致。那身体不由自主地向自己靠拢，王玉珲的下身竟也径直地迎了上去。王玉珲被吓得停住了脚步，但是自己撒尿的东西却不听使唤地在疯胀，他想捂也捂不住，想拉也拉不回。那东西竟直突突地向赵梦茹伸了过去。

就在王玉珲既惊又喜完全放弃了控制、信马由缰的时候，他觉得自己的身下有种从未有过的舒畅感像放电似的通遍全身，五体通泰。王玉珲被那种触电般的刺激感搅醒了瞌睡，大口地喘气。他还沉浸在那种过电般的刺激中，他还没有弄明白那电波是怎么发源的，又是怎么传递的，他的心脏一直突突突地跳个不停。他好奇地摸了摸自己的身体，竟发现身下有些黏糊糊的排泄物。他想起了平常那些大男孩跟他说的一些男女间的事来，他有点明白自己是怎么回事了。他连忙找了些作业纸，把自己的下身擦了擦。当他重新躺下去时，他还在胆战心惊地回忆自己身上的美妙瞬间。

第二天清晨，王玉珲出操时，他不由自主地向赵梦茹看去。他怎么看也觉得赵梦茹的身材不像梦里的她。他疑心是自己没看准，他想梦中的赵梦茹是没有穿衣服的。而现在的她，穿了这么多，怎么还会有那样的身材呢？

王玉珲没有忘记帮助小田老师的计划，他找了个空与小田老师搭讪。王玉珲说："小田老师，我们男同学在上面很闹的，没有影响你休息吧？"

小田老师说："有点影响，你们在上面一动弹，那上面的灰尘就噗噗地往下掉，弄得我的床好脏。"

王玉珲低头得意地笑了，他接着说："小田老师，要不我弄几块板子，把你的屋顶补一下吧？"

小田老师说："麻烦吧？"

王玉珲说："我一会儿就可以搞好，很快的，不麻烦。"王玉珲在农屋后拣了几块长长的木板扛进了小田老师的房间。他叫了乔军、曾金刚、何疆民，又到炊事班叫了彭洋来。他们在外面还搬了十几条长条凳子来。王玉珲吩咐大家，把长条凳分成两组，挨个垒起来。一直垒到天花板上，他和何疆民揣了一些钉子和锤子，各选了一摞长凳爬了上去。乔军和曾金刚在下面扶着凳子，防止长凳垮下来。彭洋则去搬一块块的木板。

彭洋从被叫离炊事班时起就一直在问："干什么？"一直到现在还在问："这到底是做什么？"

王玉珲回答说："你就别问了，反正是小田老师让干的，待会儿你就都知道了。"

彭洋则不依不饶地说："你不告诉我，我就不给你递板子，你自己下来拿吧。"

王玉珲摇着头，无奈地说："小田老师晚上没办法睡觉。这天花板上的缝隙太大了，我们要用板子把这些漏洞堵上。你重得像猪一样，把些稻草杂物什么的都压了下来。"

彭洋倒是不恼，恍然大悟似的点了点头，说："这么回事啊，你卖什么关子啊？"说完他就把手上的木板递了上去，其他同学都被彭洋的迂腐逗笑了。

何疆民用手顶着木板对王玉珲说："要钉几块啊？"

王玉珲说：“都得钉上，把顶上两块木板间的缝都要钉一遍。”

何疆民说：“不用吧，只要把缝隙大的地方钉上就行了吧？小的东西也掉不下去。”

王玉珲肯定地回答：“小田老师说的都要钉上。”

何疆民嘟哝着：“不知道是小田老师说的，还是你小王老师说的？”王玉珲也不搭理他，自己乒乒乓乓地钉了起来。何疆民揉着眼睛又嚷了起来：“这样不行，都弄到眼睛里去了，让他们四眼狗上来。”

王玉珲也被灰尘眯了眼，他坚持把手上的木板钉完，然后就和何疆民撤了下来，把戴着眼镜的曾金刚和彭洋换了上去。看样子何疆民的提议很正确，钉木板的工作往下就进行得很顺利了。

又过了几天，杨老师接到通知，要去学校学习几天。他吃过早饭就走了。老场长见杨老师走了，立马就安排上午劳动。一上午的开荒，把大家累得够呛。下午小田老师在教室里上课，有很多同学都在打瞌睡。王玉珲倒是没有打瞌睡，他看着赵梦茹的背影又开始想入非非了。王玉珲自己也纳闷，去年这些女同学在自己眼里还像狗屎似的，嫌弃得不得了，早些时候还经常与女同学争抢座椅。自己在校本部的那套座椅就是跟赵梦茹坐的，现在那上面还留有自己用小刀子划上去的分界线。他对赵梦茹当时就宣布过主权：“这是三八线，越线就打。”赵梦茹那时的手上经常被自己打得红红的，赵梦茹也有事没事地找杨老师哭诉。杨老师倒是没有批评自己，只是杨老师使坏，把全班最暴力的女同学张灿调到与自己同桌。从那时开始，自己就没好日子过了。张灿主动划线，还把三八线划到自己的领土里来了。弄得自己经常越线，张灿的手又重，自己的手就基本没有痊愈过。打不过她，还不好意思去杨老师那里告女生的状。

仅仅过了一两年，不知道怎么回事，猛地发现以前嫌弃的女同学都越长越漂亮了。他曾经对何疆民说过这种感受，他问何疆民是不是发现班上的女同学有什么变化。何疆民说有啊，班上女同学的成绩现在比不过男同学了。他提醒何疆民说，你没发现班上的女同学比以前好看多了？何疆民的脑袋摇得像拨浪鼓似的。王玉珲现在对女同学的态度变了，别说打她们，就连骂她们也说不出口了。他越来越想看到她们，越来越愿意与她们在一起。干什么事女同学在，就觉得有劲，否则连去都不想去。他现在的内心好像总是有一团火似的，经常烧得自己坐卧不宁。今天他又觉得心里的这团火又燃起来了，他发现自己已经没有办法来抑制这团火的燃烧。他只能任凭这团火在内心里熊熊燃起，渐渐充满自己的胸膛。顺着动脉，然后到每个血管，以至于燃遍每一根毛细血管，终至全身。那火越烧越旺，越烧越大，越来越烈。烧得他恨不得脱完所有的衣服，跳到山泉里去降降温，熄熄火。

而且只要这把火烧起来后，他就极想看到赵梦茹，看到她的脖子、她的手，甚至……这让他已经心存罪恶。但是他没有办法不去想她，不去想她的身体。他曾经多次发誓，这是最后一次了，不会再有第二次了。但是只要那团火一旦点燃，那种淫秽的思念又会死灰复燃，又会像一个魔鬼似的不可阻挡地重返他的身体。他只能在它的肆虐中匍匐在地，委屈投降。他知道只要这个魔鬼回到他的身体，他就没有办法集中精力去听老师讲课，他只能随着魔鬼的旨意让自己的思想停留在欲海不能解脱。他的父亲前些日子一直要帮他找找成绩下滑的原因，可是一直找不到。不是找不到，他早就知道自己学习下降的原因。但是他不能说，更不能对自己的父亲说。

而且让他难堪的是，这把火一烧，他撒尿的东西就会渐渐变硬，变大。以致他走路都害怕那里顶得太高，让同学们看到后笑话。他利用下课的间隙，跑到楼上，趁着无人，他舀了一瓢冷水小心地淋在自己撒尿的家伙上。随即他那撒尿的家伙慢慢变软了、变小了。他为它的迅速变化感到奇妙，他心想但愿脑子里的魔鬼也被冷水淋跑了。他穿上裤子，又走进了教室。小田老师在台上讲述着，赵梦茹坐在王玉珲的左前方。王玉珲不用偏头，他的余光就能直接看到赵梦茹的背影和她脸庞侧面的玲珑线条。王玉珲只要看到那玲珑的线条，就会情不自禁地去想它。整堂课看样子又要泡汤了，王玉珲的思想又一次陷入了恍恍惚惚的状态，他知道自己的努力又白费了。王玉珲看着她洁白的脖子，他在想象那白色脖子下面应该是什么样的走势，他非常渴望能看到那下面的风景。他觉得今天就必须看到，否则自己今天就过不了这个关。

他在构想能用什么办法实现自己的目的，他想到了老场长能在木楼上看到小田老师，那女同学就睡在另外一个厢房里，那木板顶肯定是同样的做工，缝隙就肯定同样的大。只要跟其他男同学换一个铺位，就应该能看到下面的厢房里面。想到这儿，他就没有兴趣上课了。他甚至觉得这堂课竟这么漫长，小田老师今天怎么这么能说。他盼望小田老师快点讲完，他需要马上回到木楼上去。

小田老师刚宣布下课，王玉珲就迅速地跑上了木楼。他趁同学们还没到，他估摸好女同学住的厢房的位置。就飞快地掀起几位男同学的铺下的垫被。好在大家的铺位是直接铺在木板地上的，操作起来很简单。果然他看见了几条宽宽的缝隙，他凑上前去，就能看到下面女同学的铺位。他心里一阵狂喜，此时他已经能听到同学们上楼梯的脚步声。他急忙把铺位恢复好，然后装出若无其事的样子回到自己的铺位上。

他发现了那个让他狂喜的铺位是曾金刚的，等曾金刚坐下来后。他走了过去，他对曾金刚说："我想跟你调换一下铺位。"

曾金刚问："好好的，为什么要调换？"

王玉珲说："睡在那个靠墙的铺位，乔军晚上讲红袍子，我有点害怕。"

乔军一听，兴奋了，走过来揶揄着说："你不是不信这些的吗？怎么也害怕了？"

曾金刚二话不说，把自己的铺盖立马卷了起来。王玉珲也回到自己的铺位前，清理起自己的东西来。每个人的东西都很简单，一个书包，一个提袋，里面放了一些日用品，还有就是自己的铺盖了。三下两下两人的铺位就换了过来。

吃过晚饭，天色黑得晚，有些同学还在排队打水准备洗澡。因为上午搞了强体力劳动，洗澡的同学就比较多。王玉珲也拿了个桶在下面排队。等赵梦茹说说笑笑出来排队提水，王玉珲就把自己的桶拎了回去。他已经知道赵梦茹在提水准备洗澡了，他满怀喜悦地等待那一时刻的到来。他算准了时间，自己就睡进了被子里。

一会儿，乔军的恐怖之声广播电台又开始广播了，整个男寝室只有一盏油灯昏黄地亮着。吹来一阵北风，油灯里的灯光就会随风摇曳。于是男寝室里的影子都会随机地在摇晃，给乔军的恐怖之声平添了几分恐怖气氛，于是大家越发觉得红袍子要来了。

而此时的王玉珲则在被子下，悄然地揭开垫被，拨开下面的稻草，寻找到那条宽宽的缝隙。那条缝隙不难找到，里面透出了一线黄黄的光芒。王玉珲急切而又兴奋地把眼睛贴了上去，女同学的寝室尽收眼底。女同学不像男同学睡得那么早，此刻，大部分人都在洗浴。她们只是在寝室的一个角落拎上一桶水，然后用毛巾沾着桶里的热水，往身上擦洗。

他搜索着期待的目标，不一会儿，他发现了坐在铺位上的赵梦茹。此时的赵梦茹在兴奋地说着话，她就像平常一样地说得手舞足蹈，兴高采烈。她开始去脱身上的衣服了，她一件件地褪掉沉重的服装。这让王玉珲越来越兴奋，他只觉得魔鬼又开始附体了，他的身体正在膨胀。天气很寒冷，赵梦茹脱衣的速度越来越快。王玉珲瞪着眼睛死死地看着，他不会放过这最难得的机会。赵梦茹终于脱完了自己的衣服，可能是天气太冷的原因，她用双手相互抱着赤裸的身体。王玉珲几乎是从她的头上垂直看下去的，他既看不清赵梦茹的胸部，也看不清她的臀部。

他揉了揉自己的眼睛，眼光一直追随着赵梦茹到了洗浴的那个角落。他起初以为赵梦茹双手交叉抱住了胸部，导致自己看不见她那凹凸有致的身体。等赵梦茹开始用毛巾擦拭着身体时，他终于看清了赵梦茹的胸部是扁平的，还没有发育好，这跟男同学的身体没有什么区别。他想起那天晚上他看见小田老师的那一幕来，他在此以前一直以为，是女人就应该都是小田老师那样的身体。但是赵梦茹让他大失所望，他一直期望的情景并没有出现。他觉得自己的身体在悄悄降温，慢慢变软。就在他失望的时候，突然一位前凸后翘的异性闯进了他的视线。那就是他一直期望见到的赵梦茹的身体。他觉得自己马上像喝醉了似的，全身沸腾起来。他马上有了异样的感觉，他看着看着，身下变得湿润起来。就在他浑身火烧般时，他看清了那位女同学的面容，原来是张灿。

接下来王玉珲狼狈地在被子里处理起自己的内裤来，他用作业纸反复地擦拭着内裤上面的排泄物。等他清理完后，他开始把头露出了被子，魔鬼终于被驱赶了，燃烧过的身体渐渐冷却下来，他终于可以安静地睡觉了。就在他进入梦乡之前，他的脑海里一直在闪现张灿的面容，这张脸太熟悉了。他从来是把她当一个女魔头看的。他平常是既讨厌她，又恨她，但是又拿她没有任何办法。他打不过她，骂不过她，她就是自己内心的魔鬼。魔鬼也会溜走，那是在自己排泄过后，就这样他渐渐地睡着了。

第二天，王玉珲的眼光在女同学中逡巡的目标已经不是赵梦茹了，而变成张灿。他感到张灿这个平日里的女魔头，今天看起来显得很漂亮，他猛地发现张灿才是自己心仪的女孩。而张灿也在众同学的眼光中，发现了一双对自己脉脉含情的眼睛，当她认真地捕捉到那眼神时，结果让她大吃一惊，她没有想到竟是她的死对头，小冤家王玉珲。她在兴奋地回忆自己是什么地方打动了对方，她不知道。她想起来了，这么长时间，死对头、小冤家平常对自己的野蛮侵略，从来就是打不还手，骂不还口。她以前一直以为是对方害怕自己，这时她才明白是自己狗眼看人低。实际上是对方喜欢自己，怕伤害自己。她开始后悔了，开始自责起来。她没有想过自己这么粗鲁的女孩子，还会有人喜欢。她家兄弟姊妹多，父母带孩子都是一种放养的方式，带得很粗糙。对于爸爸妈妈来说，只要把孩子养大，就算完成任务。父母的爱心平均分配到每个孩子的身上就很有限了。因为害怕人家欺负自己，自己就变得很蛮横，张灿对外一直具备一种积极防御的心理。她因为缺少爱，极想得到爱，对人家的爱意也特别地敏感。想到王玉珲能喜欢自己，她就觉得自己是那么幸福，自己的生活充满了阳光。

张灿完全变成了另外一个人，炊事班的活，她现在都抢着干。以前炊事班的同学都知道张灿的脾气是最大的，最多的。她有没有气，你只要听她手里的锅碗瓢盆发出的声音就可以判断出。大凡只要她手上的那几样家伙的声音不大，而且富有节奏感，那就是平安无事；要是那声音大，而且没有节奏感，那就千万不能惹她，因为她发火了，而且后果很严重。现在她不仅让手里的几大件每天都发出悦耳的节奏，还一边干活，一边唱着朝鲜电影的插曲《卖花姑娘》。把一首悲悲戚戚的歌曲演绎成一首欢快的抒情歌曲，这让文艺委员赵梦茹很不满。她对张灿说："张灿，高兴时你可不能唱《卖花姑娘》啊。"

张灿咧着大嘴笑着说："为什么？"

赵梦茹说："那是一首悲伤的歌曲啊。"

张灿说："那我可以唱什么啊？"

赵梦茹说："唱些欢乐的歌啊，可以唱《打起手鼓唱起歌》，还可以唱《翻身农奴把歌唱》，还可以唱……"

赵梦茹的话还没有说完。张灿就唱起来了："打起手鼓唱起歌，我骑着马儿过山坡……"

赵梦茹摇着头，轻声说了声："神经病！"就走开了。

王玉珲已经找出张灿洗澡的规律了，其他同学是搞了强体力劳动，就会烧水洗澡，而张灿不用外出搞劳动。她在炊事班总是有热水的便利，她每周会在周一和周四晚上洗两次澡。王玉珲就是掐准了这个时间来开始驱魔的，魔鬼来之前，王玉珲学习没有劲，上课恍惚；一旦魔鬼离开了，自己又可以重新投入学习中，这让王玉珲不能自拔，让他上瘾。

又是一个驱魔的日子，也是改变王玉珲一生的日子。恐怖之声广播电台开始广播了，乔军正在述说红袍子的新编故事，突然曾金刚打断了乔军的话。曾金刚这两天感冒了，有点发烧，他找乔军要退烧药。乔军只好停止恐怖电台的播送，他点亮了灯，开始给曾金刚寻找退烧药品。乔军没找到，何疆民说他那里有。于是整个寝室的灯都被点亮了，乔军走了过去帮曾金刚拿药。他拿了药回来，看见王玉珲在被子里弓成一团，他就说："这王玉珲在干吗？"

王玉珲的邻铺同学就说："他经常这样，是被你的故事吓的。你一说故事，他就被吓成一团哆哆嗦嗦。"

乔军了解王玉珲，他认为王玉珲的胆子是比较大的。他们在一个院子里长大，王玉珲就是院子里的孩子头。小时候躲猫猫，只要是找王玉珲，就特别麻烦。他是什么地方黑就往什么地方钻，院子里哪怕比他大几岁的孩子都怕跟他捉迷藏。上次王玉珲要求与曾金刚换铺，乔军就有点纳闷。但是王玉珲要是被吓成这样，打死乔军，他也不会相信。这小子肯定是在搞什么名堂，于是他心生一计。他轻手轻脚地招呼楼上的同学围拢来，示意他要揭开王玉珲的被子。

大家也对乔军的新奇想法感到好奇，被蒙在被子下的王玉珲哆哆嗦嗦的举动所吸引。一个个喜笑颜开地等待着谜底揭开。乔军伸开他的长胳膊，猛地抱起王玉珲的被子。“嗤”的一声，被子不知挂在哪里，被撕开了一个口子。王玉珲正赤裸着下身，趴在地上。内裤、垫被和稻草都被掀到了一边。大家一时都被眼前的一幕惊呆了，有些同学根本还没具备看懂这幅画面的心智。曾金刚好奇地问了一句：“你尿裤子了？”

何疆民推开王玉珲，趴在那道露出黄色光芒的缝隙上看了看。他站起来说：“你们来看看。”就有几位同学趴了上去看。何疆民接着说：“他不是尿裤子了，他是在偷看人家女同学洗澡。”

乔军站在一旁，厉声呵斥道：“你真无耻！”同学们也嚷嚷起来。乔军自小就在他父亲的严厉教育下成长，他正直刻苦，旗帜鲜明，眼里是容不得沙子的。他看不惯的东西就会立马说出来，他不喜欢的东西也会直接表态。他的爱憎都写在脸上，他的好恶都是由传统的思想教育决定的。他注定是与这个现实的社会格格不入的。他不善言表，也不苟言笑。他身材挺拔，形象出众。看得出他出身于干部家庭，思想正统，观念固执。

王玉珲一时无地自容，他默默地穿起裤子来。等王玉珲穿好衣服，隔壁的老场长已经听到动静了。他跑了过来，急问大家发生了什么事。何疆民猛地叫了起来：“这被子里怎么还有女人的衣裤？”被撕烂的被套里露出了几件花花绿绿的内衣裤来。

老场长想起了上次女同学反映被偷裤子的事，他就问：“这是谁的被子？”

何疆民说：“是他的。”他指了指坐在地上的王玉珲。

老场长想起了自己上次偷看小田老师洗澡被这小子打断的烦心事来，还想起了王玉珲从城里带回了领导要抓好自力更生改善伙食的指示，那是王玉珲父亲的指示。那指示使这个班开垦土地的面积远远不及上个班级的一半。杨老师不也是拿鸡毛当令箭，故意消极怠工。名义是开门办学，实际上每日带学生们游山玩水。还有上次杨老师搞回来茶油，他去问王玉珲，王玉珲却公开撒谎，根本就没有把自己这个场长放在眼里。他不就是以为自己有个好老子，看不起别人吗？再说杨老师上次表示要一个人处理偷衣服的事情，但后来就没有下文了。说不定杨老师早就知道这件事是王玉珲干的。只是为了讨好他爸，故意包庇他。想到这儿，老场长新仇旧恨一起涌上心头，他觉得今晚就是个好机会。正好趁杨老师不在，要把这件事搞大，要把王玉珲搞臭，要扭转这个班的歪风邪气。杨老师走的时候已经吩咐了自己临时负责。

老场长对男同学们说："现在所有的人都到教室集合，今天晚上我们要开王玉珲的批斗会，带上他的证据。"

然后老场长下楼去敲小田老师的门，他跟小田老师通报这件事："小田老师，这是一个很严重的问题。偷衣服是他，偷看女同学洗澡也是他。一定要开他的批斗会。弄不好还要送公安局。"

小田老师想起了王玉珲给自己钉屋顶的事，她不由自主地往屋顶上看了看。老场长见状，做贼心虚地说："你这屋顶没事。"

她觉得王玉珲那次是很有善意的，他要想偷看，为什么要把缝隙都钉得那么密实呢？但话说回来，他要是没有偷看，他又怎么知道那上面有缝隙呢？小田老师有点百思不得其解。她觉得自己是真的不了解这帮学生，都出了这么多这么大的事，自己却一点都没有察觉，可见现在的学生胆子确实是越来越大了。但是她听说老场长要送公安局，就觉得是不是把这事处理得太严重了。她现在唯一的想法就是要跟杨老师商量，听听杨老师的意见。以前在校本部她对杨老师并没有太深的了解，通过农场这段时间的相处，她发现杨老师是一个极有个性的老师，可以说是一个另类。同学们也都很喜欢他，她以前不了解杨老师的这种魅力。现在她知道了，杨老师不仅有智慧、有阅历，还富有人情味。他就像一个大哥哥让人放心，他总是有办法应对任何事情，什么难事在他手上都可以轻易化解。此时小田老师多么希望杨老师就在身旁。让杨老师来处理这件事情，肯定是迎刃而解。

小田老师说："要不要先给杨老师打个电话？说说情况。"

老场长有点不高兴了，他说："这么晚了，给他打电话。他也来不了，岂不是干着急？明天我们一早再给他去电话，催他回来吧。"老场长又说："这件事情在男同学那里已经是众人皆知了，今天晚上不开个会，我担心会出别的什么事。我们要统一大家的思想，稳定同学们的情绪。"

小田老师说："你想过没有，这么做，会不会过火。再说王玉珲的爸爸是我们的县长。"

老场长得意地笑着说："我就知道你跟杨老师都是害怕他爸爸，所以才让他一步步滑向犯罪的深渊。如果上次我们发现他偷同学的衣服时，及时指出纠正他的毛病，他就不会有今天的问题了。就是杨老师姑息养奸，包庇纵容，才让他落到这个地步的。"

听到老场长这么说杨老师，小田老师正色道："老场长你这么说，可能有些不合适吧？"

老场长知道自己说得太过了，就打了自己的嘴一下说："看我这张嘴说到哪里去了，我是着急啊，怕出大事啊，出大事我们谁都脱不了干系。"老场长说："你也用不着担心王县长了，他可能现在正在写交代材料了。"

小田老师说："怎么回事？"

老场长满脸淫笑地贴近了小田老师，故意压低声音说："还不是犯了男人下面的错误，男女作风问题。这件事是乔军他爸爸乔书记亲自办的，错不了。"

小田老师有点着急地问："他们都知道这事吗？"

老场长凑近了小田老师的脸说："刚发生几天，还只有我知道。这父子都犯同一个错误，男人啊，可怜！"

小田老师最讨厌老场长一跟人说话，就跟人靠得紧紧的，而且是越靠越近。小田老师已经退后了几步，她对老场长有一种厌恶感，她觉得这个人给人的感觉就是黏糊糊的、不健康的。她甚至发现他的语言、行为，都是那么猥琐。她是从心里看不上他。对于老场长说话的方式，可能有点误会，这个人倒不是只跟小田老师说话才贴得比较近，他不管对方是男是女，都是这种说话方式。反正小田老师已经不愿意在这里跟这个她不喜欢的人说话了。

批斗会现场，还是布置得像模像样。农场还没有通电，照明主要是靠煤油灯和蜡烛。如果批斗会也放上几支蜡烛，肯定会让现在的年轻人以为是烛光生日晚会，够浪漫的。虽然这件事发生在几十年前，但前后几代人对美的理解可能还是很有共同点。至少老场长就认为，这蜡烛没有杀伤力，太软了。煤油灯还勉强，但是也还不够亮度。好在农场不缺松树，那几根粗松木做成的火把，是不能放在室内的，于是被插在教室的两个门外和几个窗户口。那松木烧起来就相当于火上浇油，直烧得松木上的松油噼噼啪啪爆响。那火苗直往上蹿，很有点气势。那个时候能想到这种场景的人确实是很有创意的。放在现在，这样的人才当个现场导演、舞美设计什么的应该是绰绰有余的。

场面一旦部署好了，战斗肯定是要打响的。那个时候的人确实喜欢斗来斗去，而且是明摆着的斗，有众人斗一人或几人的，那叫批斗。形式类似于现在扑克牌的三打哈；有用大字报相互攻讦、谩骂的，那叫文斗。形式类似于今天网上的拍砖，人肉搜索；还有群体性的、动用机枪大炮进行相互斗争的，那叫武斗。类似于现在小规模的局部国际武力争端。当然最伟大的是全国人民团结在领袖身旁，由领袖直接发动的对付一人或一小撮人的斗争，那叫路线斗争。类似于现在的对重大恶极的刑事犯罪分子的最后宣判。不管那个时候怎么斗，基本上还是有些骑士风范的。一般都是要先叫阵，然后再进行决斗。当然有的时候双方力量虽过于悬殊，但还是能感到一方叫阵的声音是那么的雄壮。总的来说大体都还能找到决斗的影子。不像如今的一些斗争，被斗趴下了，还不知道对手是谁。或者是打了大胜仗，兵不血刃。一张大字报也不用写，一句口号也不用喊就屈人之兵。

老场长站在台上一脸踌躇满志的模样，他觉得今天是个不同凡响的日子。他在这一天可以决定一个人的命运，何况这不是一个普通人的命运，他还是一县之长的公子。能让一个县太爷的公子在自己面前发抖，那可不是一件容易的事，那需要过人的勇气。他在家里还从没有听说过祖上有干过这样伟大事业的人。他听过祖上最荣耀的事就是当年，清军剿苗的时候，几十个清军在他们家住过几晚。他祖上为清军做了几天伙头军，清军还留下一个漂亮的鼻烟壶送给他的祖上。这个鼻烟壶作为传家宝已经传到了他的手上了。现在他可以来宣判一个县太爷公子的命运，今后后人们肯定会议论自己的功德，他今天完事后一定得留下一件纪念物作为证明。他想他们家如果没有一个乡邻里都没有的鼻烟壶，他祖上的事业谁还能记住啊。

教室里已经坐满了男女同学，男同学都已经知道今晚的事，一个个显得很镇定。女同学有不少可能还是从梦里被叫醒的，都在交头接耳地打探到底发生了什么事情。小田老师站在一边显得心事重重。

老场长清了清嗓子，说："大家安静了，我现在宣布把流氓犯王玉珲押上来！"

"啊！"女同学们叫着，全部惊讶地站了起来。

王玉珲被乔军和何疆民押着走到讲台上，老场长对乔军说："现在请乔军同学发言揭露王玉珲要流氓的过程和批判王玉珲。"

乔军就说："这些情况，我们男同学都知道了，只是女同学不知道，我就简单说一下。"乔军就把当时的情况介绍了一遍，介绍完以后乔军就接着说："我认为这件事情完全违背了三大纪律八项注意，这是流氓习气。是因为王玉珲同学放松了对自己世界观的改造，让资产阶级的腐朽思想占领了自己的头脑。"乔军说得义愤填膺，让台下的赵梦茹频频点头。赵梦茹一直就认为乔军正直上进，身为领导的孩子，却能艰苦朴素，而且他看问题也和其他男同学不一样。她觉得乔军就是班上最优秀的男同学。而此时为王玉珲心如刀割的同学就是张灿了，张灿刚从王玉珲的眼里体会到温情和关切时，他却去看女同学洗澡。这让她觉得王玉珲太窝囊了，太不争气了，她心里很是恨他。当她看到王玉珲站在台上，那双平日里偷看自己的眼睛此时却不敢抬起来，这让她感到好心痛好心痛。

正在此时，王晓在台下轻声地问："那你看到谁了？"这个问题显然问出了全体女同学的心事，现场一下全部安静下来。张灿从没有感到此时自己的心脏跳得那么猛烈，她内心里既希望听到王玉珲说看到自己，又害怕听到他说出来。但是她更恐惧地是害怕听到他看到了别的女同学。她知道今晚在房间里洗澡的绝对不止自己一个人。她闭上了眼睛等待着王玉珲吐出那个名字。但是她等待了好久王玉珲也没有开口。今晚上洗澡的女同学每个人都很紧张，担心说出自己的名字。赵梦茹更是双拳紧握，眼睛用力地闭着等待噩耗传来。"说啊！说啊！"这是王晓小声地催促。实际上王晓今天没有洗澡，但她知道赵梦茹洗了澡。她希望王玉珲在全班所有同学面前说出赵梦茹的名字，她特别希望乔军能知道这一切。

老场长严厉的声音："王玉珲，老实交待，你不要顽抗到底。"

何疆民显然承受不了王玉珲的继续沉默。他害怕老场长再次发火。何疆民冲口而出："我知道他偷看了张灿和赵梦茹。"

"哇！"的一声，赵梦茹竟在教室里大声哭了起来。张灿紧闭的双眼终于打开了，她终于听到了自己的名字。当她自己的名字被说出来时，她就再没了恐惧感。她眼里流出了泪水，她是为自己的名字在教室里回响，而感到内心的满足。她知道那只是他为了多看自己一眼才犯下的过错。对于她来说这不是过错，这是骄傲，这是她长这么大第一次被人这么关切而感到骄傲。她从心里感谢王玉珲，他让自己有了面子。

王晓还在小声地问："那你到底是为了看谁，才偷看的？"王晓知道，王玉珲一直对赵梦茹情有独钟，她想让他当众说出来是想看赵梦茹。实际上有这种想法的还有其他那些不太被男同学关注的女同学，她们知道赵梦茹平常就是男同学心目中的焦点人物，就要让她当众出出丑，让那些对她有好感的男同学去伤感吧。

顿时，整个教室又安静下来，曾金刚觉得这么做太没意思了，他就插话说："这有什么意义吗？这有什么意义？"

没想到曾金刚的声音马上被女同学愤怒的声音掩盖了。"与你有什么关系？又不是你的姐姐妹妹被看了，你当然不关心。"曾金刚差点被愤怒的女同学赶了出去。

何疆民也急了，他焦急地劝着王玉珲："该做的你都做了，你还有什么不好意思说的。快说吧！"何疆民说完，连忙看看老场长的脸色，他是担心老场长又会发火。

张灿现在倒是坦然了，她已经知道答案了。但是她还是急切地希望自己的名字从王玉珲的口中说出来，她希望王玉珲当着全班的同学来宣布他的心事。要让那些平常看不起自己的女同学重新认识自己，要让那些不把自己当回事的同学瞠目结舌。她低着头闭着眼睛，她不想让大家看到自己的真实表情。

王玉珲声音不大地求着情说："这个可以不交代吗？"

"不行，必须交代。"女同学们不依不饶的声音。

"是张灿！"王玉珲声音极小地回答。

"是谁？再说一遍！"王晓有点不相信自己的耳朵，她实际上听得非常清晰，但是她确实不能接受王玉珲是为了偷看张灿，才闹出这么大的动静，一时她感到非常的失望。赵梦茹也听到了王玉珲的回答，她虽然一直在用劲地夸张地哭着，但是她照样非常关心王玉珲的最终答案，她没想到自己竟然是被捎带着偷看的，他要看的竟是张灿。如果换个别的名字，她觉得都不难理解。为什么他会选择张灿呢？难道自己连张灿都比不上吗？赵梦茹想到这儿，真的生气了，她的哭声也更大了。其他的女同学也没人会想到会是这个结果，她们早就在等待王玉珲的嘴里蹦出"赵梦茹"三个字来。但偏偏就不是，但是大家转念一想，说出张灿，也是把赵梦茹比了下去。连张灿你都比不过，还算什么中心人物，你们那些男同学的眼神是不是都有点问题啊？想到这儿，众女同学心里都觉得解气，都找到了平衡。张灿的脑袋一直没有抬起来，她在轻声地哭泣，她的肩膀在不停地抽动。同学们又一次猜错了，他们都以为张灿是受不了打击，才伤心而哭的。实际上张灿是因为感到太幸福了才哭泣的，这是她十几年来第一次因为受到其他人的关爱而哭泣。

老场长说："大家不要悲伤，我们马上就要开始清算王玉珲的罪行，看看他的罪行给我们的受害人带来多大的伤害？下面由你们两位女同学控诉，对王玉珲进行批判。"

赵梦茹第一个站了起来，只见她掏出手绢擦了擦通红的眼睛，她说："王玉珲的行为完全是流氓行为。他偷看同班的女同学，他不尊重我们女同学。如果是你的姐妹，你还会去偷看吗？如果是你的母亲你还会去偷看吗？"台下一片议论，刚才赵梦茹把自己比成了人家的母亲，大家发出了议论。赵梦茹继续说着："是你的家人，你绝对不会去看的。而我们你却偷看了。"赵梦茹难过得哽咽起来，有点说不下去了。赵梦茹顿了顿，又伤心地说："你让我们以后怎么见人啊？"这句话激起了女同学们的同感，大家又是一片"嗡嗡"的议论声。与其说赵梦茹是痛恨被偷看，倒不如说她更痛恨被陪着偷看。如果王玉珲最后说出来的名字是她而不是张灿，那她兴许不会控诉得那么狠，那么坚决。她最后说："伤害是已经造成了，希望老师对王玉珲的行径不仅要批评教育，还要进行严惩。”

张灿本来是不想上台说的，但是她听到赵梦茹要严惩王玉珲，有点急了。再联想到今天这样的场面，老场长肯定是不打算放过王玉珲的，于是她觉得自己应该为王玉珲说两句话，她擦了擦眼泪，走上台去。了解他们俩历史的，甚至担心张灿会冲上去打王玉珲。张灿一反常态，冷静地走到讲台上，她给大家鞠了一躬。没有人会想到今天的张灿不仅不臊，反而变得彬彬有礼。她开始说了：“偷看人家洗澡确实是件不光彩的事，但是男孩子又有几个不是这样的呢？”同学们一时都被她的发言搞糊涂了，不知道她要说什么。张灿继续说：“我们家的兄弟多，那帮男孩子一天到晚就爬人家窗户偷看女孩子洗澡。有时候是一大堆男孩子一块看，我放学的路上经常看到他们爬人家窗户。”

有女同学在下面问：“那你告诉你们家大人吗？”

“告诉啊，我回家就告诉爸爸，我爸爸说这是没有药治的。我问他你怎么就知道没有办法教育他们呢？我爸爸说，因为你爸爸也是这么长大的。”张灿说到这儿，全班都哄堂大笑起来。小田老师也笑了，连老场长也跟着笑了起来。不过老场长随即就恢复了正常。老场长一看这批斗会的气氛有点减弱，火药味也变得淡淡的，这么下去可不行啊。于是他提醒着张灿说：“张灿同学，你的话应该围绕着控诉王玉珲的罪行以及造成的严重后果来发言。”

张灿答应着：“好，先让我继续说完。我发现爸爸不管他们，以后看见他们爬人家的窗户，我就不告诉我爸爸了，我自己来管他们。”

下面同学又问：“那你怎么办？”

“我就喊，有人来了，吓得他们撒腿就跑，但次数多了，也就不灵了。于是我就改变了战术，我碰上他们在偷看人家，我就猛喊，有人偷看啊。这一招肯定会吓得他们立即就跑了。”

何疆民笑着说：“那你这样是说，下次碰上王玉珲偷看你们，我们只要大声喊就行了。”

张灿看到何疆民说话，好像想起什么事是的。她就当场问何疆民说：“你之前帮王玉珲回答，说看到了赵梦茹和我。我要问你，你是怎么知道王玉珲在看赵梦茹和我的？”

何疆民被咄咄逼人的张灿吓住了，他没有正面回答张灿的问题，而是含糊其辞地说：“好多男同学都知道。”

张灿咬着牙齿说："我再问你，你是怎么知道的。"

女同学已经听懂了张灿的意思了，也帮着张灿催着说："说！快说！"

何疆民只好说："我们为了收集他的证据，也看了一眼。"

张灿说："我开始就说了吧，男孩子都是一样的，都是一伙伙地看。你何疆民还有其他男同学也应该站到台上去，接受我们的批判。"何疆民真急了，他在张灿的拉扯中已经没有办法说清楚自己了。

老场长又说话了，他说："我们要集中火力，愤怒声讨王玉珲。"

张灿这次就直接反驳了老场长说："我和赵梦茹是受害者，我们要求全面清算所有参与偷看的同学的罪恶，梦茹，你说是不是？"赵梦茹泪水汪汪地点着头。王晓可能是第一个意识到张灿上台不是为了控诉王玉珲的，而是替他解围的，张灿实际上喜欢王玉珲。王晓是一个心思比较细腻的女孩子。她第一次感觉到现在的这个张灿完全不是以前的张灿了，大家都小看了她。她不仅有勇气，而且有头脑。她平常看上去是那么的粗俗，但是关键时候她表现得那么冷静，做得那么隐蔽。她帮王玉珲帮得多巧妙，从头到尾没有说王玉珲一个好字，但确实使这个批判会开不下去了。

就在此时，只见老场长在口袋里掏出了从王玉珲的被套里搜出来的女式短裤和内衣。老场长说："王玉珲和其他同学的性质确实不一样，这是从他的被套里搜出来的证据，可见王玉珲是个老流氓了。这几件内衣裤是你的吧？"老场长把内衣裤送到张灿的面前辨认。张灿第一眼就看见了自己那件由几条红领巾拼接的短裤。张灿把自己的内衣接了过来，她好像不愿意让其他同学看清似的，连忙把短衣短裤塞进了口袋里。王晓也上台把自己的内衣拿了回来。

老场长喊住了她，他说："你们上次报案，说衣服掉了，今天破了案了。我们知道是王玉珲悄悄干的。王玉珲偷人家的衣服，这是一起严重的偷盗事件。王晓你也应该站出来勇敢地控诉王玉珲，你们都要像赵梦茹同学那样，说出来问题的实质和对你们造成的伤害。"

一听到老场长提到了自己的控诉和对自己的伤害，赵梦茹一时又悲从心来。她平常觉得在这个班上任何时候自己都是主角，而且今天本来是个受害者，理应是今天的主角。但不知道为什么，到了后来自己完全成了配角，完全被边缘化了。不仅是女同学都忘记了自己的存在，就连那些平常奉承自己的男同学也好像忘记了自己的存在。最可悲的是抢去自己风头的是平常不管是自己还是其他女同学甚至是男同学都看不起的张灿，她是班上最粗俗的女同学，她竟然成了自己今天的对手，自己成了她的配角。

更可恶的是王玉珲冒这么大的风险偷看的是她，这实在让自己接受不了。赵梦茹打心眼里就厌恶王玉珲的偷看，但是现在她情愿王玉珲偷看的是自己，而不应该是张灿。她确实没有搞清楚张灿是怎么一步步走到舞台的中心的，自己又是怎样一步步退到舞台的边缘的。她甚至有点预感以后这个舞台的中心位置就要被张灿给占去了。这一切都是这个猪狗不如的王玉珲一手造成的，是他毁了我，想到这儿，赵梦茹不禁又放声哭了起来。

张灿在台上听到赵梦茹夸张的哭声，她很是反感，人家又不是看你，你哭得那么伤心干什么？张灿就气愤地在台上使劲嚷了一句："你哭得那么大声干什么？他又不是看你。"赵梦茹显然被这句喊声给镇住了。但是赵梦茹的哭声只是停留了片刻，旋即赵梦茹的哭声变得更大，更加悲愤。因为张灿不说这句话好像这窗户还有一层纸没有捅破，被她喊这么一嗓子，赵梦茹颜面尽失。很多男同学事后总结，即使张灿喊那一嗓子，也还看不出张灿的爱憎来。大部分同学只是认为张灿喊那一嗓子是在为自己叫屈，发泄自己的不满。但是王晓却完全听懂了张灿的弦外之音，她明白这是张灿在明明白白护着王玉珲。言下之意是王玉珲偷看的是我，与你们没关系。我没意见，你们凭什么有意见，狗拿耗子多管闲事。还有一层意思就是你们平日里不在意的张灿，没准也是男同学的最爱。

王晓想明白了，她如果按照老场长的意思上台去控诉王玉珲，肯定是会彻底得罪王玉珲和张灿的。得罪王玉珲，虽然他爸爸是县长，但问题还不算大。要命的是得罪了张灿，她会每天对着你来，让你过不去。她知道在这件事上可以公开批判王玉珲的还只有班长乔军。一是乔军是班长，父亲又是县委的书记。乔军说这件事，是名正言顺当仁不让的。二是乔军跟王玉珲是好朋友。平日里，大家都知道他刚直不阿的品行，他对王玉珲说出什么话都是真性情的表达。虽然他们父辈不和，但王玉珲最终是不会怪罪乔军的。想到这儿，王晓不禁看了一眼余怒未消的乔军。

张灿在大家的诧异中走下了台，大家觉得张灿说了半天，还没有正式说，怎么就下台了呢？有些同学还以为她是临时下台为了放下手里的衣服的。但是张灿在大家的注视中竟然坐回到自己的座位上了，这时十四班的同学有很多人明白过来了：张灿喜欢王玉珲，她想保护他。

老场长是不可能了解这些十几岁孩子的想法的，他还在等待张灿正式控诉王玉珲。他一直以为张灿的发言没有抓住要害，他没想到张灿就这样草率地结束了自己的发言。老场长很遗憾地在想，张灿就根本没有说出王玉珲的性质和危害。他本来还想要求张灿再补充几句的，但一看到张灿的神态，他就打消了那种想法。转而喊起了王晓，王晓站了起来，她早已经想好了怎么说。她依然是弱不禁风的样子，柔声说道："我没有什么说的，他只是拿错了衣服。"王晓这句话完全顺应了张灿的心愿，一方面她只说了拿，没去说"偷"字，保护了王玉珲。另一方面，"错"的相反就是本应该拿"对"的是张灿的衣服，强调了张灿和王玉珲的单线关系，肯定了张灿在这个事件里的中心地位，极大地满足了张灿的虚荣心。王晓深思熟虑的这句话，使她成为张灿今后的闺中密友，也使她从此取得了王玉珲坚定的信任。

轮到小田老师发言了，她确实有点拿不准王玉珲这件事情属于什么性质的问题，她也不知道她应该怎么表态。她心想今天晚上自己的态度在所有发言人当中可能是最模糊的，但是她的地位完全决定了她今晚必须来表这个态。最开始她一直寄希望于杨老师能从天而降，后来她把自己的态度寄托在对同学们的发言的总结上。但是同学们莫衷一是的发言又使她失去了主意，她最后说："王玉珲偷看女同学们洗澡是很不礼貌的。"她又想起王玉珲给他钉屋顶的情节来，她想这件事情过了以后，她一定要问王玉珲为什么要帮他钉屋顶。乔军侧过身来，看了看小田老师，同学们也交头接耳起来。小田老师立即感到自己的话说得不到位了，她连忙补充："应该说对于中学生来说，发生这样的事很耻辱，很羞耻。当然这也是我们老师的耻辱和羞耻。证明了我们老师教育很失败，我只是觉得我作为十四班的副班主任，是有很大责任的。对于王玉珲同学来说，一定要认真认清自己的错误和问题。认真听取同学和老师的批评和教育，总结自己的过失。另一方面也不要背思想包袱，要轻装上阵，跑步跟上同学们的步伐。"

小田老师的发言不长，但是大家觉得小田老师的发言入情在理，同学们都比较能接受。王玉珲站在台前，他一开始是非常内疚的，后来被张灿和王晓一说，他的思想又出现了波动。他一度感到自己的做法也不是什么大不了的事，也是没有办法的。但听小田老师的一席话，他开始反思了，他开始认识到是自己的不对。

在老场长看来，小田老师的发言太没有杀伤力了，也起不到教育其他同学的目的。他觉得自己要加些火药味进去，让斗争气氛再热烈些。他清了清嗓子，开始发言："王玉珲既偷东西又偷看，这是腐朽的资产阶级思想在他脑子里作怪。他的性质是恶劣的，行为是肮脏的。我们要充分认识到他的错误，要看到这些错误的本质。王玉珲之所以犯这样的错误，就是因为他放松了对自己的世界观的改造，放松了劳动锻炼。具体表现在我们平常劳动时，王玉珲拈轻怕重，哪像乔军同学干什么活都是真抓实干，从不偷懒。大家试想一下，如果你每天都投身于火热的劳动锻炼中，你哪里还有时间去偷东偷西的？如果你每天都忙于社会主义建设，你哪里还有时间去偷看人家洗澡？”

老场长在台上说着，王玉珲在台下恨不得大声喊出来：我就是跟你学会偷看的，你太不要脸了。但是王玉珲明白自己没有任何证据能证明老场长的不是。老场长最后说：“大家可以讨论一下对王玉珲的处理意见，是把他扭送公安局，还是报请学校给他处分？”台下传来一片嗡嗡的议论声，张灿板着脸一言不发。

小田老师说：“等明天杨老师回来后，我们再来定最后的处理意见吧？”

“不行！这么严重的问题，我们必须马上要有处理意见。今天晚上就要报告给学校领导。”老场长立马说。

彭洋站起来说：“我觉得这样的事情不应该报告学校。”很多同学也附和着彭洋的意见。

老场长一看没有谁支持自己的意见，也有点急了。他看到只有乔军没有表态，连忙说：“乔军，你说说你的意见吧。”

乔军说：“我同意田老师的意见，对于王玉珲来说，我们应该主要是以批评教育为准。”

老场长有点气恼地说：“你们都是杨老师的学生，还是等明天杨老师上山来处理吧。”

当天晚上，山雨下了一夜，清晨雨停了。孙红梅今天起得很早，她昨天一晚上都没有睡好。昨晚做了一夜的噩梦，梦见了狮子岩上有个人跳了下去，她走近一看发现那个人好像是王玉珲，再一看那五官是个女的。再仔细一看，她发现躺在地上、浑身是血的竟然是自己，她觉得自己好像在照镜子。这时她完全被噩梦吓醒了。孙红梅今天起得早，穿了件红衣服，上了茅房。刘旭今天也闹肚子，起来就往茅房里跑。刘旭上完厕所后，一出厕所就模模糊糊地看见前面有个红袍子。他被吓得叫了声：“红袍子！”转身跑回了厕所。

孙红梅一听乐了，就在男厕所的墙外，举着双手在墙头上张牙舞爪恐吓刘旭。刘旭在茅房里紧张地连声呻吟着：“完了！完了！”

正在这时，昨晚接到电话的杨老师赶回来了。他站在孙红梅身后笑着说：“这红袍子看来很讲文明的，男厕所不敢进啊。”

孙红梅被杨老师突如其来的声音也吓了一跳。孙红梅拍着胸膛说：“吓死我啦！吓死我啦！”

刘旭从茅房走了出来，要打孙红梅。孙红梅灵巧地躲到了杨老师的身后。

吃过早餐，杨老师召集了老师和学生干部开会。他听完了大家的意见后，就说："这件事情在中学生中多次出现过，这个年龄处于青春发育期，对异性充满了好奇。王玉珲的家庭背景看上去是不错的。但是王玉珲的母亲早亡，家里只有他一个孩子。父亲工作繁忙，对孩子的教育特别是青春期的教育肯定是缺乏的。加之我们学校也没有开过青春期的课，同学们在这个方面接受的信息是少之又少。碰上这样的情况就很容易把它简单视为流氓行为。这样的事情处理不当会给同学们留下一辈子的阴影，会影响同学们的身心健康。现在我们要做的是消除大家心中的影响，特别是王玉珲同学心中的阴影。也要做好昨天其他参与此事的同学的思想疏导工作，大家作为学生干部要保证自己不再消极地谈论此事，也要让同学们逐渐淡忘这件事情。"杨老师给班委会每个干部部署了谈话的任务，他自己负责与王玉珲同学谈话。

王晓通过这个青春期的事件，自己也懂事了不少。三十年了，别说是受过她的恩惠的王玉珲，就是平常外出随便碰上一个陌生人，特别是男同志，王晓都有把握可以使对方怜香惜玉，帮衬自己。确实王晓生就的模样就是让人怜悯的，加上她柔柔的声音，她那林黛玉似的娇弱不堪的神态简直就是一把利剑，所向披靡。王晓在公众中得到的怜爱和帮助应该是最多的，但是她内心里却像个黑洞，她永远在吸收着别人的光与热，她从不懂得回馈和赠予。她总是觉得她来到这个世界上，就是来索取的。她历来就认为人们欠着她的，她丝毫不懂得感恩，丝毫不懂得互惠，她总觉得她付出的要比她得到的少得太多。她与曾金刚虽然睡在一个被子里，但是两人的价值观却相差得十万八千里。

王晓深埋在骨子里的是她的另一面，这一面可以说很少有人了解到，包括她的老同学和她的丈夫。那就是她的坚韧，与她柔弱的外表恰恰相反的就是她的坚韧。这也许是那个时代留给这批人的共同特征，他们都能刻苦，坚忍持久。但对于王晓来说她的这一特点就值得多说几句。一是这坚韧的伪装性，因为她给人的印象与她实际的精神特质的反差；二是这坚韧的隐蔽性，一旦图穷匕首见，那是非常震撼的；三是她的坚韧是因为她所受过的磨难不一样。她的磨难是在她临近高考的最后五个月，她的父母和哥哥在一天清晨突然人间蒸发，一天后她在学校收到了她妈妈同城发出来的一封信。意思是他们三人都走了，他们对不住她，他们必须走，再也不会回来了。家里有个存折是给她留下的完成学业的费用。

一天后王晓就知道了"对不起"的含义了。她的父母以及她的哥哥在亲戚朋友中以高息揽存的方式，非法集资了一笔巨款，然后人间蒸发。现在亲戚朋友全部找上了门，家里所有值钱的东西在十几分钟内全部被搬空。空空四壁的房子里全部挤满了人，最中间就只有王晓蹲在地上哭泣。有说要她交出她父母藏身的地方的，有说要王晓上他们家去做保姆抵债的，还有的要王晓做他们家儿媳。当晚王晓是在派出所度过的，派出所门口围了上百人，整个县公安局的警力都调到了这个派出所来。派出所又审了她三天，从她妈妈留给她的那封信里最后确定王晓确实没有参与此事，而且对她父母、哥哥的去向确实不知晓。最后派出所没收了她妈妈留下的那个存折，让班主任杨老师保了出去。那个时候雾水一中还没有住校生。杨老师只好把她安顿在学校与食堂工友一块儿住。王晓就是在千夫指的险境里培养了她超凡的忍耐力和承受力。她从此之后就觉得这个世界上再没有什么天大的事了。她的三种特性任选其中一种可以说都是一件致命利器，何况这三种利器都集于一身的王晓，可以想象她的锋芒是何等锐利。

第五章　旧情复燃

THE FIFTH CHAPTER

乔军把赵梦茹抱上了出租车，赵梦茹像只小猫似的躲藏在乔军的怀里。她的脸颊随着汽车的晃动轻轻地摩擦着乔军的手臂，乔军的手臂换了一个角度，但是那张漂亮的脸颊渐渐地又开始摩擦上来。城市不大，同学们都知道彼此的住所。乔军还记得赵梦茹结婚时，他跟大家一块儿闹过新房。

三位股东走出了公司大楼，正准备上车。一位女清洁工在花坛里惊恐地叫了起来“蛇！蛇！”。

王玉珲急忙跑了过去，乔军对曾金刚说：“玩蛇少年手痒了，要耍耍蛇技了。”乔军从会议室出来，一直若有所思，他觉得自己在抵制王玉珲的独断专行上还没有找到有效的办法，才能这样轻易地让王玉珲过关。这次他一定要找出对策来制止张军开发门面。如果自己的想法能获得成功，那王玉珲以后就再也不能为所欲为了。自己一定要加倍努力，肯定会有办法的。

这条蛇有三四尺长，是条大蛇。蛇已经感觉到来者不善，张着嘴摆出一副进攻的样子。只见王玉珲快速而又轻巧地用脚踩住了蛇的头部，然后他移动着鞋子，使蛇的七寸露了出来。蛇的身体已经开始缠绕王玉珲的小腿。女清洁工急忙跑了过来，给王玉珲递过一块石头说：“老板，打七寸，快把它打死。”

王玉珲说：“这么大一条蛇，打死了可惜。”他蹲了下去，准确地用手掐住了蛇的七寸。然后顺手把拖把布拿了过来，凑到蛇的嘴边，蛇把嘴张到了极限，紧紧一口咬住了拖把布。蛇使足了全身的力气，拖把布已经深深埋进了蛇的嘴中。然后他抓住拖把布和蛇的身体往相反的方向，猛地一拉。拖把布被蛇的利齿刮得七零八落，蛇的利齿有的挂在拖把布上，有的掉在了地上。王玉珲再让蛇张大了嘴，摸了摸蛇的牙床，他已经感觉不到蛇的尖牙了，牙齿都被拖把布挂掉了。他就把蛇缠上了自己的胳膊，他放开了蛇的七寸。吓得女清洁工倒退了几步，他对女清洁工笑着说：“它已经认识我了，它不发火了。”他用手轻轻地摸蛇的头，那条蛇好像就是他的宠物似的，真的一动不动地卧在他的手臂上。

王玉珲带着那条蛇坐进了汽车，他对乔军说：“正好送给周老师一份野味，补补身体。”

曾金刚说：“玩蛇少年！我初中时就有两个问题不理解，一直没问过你。”

王玉珲一边逗弄着蛇，一边说：“请问啊。”

曾金刚说：“一是不知道你怎么会抓蛇？二是你那个时候，玩蛇是为了什么？”

王玉珲说：“我跟我爸爸下乡，住在一户农民家里，那个农民的孩子比我大两岁。他就喜欢抓蛇玩，可能农村没有玩具吧，就玩蛇啰。至于我为什么喜欢玩蛇，很简单了。”

乔军说：“我知道就是为了惹女同学注意，出风头！从小就知道勾女孩。”乔军话一说出口，让车上的人一时想起了王玉珲读书时的偷窥事件来，车里静默了一会儿。

还是王玉珲打断了沉默，他说：“王晓同学，我们除了这条蛇还要再给周老师买点什么东西吧。”

王晓说：“前面顺路有家超市，那里什么都有。买点什么好呢？”

曾金刚说：“买点补品吧。”

乔军说：“那玩意华而不实，不如买点水果。”

王玉珲说：“多买点吧！多多益善。”车停了，王晓一个人下去买东西去了，没一会儿，王晓拎了一塑料袋的东西回来。王玉珲问：“买了什么？这么一点。”

王晓说：“也不少了，两斤香蕉，两斤最好的苹果，还有一斤荔枝。”

王玉珲一听声音就高了：“说了多买点，多多益善，就拿着这么点猫食去看周老师？”老同学都了解他是心里怄不得气的，只要怄了气，他肯定会在短时间里找到一个机会发泄出来。听得出王玉珲是被乔军刚才提起的话题刺激了，来了气，又不能说乔军说得不对。乔军就是这么一个破嘴巴，说话从来也不管对方受不受得了，只图自己嘴里快活。

曾金刚一见这个局面，马上下车，他说：“王晓只怕是拿不动，我可以多拿些。”

王玉珲又返过身子对乔军说：“乔总，你也不要哭丧着脸。到时候周老师还不知道我们公司发生了什么大不了的事。”

乔军马上醒悟过来，他苦笑着说：“难道我脸色很难看吗？”

王玉珲说：“反正阴沉着脸。”王玉珲看见乔军满脸狐疑的表情，就说：“不信，你问曾金刚。”曾金刚摊着手不置可否。乔军觉得等会要见周老师，自己的心情确实要调整好，不能让工作上的不愉快影响到其他的人。再说这件事还没完，自己一定要抗争到底。

王晓一边在超市货架上拿着东西，一边抹着眼泪。曾金刚跟在后面安慰着说："玉珲也不是针对你的，你知道他心里有气，肯定是要发出来的。只是被你撞上了，认倒霉吧。不过你也是，每次给人家送东西，不管是私人还是公司，你都那么小里小气的，只要你去买，就是舍不得。何苦呢，你去省那个钱干嘛？本来早考虑你来当公司办公室主任的，就是这个毛病，怕你干不好事情。别哭了，别哭了啊。"

正在此时，王晓的手机响了。是彭洋来的电话，彭洋向王晓打听周老师的病情。曾金刚在一旁把手机接了过去，曾金刚说："我们现在正在给周老师买东西呢，就准备去周老师家。"彭洋急忙表示自己马上就来，让多买些，算上他一份。

彭洋高考是考得比较好的，考进了西南政法学院的法律专业，毕业后就分到了家乡法院，慢慢地升到了副院长的位置，是同学中最早解决处级待遇的一位。现在听说正往院长的位置积极靠拢。彭洋曾跟乔军吹牛说：他父亲是北京大学毕业的少数民族高材生，虽然写了不少书，教了很多学生。可职务只是做了个教育局长就到了顶。彭洋读书读不过他爸爸，写书写不过他爸爸。但是他相信做官他父亲是怎么也做不过他，他怎么都要搞个副厅级才对得起他的父亲。

周老师家门口有个院子，本来这只是一块平地。同学们记得初中时，周老师就种了棵葡萄树。一到葡萄成熟时，同学们就会聚集到葡萄树下，大家一边跟周老师学唱着歌曲，一边吃着葡萄。那时的葡萄都是土生土长的，味道极酸。但是在那个物质极度匮乏的时代，能吃上酸葡萄，也算是有口福了。杨思冲老师第一次吃到这酸葡萄时，就说来年这葡萄树下得打点底肥，葡萄会更加甜些的。他还说得请个果农来，品种还可以改良的。当时王玉珲就在一旁表示，请果农的事他来负责。

以前的葡萄架是周老师自己用几根木架撑起来的。时间久了，木头就朽了。里面长虫子不说，关键是葡萄藤已是枝繁叶茂了，陈师母老是担心那架子会垮。还是何疆民心细又乖巧，连忙让辖区的一个建筑公司，用水泥和钢筋浇注上几根预制件。趁学雷锋日叫上派出所的几个部下，帮周老师打了个结结实实的钢筋水泥葡萄架。王玉珲走到那葡萄架下说："你们看看，这老藤发新芽，越长越茂盛，今年的葡萄应该比去年结得多。"

曾金刚说："不知道今天有没有牛肉吃，我今生第一次吃牛肉就是在这儿吃的。"实际上周老师的学生有很多都是在这个葡萄树下吃的第一次牛肉。周老师是回民家庭，在那个年代每个月都固定有牛肉供应，这份牛肉自然被同学们长期惦记。

曾金刚提醒着王玉珲说："你一直答应要帮周老师请位果农来的。"

王玉珲一拍脑袋，懊悔地说："看我这记性，马上打电话，我来找园艺场的蒋场长。”说完王玉琿开始拨起电话来。陈师母走出来迎接大家了，大家都进入了周老师的卧室。周老师正躺在床上，胡子头发都有点长，瘦削的脸显得愈发瘦了。大家都俯下了身子挨个跟周老师打着招呼，周老师的眼睛放出了欣喜的光芒。周老师用十分标准的普通话一个个地喊着大家的名字。大家的心都是揪着的，打完招呼，大家退到了葡萄架下，听陈师母介绍周老师的病情。

陈师母说：“前段时间，老是咳嗽，还有低烧。前两天，我带他去了医院，医生开始以为是肺炎，但是现在排除了。最终结果还没出来，我就担心他是癌症。”说着话的陈师母竟轻声抽泣起来。同学们都在轻声安慰着师母，但是大家的心情都被师母的一席话给悬了起来。

这位周老师对于这帮学生来说，就是他们精神上的支柱。在杨思冲当他们班主任之后，就是周老师当了他们的班主任。周老师在他们的学生时代，是一位严厉、不苟言笑的语文老师。他从不批评人，但不管是像何疆民那样成绩差的学生，还是像彭洋、曾金刚这样成绩好的优等生，都害怕周老师的不怒自威。周老师上课有个特点，从不在后门和教室的窗口观察学生的表现。每次他目不旁视地从窗口掠过，调皮的同学都受了惊似的立即回到自己的位置，正襟危坐。但对于周老师来说，也不知道他是否看到，他反正都当没看见。他从来就只在台前观察人、批评人。他严肃的神情、瘦削的脸、络腮胡子、不离手的卷烟、直立的头发以及他不高的身材，让他看起来像极了那个时代曝光率最高的鲁迅先生，确实他的学生很多都是把他当成活着的鲁迅来敬仰的。

一会儿彭洋也到了，大家的气氛渐渐活跃起来。陈师母指着王玉琿的手说，你的右手上怎么缠上这么一条彩色绳子。王玉琿连忙跳开了，他确认与师母的距离已经够远了。他开始往下解开那条绳子，王晓对师母说：“师母！那不是绳子，那是一条蛇。”

师母惊异地问：“他怎么敢把蛇缠到手上，是死的还是活的？”

曾金刚说：“是刚抓的一条活蛇，玉琿想拿这只蛇给周老师熬汤喝。”

师母说：“我想起来了，初中时他有次玩蛇把周老师给吓着了，好长段时间，周老师不敢碰这棵葡萄藤。那应该是他干的吧？”

乔军说：“正是，我还记得当时是在毛主席的追悼会散会后，周老师带着我们出场，刚下完台阶，有位女同学高声尖叫起来。”

彭洋插话说：“是赵梦茹。”

乔军说：“对！是赵梦茹叫的，她发现了周老师的提袋上挂了条蛇。周老师当时一看到提袋上的蛇，急忙把提袋往地上一丢，他自己吓得一屁股坐到了地上。”

彭洋说："我知道王玉珲玩蛇，我叫的王玉珲。我说王玉珲！王玉珲！你的蛇跑了。王玉珲连忙从前面跑了回来，把蛇装进口袋里。他还安慰着周老师说，这蛇不咬人。"

师母摇着头笑着说："这个王玉珲啊！"

王玉珲已经在葡萄架上把蛇给倒吊起来准备剖了，王玉珲一边熟练地剐着皮，开着膛，一边说着："这蛇胆要给周老师生吃，师母你拿一点酒来，我来泡泡。"

师母从屋里端了点酒出来，王玉珲把蛇胆摘了下来，泡进了酒里。正在这时，周老师笑着站到了门口。大家急忙扶住了他，想劝周老师回床上休息。师母在一边说道："他看到你们，他的病就好了一大半，他想跟你们在一起，就别劝他回去了。"

王玉珲连忙把蛇胆给端上来，他想让周老师把它吞下去，可周老师就是不敢。乔军说："都是以前被你这调皮学生吓的。师母说了这葡萄藤他都不敢碰，哪里敢吞下这蛇胆啊。"

周老师惨白的脸笑了笑，他费力地解释着说："知道这是好东西，就是没胆子。"

彭洋说："周老师不敢吃就别吃了。"

周老师对彭洋关心地问："你爸爸身体还好吗？"

彭洋说："好得很，每天要吃两斤肉。"

大家笑了笑，周老师又问："你爸爸最近在写什么书？"

彭洋说："好像在写一本有关地方谚语的书。"周老师不停地点着头。

周老师又费劲地跟彭洋说："我的一个同学，医校的教务处长，已经出了三本书了。"他叫师母进室内去拿书。师母很快拿出了三本医学方面的书籍。周老师缓慢地抚摸着那三本书的封面，眼里露出倾慕的光芒。周老师说："他现在准备写第四本了。"大家都感觉出周老师对那铅印的铜版纸的热爱来。

周老师又对乔军说："乔军，你还是一个人啊？"

乔军开着玩笑说："我倒是想变成两个人，就是人家看不上我啊，我也就只能是一个人了。"乔军已经把股东会上的不快忘得一干二净了，他的情感已经完全和大家融为一体了。确实融入浓浓的师生情感中，很多不快都会自动被遗忘的。但对于乔军来说，遗忘只是暂时的，他已经动了要抗争到底的心，就没有什么能挡得住了。

周老师说："你这个帅哥都有白发了，就不要选了。"

师母说："你还当乔军找不到老婆啊，只要他想结婚，想嫁给他的女孩子可是一大堆啊。"坐在一旁的王晓微微笑着，但是她的内心却掀起了层层波澜。从中学开始，乔军就是女同学心目中的白马王子，是她们那个时代的高仓健、阿兰德龙。在班上，赵梦茹和自己经常为了乔军吃醋闹别扭。赵梦茹对乔军的喜爱是比较表象化的，自己对乔军的那份情感可能就只有乔军和自己知道了。

如果不是丽江的那次旅游，她的丈夫很可能就不是曾金刚而是乔军了。王晓了解乔军，乔军的外表对女人的迷惑力可以使人在短时间内窒息。但是王晓知道，实际上年轻的乔军的心智年龄比他的实际年龄要稚嫩得多。乔军是个独生子，在那个时代的独生子是非常罕见的。加之乔军的干部家庭身份。正是因为这，乔军不可避免地有了与其他同学不一样的特质，那就是特立独行。王晓从幼儿园开始就跟乔军是同学，对乔军非常了解。虽然她非常地爱乔军，但同时她又明白自己跟对方的差距。她知道自己跟乔军能走到一起的可能性非常小。如果她与乔军之间这一辈子都没有发生过爱情，她觉得那就太欠缺了，她这一辈子也肯定不完美，毕竟这是她少女时期的梦想。但是她知道跟乔军谈恋爱又是很危险的，一旦此事不成，甚至弄出些动静来，在同学圈里将会传得沸沸扬扬。于是她想好了，在没有绝对把握时，此事绝不对外公开，就这样她跟乔军走到了一起。

乔军一直认为王晓是个娇弱的小妹妹，现在也已经是事实上的孤儿了，她父母和哥哥自从离开后就再也没有回来。乔军很快地同意了与王晓接触，那个时候乔军也是个刚参加工作不久的技术员。他对户外旅游活动刚入门，干什么都背着高出自己一头的登山包。他们两人都是雾水土生土长的本地人，走到哪个角落都免不了碰上熟人。为了保密爱情，两人在雾水约会的机会就不是很多，两人都选择了出门旅游。

云南的风景自不必说，俩人都陶醉在美丽的景色和温暖的爱情中。他们在滇池荡桨，在洱海垂钓，到了香格里拉，两人还温存了一夜。清晨起来，乔军已经不见了，桌子上留着一张便条。那是乔军给她写下的："亲爱的！昨天的那帮背包客，他们准备进入大森林，我想跟他们去一趟，一天就回。勿念！乔军即日。"

王晓就在宾馆里静静地等了两天，到了第三天。王晓恐惧地想到乔军他们一帮人可能是出事了。她发疯似的拨打乔军的手机，但永远是忙音。也许是大森林里没有手机信号，他们正在等待救援呢。于是王晓急忙跑到就近的派出所报了案，警察同志却告诉她：手机信号已经全部覆盖了，一个人的手机出了问题，应该还有同伴的手机可以用。到现在为止，公安部门没接到任何报案。估计他们很安全。王晓希望派出所能派人进入森林寻找。警察笑着说即使让我们香格里拉的所有警察集中起来，估计我们也找不了森林的一个小角落。

王晓只能提心吊胆的在宾馆里孤独地等待。还有就是不时地重拨乔军的手机号，但是电话里传来的永远是忙音。她甚至无数次走到了昨天与那帮背包客相遇的地方，看看能否有奇迹发生。王晓现在才体会到，因为秘密的恋爱，此时竟不能找一个人倾诉自己的痛苦和压力，是多么的难熬。她又去了派出所，派出所的警察告诉她，应该没有发生什么意外，否则早就会有报警的了。

王晓开始反思自己的这段情感。她在这段恋爱的日子里，已经感受到了乔军带给她的浪漫的爱情冲击，她觉得乔军就像个大男孩给了她梦幻般的情感生活。在大理的蝴蝶泉，乔军魔术般地变出一束鲜花，为她庆贺生日，在苍山的山坡上，乔军抱着她骑马奔驰，白云像棉花薄纱缠绕在马蹄下，在丽江的溪边客栈，乔军抱着吉他为她深情地弹唱，歌声就像溪流里的清水欢快地蹦跳着。但是王晓很清楚这些浪漫都不能代替将来日复一日的生活，乔军此次不辞而别却反映出他内心的坚忍，也可以看出乔军并不是十分地依恋自己，他怎么能把一个娇弱的恋人带到这陌生的地方便弃她而去？这让她想起自己的家人就是这样把自己孤独地留在这个世界上，不知生死，她不能再找一个有可能让自己陷入孤苦境地的爱人了。如果不说他是冷酷，肯定可以断定他是个不负责任的人，至少也可以证明，他不在乎自己。

王晓认为乔军就是一个只能做短暂情人的大男孩。她打定了主意，这段感情只能到此为止了。五天后，乔军回来了，王晓没有对乔军说什么。回到他们的城市，两人也自然而然地分开了。

周老师对大家说：“今天有牛肉，加上你们的蛇肉汤，大快朵颐啊。”

王玉珲说：“师母做的红烧牛肉我们确实愿意吃，不过今天周老师身体欠佳。我建议今天就在家门口找家餐厅大快朵颐吧。”

大家都说：“好！”

王晓说：“干脆把赵梦茹和刘旭喊来，把三十年大庆活动具体商量一下，看怎么弄？”

周老师说：“这三十年纪念日还有多久？”

刘旭说：“都是七月毕业的，还有几个月就是了。”

周老师高兴地说：“老师你们都要请回来吧？”

王玉珲说：“那是肯定的，我们玉龙公司各位股东都商量过了，这次需要多少钱，我们都赞助。”

乔军说：“我们还是到餐桌上去商量吧。王董事长啊！你的果农请好没有？我们等着今年吃甜葡萄呢。”

王玉珲一拍大腿：“唉！园艺场的蒋场长没接电话，等会儿再打，今天这事怎么都得办好，不能再拖了。”

吃饭时，赵梦茹和刘旭先后都到了。说到赵梦茹，这位昔日的校花往餐桌上一坐，整个餐厅顿时热闹起来。大家的话语多了起来，也俏皮起来。

王玉珲发着感叹说：“风韵犹存啊！”

彭洋掏出手机来，一边做出打电话的姿势，一边说：“我把张灿叫来看周老师。”

王玉珲笑着说：“张灿来了，后果很严重。”一句话引起哄堂大笑。

刘旭从怀里拿出了一张纸，他说：“这是这次三十年大庆的预算表，请各位老总过目。”乔军接了过去。

彭洋说：“你学会拍马屁了。”

刘旭马上说：“这让人掏钱的事在这个时代比计划生育工作还难搞啊。拍拍马屁能给我几万，我愿意每天拍啊。你有没有？我也愿意拍你啊。”

乔军拿过预算表转过头来问刘旭：“这烟花费要一万五千？”

刘旭说：“要有气势，就得多放焰火。”

彭洋说：“现在不是这样吗？乡下暴发户家里的红白喜事都放这玩意。”

刘旭说：“是不是因为百姓家里死了人，都放哀乐。那中央领导过世了，就不放哀乐了？”

周老师说：“刘旭啊！你这个比方打得不恰当。”

王玉珲问：“总共多少钱？”

刘旭说：“预算是八万。”

王玉珲说：“那就抛一点。十万，够了吧。不过不能大吃大喝。”

乔军一听显然有点不高兴了，他说：“是多少就多少，按预算来嘛。”

刘旭一看气氛有些不对就说：“是，是，是！预算是多少就多少，够用了。”

乔军又补充了一句：“万一超支了还可以追加嘛，万一超过了十万呢？难道让大家出钱不成，我们玉龙也还可以补嘛。”

周老师说：“这样挺好的，用多少花多少，别铺张浪费。”王玉珲被乔军这么当众一顶，心里很是不快，就没有掺和意见了。接着大家推选了刘旭和赵梦茹等人组成筹委会。

刘旭说：“我们都可以出力跑腿，但是这个筹委会的秘书长和财务一定要有玉龙公司的人参与。”

彭洋也说：“这玉龙公司出的钱虽是不要回报的，但让玉龙公司的人员监管是很有必要的。”

周老师说：“我看王晓就行，王晓是你们玉龙公司的，也没有你们几位老总那样忙。”

曾金刚连忙站起来说：“不妥，不妥，周老师你不了解她的理财能力。家里没多少钱，她都管不来。我看既要懂财务，又要是玉龙公司的，还要有时间，那就非张灿莫属了。”

乔军说：“我看行，就定张灿做筹委会秘书长了。”乔军在想，张灿虽然跟王玉珲在很多问题上都是穿一条裤子的，但是至少在公司的财务支出上是严防死守的。王玉珲照样没吱声。

赵梦茹说：“我和刘旭都算是筹委会打杂的。”

乔军说：“这打杂的两个人肯定是不够的，还得有几位同学帮忙才干得过来。要不等我们的聚会搞完了，我们的校花可能也就凋谢了。”

赵梦茹笑着说：“真忙起来了，你乔军是不能跑的。”

乔军说：“随喊随到，只要我们的校花一声召唤。”

刘旭说：“那今天我们至少可以定下一个聚会内容，晚会主持由赵梦茹和乔军担任，大家同意吗？”大家都鼓起了掌。王玉珲的脸上闪过了一丝异样的表情。大家商量好，具体方案由刘旭、赵梦茹拿出来，十天后再讨论。这时菜上来了，王玉珲的那条大蛇一蛇三吃，做了个椒盐蛇，脆熘蛇皮，煲蛇汤。

彭洋说：“拿酒来，吃饭不喝酒，那等于没吃。”

曾金刚说：“你这个法官又贪杯又想扶正，你上得去吗？”

周老师笑着说：“可不要喝了酒就开庭。”

乔军说：“关键是不要喝了原告喝被告。”

彭洋说：“没事的，喝酒、开庭两不误。不喝酒那叫不会生活；瞎断案那叫不要饭碗。我先敬我们的校花一杯。”

王玉珲说：“院长大人，这就叫不尊师重教。”彭洋马上明白过来，急忙把酒杯端向周老师。酒过三巡，酒桌上开始热闹起来。女同学只有王晓和赵梦茹在。人家两口子都在，也没有人拿王晓打趣，所有的焦点都集中在赵梦茹的身上。王晓有点感觉这场面像回到同学时代了，赵梦茹永远是同学们的中心，自己则成了陪衬。但即使是这样，王晓也不会有任何表示，她只是微微笑着，看着大家在打趣敬酒。王玉珲的兴趣看样子是被赵梦茹点燃了，他已经忘记了乔军刚才当面给他的难堪。他要与赵梦茹喝交杯酒，赵梦茹端起杯与王玉珲两手相交，准备喝了。

彭洋轻声说了一句："张灿来了。"王玉珲的酒杯哆嗦了一下，就撒了些许出来。大家开心地笑了起来，连赵梦茹都笑弯了腰。

赵梦茹说："你还是怕张灿啊！我还以为你是谁都不怕的。"

王玉珲说："来了也喝，怕什么。"说完一仰脖子，酒就下去了。男同学都嚷嚷起来，要求一视同仁。

赵梦茹无奈，只好说："我一人敬这么多酒，万一我倒了，你们要送我回家。"

王玉珲说："我们都愿意送啊，谁有这福气？"

赵梦茹说："我倒在谁那里，谁就送。"

王玉珲说："反正已经喝了，我没戏了。"赵梦茹开始跟每个人都喝起交杯酒来。最后喝到了乔军的面前，赵梦茹好像有点站不稳了，她晃了晃。乔军急忙一把扶住赵梦茹。

乔军看赵梦茹有点醉态，就说："算了，你再喝真会倒了，我可不敢为你负责，这杯就免了吧。"王晓在一边听得直想笑，她认为这是乔军的心里话，他就是一个不愿意负责的人。

王玉珲不依不饶说："不行，就你乔军会怜香惜玉啊，我们都喝了，为什么你的不喝呢？"王玉珲倒没想让赵梦茹醉在乔军面前。他只是想不能让乔军一个人显得特殊。他就是一个习惯跟大家不一样的人。但在美女面前不一样往往会引起对方的青睐。

赵梦茹醉意朦胧地说："这杯酒我喝了不会倒的，我不会让你负责的，我就是倒我也会倒到他那里去，你就放心吧。"赵梦茹指了指刘旭。赵梦茹几乎是靠在乔军的手上喝下了交杯酒，她喝完酒推开乔军，向刘旭走去。刚走两步，便身子一斜倒了下去。好在乔军手长，一把将她捞了起来。

乔军看了一眼刘旭，刘旭说："别看我，不归我负责。"赵梦茹开始干呕起来，大家都忙乎起来。最后乔军把赵梦茹抱到了沙发上，赵梦茹睡着了。大家吃完饭，就各自散去。当然送赵梦茹的任务就落在乔军的身上了。

王玉珲要把车子留给乔军，乔军说："说不定她还要吐，免得洗车，我打的吧。"王玉珲坐车离开时，心里在想，为什么我就这么傻，早早敬了她的酒。所有人都认为这是一次巧合，只有王晓认为这是赵梦茹演的戏。她早就计划好了怎么让乔军把她送回家，她认为现在的赵梦茹已经不是同学时代的赵梦茹了。现在要再与她斗心计，恐怕早就不是她的对手了。赵梦茹在与男人们的斗智斗勇中茁壮成长，她在对付男人们的游戏中已经得到了充分的锻炼。

乔军把赵梦茹抱上了出租车，赵梦茹像只小猫似地躲藏在乔军的怀里。她的脸颊随着汽车的晃动轻轻地摩擦着乔军的手臂，乔军的手臂换了一个角度，但是那张漂亮的脸颊渐渐地又开始摩擦上来。城市不大，同学们都知道彼此的住所。乔军还记得赵梦茹结婚时，他跟大家一块儿闹过新房。下车前，乔军问："房门钥匙呢？房门……"乔军以为赵梦茹酒醉听不见自己的声音，想多问一句，第二句话还没问完。赵梦茹已经把钥匙递到了眼前，乔军松开了手又问："你醒酒了。"

赵梦茹又糊涂起来，她嚷嚷道："我还要喝，给我酒。"出租司机都暗自笑了起来，乔军觉得车上的灯开着，太打眼，他赶紧将软绵绵的赵梦茹抱了起来。

趁着黑夜，乔军把赵梦茹快速地抱进了她的闺房。房间的正墙上悬挂着他们的婚纱照。乔军想好了，把赵梦茹放到床上就转身离开。然后立马去见一个男同学，以此证明自己的清白。他想说不定那帮小子正在等着明天编瞎话嘲笑自己呢。乔军刚准备把赵梦茹放到床上，赵梦茹嘴一张，又呕了起来。这一下不打紧，全部呕在乔军的衣袖上和自己的胸口上。乔军从洗手间了拿了湿毛巾出来，他想给赵梦茹擦一擦。但是他看到赵梦茹高耸的胸部，便犹豫了。赵梦茹嘴里嘟哝着："我不要擦，要洗澡，帮我放水。"乔军又回到卫生间，这时他才注意到赵梦茹的卫生间有个浴缸。他打开了热水，试了试水温。就往浴缸里放起热水来。

乔军趁此机会连忙把自己衣袖上的污秽物处理了一下，赵梦茹在房里喊："好了没有？我好难受啊，我要死了。"

乔军连忙跑到床前，向赵梦茹汇报："水放了一半了，马上就好。"

乔军刚想说自己要走的话。赵梦茹说话了："我一个同事，上次喝醉了，在宾馆浴缸里泡澡，差点淹死了。你可不能让我淹死啊，我死了，你也跑不掉的。"

乔军说："不会的，我在这儿，淹不死你的。"乔军把赵梦茹扶了起来，赵梦茹跌撞着，乔军不敢撒手，一直把她扶到洗手间。

赵梦茹说我的扣子呢，赵梦茹胡乱摸索着自己的衣扣，乔军把赵梦茹的手指头按到了她的衣扣上。然后试了试水温，准备离去。赵梦茹背对着他，飞快地退去了衣服。乔军急忙带上卫生间的房门，但是他还是瞥到了赵梦茹瘦削的肩膀和她挺拔的乳房。乔军用手按住了自己怦怦乱跳的胸口。但他究竟也是一个成年男人，他不是不谙男女之事，他只是觉得对自己的女同学有非分之想，不仗义，容易闹出事来。

正在此时，赵梦茹又在叫了：“帮我拿干净衣服来！”

乔军忙问：“在哪？”

赵梦茹说：“你不知道找啊。”

乔军逐个开起她家众多的抽屉来，乔军问：“是睡衣睡裤吗？”

“不是呢，是内衣内裤啦。”里面在答，好似一对夫妻在一问一答。

乔军终于打开了一个装满各式精巧美丽而又性感的情趣内衣内裤的抽屉，他一时辨别不了哪是内衣哪是内裤，反正是满眼的筋筋条条，乔军这位见过一些世面的成年男性面对这些时尚的东西也一时有些耳热。他自言自语：“哪件是裤子啊？”

赵梦茹这时两手扶着高盘的发髻，身上缠着条浴巾，轻轻地在乔军的身后说：“是那件黑色的。”乔军被吓得一愣，一股淡淡的香波味道正在房间里弥漫开来，裹挟着乔军，乔军闭了闭眼睛，不可抗拒地吮吸着这股好闻的气味。乔军有些害怕看到身后的赵梦茹，他脑海里已经浮现出刚退出卫生间时瞥到的乳房来。

赵梦茹用肩膀把乔军轻轻地顶了开来，柔声地说道：“傻愣着干嘛？”乔军被机械地顶了开去。他睁开眼睛，看到了几滴晶莹的水滴还在赵梦茹瘦削的双肩上不舍地往下滚动着。乔军觉得自己好像就成了那水滴，正在不由自主地往下滚动。他突然发现自己一时很男人了，去他妈的嘲笑吧，关键是活在当下；去他妈的结婚照吧，只要此时能在这张大床上睡上一觉。就在乔军胡思乱想时，赵梦茹身上的浴巾滑落到了地上。那美妙的背部曲线全部呈现出来。她的曲线在她的腰部深深地垂了下去，以至于她的小屁股蛋像个要往上飞的小气球骄傲地翘了起来。那诱人的身段顿时占满了乔军的眼球和脑海。赵梦茹好像在呻吟：“傻瓜！快把我的浴巾拾起来啊。”

乔军弯腰捡起浴巾，他双手拿着浴巾环绕着赵梦茹的身体。但是浴巾又一次滑落到了地上，乔军的双手没有再往下去捡拾浴巾。他的两只手掌摊开着，从赵梦茹的后背伸到了她的胸前。赵梦茹的双手没有从头发上放下来，她只是微微转过上身，侧着头就像喝交杯酒似地伸展着她白皙而修长的脖子，与乔军相交而吻。两人的喘息声越来越粗，乔军急忙搂住她娇柔的身体，把她放倒在那张大床上。

乔军感到浑身热血在涌动，自己想进入对方身体的欲望像葡萄藤似的在飞速地蔓延。赵梦茹好像也进入了痴迷的状态，她的上身在有力地往上颤动。这就是我从小迷恋的白马王子吗？他今天终于与我肌肤相亲了，他彻底地被我战胜了，还有人与我抢吗？我没有看走眼，他的身体是那样地匀称。即使是现在，他也是雾水市的第一大美男。他的腰部多有力量，一冲一冲地直冲得自己全身在跳动。“我要来了！加油！亲爱的。”乔军一声大喝，就像一个愤怒的战士掷出了手中的长矛。赵梦茹则像被长矛击中了似的高声应叫了一声“啊”。那一声犹如细细的娇喘，只叫得乔军的手舍不得离开赵梦茹的身体，他们好似没有过高潮似的都相互缠绕着不愿松开。

他们也不言语，只是用身体相互地缠绕，玩着互动游戏。乔军想这么多年以来，他没有固定的性伴侣，只有短暂的女朋友。但是除了刚谈恋爱时交过和自己年龄相近的异性朋友，以后上床的都是年龄比他小得多的女孩。他从没有想过与自己的同龄人上床做爱，他甚至完全放弃了这种可能。他总把这个年龄的女人和孩子妈妈、家庭主妇联想在一块儿。即使平常碰上一些这种年龄的大胆的女性勾引他，他也会装成纯情少年，故意错过。在遇到赵梦茹之前，他以为他除了王晓之外，再也不可能与第二位女同学上床了。他在回忆读书时的赵梦茹的模样，他那时的确很单纯，他感觉不到赵梦茹是否那时就对自己有好感。他觉得不能那么想，那时的赵梦茹是多么的纯洁啊，洗澡被王玉珲偷看了。在王玉珲的批斗会上哭得多伤心啊，不像那张灿没事似的。乔军还记得自己是站在王玉珲的身后，能清楚地看到台下所有同学。赵梦茹哭得身体一触一触的，眼睛都哭红了。现在赵梦茹在幼儿园当老师，丈夫又不在身边，社会交往肯定也不多。她是个热爱生活的人，一柜子的衣服，她会得体地打扮自己。

今天自己到底是怎么走进这扇门，躺上这张床的？自己单身惯了，乔军已经熟知身旁的女性勾引自己的手段和技巧了，除非是自己愿意，早就打好了算盘，否则自己是不太可能被动临时上床的。但是今天却是怎么回事，是自己愿意的吗？不是，自己一开始并无此想法，今天见了赵梦茹也是和大家一样开了些带荤的玩笑，但是确实没有与之同床共寝的企图啊。那又为什么自己犯了忌呢？他想今天如果不是酒精的刺激，赵梦茹也不会走到这一步的，大家毕竟都是几十岁的人了。不会像年轻人一夜情似的说来就来。但自己毕竟就突然来了，还有个重要原因，那就是赵梦茹的身体一步步吸引了自己。应该说从一开始轻触她的肌肤，乔军就没有想到，这个年纪的女性，还有这么娇艳的身体。当然赵梦茹那娴熟的调情技巧也是乔军从来没有遇到过的，成熟女人的情爱自然有年轻女人比不了的优势。

正当乔军浮想联翩时，睡在身旁的赵梦茹又在轻轻地亲吻乔军的脸颊，她的双手痒痒地在乔军的两肋移动着。乔军的情欲再次被她重新点燃。乔军心想，怎么让我有幸遇到了这么一位性爱女神，太神了。乔军的脑海里又渐渐被赵梦茹的乳房和臀部占满，他开始了一场新的革命。

第六章　彭大法官的吃喝哲学

THE SIXTH CHAPTER

彭洋颤抖着声音说："出师未捷身先死。"

杨老师笑着说："你要死了我就麻烦了。这里的山流真还看不出来，这么厉害。上面看上去平静得像面镜子，下面凶险得很。大家注意了，谁也不能再下水了。看我来姜太公钓鱼愿者上钩。"

彭洋回到自己的车里，头有点晕。他想今天这酒不至于把自己搞醉吧？不知怎么的现在是每顿都离不开酒，离不开肉。这些年来，他一直在怨自己的胃，怎么就那么贪杯。倒回去三十年，那时的胃可没有这么讲究，只要能够消化得了的东西扔进嘴里就行。他一直以为现在自己好吃，好喝，都是读书时饿的，是那个年代落下的毛病。那个时候实在是太缺吃的了。以至于现在不管吃什么都是狼吞虎咽，吃相异常地难看。一端起饭碗就非吃撑了不可，潜意识中老是担心下一顿没有吃的。这么多年的法院工作每天都是大鱼大肉，就是没有把他的少年恐饿症给治好，他依旧是那么狼吞虎咽特别能战斗。模模糊糊他忆起了那时在校办农场当伙头军为大家找吃的情景来。

一中校办农场的那伙食，要是搁现在，恐怕连猪都不会吃。那天中饭吃的又是白菜梗子炒辣椒，杨老师端了饭碗，边吃边摇头。何疆民和曾金刚走了过来。何疆民说：“杨老师！曾金刚这里还有点腐乳，你来尝点吧。”

杨老师眼睛都笑眯了，连忙伸出筷子，问递来瓶子的曾金刚：“这是你妈做的？”

曾金刚说：“不是，是我外婆做的。好吃吗？”

杨老师尝了一点，就快活地倒吸着冷气，说：“味道好极了，就是太辣了。”

何疆民连忙伸出手来，挡住曾金刚，故意对曾金刚说：“杨老师是大城市来的，吃不了这么辣的菜，快拿回去。”

杨老师连忙推开何疆民说：“辣是辣了些，不过味道非常好啊，我喜欢。”杨老师也不客气地用筷子在菜瓶子里放肆夹起菜来。

杨老师今天穿了一条从屁股到脚脖子都包得紧紧的紧身裤。他比他的学生大不了多少，来自省城的他爱赶时髦，总是把一些最时尚的信息言传身教地传给他的学生。

何疆民从侧后上下打量着杨老师的裤子，何疆民讨好地说："杨老师，你这条裤子好好看，很时髦啊，它是什么裤子？"

杨老师得意地抖抖自己的腿，用余光看着何疆民说："这是省里正在流行的裤型，这种裤型据说来自香港，叫鸡脚裤。"

曾金刚惊讶地说："那应该是资产阶级的东西？"

何疆民说："杨老师啊，你经常说资产阶级的东西是不能要的。"

杨老师脸色一沉："瞎说！一条裤子跟资产阶级有什么关系。天天吃这白菜梗子，就是无产阶级了？你们愿意天天当无产阶级吗？"一席话说得曾金刚和何疆民面面相觑。

吃过饭，杨老师看着彭洋拿着锅铲围着锅子转。彭洋是想小心地铲起饭锅里完整的锅巴。炊事班的同学都知道杨老师就爱这口锅巴，他每次吃完饭都要守着这口饭锅子，等着彭洋把那黄灿灿的锅巴给铲起来。杨老师两个嘴角笑得连上了双鬓，他用手掰了一大块焦黄的锅巴，然后美滋滋地咬了起来，嘴里说着："就这锅巴好，好香、好吃。要是有点汤就最好了。"锅巴就成了杨老师的餐后甜点，也是他每天的一点小特权。

等彭洋收拾停当，杨老师就对他说："炊事班长，你有没有办法给大家改善改善伙食啊？都十天半个月没沾过肉末了。"

彭洋为难地说："杨老师啊！同学们天天问我，能不能搞点肉吃，我回答他们，巧妇难为无米之炊，当然，还有一个办法。"彭洋卖了个关子。

杨老师急忙问："什么办法？快说！"

彭洋说："把那几只鸡杀了。"

杨老师用手打了他一巴掌说："彭洋，你也会开玩笑了，还来蒙老师。"杨老师又招了招手，把逃到一边的彭洋招了回来，小声地对他说："我们班的同学家长，谁管肉？"

彭洋不解地反问："谁管肉？"

杨老师说："这么迂腐，肉食水产品公司的，开后门买肉啊。"

彭洋恍然大悟，他低头想了一下，说："好像没有啊，不过有管肉食水产品公司的。"

杨老师说："谁啊？"

彭洋说："乔军爸和王玉珲爸啊，一个是书记，一个是县长。"

杨老师说："那谁不知道啊，你找县长书记买几斤肉，可能不合适吧？"

彭洋说："只要有肉吃，找谁都行。就怕买不到。"

杨老师说：“那你下山去找找吧？”

彭洋说：“我可不敢去啊，要去得叫乔军和王玉珲。”

杨老师说：“行！明天你带上他们两个，吃肉是大事，都快把肉味忘了。”说着，杨老师舔了舔嘴唇。

第二天吃过早饭，彭洋、乔军、王玉珲一行三人在杨老师期待的眼光下下山了。到了山脚的大槐树下，彭洋掏出钥匙准备打开锁在槐树上的买菜的板车。这时对面跑过来一位中年汉子，他看样子认识彭洋，他对彭洋说：“今天能不能请你们帮帮忙，我们队里的劳动力都到公社修水库去了，我们实在是缺人手。至于你们老师那里，等你们忙完了，我就给你们写封感谢信带回去，中午我们管饱。我还忘记问你们了，你们是准备进城买菜的吧？这两位同学是第一次去吧？”

彭洋说：“王队长，我们是去买菜的，但今天买的菜有些不同，今天想去买肉。”

王队长说：“现在城里哪里还有肉买，一人一个月才一斤肉，你们买不到的。”

彭洋说：“我们不知道去开后门啊，他们两位的爸爸……”

乔军连忙打断了彭洋的话。说：“王队长，你让我们干什么？我们可什么都不会干啊。”

王队长爽快地说：“也没什么，只是让你们出点力，这队上就我一个劳动力了，搞不动啊。”

王玉珲说：“出力没问题啊，这是我们的大力士。”

王队长感激地说：“今天就别买菜了，小菜我们这地里还有些，扯些去就是了。肉吗，我们昨天刚杀了猪。准备给水库送去的，也给你们留几斤吧。”

彭洋说：“这样就太好了，省得我们跑一趟。”

王队长说：“那就这样吧，把板车推过来，跟着我。”彭洋连忙去开了板车的锁，然后熟练地推着板车跟上了王队长。王队长往对面一间农房走了过去。农房门口有些老人孩子站在门口张望着，议论着，看到王队长一行人走了过来，就闪出一条道来。王队长对彭洋说：“板车就停在这里！”

旁边用石头架着一口大锅。下面烧着火，可能是木柴不太干的原因，烟雾特别大，那柴火还烧得噼噼啪啪地爆响。不远处放了一口专门用来杀猪的椭圆形的高木桶，王玉珲对乔军兴奋地说：“要杀猪了。”

乔军说：“王队长不是说猪昨天就杀了吗？”王队长带着这三个中学生，往人群里一走，都高人一头，几位同学心里不免生出几分自豪感来。乔军说：“王队长，让我们干什么？”

王队长说：“你把锅里的烧热的水提到木桶里，掺些冷水，不烫手就行。你们两位跟我来！”乔军拿了个大木桶，从铁锅里拎水。

彭洋和王玉珲则跟着王队长进了门。厢房里有一个像小房子的木床足足占了大半个厢房。那大床的上上下下还刻满了花鸟虫鱼，木床前的踏脚板上都有精美的图案。只是年代久了，图案有些模糊。王队长撩起有点泛黑的蚊帐回过头来对彭洋和王玉珲说：“你俩把他抱出去。”

王玉珲和彭洋答应着，就弯腰把一个面色灰暗且双眼紧闭的老人抱了起来。彭洋问：“队上的老人我都见过，怎么没见过他？”

王队长说：“他的腿断了十几年了，每天都只能在床上坐着，没出过门。”王队长又补充了一句说：“不重吧？”

王玉珲和彭洋异口同声地回答说：“不重。”王玉珲对彭洋说：“你松手，我一个人抱还方便些。”王玉珲一口气就把老人抱到外面的坪里，彭洋发现外面的人都用一种异样的眼光在看王玉珲和老人。王队长让王玉珲把老人抱到大木桶里，人群闪躲得异常地快。王玉珲把老人放到了木桶的桶沿上，王队长说：“扶好他，要给他脱衣服洗澡。”

乔军还在提水，彭洋走过去对乔军说：“那个老人已经死了。”乔军惊讶得张开了嘴。彭洋说：“要命的是王玉珲还不知道，现在我俩必须把他换下来。他没有思想准备，要是被吓出毛病来就会出大问题了。”乔军麻木地点点头，拎着木桶跟在彭洋后面。彭洋扶着老头的肩膀对王玉珲说：“你去提水，我跟乔军来给他脱衣。”

王玉珲说：“没事。我一个人就行了。”彭洋也不多说话，把王玉珲轻轻地推开了。乔军手不敢靠近老人的身体，机械地解着老人那种老式的布做的扣子。

乔军不敢抬头面对老人的面容。彭洋说：“看你胆小的样子，我来解，你扶着他。”彭洋倒是很利索地把老人的上衣很快脱了个精光，老人骨瘦如柴的身体，已经看不到什么脂肪和肉了。等彭洋去脱老人的裤子时，老人的小腿裤管是空空荡荡的。

王玉珲提水时听见旁边的众人在指着刚才他抱过的老人在说着什么，他们说得最多的词就是“死”，王玉珲好像有点明白过来了。他回过头来，看了看刚才抱过的老人，他确定对方确实已经死去了多时。他惊得把手里的木桶给扔了。

王队长一边挽着袖子一边说着：“他的腿十几年前就弯成这样了，本来该他扫的这条青石板村道都让他老婆每天打扫。”但是等到彭洋把老人的大裤子脱了下来时，所有人都呆住了。老人的两条小腿竟是用两根结实的背包带死死地捆在大腿上。王队长找了把剪刀来，把背包带一截截用力地剪断。背包带都已经深深地勒进了肉里。王队长用力拽，才把带子完全扯出来。王队长说：“看他的腿能否放直？”彭洋让老人的腿自然下垂，果然老人的腿渐渐地垂了下来。王队长摇了摇头，眼里竟然泛出了泪花。他对着老人说：“你说你不愿扫大街，跟我说一声嘛，用得着你这样装一辈子断腿吗？用得着这么折磨自己吗？”王队长把老人在水桶里放平了，用一条雪白的毛巾给老人洗起澡来。

王玉珲终于明白了是怎么回事，他提了桶水，按照王队长的意思给老人自上而下地淋起来。他问王队长：“他难道就是为了不扫街一辈子都没有伸直过腿？”

王队长说：“他是个留过洋的读书人，要面子。真是死要面子活受罪啊。”王队长给老人洗完澡。三个中学生都过来给老人穿起新衣服来。不知怎么的他们对面前这位仙逝的老人已经没有任何恐惧感了。王队长带着他们几个拖着板车到自己家里拖了父亲的棺材来，然后他们一块把老人放进了棺材里。王队长对着老人说：“周老先生！你现在可以伸直腿好好休息了。”他们把棺材盖给合上，然后用米汤把纸糊在棺材盖的缝隙上。

几个年纪大的老人已经把饭菜做好了，他们在棺材旁边支了一张小桌子，上面摆了几副碗筷。王队长开始在棺材的前面烧起一堆黄草纸，之后，他让别的老乡接着烧，自己则招呼着几个学生，“来吧，我们先吃饭，肚子也饿了。今天要是没有你们，我就真不好办了。”

桌上摆的是一大盆黄豆炒肉和萝卜丝，那肉放得特别多。他们三位也不客气，端起大海碗来，一人装了满满一碗饭。三人话也不说，只听见大口吃饭的声音。就像在比赛似的，一大碗饭眨眼工夫就没了。王队长没想到三人这么能吃，连忙叫再煮一锅饭。他问：“山上饭不好吃吧，我们这儿都是新米，多吃两碗。”

乔军说：“不是饭不好吃，是菜不好吃，没肉吃。”另两位都一边大口吃着，一边点着头。这时一条黄狗的脑袋凑上了桌子，王队长用筷子敲了一下，那狗迅速跑开了。一个流着长鼻涕的小孩走过来，看着乔军吃饭。乔军夹了一大块肉递了过去，那小孩偏过头来想用嘴接着。乔军把筷子上的肉递到了他的手中。

王队长说：“你好良心啊。”

乔军委屈地说：“问题是不给他吃，他不走，我吃不下去啊。”

王队长学着乔军的学生腔笑着说：“问题是你给了他，他尝到肉味，就更不想走了。”王队长站起来大声地吆喝起来，把流着长鼻涕的小孩和旁边围观的孩子们统统赶了开去。

吃过饭，他们三位开始清理起老人房内的遗物来。彭洋在柜子里清出一堆照片，上面有这个老人身穿军装的合影。彭洋递给王队长。王队长说：“他的祖父就是我们这儿考出去的状元。到了他这一辈，他也留了洋，这是他穿着日本衣服照的相。”

乔军插话说：“这日本人的服装有点像我们的洗澡服。”大家都不约而同地笑了起来。

王队长又指着一张合影上中间的人说：“这就是孙大炮，他做过孙的秘书。他过去是很威风的，每次回家，都有好多枪兵跟着保卫。”

彭洋说：“那他算是反革命吗？”

王队长回答：“那不能算，不过出身肯定不好。”

王玉珲从柜子里拎出一个平绒布包着的一包东西来，他打开一看，里面都是一块块白色的长方形的晶莹剔透的袖珍砖头来，一面还刻着图案。王玉珲叫来王队长，王队长看到这堆东西倒抽一口冷气说：“这可是象牙做的啊。”

王玉珲问：“这是干什么用的？”

王队长连忙解释：“这是过去用来赌博的麻将。”

王玉珲吓得把麻将扔在地上，说：“这可是大毒草啊，残害人的东西。”彭洋和乔军也被吓得一退三尺，躲得远远的，好像这麻将比那死人可怕得多。

清理完遗物，王队长让人去买了鞭炮。然后就和三个学生把棺材弄上了板车，他们几个人拖着板车，沿着一条不宽的小路上了一个小山包。到了几个坟堆旁，王队长就指了一个方位说：“这旁边就是他老婆，就埋在这儿吧。”乔军就开始从板车上拿下工具，挖起坑来。天色都快黑了，坑终于挖好了。王队长先在坑里放了一挂鞭炮，说：“这叫炸坑，把地方先要清理干净。死去的人才好安身。”然后他们几人齐心合力地把棺材抬了进去。临走时，王队长又放了一挂鞭炮，但是不知是什么原因，那鞭炮点了不知多少次，最后才点燃。王队长在坟前说：“周老先生，今天多亏这几位学生帮了忙，你就多担待些。你委屈了一辈子，今天终于伸直了腿。你去了阴间地府，就千万不要难为我们了。你要告诉你那先去的老婆，不要用红袍子来吓唬我们，吓唬这些学生。”

他们三个听到王队长说到红袍子，都有些紧张。相互看了看，没有说话。

王队长没有食言，让人砍了五六斤重的猪肉和扯了一大堆青菜、萝卜，让彭洋他们带走。上山的路上，王玉珲说：“弄了半天，今天我们到了红袍子的家里去了，也没什么啊。”

乔军说：“今天你不害怕？”

王玉珲硬着脖子说：“怕什么？有什么可怕的？我还不是一个人把他抱出来的。”

乔军说：“你以为他是个病人吧？还是彭洋在你后面发现了，他怕你猛地发现抱着的是死人，吓着你，连忙叫我换下了你。”

王玉珲半天没有作声，末了，他对彭洋说了一声：“谢谢。”

彭洋说：“今天要谢就谢王队长，让我们带了肉回来。杨老师肯定会很高兴的。”

乔军诡秘地说：“关键是今天我们找到了红袍子的大本营，而且我们今天安葬了周老先生，红袍子绝对不会为难我们了。”

王玉珲说：“你还真信这些，我不信迷信。”

彭洋说：“那天讲红袍子，我看你也被吓住了。”

王玉珲辩解着：“那不是红袍子鬼吓的，那是你吓的。”

乔军故意往后面恐惧地看了一眼，然后他拉着彭洋跑了起来。他说：“快跑！我好像看到红袍子了。”他俩一拐弯就跑得看不见影子了。

王玉珲说：“别吓唬人了，跑什么啊？”天色已完全暗了下来，王玉珲本能地往后面看了一眼。也没看到什么，只有黑魆魆的树影和灌木丛。他脚下却不由自主地加快了速度，最后王玉珲克制不住内心的恐惧，竟也害怕地跑了起来。

杨老师听说彭洋他们提了肉回来，很是高兴。他围着挂在墙上的肉看了好久，一边嘴里还直说：“不错！不错！今天三位立了大功，得来全不费工夫啊。”彭洋心想杨老师只怕是恨不得今晚吃了这块肉才安心啊。晚上上茅房时，彭洋碰上了后面进来的杨老师。彭洋撒尿快，他走到茅房外面时，杨老师喊他等等，他出来就对彭洋说：“明天的肉你准备怎么做？”

彭洋说：“炒萝卜啊，放些辣椒。”

杨老师说：“还有别的东西可炒吗？萝卜是要煮的。一煮，肉味就全部进了萝卜里了，肉就没有味道了。”

彭洋说：“那就炒黄豆，他们还送了些黄豆，不多，一顿还是够吃的。”

杨老师的眼里放着兴奋的光芒说：“那好！就炒黄豆。”说完两人要分手了，杨老师又喊住了他说：“你还是切一斤肉下来煮萝卜吧，可以煮久点，肉得切细些。”

晚上同学们睡进了被子里，被彭洋称为恐怖广播电台恐怖播音员的乔军又开始广播了。乔军今天可是有丰富的一手素材可以对外广播。王玉珲上床前已经把一双手用肥皂洗得泛白了。但是在被子里，他还是不放心地将手放在鼻子下嗅来嗅去。彭洋则像个早已经知道故事结果的男孩对听故事已经完全失去了兴趣，在大家的一片谴责声中发出阵阵鼾声。

第二天中午做菜时，杨老师就站在炊事班，亲自指挥。杨老师吩咐着切菜的张灿说："肉切细点，那么多人，大了就有很多人吃不到了。"等杨老师转了一圈返过身再来看时，杨老师拿起切好的肉末在手上搓了搓，又大呼小叫起来："别切了，再切就看不见肉了。切得太细了，可惜了，可惜了。这肉吃进嘴里，哪还有肉的味道。"张灿在一边委屈得直抹眼泪。

吃饭时，大家都笑逐颜开的。杨老师一边吃着饭一边问何疆民："好不好吃？"何疆民一边大口吃着菜，一边使劲点着头。杨老师更乐了，竟把饭都笑出来了。杨老师说："今天吃肉，下回吃鱼。"同学们一个个都更加兴奋。杨老师看到张灿蹲在地上，就跑过去说："怎么还不吃饭啊，是不是怨我之前批评你了啊？"杨老师看了一眼旁边的彭洋，彭洋点了点头。杨老师说："不过事实说明你的肉切得非常好啊，这菜做得好吃啊，这菜炒出来非常好吃啊，同学们，是不是啊？"

大家都异口同声说："是的。"张灿一听，破涕为笑，去端饭碗了。

杨老师也笑了起来。吃完了饭，杨老师把彭洋、乔军和王玉珲叫到一边，他咂吧着嘴巴问他们："好不好吃？"

乔军说："我们今天吃了两餐了，还是觉得不过瘾。"

杨老师说："要想过瘾，明天你们继续下山买肉。"乔军和王玉珲都点着头。

第二天，他们三人就推着板车进了城，乔军可能是个头比较高，走到哪儿都是鹤立鸡群，很抢眼。他们推着板车快到县委大院了，彭洋猛然看到一个高个的中年妇女跑了上来，一把抱住乔军的肩膀哭了起来。王玉珲对彭洋说："乔军妈妈。"

彭洋很纳闷地说："好好的，哭什么？"

王玉珲说："你好好看看我们这农场下来的，像不像土匪？"

彭洋打量起自己的同学来，乔军是他们中间最注意仪表的，他穿着军大衣虽然显得很威风时尚，但是毛领子上、头发上都沾着短短的稻草和谷壳。大家的头发自从上了农场后就没有剪过，看上去比街上的人都要长许多。最关键的是三人一致的面黄肌瘦，可能是没有肉吃，更主要的是没有油水。农场的碗是最好洗的，从不用热水冲，也不要用洗碗布擦。只要舀一瓢冷水淋一淋就干净得很。他们都是第一次离开父母，时间长了，这父母见了，就觉得变化大。

乔军妈妈哭完了，就看到了其他两位同学还一直站在一旁，她认识王玉珲，王玉珲的爸爸是县里的县长。乔军的爸爸是县委书记。两人的关系比较紧张是县里公开的秘密。她跟王玉珲打着招呼：“小王也回来了。”

王玉珲说：“阿姨好！”

她又问彭洋：“这位同学是……”

乔军马上介绍说：“他叫彭洋，是我们的学习委员。他爸爸是县文化局长。”

乔军妈妈说：“彭局长的儿子啊，我们经常在一起开会。你们回来休息吗？”

乔军指了指板车说：“老师让我们来找爸爸，想买点菜和油回去，特别是买点肉回去。”

乔军妈妈说：“这件事好办，我带你们去找你爸爸。孩子们在山上总要吃点肉吧，看把你们瘦成什么样子了，你们可是长身体的时候。走，到你爸爸办公室去！”

乔军妈妈让他们把板车停在县委县政府的大门口，县委县政府都是在一个大院里办公。然后乔军妈妈就领着他们三人往常委办公室走去。快到常委楼了，乔军妈妈有点担心地说：“你爸爸那个死脑筋说不定还不会同意，到了那儿，你别讲话，我来说。”乔军点了点头，乔军对自己的父亲确实从小就有惧怕心理。乔书记是位北方来的南下干部，对孩子们的严厉是县委院子里出了名的。乔书记认为孩子们得从小吃苦，只有多吃苦，长大才能经得住风雨的考验，才会有出息。

当乔军妈妈领着三个小叫花似的同学站到乔书记的办公室时，乔书记首先是愣住了，继而才认出是自己的儿子回来了。乔书记端详了儿子一会儿，很高兴地说：“瘦了，壮实了，还长高了。”又欣喜地说：“农村锻炼人啊。”他叫来通讯员，给大家倒了茶水，还吩咐通讯员拿三张理发票来。乔军妈妈把他们回来的目的说了一遍。乔书记对三位同学说：“你们老师叫什么？”

彭洋说：“教物理。”

乔军马上补充说：“叫杨思冲老师。”

“你们回去跟你们杨老师说，这次去农场对于你们来说，是一次极好的受教育的机会。少吃顿肉，少吃点油，那不算什么。关键是你们感受到农村生活了，知道农民兄弟是怎么生活的了。我们当年打仗，哪有肉吃。一手拿枪，腰上吊个饭碗，走到哪儿就把饭要到哪儿，只要有口饭吃就行。红军吃草根皮带还要每天跟国民党反动派打仗呢。你们就是要接受锻炼，多吃苦。这算不了什么。”

乔军妈妈在一旁插嘴说：“老乔啊，你看孩子们个个都像小叫花似的。你让肉联厂给批点肉和油吧？再说王县长的孩子也在这儿。”

乔书记说："那肉就是那么随意批的？一个月一人才一斤肉，这可是国家规定的。由得你瞎弄？"乔军妈妈眼睛都红了。乔书记说："转告你们杨老师，要自力更生、艰苦奋斗，想办法解决困难。靠山吃山，靠水吃水。"

彭洋说："乔叔叔，我们一定转告你的指示。"

妈妈把他们送了出来，她对王玉珲说："你们乔叔叔就是这么个人，只要是与家里有关的事，他就通通不管。要不你们再去找找王县长，王县长是具体管这个的，他应该会给你们批的。"

王玉珲说："好，找找我爸吧，看看我爸能不能高抬贵手。"

好在县长办公室很近，拐个弯就到了。王县长看来比乔书记和气多了，见了面，眼睛也不仅仅盯着王玉珲看。他反而更关注乔军和彭洋，他热情地招呼他们坐下来，然后挨个问起农场的建设情况和他们的个人情况。他问完后，就问彭洋："你们找我有什么事？"

彭洋就把杨老师的吩咐给县长说了一遍，县长看了乔军一眼说，"你们去过乔书记那儿吗？"

彭洋说："刚去过。"

县长又问："他怎么说？"

彭洋看了乔军和王玉珲一眼只好结结巴巴说："他说，他说，他说要自力更生、艰苦奋斗。"

王县长低头沉默了片刻，随即就反应过来，他抬起头笑着说："乔书记说得好，说得对，你们这个年纪就是要学会自力更生、艰苦奋斗啊，我看你们回去后要传达和学习乔书记的指示。自己动手、丰衣足食。你们都是干部的孩子，应该要更严格地要求自己。玉珲啊！别一副丧气的样子。你看乔军多精神，你要向他学习，他能做到的，你就要做到。他能吃什么苦，你也应该吃什么苦！"

王玉珲轻轻地说了一句："不就是几斤肉，都听了你们好几次教诲了，反正就是不给，对吧？"

王县长气得把桌子一拍，说："瞧你这点出息，人家乔军为什么能做到，你为什么就不能呢？多向乔军学习！"

彭洋马上站起来说："王县长，别生玉珲的气了。我们回去想办法克服困难，我们一定把你们的意见传达给杨老师，那我们就先去买菜了。"

王县长说："等等！你们今天中午就在我们机关食堂里吃饭吧，这是餐票。"王县长从抽屉里拿出一叠餐票递给了彭洋。

彭洋三人垂头丧气地走到自由市场，买起小菜来。街上倒是有很多买菜的干部认识乔军和王玉珲，他们跟他俩打招呼，回过头又在议论这两个死对头的孩子怎么会走到一起。彭洋看样子是个老采购了，那些卖菜的看着他们推着板车，就主动凑上来推销自己的小菜。彭洋要不嫌人家的菜太老，要不嫌人家的菜虫子太多。

王玉珲对乔军说："没想到这买菜的学问好大。平常我们老是抱怨炊事班的伙食不好，今天来买了一次菜就知道不容易了。"

乔军苦笑着说："问题是肉没买到。老师对我们的期望那么大，这多让人伤心啊。"

王玉珲也哭丧着脸说："传达精神吧，自力更生、艰苦奋斗。"彭洋在前面买菜，他俩在后面推车，他俩心里有愧，做起事来就特别殷勤卖力。菜买齐了，他俩就推着板车去县食堂吃饭，彭洋想推车，他俩就是不撒手。

食堂里的餐票都注明了"壹份"的字样。那时的供应紧张，连吃饭的数量都是控制的。每个成年人的配给是每人一月二十七斤大米，饭量大的还真不够。打饭的师傅认得他俩，于是手里的勺子用上了力气，舀得深，菜装了大半勺。乔军和王玉珲的饭碗堆得老高，一只手都端不了，得两只手捧着。到了餐桌，彭洋一只手端着饭碗，端上来时里面的饭菜几乎没高出碗口。王玉珲一看就有了气，他一把拿过彭洋的碗，彭洋没拦住，王玉珲就气冲冲地走到打饭的窗口。他把碗递了进去说："这是我们的同学，太少了。"打菜的师傅连忙打了满满一勺。王玉珲走回餐桌，把满满一碗递给了彭洋，乔军说了句："真是狗眼看人低。"

彭洋轻轻地说了一句："你看看人家的碗。"王玉珲和乔军转过头去扫视了一圈，他俩发现人家的饭碗都是平平的，没有谁碗里的饭菜比他们三位的多。于是两人都没有作声，好像做错了事似的默默吃起饭来。彭洋连忙打趣地说："这两天可是好口福啊，连吃了几顿肉了，何疆民他们就享受不到了。"

吃完饭，他们三人就到了大院里的理发室，县委大院的理发室虽然不大，但陈设看得出还是很有档次的。那玻璃镜子的框子是椭圆形的，框子上还有个外面很难看到的雕刻的藤蔓。那理发椅子是出奇的大，白色而厚实的铁架子，连那铸铁的踏脚板都做得那么厚实，整个椅子是可以四面转动的。上面有已经变得皱巴巴的棕色的皮革，连扶手也用棕色的皮革裹了。虽然整个椅子比较陈旧，棕色皮革和白色的铁架都掉了不少漆，但依然掩饰不住它昔日的豪华和如今的霸气。乔军和王玉珲是这里的常客，对这里一点都不陌生。只有彭洋是第一次来，进了门口就东张西望起来。

彭洋是第一个坐上椅子理发的。理发师是个女同志，动作很娴熟。随着理发推剪的“嗡嗡”声，彭洋又黑又粗的头发一簇簇地掉在地上。一会儿，彭洋的长发就被推短了。理发师看推得差不多了，就出去调热水去了。彭洋勾着头老实地等在椅子上。王玉珲一看有机可乘，就对乔军摆摆手，意思是不让他出声。然后自己走上前，他拍了拍彭洋的肩膀。彭洋以为要洗头了，勾着头站起来。王玉珲没有彭洋高，他伸出手来，用手指捏住彭洋的脖子。他只能是高高举着手，动作特别滑稽，玉珲就这样推着彭洋往水龙头走去。彭洋则是很听话地顺着。乔军想笑不敢笑，看着这场戏继续往下演着。王玉珲让彭洋坐了下来，然后把彭洋的头往水龙头下一按，打开冷水龙头就给彭洋淋起来。彭洋被冷得一激灵，下意识地用手去护头，王玉珲装出很气愤的样子打了彭洋的手一下。彭洋马上把手收了回去，脑袋却依然放在冷水下淋着。

王玉珲担心淋得太久，人会感冒。他把笼头立即关了，扯了条毛巾，往彭洋的脑袋上胡乱地擦了几把。然后又推着他的脖子，押着他返回了座椅。这时乔军被乐得不行了，笑得前俯后仰。彭洋转过身来，看见整个房子里只有他们三人，这才明白是怎么回事。他摘下自己脖子上的围兜，追着笑翻了的王玉珲打，他们快乐地从室内追到了室外。跟理发师碰了个满怀，理发师进到室内，对乔军说：“那你就先来吧。”

理完发，他们就踏上了归途。回去的路上，乔军和王玉珲十分地卖力。彭洋说：“这段路程不算什么，关键是等会儿得把这些菜挑上山，那就是党和人民考验你们的时候了。”

王玉珲说：“放心吧，我们俩今天保证这些菜按时到家，也让你今天休息一天。”果然，挑着担子爬山和推板车的感觉是两码事。王玉珲只挑了一个弯道，就觉得胸口堵得慌。乔军换了上去，他坚持的时间比王玉珲长多了。他以前没有挑着东西爬过山，这是他第一次一口气走这么远。为了让他长个，她妈妈平常是不让他挑担子的。她担心这担子挑多了，影响孩子长个。

在那个年代，挑担子是很经常的事。那时的学生肩膀上除了书包，承担的最多的就是挑担子了。搞劳动，挑担子成了家常便饭。不是挑肥料，就是挑土方、挑窑砖、挑公粮、挑塘泥、挑米挑菜。也许那时的交通工具太少。肩膀这种最廉价、最简单的运载工具既灵活，又有运输力。跋山涉水都可以灵活变通，而且可以任意组合。既可以单兵作战，又可以大兵团集结。肩膀就成了那个年代最普及的运输工具。那个时候经常可以看见，大道山坡田埂上经常会出现排成长龙的挑着担子的运输大军在游走。

乔军的体能从小就在他行伍出身的军人父亲的指导训练下变得异常地强壮，只是乔军的肩膀从没有被磨砺过，还是一副细皮嫩肉。被扁担稍稍磨磨，就疼痛难耐。乔军知道王玉珲肯定是承受不了这副担子，自己不坚持，就又会落到彭洋的肩上去。

彭洋走在后面，倒是轻松。他在想自己第一次出来买菜，也是挑着这副担子爬山。当时天都快黑了，那山路就是走不完，他又急又怕。到了后来，他每次起步就先确定一个能看见的参照物，然后憋一口气，不管怎么轮换着左右肩，就是不放下担子，直到一口气非坚持到那个参照物不可。就这样他汗透了衣服，终于把那副该死的担子挑到了家。后来再出来买菜，小田老师就让他任意挑一个同学给他帮忙。他挑的同学，到了上山这截山路就都不行了，挑不了多远就要歇脚。每次还是要靠自己去独自承担。他也对两位老师都反映过，希望换一个同学来干这个活。老师掰着手指一个个地给他数，就是挑不出一个可以替代他的。最终他坚持到了今天，磨出了自己的一副铁肩膀。但是他也成了这项工作不可替代的人选了。

彭洋看到乔军咬牙切齿的样子，就主动上去说："别强撑啊，我来吧。"

乔军确实有些吃不消了，他就对王玉珲说："我就不信我们俩就挑不回这副担子。"

王玉珲听懂了乔军的报警信号。连忙上去推开彭洋接过担子说："是的，你就先走吧，今天我们保证到家。"

乔军脱下了身上的毛衣，做了个垫肩。他想这样去担担子，可能肩膀不会那么痛，会舒服些。

天快黑了，乔军和王玉珲终于一脸大汗地把担子挑到了校办农场。彭洋和杨老师、小田老师他们都在山坡上等着他们。

杨老师对情绪低落的两位说："彭洋都跟我说了，你们不要不好意思。今天你们的功劳可大了，拿到了最高指示，比几斤肉的功劳大多了。你们的爸爸都说得很对，我们要自力更生、艰苦奋斗。辛苦你们了。"杨老师和彭洋把箩筐抬进了厨房，留下乔军和王玉珲站在那里发愣，他们还没有明白杨老师的意思。

彭洋对杨老师说："我今天上山时发现山脚下的小溪里有好多这么长的杆子鱼。"彭洋用手掌比画了一下鱼的大小。

杨老师兴奋地拍了一下大腿说："好啊！明天我们吃鱼，以后班上的主要工作要放到改善伙食上来。看你们一个个肌黄寡瘦的，回家怎么去见你们的父母。"

杨老师对彭洋说："明天吃过早饭你叫上何疆民、乔军，多叫几个人，带上箩筐。"然后他转过头去对一旁的小田老师说："你那里准备点线和大头针给我，我们搞鱼去。"

小田老师不无忧郁地说："我们开门办学，上课时间去抓鱼，学校知道了怕不好吧。"

杨老师说："毛主席教导我们说，改善人民生活是头等大事，我们要按毛主席的话去做。再说县领导都发话了，要求我们自力更生啊。"小田老师点了点头。

曾金刚说："杨老师，毛主席语录上好像没有这一条啊。"

杨老师说："还没来得及登呢，下一本语录就会有的。"

第二天上午校办农场的羊肠小道上走着一群兴高采烈的年轻人。何疆民走在最前面，有说有笑，还不时地跳起脚来去摸那山崖上垂下来的藤蔓。杨老师提醒着说："小心，地上都是湿的，别摔着了！"

一会儿，他们就走到了山脚下，吐着白沫的一条湍急的山溪冲到了脚下。这冬日里，水流不算大，但冲击声还是让大家讲话的音量比平日里提高了许多。何疆民大声问："这么急的水，别说是小鱼，就是大鲨鱼也会被冲走的。"

彭洋说："不急嘛，前面就要到了。"果然沿着山脚一块突兀的巨石，山路竟绕了大半个圈。小溪的水势看上去平缓了许多，水能清澈见底。三四寸长的瘦瘦的杆子鱼在水底快速地穿梭着。大家见了这么多的鱼一时都沸腾起来。彭洋卷了裤脚，拿着箩筐就冲进了水里。他还没走到溪水的中间，溪水也没有淹没他的小腿肚子，他竟然举着箩筐站在水中不动了，只有身体在那里轻轻晃动。

杨老师急忙问："是不是太冷了？"杨老师的话音还没落，只见彭洋扔掉了手中的箩筐，颓然倒在水中。然后被水冲得在水中直打滚。大家都愣住了，还是杨老师反应快，他说："快追！"

大家于是顺着水流往下面跑去，他们在水流最窄的地方，站在礁石上，伸出手来，等着顺水而下的彭洋冲到面前。几双手同时把彭洋拽了上来。彭洋大口地吐着水，几双手立马把彭洋脱了个干净。彭洋的四肢已经被石头碰得青一块紫一块，伤痕累累了。刘旭把自己的军大衣脱了下来给彭洋裹住，彭洋颤颤巍巍地两只脚还在急剧地摆动。他自嘲地说了一句文绉绉的话，大家没有听明白。杨老师说："你再说一遍。"

彭洋颤抖着声音说："出师未捷身先死。"

杨老师笑着说："你要死了我就麻烦了。这里的山流真还看不出来，这么厉害。上面看上去平静得像面镜子，下面凶险得很。大家注意了，谁也不能再下水了。看我来姜太公钓鱼愿者上钩。”杨老师把大头针弯了起来，用带来的白线捆上，把白线绑在顺手折来的棍子上。然后鱼钩上什么鱼饵都不挂，就扔进了水中。

曾金刚疑惑地说：“杨老师，这能钓上鱼吗？”杨老师没有回答，把手一扬，只见半空白光一闪，一条半尺长的杆子鱼已经在草地上蹦跳起来，大家兴奋地扑了上去。

杨老师笑着说：“你们知道这里的鱼为什么都是长条的吗？”大家摇着头。“我告诉你们，这里的鱼没被钓过，它们是饿的，长期没有东西吃，碰上什么东西都会咬一口。而且它们的记忆中从没有住嘴的基因，它们也不知道张嘴的风险。你们都像我这样做鱼钩来钓鱼。”不一会儿，大家站成了一排，肩并肩地钓起鱼来。杨老师又对何疆民说：“你去石头下翻螃蟹，不能下水啊！还是我带你去吧，要不今晚我们就只能吃一道菜了。”

何疆民屁颠屁颠地跟着杨老师往下游去了。走了不多远，出现好大一片河滩，到处是石头，水在石头下面泛着光。杨老师用双手把一个泡在水里的石头揭了起来。石头下有两只浅黄色的螃蟹被突然发生的变故弄得不知所措。正在犹豫时，杨老师用手指夹住螃蟹的两侧，轻松地把螃蟹捏了起来。他让何疆民按照自己的动作去抓另一只螃蟹，何疆民的动作有点犹豫，那螃蟹立马举起了一对与身体不成比例的大钳子，对着何疆民的手张牙舞爪。何疆民连忙把手缩了回来，他恐惧地看着那螃蟹一时没了主意。杨老师看见那螃蟹要跑，连忙用另一只手的中指顶住了螃蟹的背。他对何疆民说：“你这么大一块，总不至于还怕它不成。”

何疆民尴尬地笑了笑，他接过杨老师递来的螃蟹，学着杨老师的动作也用手指捏住了螃蟹的背。何疆民把螃蟹放进了衣服口袋里。杨老师把另一只螃蟹又用手指捏起来，他准备把螃蟹放到何疆民的裤脚里。何疆民吓得跳了起来，杨老师说：“怕什么啊？我教你怎么装螃蟹回家。”

何疆民这才放下心来，杨老师说：“把这只螃蟹卷进你的裤腿里就行了，每一层可以多卷几只螃蟹，这样螃蟹抓得越多，裤管就卷得越高。”

何疆民顿时来了兴趣，他把两只螃蟹都卷进了裤腿。何疆民神气地说：“一切螃蟹都是纸老虎，只要把他们卷进裤腿就行了。”

杨老师说：“你要是不敢抓，你就当搬运工吧。好在你这条军裤够大。”

何疆民不服气地说：“我敢抓螃蟹啊。”他弯下腰去，翻开了一个石头。发现下面有几只螃蟹，他首先去抓指甲盖大小的一只螃蟹。

杨老师笑着说：“这螃蟹也太小了，肯定没有肉的，下次再抓它吧。”何疆民开始哆哆嗦嗦地抓起螃蟹。杨老师也勾着腰开始了捉蟹的工作。没多久的工夫，杨老师就把裤子卷到了大腿根了。他开始帮何疆民抓螃蟹。

何疆民说："今天好在你没穿鸡脚裤，那鸡脚裤就没办法卷起来了。"

杨老师说："我知道今天要抓螃蟹的，怎么还会穿鸡脚裤呢？就你嘴贫。"

何疆民突然发现问题似的问道："杨老师，你是大城市来的，你怎么懂这些歪门邪道？"

杨老师说："我下放过两年，为了填饱肚子，只要是搞吃的旁门左道我都会。"

何疆民说："还是毛主席说得好啊，'农村是一个广阔的天地，在那里可以大有作为'。"

杨老师说："看不出来啊，你还一套一套的。"两人的裤管都卷到了大腿根了，里面红色蓝色的毛裤很滑稽地露出长长的一截。两人趴开腿，像螃蟹似的走路。杨老师说："我们也成螃蟹了。"

等杨老师他们两人走到钓鱼的地方，那杆子鱼在箩筐里蹦来跳去的，也有一小箩筐了。钓鱼的笑捉螃蟹的走路的步态，几个人笑弯了腰。杨老师说："我们还是早点回去吧，这鱼和蟹要吃新鲜的，今天中午就要让大家尝到我们的胜利果实。"大家收拾起家伙，杨老师和何疆民把裤管里的螃蟹一层层放到箩筐里。然后他们用彭洋的湿衣服盖住了箩筐，抬起箩筐就往农场的山坡上爬去。

一行人还没爬到半山腰，农场那只黄狗就叫了起来。杨老师一边喘着气，一边说："这只黄狗够忠诚的，根本就没有肉吃，却在这农场不离不弃，换成别的狗早就投奔新主子去了。"

彭洋说："它吃老鼠，我看见了。那茶山上好多老鼠，又肥又大，这只狗专门跑到那里过瘾。"

杨老师说："看样子狗拿耗子不是多管闲事，是为了解馋啊。什么动物都不能饿啊，饿则思变。有了，下一步我们也可以吃老鼠肉啊，这黄狗给了我们很好的提示啊。"

何疆民摇着头说："打死我也不敢吃，谁吃那玩意啊？"

杨老师说："也不是什么老鼠都可以吃，我们下放时，就只吃谷仓里的老鼠。这山上的老鼠是吃野果茶籽的，和这山上的野兔没有区别，这肉当然好吃了。"

何疆民说："我们可不敢吃。"彭洋和乔军其他几个同学也摇着头。

杨老师说："好了，再饿你们几天，你们就什么都会吃了。"

到了场部，小田老师、张灿、赵梦茹、王晓很多同学都围了上来。赵梦茹要揭开箩筐上的衣服，王玉珲讨好地主动停了脚步，想让女同学看。乔军则大声地吆喝着："让开！让开！别让螃蟹爬出来了。"他一边喊着一边还抬着箩筐继续往前面走着。王玉珲没办法，只能一边向女同学赔着笑脸，一边跟着乔军走进厨房。

赵梦茹气恼地说："神气什么，不就抓了几只螃蟹吗？"王晓在一旁看着笑。

杨老师喊着："这螃蟹用水清煮，那鱼就要用油炸着吃。"

彭洋说："昨天忘记买油了，油不够。"

"那就煎一煎吧，再放辣椒炒。"杨老师高声命令到。

小田老师看到彭洋把螃蟹都倒进了锅里，就说："这螃蟹还没洗的。"

杨老师说："这螃蟹天天在山溪里泡着，干净得很。田老师讲卫生，你们第一锅水就先洗一道再煮吧。"

"杨老师，这清水烧开了，要不要放些油盐啊？"彭洋望着满锅的螃蟹问。

杨老师说："清煮，什么都别放，吃的时候，蘸些酱油就行了。"

晚餐，大家吃了一顿上山以来最丰盛的饭菜。杨老师连螃蟹腿，都蘸着酱油吃了下去。杨老师吃着杆子鱼，说："这鱼可惜就差茶油炸一下，明天上午我带你们搞茶籽油去。"同学们一阵欢呼。杨老师又接着说："不过今天下午大家要认真上课啊。"

老场长走了过来，对杨老师说："今天上午本来是劳动时间，你们抓鱼去了。明天上午，要安排你们去把南面的荒山开垦出来。你们又放假去搞油，这可能不好吧？再说了茶籽早就被摘光了，你从哪里去搞茶油啊？"

杨老师笑眯眯地说："没什么不好嘛，大家饭都吃不饱，哪里还有力气去开荒啊？"

老场长意味深长地说："要是学校领导知道了，你们带队老师可担待不起啊。"说话时，老场长看了一眼一旁的小田老师。

"老场长，你就放心吧！学校领导的领导的领导已经发话了，希望我们自力更生。"杨老师依然笑眯眯地不紧不慢地说着。

老场长诧异地问道："我怎么不知道，是哪位领导说的？"

杨老师喊道："彭洋，过来一下，你把县里书记和县长的指示给老场长传达一下。"说完杨老师就走了开去，留着彭洋给老场长传达最新指示。

第二天吃过早饭，杨老师带了全班的大部分同学，小田老师好奇地问："要这么多人去找油吗？怎么找？"

杨老师说："这是一堂活生生的生物课，人是越多越好。彭洋啊，带上一对箩筐装茶籽，带上所有的油桶装茶油。”

老场长在一边抽着烟，他对彭洋说：“城里娃娃懂啥？瞎胡闹嘛，我等着看你们的茶油啊。”

杨老师也不辩解，只是轻轻对小田老师说：“你说农场每年学生种的茶油、花生、黄豆还有水果都是谁吃了，你吃过吗？”小田老师摇了摇头。杨老师两手一摊说：“我也没吃过。”

小田老师有点担心地问杨老师：“到底有油吗？”这次杨老师也没有回答她。小田老师就说：“那我也去。”杨老师把农场的那只黄狗也带上了，一时人欢狗叫的，好不热闹。彭洋走在最前面，杨老师让他把老鼠横行的地方找出来。乔军今天按照杨老师的指示给黄狗牵了一条绳子，把黄狗的脖子系得紧紧的，那黄狗一直摇着脑袋，想咬那条绳子。乔军一路呵斥着黄狗，走到了那片茶林边。

杨老师让穿着长筒套鞋的学生一人拿一根长棍子，排成一线。他说：“这茶树林里蛇特别多，现在大家要走成一排。速度不要太快了，主要目的是把蛇赶跑。”于是排成一线的同学们开始用棍子一路赶过去，等大家赶了一遍后。杨老师就指挥大家退回来，离那片茶林一段距离。

小田老师看着大家都按照杨老师的命令坐在地上，就好奇地问杨老师：“你这是玩什么花招？”

杨老师诡秘地说：“我要引鼠出洞。”接着杨老师又对大家说：“注意了！等会就要放狗了，狗会追老鼠的，狗追到哪儿就说明那里有老鼠洞。你们两三人一组，大家要盯住狗跑的路线，要注意它在哪里停了，在哪里叫了。大家都要跟上，看见洞口就挖。最好的茶籽就在那里藏着。一斤茶籽可以榨四两油，看我们今天谁挖的茶籽最多，现在大家先进茶树林里分散站好。”大家一听个个摩拳擦掌，都分好组，先进茶树林里站好自己的位置。小田老师也对杨老师笑了起来，她还直竖大拇指。

“放狗！”那只黄狗早就等得不耐烦了。乔军的绳子一放松，黄狗就像利剑似的冲进茶树林。那黄狗一会儿在这里刨一下，一会儿对准那里叫几声。也许是同学们先进入了茶林，早把老鼠吓进了洞里。那黄狗就只好在老鼠的洞外面打转转，这一下暴露了老鼠的藏身之地。同学们顺着狗的足迹，把一个个老鼠洞都刨开了。大家对那洞里窜出的肥硕的老鼠没有兴趣，只是把装满了整个长长的老鼠洞的茶仁都掏了出来，那洞里面还夹有毛栗。一个老鼠洞被掏开后，里面足足可以清点出三四斤茶仁。这些老鼠还真有眼力，尽挑些饱满个大的，连茶籽的壳都不带进洞里。那茶仁看得出已经放过一段时间了，已没有什么水分，只有含油丰富的核仁了。同学们把毛栗子装进了自己的口袋，把茶仁倒进了彭洋的箩筐里。彭洋在同学们的大呼小叫中跑来跑去，他担着的箩筐眼看着装得越来越高。

而这时的杨老师一个人跑进了旁边的一块石头围绕的小盆地，盆地里长满了藤蔓。放眼望去只见古藤缠绕，藤攀藤、叶挤叶，像铺上了一层翠绿色的大地毯。山崖上，树挂藤，藤缠枝，一阵山风吹来，绿波荡漾，绿浪翻腾。他蹲了下来仔细辨认了一会儿。他发现那藤蔓的树叶呈三叶状，于是他兴奋地跑回了茶树林。叫上一些同学带着锄头跟着他，小田老师拉住杨老师兴奋地指着箩筐里的茶籽让杨老师看。杨老师恍然大悟地对小田老师说："我说这山上的丰收果实到哪里去了，原来是被这些硕鼠吃了。"杨老师说完就往那块盆地走去。小田老师听明白了杨老师的画外音，不禁露出牙齿笑了起来。

杨老师说："你们守着一个藤根，小心地往下挖，别把根挖断了。这根会越来越粗，但不会太长。这根就是葛根，可以当饭吃，特别好吃。"

有同学说："这根我吃过，街上有卖的，很甜。"大家顾不得欣赏绿色的美丽景致，找到一处松软的黄土堆，选中一株粗壮的青藤。他们用锄头轻轻地刨，将一棵碗口粗的大藤根掏了出来。然后大家各自为战，一会儿工夫，大家就挖上来七八蔸粗壮的葛根。大家欢笑着，回到茶林里。

小田老师说："这下老场长要傻眼了，不知道你怎么变的戏法。"

杨老师对同学们说："大家就说是杨老师买的，谁都不能说破这个秘密。否则下次大家就再也吃不到了。"杨老师又对小田老师说："我还要榨油去，你带着女同学把这些葛根送回去吧。"

小田老师说："我还没见过榨油呢，我想去看看，让女同学自己扛回去吧。"

女同学们不乐意了，赵梦茹说："不行不行，这些葛根好重好重的，只有男同学拿得动。男同学先拿回去吧。"

乔军说话了："还要走好远的路，你们等会儿走不动，怎么办？"

杨老师说："大家不要争了，这样吧，玩个游戏。猜对的，就可以去。猜错的，就回家。只有小田老师有豁免权。大家同不同意？"男女同学都齐声欢呼起来。杨老师在箩筐里捡了一颗茶仁，他合掌搓了搓茶仁。然后两只手快速地分开，他说："现在大家认为茶仁在我哪只手上，认为在我左手的，请站到我左边来；认为在我右手的，就站在我右边。没猜对的就回家。"

同学们马上分为了两个阵营，有的同学还在犹豫，左右都跑了一遍。最后只有何疆民还在两边跑。杨老师就说他："你真是个两面派，再不能跑了，现在必须确定了啊。左边的同学请回家。"杨老师笑嘻嘻地摊开了空空如也的左手，又摊开了右手，亮出了茶仁。左边的同学传来一片巨大的哀叹声，杨老师立马安慰着大家说："大家不要灰心，只要大家能保守住今天的秘密，我保证带今天回家的同学再去一次榨油坊。今天的老鼠洞不是还没有掏完吗，下次再来。"左边的同学一时又欢腾起来，他们还热烈地鼓起掌来。

路边是哗哗作响的山涧。白色的水流像一条长长的银链，盘缠在黑色的石头和绿色的苔藓间。偶尔一截枯死的粗大的树干像渴极了的巨蟒一头栽在水里，尾部还留在绿色苍茫的丛林中。而在半空中张牙舞爪的藤蔓有的青绿，有的枯黄，粗长有力的线条像时间的尖刀在壮实有力的枝干上刻划出青筋凸暴的印记。水流声有时陡然增大，那是山势变得峻峭，水流加速所致。此时，冲击山谷的回声在耳际久久激荡。山道也失去了韵律，时高时低，起伏凶险。山势和缓，水流声则低吟浅唱，绿草茵茵。山道也随之变得舒缓，人们行走的步履也有了节奏，就像在漫步似的。

小田老师已经完全被这奇异的风光给迷住了。她被张灿牵着，眼睛已经不管地面的道路了，只顾欣赏着四周的美景。她深一脚浅一脚地往前迈着步，她那黑平绒的布鞋已经被山流打湿了。

何疆民挑着茶仁，他可是最累的，在前面歇了脚。他愁眉苦脸地问正在说笑着的杨老师："杨老师！还有多远啊？"

杨老师打量了一下他的窘态，说："本来你没有份，非要自告奋勇地来挑这副担子，挑不动了吧。我告诉你啊，走完这个山口，到了平地就算到了目的地。"杨老师继续说笑着往前走去。何疆民绝望地看着杨老师扬长而去，他狠狠地踢了箩筐一脚，一百个不情愿地又去捡那副担子。杨老师走到前面一堆男同学面前说："你们去帮帮何疆民，他扛不住了。"

出了山口，能看见成片的长满绿油油的草籽开着蓝色的小花，走在前面的女同学尖声叫了起来。山涧流出去的正前方，一架褐色的木制水车正在那儿吱吱呀呀转着。白色的水花和水流在它的身上流泻着。榨油坊建在水车旁，它的基座很敦实，是用水泥浇筑的。上面搭建的却是就地取材的木料和木方。木质呈黑色，木墙上的木板拼接得十分粗糙，缝隙特别地宽。

大家涌进了房间，水车吱呀吱呀的叫声在房间里就听得不是十分清晰。代之的是木板下的水流声和一个大铁盘碾压茶仁的声音。大家看见水流冲击着水车，水车在转动，通过一根木轴和齿轮带动着碾盘。碾盘上装了一个大铁盘，大铁盘在碾槽里滚动。杨老师就让同学们小心地把茶仁均匀地撒在碾槽里。大铁盘在碾槽里慢慢地滚压。将茶籽仁慢慢碾碎，最后碾成粉末状。然后，杨老师让同学们协助榨油工将茶籽粉收集起来，放进一个大笼子里。大笼子扣在一口铁锅上，铁锅下面烧着柴，笼子里的茶籽一会儿就蒸出了一股浓浓的茶香。茶籽蒸烂了，榨油工就拿出一个圆形的铁框。他在铁框里灌进蒸熟的茶籽粉末，铺些稻草，开始用力地踩起来。反复踩压后，圆圆的茶饼粗坯就成型了。榨油工再把一个个茶饼整齐地排放在榨槽内。

大家惊讶的是那个巨大的榨槽，它是一根完整的大松树干做的。同学们从来就没见过这么粗大的松树，他们在想这棵松树是长在什么地方的，是什么时候砍伐的。这根几吨重的松木干内部被掏空，成长方形，用于放置油饼。榨槽上的宽宽的铁箍圈已深深地嵌进了松木里，与松木融为了一体。整个榨槽油光闪亮，通体焕发出夺人的神采。这个榨槽俨然已经成了炸油坊里最抢眼的宝贝。在炸油槽里把油饼放好后，两边加进一块块的铸铁作为楔子。然后榨油工几个人摆动一根结实的木柱，一下一下地撞击铁楔子。这个场景对于现在的年轻人并不陌生，经常会在一些广告片中看到。只是广告中的榨油工全部光着膀子露出略显夸张的肌肉，显得更为彪悍。

伴随着"哐哐"的沉闷的撞击声，油饼被夯得越来越实，清亮的茶油流了出来，直流入榨槽下面的油盆。

何疆民他们几个男同学显然被榨油师傅们悠悠荡起的榨槌，一下又一下准确无误撞击铁楔子的动作吸引住了。杨老师看出了同学们的想法，就跟榨油师傅商量。然后让男同学们也学着榨油师傅的动作，将油槌用力地荡了起来，槌尾像秋千一样荡得好高好高。然后他们操纵油槌往前猛冲，没有瞄准，"砰"的一声喑哑声音，油槌冲到了榨槽上。榨槽只是微微颤了一下，逗得女同学哈哈大笑起来。杨老师也笑了。杨老师说："最主要的是一定要瞄准，否则使多大劲都是白搭。"

第二次，男同学们的动作协调好了，他们把油槌瞄得准准的。"乓"的一声，油槌的铁头与铁楔子撞中了，发出清脆的钢铁撞击声。接着榨槽里的油饼开始流出一缕清亮的茶油，全场顿时沸腾了。大家都为自己亲手榨出了茶油欢欣鼓舞。于是张灿、赵梦茹和一些女同学也上了场，一会儿工夫油饼就被榨干了。油饼被榨油工从榨油槽中撤出来，杨老师吩咐把饼子带回去。杨老师又说："给你们布置一项作业，你们先去测测水的流速。明天我要让你们把水车带动碾盘的传动方式给画出来，并计算出它的力量。”

这时早过了中午吃饭的时间了，这里的农村一天只吃两顿，中午是不吃饭的。杨老师让榨油工给弄点吃的。榨油工提了半桶白白的糯米，就在窗台上用吊桶把溪流的水打了上来，将米淘了。然后把蒸笼撤了下来，露出一口大锅。大锅蒸过茶仁，还能闻到一股油香味。榨油工也不洗锅，直接把米倒进了锅里，然后在灶洞里塞进几个木棍。

小田老师上前小声地问杨老师：“这还得炒菜，要弄到什么时候去？”

杨老师说：“他们每天都要给来这里榨油的老乡榨油，肯定有办法对付这种场面的。”说话之余，每人手里都多了一副碗筷。

再过了一会儿，伴着白色雾状的蒸气，混合着茶油的清香和糯米的米香气味从蒸锅里飘散开来。勾人胃口，撩拨食欲。王玉珲说：“我恨不得钻进这笼子里大吃起来。”一句话激发起大家的共鸣，大家都咽着口水，尴尬地笑着。

滚烫的米饭打进了碗里。王玉珲、何疆民几个人竟等不及了，开始扒拉着往嘴里送。张灿说：“应该还要放糖吧？”

赵梦茹怀疑地问王玉珲：“没菜怎么吃嘛？”

王玉珲连忙说：“好吃极了。”榨油工喊他们过去，把刚才榨出来还温热的茶油往每个人的碗里泼上一勺，顿时一股油香扑鼻而来。

张灿美美地吃上一口，立即兴奋地叫道：“太好吃了！太好吃了！”

吃过饭，杨老师留下一些茶油饼和装不下的茶油，算是加工费和饭钱。同学们离开了他们一生都不能忘怀的榨油坊。

回到农场，最关心他们收获的是老场长。老场长看到带走的油壶油瓶都已经装得满满的，就产生了好奇心。他又不好意思询问老师，就走到王玉珲的面前问道：“你们的茶油是从哪儿弄来的？”

王玉珲说：“买的，杨老师买的。”

老场长气愤地说：“胡说！现在茶油都是统购统销，哪有茶油买？”

王玉珲说：“在农民家买的。”

老场长恨恨地说：“还在撒谎。”

王玉珲一脸不在乎地说：“反正不是偷的。”一句话气得老场长背着手就走了。

小喇叭孙红梅走了上来高声说着：“别问他，我知道，是老鼠洞里掏的，榨油坊里榨的。”一句话把个老场长说得喜笑颜开。

第七章　王玉珲要帮小舅子的忙

THE SEVENTH CHAPTER

几天后，王玉珲的小舅子张军来找王玉珲。王玉珲一看到嬉皮笑脸走进来的张军，心里就知道，这位仁兄又有麻烦事了。果不其然，张军建门面，还是借不到钱。这不，正是来向姐夫讨办法的。王玉珲只要对方能做正事，就是砸锅卖铁也要帮他，这总比他一天到晚觍着脸到自己办公室来讨钱花要好些。

几天后，王玉珲的小舅子张军来找王玉珲。王玉珲一看到嬉皮笑脸走进来的张军，心里就知道，这位仁兄又有麻烦事了。果不其然，张军建门面，还是借不到钱。这不，正是来向姐夫讨办法的。王玉珲只要对方能做正事，就是砸锅卖铁也要帮他，这总比他一天到晚觍着脸到自己办公室来讨钱花要好些。王玉珲主动问："借不到钱吧？"

张军说："我这人说话没分量，人家都不相信。"

王玉珲说："你拿玉龙公司与你签的合同给人家看啊。"

张军说："看了也不信，怕我以后管理不好。不过有家银行，只要姐夫出面估计可以搞定，他们有这个意向。"

王玉珲吐了一口烟圈说："是要担保吗？你告诉银行要玉龙公司担保肯定不行，如果是我个人，还可以考虑。"

张军不解地问："为什么？你公司以前都可以担保的，不就是你一句话吗？"

一说到这儿，王玉珲就有点来气了："为什么？为什么？为了你非要搞这个门面。你姐姐说肯定不找玉龙公司的，我也向各位股东做了保证。现在同意你干了，你又要找玉龙公司，我怎么向其他股东交差？"

张军说："什么时候又需要交待了，你以前不是一个人说了算吗？他们的股份可都是你给的啊。凭什么需要交待啊？"

王玉珲不耐烦地说道："去去去！别在这儿瞎搅和，你就跟银行这么说，行就行，不行拉倒。"

张军悻悻地说："那我先去做做工作吧。"说完就走了。

张军一走，王玉珲的心情平静不下来了。他被张军留下的几句随意的话搅得心烦意躁。确实啊，这家公司是自己投入了五百万才建立起来的平台，他两人的股份都是自己给的。自己那五百万的原始积累充满了汗水、泪水甚至屈辱和血腥。但是对于乔军和曾金刚来说，他们都是从养尊处优的位置上退下来的，哪里能理解自己创业的艰难，哪里品尝过自己经历过的艰辛。特别是乔军，越来越不会尊敬人了。前几天在周老师家关于赞助款的数额问题，当着那么多同学的面，竟然直接驳自己的面子，弄得自己下不了台，他自己倒是会出风头。最后还捞了个送赵梦茹回家的美差。不过好在这次给同学捐款和让张军建门面都没有碰上什么麻烦，自己也用不着太计较了。乔军虽然想有所作为，但最后还是服从了自己的意见。想到赵梦茹，王玉珲本来阴沉的脸也渐渐开朗起来。他甜蜜地遐想，赵梦茹怎么还有那么好的身段和脸蛋，她甚至比学生时期更加漂亮，更加撩拨人了。王玉珲心想要是有机会一定要跟赵梦茹单独在一起，好好地倾诉自己的衷肠。这么多年了，从没有机会把自己的心思说出来。

王玉珲又想到了自己在农场的那一次偷窥。本来是准备偷看赵梦茹的，没想到赵梦茹那时没有发育好。如果能有现在的身材，可能这辈子，他就不会娶张灿了。想到这儿，他都有点嫉妒乔军那晚夜送赵梦茹回家。也许乔军那笨小子又浪费了一次机会。如果是自己，绝对会把什么事都办成的。

正想得美的时候，张灿来了电话。王玉珲知道这个电话肯定是为了张军的事来的，果不其然，张灿张口就说张军借钱的事。王玉珲无奈地说："我已经同意了，我愿意为他私人担保。只要银行同意就行。"

张灿又说："凭他是搞不定银行的，他连请客吃饭的钱都是在我这里拿的，你可能要亲自出面跟银行打交道。"

王玉珲说："好吧！为了你们张家，我肯定会赴汤蹈火、义不容辞的。"

张灿不无担忧地问："你私人担保，用什么做抵押啊？"

王玉珲一听张灿这么问，也就顺水推舟地说："那只能拿我们的别墅了。他要的不是几十万，是几百万啊。"

张灿说："不会有事吧？"

"现在你知道怕了。不会的，我看看能不能信誉担保。这肯定得花笔钱。"王玉珲说道。

张灿回答："花小钱倒没事，最好不要把我们的房子押了。等会儿我给你准备一些费用。"接完电话，王玉珲也懒得再去想赵梦茹了。他想到这几天自己的父亲前王县长来过几次电话了，要自己过去，今天有点空，就去看看他老人家吧。

王玉珲坐着“745”就出了公司的门。前王县长，自从犯了男女作风错误后，被乔军的爸爸乔书记彻底整倒。他早早就没有上班，拿了点基本生活费，就在家陪着王玉珲做生意。前些年，王玉珲生意没做起来时，前王县长也跟着吃了不少苦。王玉珲最没钱时，有时家里买米，都只能两斤两斤地买。前王县长吃些生活上的苦，他都能受得了，最难受的是有时候王玉珲欠了一屁股债。讨债的围上了门，王玉珲溜了。只留下一个前王县长在家，那些讨债的是什么难听就骂什么。前王县长也是一个打过很多大仗的南下干部，还是一个当过县长的人，讨债的都认识他。但是下了台的干部就什么都不是了，讨债的有的甚至还动了手。这些前王县长都忍了下来，甚至事后，他对王玉珲也是只字未提。

经过大难的前王县长现在把什么都看开了，他不像其他老干部每天打打门球、钓钓鱼。也不去养什么花草虫鱼。更不搞什么字画学习。他每天头发染得漆黑，梳得油光。没事就在那些媳妇堆里说笑，要不就请些寡妇在饭店里谈笑风生。王玉珲每个月给的费用都是按前王县长的要求来，反正是管够。还有件大事一直压在王玉珲的心里，他也不敢对前王县长说。去年在医院体检，前王县长竟然被查出了肺癌晚期。医生说没有手术的必要，只嘱咐了一句：“你爸想吃什么就吃什么，想玩什么就让他玩什么，总之一句话他想干什么你就多花些钱让他干去，尽尽孝吧。”

前王县长好像对自己的病情浑然不知，没有丝毫的焦虑感和悲伤，每天照样在成年女人堆里混。王玉珲倒是有点急了，今天扛一箱茅台回家，明天让海鲜楼煲上两罐鲍鱼燕窝送上门去。前王县长开始训斥着王玉珲不要刚挣几个钱就不把钱当回事了，多想想被人追债的日子。

王玉珲含着泪跟老同学何疆民诉说着自己的苦恼，何疆民问：“你也不用着急。想尽尽孝肯定会有办法的。你不就是想在你父亲身上多花些钱吗？”

王玉珲想了想，觉得何疆民说得对。他说：“事实上就是这么回事。”

“我帮你把钱花出去，绝对花在你爸爸身上。”何疆民肯定地说。

王玉珲问：“干什么呢？”何疆民笑而不答。王玉珲说：“你说的当真？”

何疆民说：“肯定当真。”

王玉珲拉开皮包问：“多少钱？”

何疆民说：“先给四千吧，看看你父亲的反应。反应好，就再往下花钱。否则再想别的招。”

王玉珲就说：“那行！”他拿了四千元给何疆民。

王玉珲的宝马745开进了前王县长住的小区，本来王玉珲要父亲与自己一块儿住。但是前王县长说什么也不同意，他说自己一人住着方便。就这样王玉珲按照前王县长的指示，在最偏僻的一个小区给他买了一套三居室的电梯房。小区的保安都认识这辆宝马车，车一到门口，门栏就升上去了。王玉珲按了按门铃，王玉珲有钥匙，但每次来，他从不开门。都是按门铃，让前王县长自己开门。

前王县长开了房门，让王玉珲进去了。他又往王玉珲的身后看了看，王玉珲就问："你还看谁啊？"

前王县长反问："就你一人啊？"

王玉珲奇怪地问："那还有谁啊？"

前王县长说："何疆民说要来的，怎么这么久都没来？"

王玉珲就说："那我打电话问问。"王玉珲打通了何疆民的电话，说："你怎么没来啊？前王县长还在等着你呢。"

何疆民说："我等会儿就过来。"王玉珲打开厨房间的冰箱门看了看，他每次进这个家门，首先习惯看的是冰箱的内容。他能从冰箱里面的食物配比和食物的多寡基本看出父亲的胃口和身体状况。

他又在房间里四处转了转，父亲也跟着他转悠着。前王县长开着玩笑说："王总还想视察什么？"

王玉珲走到阳台上说："这么多床单都是你自己洗的？"

前王县长说："是洗衣机洗的。"

王玉珲又说："每天吃饭，你都得自己做，这也挺麻烦的。要不干脆找个就近的餐厅，长期在那儿吃。"

前王县长说："反正这么多年，就是这么过来的，穷也这样，富了也改不了了。"

王玉珲想，父亲的病说不定就是几个月的事，让他一个人住也不放心啊。现在还能料理自己的生活，但再过段时间，说不定就只能睡在床上。现在得马上找一个保姆来，照顾父亲的生活，主要是要让这位前王县长先适应一段时间才行啊。于是他郑重地对父亲说："我还是要坚持给你找一位保姆，要不我让王晓帮你到劳动力市场去物色一位做事稳重的老阿姨？"

前王县长说："打住啊，不用找！"

王玉珲欲言又止，他走了两步还是回过头来说："肯定得找一个。"

前王县长笑起来说道："要是这样，我请何疆民来找吧。"

王玉珲说："王晓是专门负责招工的，她方便啊。"

前王县长说："何疆民脑袋好使，你就别管了，我找一个就行了。"

王玉珲摇了摇手说："我不说了，你下个星期把人找进来就成。"

前王县长又说："你的那帮同事都好吗？张灿呢？"

王玉珲说："都好！你不用担心，张灿也很好。"

前王县长说："乔军跟你还处得可以吗？"

王玉珲责怪地说："我又要叫你前王县长了，你还管得那么宽干吗？"

前王县长："我哪里还有点老干部的味道，这窗户外的事我什么时候管过？对政治我从没有发过感叹，对在职领导的工作我也从没有议论过吧。我只是希望我的儿子周边环境好一些，我一直担心你跟乔军的关系会受我们上一辈人的影响。应该说乔书记跟我当年都是工作上的矛盾，只是大家的工作思路不同，乔书记确实是没有私心。我到现在为止，都对他没有怨言，更没有仇恨。我一直想找个时间去跟乔书记好好谈谈，让他完全能够了解我这个大家看来很倒霉的当事人对当年的个人境遇的一些看法，但是也许这一辈子都不会有这个机会。这一点你一定要记住。"

王玉珲说："爸爸，你说着说着，又动感情了。你的思想我都了解，你也不止一次跟我说这些了。你要相信，你们那一辈的恩怨是不会影响我们的，或者说跟我没任何关系。"

前王县长打断了王玉珲的话说："我们这一辈就没有恩怨，你怎么老认为我跟乔书记之间有恩怨呢？"

王玉珲说："口误！口误！我心里不是这么认为的。关键你要看我跟乔军的关系，从小我们就像铁哥们似的。现在也很好啊。"说到后半句时，王玉珲的脸上闪过了一丝忧虑的神情。但那只是瞬间的变化，转而王玉珲又恢复了平静。他接着说："但不管怎么说，你们的过去肯定不会影响到我跟乔军，这下你放心了吧。我可以向你保证。"

"你们玉龙的产品，现在还贴牌吗？"前王县长问。

王玉珲说："现在还有一部分。没办法，都是销售商下的订单。连包装都是他们印好的，我们只管贴上去。"

前王县长不无忧虑地说："现在国家对假冒产品越抓越紧，处罚力度也越来越大。你们的风险也会加大的，快收手吧。"

王玉珲说："其实我们产品的各项指标，都超过了日本电池的指标。比如说我们的五号镍镉电池，含电量早已经达到了七百毫安时。而我们仿冒的日本名牌电池的外包装上面注明的含电量只有五百毫安时，我们超过了吧。你在厂里的时候，我们的含电量还只有三百到四百毫安时。含电量就决定了电池的放电时间，放电时间越长，电池使用的时间也越长。”

“王董事长，被你这么一说，你的产品就比日本的名牌电池质量还好啰。那我再问问你，你那台盖帽用的冲床换了吗？只要那台冲床不换，你电池上面的盖口就会盖得不到位。电池充电过了一百多次，就会漏液，你必须换德国的冲床。否则，你生产的充电电池就是不达标的电池，也就是不合格产品。”前王县长说。

王玉珲说：“我们又回到玉龙公司创业初期的论战状态了，每天吵一次。现在就别吵了吧，要不我又要喊你为前王县长了。”

前王县长骄傲地说：“你当初要不是听了我的，把乔军、曾金刚搞了进来。玉龙公司哪有今天的飞速发展。”

王玉珲呵呵一笑：“不是我舍不得买那台冲床，那个纳粹就是一点价都不降。他说这个型号是他们厂里卖到中国的第一台，中国人的模仿能力很强。只要进了一台到中国，这个市场就丧失了。所以他们这台冲床非要高价卖给我们，价格相当于卖到土耳其的五倍。”

前王县长说：“那你也可以去找找第三国的经销商委托采购。”

王玉珲说：“我们正在动这个脑筋。这个何疆民怎么还没到啊？”王玉珲看了看手表说。

前王县长说：“要是这样，你就不用等他了，他来了，我跟他说。下个星期争取把保姆找好，接受你的检查。你先走吧。”

王玉珲说：“我是不是也要见见他？”王玉珲有点拿不定主意。

前王县长说：“他是来找我的，你跟他又没有事。”王玉珲一时想起了何疆民帮他尽孝道的事来，何疆民还不愿意说是什么事。自己是不是问问父亲，看何疆民到底是玩的什么花招。但是王玉珲转念一想，还是不妥。何疆民想对自己说，早就会跟自己说的。肯定有什么难言之隐，那就不问了，免得尴尬。也不等这小子了，他说了如果要进行到下个周期，他自然会找我要钱的。

想到这儿，王玉珲就对前王县长说：“那听你的，我就先走了。”

王玉珲的745刚开出小区门，就接到了张军的电话。张军说：“银行行长同意晚上一块儿吃饭了，不过你肯定得来。”

王玉珲问："对方有几个人？"

张军说："就是行长一人。"

王玉珲又问："准备在哪里请？"

张军说："雾水河上的娱乐城。"王玉珲又问了时间，然后就挂了电话。

王玉珲回到办公室时，张灿已经把三万块现金放在办公桌上了。王玉珲给何疆民打了个电话。何疆民半天才接电话，何疆民压低了嗓门轻声说："我在陪你老子。"

王玉珲说："陪我老子又怎么了？神秘兮兮的。今晚上吃饭帮我扮演一下省里的领导，要搞定一个行长。"说完挂了电话。王玉珲每次要采取些灰色手段比如行贿啊、色情啊，他从不找乔军和曾金刚商量，更不会让他们参与，甚至事后也不跟他们通气。倒不是王玉珲想隐瞒什么，只是他认为他们都是搞技术、搞管理的，不懂得也不能理解这些下三烂的手段。他们都不像自己就是通过这些下三烂的手段一步步做起来的，而何疆民还在警校读书时，就开始穿着校服帮衬着王玉珲，他完全能理解王玉珲的做法。

一会儿，张军的电话打了过来，王玉珲就对他说："晚上请客我叫了何疆民，他的身份是省里来的领导。别穿帮，你跟着转就是了。"

张军兴奋地说："大哥，我听你的就是了。"张军知道，姐夫这是要来真的了，是当回事在干了，只要姐夫想干的事就肯定可以干成。何况姐夫就是一个对付官员的高手。张军明白，虽然姐夫有时候瞧不起自己，认为自己是稀泥糊不上墙。但实际上姐夫这些年干什么事都没避开自己。就是嫖娼也是郎舅同去的，不过这些男女之间的事做小舅子的张军知道，即使自己的姐姐也不能说。可能张军最大的优点就是嘴巴紧，这一点是王玉珲身旁的很多人都没有的特点。因为王玉珲这人重感情，用的人多是同学朋友，平常与自己都是很近的人。这些人说起话来也就自然放肆，口无遮拦。而张军就不同，即使在公共场合，他也从来不提自己与张军的这层郎舅关系。他不让张军叫他姐夫，只让他喊大哥。想到王玉珲关键时候对自己的信任，张军心中暖暖的。脸上的晦气一扫而光，晴朗了许多。

这雾水河有半边水面都被鳞次栉比的餐饮和娱乐中心占住了，雾水人管这里叫红灯区。王玉珲这些老雾水人都知道，这雾水河靠近城区这边的河滩长，浅水区很宽。靠近对岸的水深而湍急。于是最开始那些市场意识比较强的人围着浅水区搭起桥墩，在上面建起餐厅和KTV来，这就相当于在最繁华的大街上拥有了一个别具一格的门面。这门面的下面还流淌着绿色的雾水。几乎所有的水上门面都在地板上铺上了透明的加厚玻璃。坐在这门店里，不需要凭窗，只要俯首就可以看到清清的雾水河了。这里的生意不好都难，这里是开一家就火一家。既无产权，也无主管部门。如果在这里转让一个门面，转让费早早就跳过七位数了。

为此，市政协委员、人大代表都提了不少意见。每年两会期间，提案更是满天飞。很多刚上任的一把手都想把清理红灯区当成自己履职的第一把火。但是结果呢，运气好的是维持现状不变；运气差的，还没干几天，就被调离了雾水。

王玉珲也曾经动过心思，想趁乱把这块地方整体开发出来。提高服务品位，改善整体形象。为此他扔进去一百多万元，专门在北京请了策划高手。经过四个月的考察策划，最后向市里提交了“空中雾水”整体设计方案。市领导如获至宝，向省里层层报批，最后止步于省环保局的专家。也算王玉珲倒霉，环保一票否定的新政刚推出，“空中雾水”成了第一个被否定的提案。红灯区再次得到保全。

王玉珲对这个雾水的红灯区是又爱又恨。恨的是他投了钱，费了力，但是一根毛都没有捞到。爱的是这里是他的福地，他的第一单合同，重要的生意，包括关键时刻玉龙公司的融资谈判都是在这红灯区达成的。王玉珲每次大的飞跃应该说都离不开这个红灯区，可以说这里留下了他创业初期的每一步脚印。

王玉珲先到了包厢。他把张灿给他的现金拿了一万出来，然后分成两个信封装了。一会儿，何疆民也到了，他一进包厢就问：“王玉珲！今天是什么角色？又让我们假戏真演了。”

王玉珲说：“行长！要贷款。”

何疆民说：“你现在还缺钱啊？”

王玉珲说：“是张军要的，我来担保。”

何疆民伸出手说了声：“钱！你爸爸前王县长很喜欢，得进入第二个周期了。”

王玉珲打了何疆民的手高兴地说：“等会儿会给你的。你给我说说，是什么玩意吸引了前王县长？我说今天我回去，他老找你，就想见你。我心想你是给他吃了什么迷魂药，让他只惦记你了。”

何疆民说：“你就别问了，只要老头子高兴，你就只管出钱吧。”

王玉珲说：“不行！不行！以前说好的，只要继续，你就要告诉我实际情况的。还有老头子要找个保姆，他非得让你给他找。你要给他想想办法。找个能做饭、能洗衣的。”

何疆民说：“你啊！还是不了解老人的心啊，特别是你爸爸的心思。你是不是非得要知道我施了什么魔法，拢住了前王县长的心。”

王玉珲说：“肯定要说，以前说好的。”

“嫖娼！”何疆民轻轻地在王玉珲的耳朵边说了一句。

王玉珲有点不相信地大声说：“什么？你说是嫖娼。”何疆民点了点头。王玉珲又问了一句：“你说是带着前王县长去嫖娼？”何疆民照样点着头。王玉珲显然有些气愤了：“去去去！你这么做，对得起我那早死的妈吗？”

何疆民说：“这可是我们说好的啊，只要让前王县长高兴就什么都可以做啊，现在别反悔啊。活人都管不过来，你还管阴间的。你好好琢磨一下，你爸爸一个人把你拉扯大，他自己还背了一身的臭名。他真不容易，等你刚挣到钱，他又要去了。他现在无论干什么，你都得无条件地支持才对啊。他真不知道还有多少时间可以苟延残喘。说不定哪天清早起来就不在了。”何疆民见王玉珲低头不语，就又接着说：“一个寡妇很难，一个鳏夫就更不容易了，我们都是男人。你知道男人一辈子单身意味着什么。你父亲为了你一辈子都选择了单身，你可不能现在自己吃饱了，就不管你老爸饿不饿了。”

王玉珲说：“你小子还真说得对啊，你是怎么悟到这些的？”

何疆民笑着说：“我比你人性，比你客观，更尊重人些，我是发自内心的。我认为人的本性是最需要尊重的，就像要吃饭、要喝水一样。这是人的根本，不能强行改变，更不能视而不见。”

王玉珲说：“太深奥了，下次探讨吧。”正说着，张军带着一个戴眼镜、穿西服的中年男子走了进来。张军进来就跟王玉珲做了介绍。王玉珲把廖行长带到何疆民的身边说：“我来介绍一下，这是省里来的省警察基金会的黄秘书长，这位是我们雾水银行的廖行长。我没有经两位同意就擅自把两位领导安排在一起吃饭，失敬！失敬！”两位领导连忙说客气了。大家交换着名片。

何疆民确实还有个省警察基金会的头衔，那是很多年以前，何疆民动员了一个有点不是很干净的工程老板给省警察基金会捐了一笔不小的赞助款，省警察基金会就给他挂了个不到位的虚职。倒是这个位置好，人家一般都弄不懂这个组织的性质，更弄不懂这个组织的行政级别。一般都认为，这个警察机构是个正规的警察部门，这个秘书长嘛应该是个副厅级待遇。何疆民反正就将错就错。王玉珲则拿着这个名头专搞接待用，关键时候让它起到领导带头作用。

而且王玉珲每次不经意就会先把何疆民的厅级干部级别显示出来，他端着酒站了起来，说："我得先敬我们省里的领导。"

何疆民也优雅地站了起来说："我们就是办事的。"

王玉珲说："在省里你可能就是办事的，要是在京城你可能就是打杂的。但是到了我们雾水你就相当于我们的市级领导，那就不是办事的了。我都喝了，你随意。"王玉珲头一仰，酒就下去了。何疆民端着酒杯用嘴唇碰了碰酒杯的杯口，做了个样子就先坐了下去。何疆民和王玉珲已经是多次配合了，那种神态做得是十分到位，没有人会怀疑他俩的真实关系。

然后，王玉珲又端了第二杯酒，对廖行长说："我与廖行长今天有缘才在这里相遇，甚至合作。为了我们能合作成功，我先敬廖行长一杯。"

廖行长说："谢谢王总的盛情款待，王总是我们雾水人民的骄傲。如果能与王总合作，那是我们的幸运，为了我们的合作顺利我们干了这一杯。"

何疆民知道王玉珲每次让自己喝酒都是随意，这样做的目的有两个：一个是为了体现自己是省里的领导，喝酒不能太随意；二是万一他喝醉了，还留一个清醒的可以开车送他。这样也好，每次他来赴宴都没有精神压力。想喝可以多喝，不想喝就容易躲过。敬完第一轮酒，下个节目，王玉珲就要派送红包了。可惜的是每次何疆拿到红包时候都得退给他。反正起到领导带头作用后，就没有用了，何疆民就这么想着。

果然，王玉珲从口袋里掏了两个红包出来。王玉珲说："这是我们的规矩，凡是第一次见面的朋友或者是省里来的领导，我们第一次都得送份见面礼。"

何疆民知道这是王玉珲事先说的要带前王县长嫖娼用的费用，他假意推脱了几个来回，最后就说："恭敬不如从命。不会让我犯错误吧？"

王玉珲说："不多！四千九百。"

何疆民笑着说："你们很懂政策嘛！下不为例。"搞定了省里的领导，这市里的领导就好搞定了。何疆民也把同样的红包双手递给了廖行长。

王玉珲用余光注视着廖行长，廖行长接过红包很为难地在低头沉思。片刻他抬起了头说："王总！我们初次见面，这样是不是太客气了？"

王玉珲大气地说："正因为是初次见面，要留点印象。下次是老朋友就不会了。"

廖行长把红包放到桌上，说："这心意我领了，红包就别拿了。"

何疆民一见廖行长把红包退了出来，连忙装着不好意思地也从怀里掏出了红包，推给了王玉珲，还一边说着："这确实太客气了，受之有愧啊。"

王玉珲装出很为难的样子，看着张军说："张军啊！这可不好！这可不好。"

张军心领神会地伏在廖行长的耳边耳语了几句，大意是如果你廖行长不收这红包，省里的领导也不好收。廖行长好似明白了似的说："既然王总这么大气，那我们恭敬不如从命。"廖行长把红包放进了自己的怀里。然后他端起了酒杯开始敬起何疆民来。

何疆民看着桌上多的几副碗筷就说："就我们四个人，弄这么多碗筷碍事，叫服务员撤了吧。"

张军说："不能撤，还有几位贵宾没到呢？"大家好像都愣住了。只见张军走到包房门口，他打开房门，拍了拍手掌。一群穿着性感的小姐鱼贯而入，在一位妈咪的带领下，小姐们躬身敬礼。齐声喊："老板！晚上好！"

何疆民笑着说："你们雾水是把 KTV 文化和餐厅文化都结合在一块了。"

王玉珲对妈咪说："你是不是把最漂亮的小姐都带出来了？"

妈咪一屁股就坐到了王玉珲的腿上，她已经敏感地判断出这就是今晚买单的主。她掏出打火机，给王玉珲的香烟打着了火说："哥哥今天要是看见外面还有漂亮的没进来，妹妹今晚就免费了。"

王玉珲笑着说："谁要你免费了。让各位老板先挑吧。"这回廖行长学乖了，什么事自己都别表态，都按照省领导的意思来，小心扫了省里领导的兴。王玉珲在一旁暗暗地笑，他这一招是次次都灵。他吃准了这些当官的软肋，什么地方都得讲究长官意志。谁官大就听谁的，在会议室、在餐桌上。所以只要给他们安排一个起带头作用的领导，此事就好办多了。一会儿，每位男嘉宾的身边，都多了一位性感的美人。不知道是谁的发明，这雾水近两年开始流行喝花酒。王玉珲认为这个发明应该得奖，它太体现创意了。这花酒一喝，就什么都能喝下去，什么关也攻得下来。酒下得很快，酒精在空气中弥漫。小姐们左一杯交杯，右一杯海底捞月。反正这喝酒的招数围着这男女的肢体转，听那名字就觉得这些喝花酒的小姐上岗前的培训还是很专业、很烦琐的。

小姐一上来，自己倒是没什么事了，王玉珲任由着小姐在自己的旁边整来整去。王玉珲点的小姐还真有点像赵梦茹。她的脸蛋，特别是眉眼，笑起来的时候就更有点赵梦茹的味道了。刚才王玉珲就是看见她长得像赵梦茹才点了她。王玉珲的注意力还是放在了客人身上。何疆民是位江湖老手了，那一双手除了端酒杯时才能看见，平常总是躲在小姐的小背心里。只是这个廖行长今天看上去还是很拘谨。刚才小姐可是他自己挑的，但是现在廖行长的双手还死死地夹在自己的双腿间，看得王玉珲心里发麻。王玉珲知道，这样肯定不行。他轻身问了问自己身旁的小姐："你们这儿还有什么别的服务吗？”

小姐说：“等会儿可以到后面去啊。”

王玉珲说：“前面都没有搞定，怎么还能去后面呢？”

小姐摇摇头说：“这里真没有了。”

王玉珲给张军使了个眼色，走了出去，王玉珲又对张军说：“这样廖行长到不了位，这花酒还有没有其他服务？我说吃饭时。”

张军摇了摇头说：“没有了，这家店我一年前就来过了。”王玉珲让张军先回包厢，自己叫了妈咪来。他把自己的要求对妈咪说了一遍。然后就上卫生间了。王玉珲回到包厢时，包厢里的灯光已经暗淡下来、音乐响了起来。四位小姐开始在餐桌前表演起脱衣舞来，王玉珲品着酒，不经意地瞟了廖行长一眼。此时的廖行长已经被四位小姐的表演吸引住了，他惊讶得微张的嘴证明了他平常是个洁身自好的人。廖行长那有点担忧的眼神好像是在担心台上的小姐们会脱光自己的衣服似的，他既有点不愿意事态持续发展，又在内心里有所期待。这种眼神王玉珲是见得太多了，他每次一见到这种眼神心里也会感到痛苦。他知道没经历过这种场面的官员，只要一接触，日后就像吸毒上瘾似的热爱这种生活。有的会经历家庭破碎，有的会丢官弃职，有的直到被关进大牢里才刹得住这种爱好。

但是，王玉珲知道，自己的这种同情心不能太多，也只能藏在心里。为了挣钱，自己除了利用人性的弱点，还能依靠什么去击垮对手呢？虽然这么做会对不起他们的孩子、他们的妻子。但是谁让他要成为自己的目标呢。这个世界毕竟被强迫的事还是很少的，最关键是自己自愿，这就怪不了任何人了。想到这儿王玉珲的那点负疚感就烟消云散了。小姐们的衣服在不一样的眼光里、不一样的心态中，最后还是一件件脱得精光。她们开始一个个地把情欲亢奋的来宾拖起来，跟她们跳舞。廖行长已经架不住气氛的影响和情欲的滋长。他已经和大家一样抱着全裸的小姐，随着音乐摇着慢四呢。

再接着这些男女便一对对地相互搂抱着消失在后面一排带着床铺的小包房里，何疆民是第一个出来的。本来今天他已经陪着前王县长高潮过了，但是他看到陪他喝花酒的小姐形象俏丽，言语甜美，于是他那点所剩不多的情欲又被挑逗起来，他抱着小姐美滋滋地上了床。但是他没想到的是，当他进入角色的时候，那位小姐随着何疆民上下起伏，非常怪异地张着嘴有规律地吞吐着舌头。这让他很好奇，后来又觉得恐怖，最终让他半途而废，真是典型的始乱终弃。

张军今天是带着疑问做完那点男女间的事的，他从看到四个小姐开始跳脱衣舞时起，疑问就产生了。今天的包厢是他自己定的，这个地方是他半年前就经常出入的老场所了。他还从不知道这里还能跳脱衣舞，开始王玉珲问他还有没有别的项目时。他并没有骗王玉珲，他可是真不知道这吃饭还能附带有脱衣舞表演。

张军提起裤子，就去找妈咪。他问妈咪："你这里怎么还有脱衣舞啊？"

妈咪说："一般情况下是没有的。"

张军很气愤地说："我在你这消费大半年了，也不见你们表演过啊。"

妈咪说："你也从没有跟我们提过这样明确的要求，我们也只是在外面表演过，今天不是那位大哥特别要求，我们也不会表演的。"

张军回过头来一想，只有佩服王玉珲的份了。他知道王玉珲就是一个不把事情做到极致就绝不会停下来的人。王玉珲为什么能成功，就是他能比其他人在最后的时候还能多走一两步。自己为什么干什么都成不了，就因为还缺那么一点后劲。

王玉珲今天可是感觉极好，他在小包房里问小姐："你叫什么？"

小姐回答："我叫白雪。"

王玉珲说："从现在起，你就叫'赵梦茹'，记住了吗？"

小姐重复着："我叫赵梦茹，记住了。"

王玉珲又说："'赵梦茹'，你这样仰着脸看着我姿势最好看，对，就这个景仰的神态。'赵梦茹'！'赵梦茹'！你怎么又忘记你的名字了？"

小姐说："对不起，老板，刚才我只记得摆动作去了，我没注意你喊我。"

王玉珲说："你把衣服脱了吧。"

小姐说："我脱。"

王玉珲说："再帮我脱吧。"小姐又帮王玉珲把衣服给脱干净。王玉珲看着小姐的裸体就想，赵梦茹的身材比这个小姐的身材可能还要丰满些，她的胸比这个小姐的还要高，她的腰身比这个小姐的要细。"赵梦茹，帮我按摩吧。"

小姐快乐地回答："好的！我拿点 BB 油来。"

王玉珲闭着眼睛甜蜜地体味着"赵梦茹"的小手在自己的身上摩挲着，"赵梦茹"的小手真是轻巧、光滑。那双手在同学时代，自己曾经多少次注视过。"让我来摸摸你的脸。"王玉珲把手伸到了那张小巧的脸上。虽然他没有摸过赵梦茹的脸，但是他可以确定这张脸，和真正的那张曾让他萦怀的小脸是完全一样的。这是她白皙的脖子，他在课堂里无数次注视过的地方。这是她的小耳朵，这副耳垂比一般女人的耳垂都要长些，王玉珲早已经烂熟于心了。这眉毛、眉骨、小脸蛋、翘鼻子、小嘴唇，王玉珲闭着眼睛一点点抚摸，一点点回忆，那些回忆总让他想起同学时代的往事。但是王玉珲好像只是对这张脸蛋感兴趣，对脸蛋以下的部位，他碰都没有碰。让王玉珲自己感到奇怪的是他越是沉浸在回忆中，就越没有了冲动。他不知道是赵梦茹让他不能进入状态，还是“赵梦茹”的魅力不够。

时间已经过去了几十分钟，“赵梦茹”看到王玉珲还没有任何生理反应，也有点急了。“赵梦茹”在王玉珲的身下把十八般武艺都用上了，王玉珲还是没有动静。

“赵梦茹”无奈地说：“老板的身体太棒了，我都有点吃不消了。”可能是回忆不能让王玉珲进入状态。如果是在平常，王玉珲从来就没有缺过子弹，而且可以一天数发。王玉珲对自己今天的表现也有些意外。

但是王玉珲倒好像没有懊恼的感觉，他安慰着“赵梦茹”说：“‘赵梦茹’！今天不怪你啊，是我的名字没取好。”

那位小姐担心今天的钟点白干，也有点得理不饶人地说：“是啊！赵梦茹哪像个人名？”

王玉珲一听勃然大怒，愤怒地叫道：“赵梦茹是你可以随便叫的吗？滚！给我滚！”小姐抱着衣服惊慌失措地跑出了小包房。

第八章　老同学的聚会方案

THE EIGHTH CHAPTER

刘旭从没有做过这种老同学聚会的方案设计。他花了几天时间，首先了解场所、吃住、交通、烟花等项目的市场价格。然后他勾画了几个模板，再自行排出。最后交出了这个方案。他开始想公开地挣点设计费，就像往常报价一样把设计费开宗明义地列上费用表中。但是转念一想又觉得不妥，大家都是老同学，自己干了点事还要同学的钱，肯定会招来非议的。

乔军这天接到了王晓的通知，按照上次的约定，这次同学聚会的方案出来了，要大家都讨论一下。周老师因为身体原因没能来，王玉珲和曾金刚两人也因为要接待技术监督局的检查组缺席了，不过大家把杨思冲老师和小田老师请了来。讨论会是在一家中西餐馆里举行的，往年在雾水市还看不到的中西餐厅这几年已经随处可见了。这种中西餐厅的好处是不仅可以吃饭，还可以在吃过饭后正儿八经地谈事。因为进餐和谈话都有专门的时间，这里进餐的时候就真有点像在欧洲的某家餐厅里，显得比较安静。还有一点，这里的口味也比较清淡，也不提供白酒。这就把一些当地习惯大吃大喝还捎带划拳的低层次客人给自动排除了。按说这样的口味是彻底改变了本地人的饮食习惯，开这样的店也是风险极大的。但是这些中西餐厅竟一家家地火了起来。

对于乔军来说，他是这种中西餐厅的老主顾了。前期主要是为了解决单身问题，后期是为了解放男人的性问题。乔军总是在这些不同的中西餐厅里频繁出入，去结识不同的异性。乔军还是一个洁身自好的人，从不去那些色情场所。即使有时饥渴得不行了，他还是宁愿去中西餐厅彬彬有礼地见那些良家女性，绝不迁就马虎苟且。也可能正是因为乔军这样的绅士多了，中西餐厅的生意也就自然好了。

杨老师和小田老师早就生儿育女了，小田老师还是用同学们熟悉的那种敬仰而又信任的神态注视着杨老师。杨老师那豁达的笑容依然挂在脸上，他们两口子已经是雾水一中的招牌教师了。

彭洋对杨老师说：“现在还带学生去打那些来校园闹事的小流氓吗？”

杨老师摆了摆手笑笑说：“现在也打不动了。你们那个时候，我们都年轻啊。那个时候我最看不得外面的流氓来欺负学生，只要是我在场，我们就没有打输过。记得有次小流氓都跑远了，我叫了乔军几个高个子学生，又追了上去，把他们揍了一顿。乔军你还记得吗？”

乔军说：“我怎么不记得，对方有个高个子，你打不到他的头。你还是撑着我的肩膀，跳起脚来，给了他一耳光的。”大家都开心大笑起来。

何疆民说：“杨老师最让我们敬佩的就是对什么人都没有恐惧感，社会上什么样的人你都敢碰。我搞公安工作以后老是跟这雾水街上的人打交道，多少年啦，他们谈起杨老师来都认为你是一条汉子，就像谈论社会上的大哥一样。”

杨老师说：“你好像要把你的老师变成黑老大才甘心啊。”

彭洋说：“何疆民！是不是杨老师以前老是批判你，你打击报复啊？”一席话又说得大家乐不可支。

正说着，秘书长张灿和王晓赶到了。张灿还没坐下就埋怨着说：“也不知道是谁找的地方，这个旮旯湾里，真不好找，我们都找了半天了。”

刘旭急忙说：“不好意思，是我定的地方。我昨天晚上来这里，觉得环境不错，也还安静，就选了这里。”赵梦茹和乔军心虚地相互对望了一眼。昨晚，乔军和赵梦茹两人就是在这里点着蜡烛共同度过的，不知道刘旭昨晚是否看见？

这里是乔军的老点了。两年前，有一次乔军连续两晚都到这家店喝茶，每次带去的女孩都不一样。最要命的是那位女招待认出了他，并且还跟他搭腔。

那位女招待说：“这位帅哥天天都来我们这儿。”乔军一听真急了，他不知道怎么回答才好，他只希望这位讨厌的女招待马上离开。但是那位女招待还在往下说：“今天是这位帅哥第一次带美女光临我店，我们给帅哥和美女送上一盘小果碟。”说完，女招待给乔军呈上了一盘果碟。乔军顿时释然了，乔军挺了挺已经汗透了背，给女招待送上了一张放松的笑脸。从此后，乔军只要带了新的女朋友，都会来这家店里约会。每次乔军都会享受到这位女招待的小果碟和那句经典的台词。但是，昨晚乔军和赵梦茹在这儿坐了一夜，可能是太投入了，他们俩没有看到刘旭也在座。今天见到刘旭，他的表情，好像也没有什么异样，估计刘旭昨晚并没看见他俩。

会议开始了，首先是刘旭介绍方案。刘旭用投影机把文案投到幕布上，便开始讲解具体部署。刘旭说：“聚会活动分几大部分，第一部分是筹备：这包括了制定方案、联络所有同学、发出通知；然后选定场地、准备资金、前期采购、联系好车辆、准备名单。第二部分是执行：这包括报到、接待、聚餐、聚会、焰火、文艺晚会、酒会、游览、参观、合影、订票、欢送。第三部分是善后：包括同学录的印制、影碟的刻录，费用的结算。”大家提了些问题，刘旭逐个解答。刘旭又接着说：“主要的费用花在餐饮和焰火上，这些费用大概占掉了总费用的五分之四。具体大家可以看刚发给每个人的详单。现在总费用估计可以控制在十二万以内。”

张灿说：“上次不是说好十万的吗？这次怎么涨这么多？”

刘旭说：“上次只是匡算，以这次为准，这次明细都出来了，比较精确。”

张灿说：“那下次又来一个更精确的怎么办？”

刘旭说：“不会了，所有的细节都算出来了。大家看看还有什么细节需要增加，如果没有，费用就不会变了。当然如果大家觉得费用太高，也可以削减些项目。比如说是不是时间太长，少做两天。”

乔军说：“我们玉龙公司已经统一了思想，多少费用我们都包了。不过我想问问这十二万，你做没做意外超支？也就是不可预计费用。”

刘旭说：“做了，按照十万元的百分之二十的额度做的。这也是张灿问的问题，为什么上次十万，这次到了十二万，多的部分就是不可预计费用。只是有一项没有做进去，就是人力成本。因为所有的人力都是由老同学自己来义务承担，这就没算费用。但他们筹备期间的正常工作餐还是造进了计划，比如说今天开会产生的费用。”

孙红梅站了起来说：“出点力气，那是应该的，我愿意这段时间做个全职义工，我跟单位请个假就行了。我服从组织安排，党叫干啥就干啥。实际上我早就已经开始工作了，我现在只要碰上同学就会告诉他们这次聚会活动。”

杨老师说：“小喇叭开始广播了，看样子本次活动的宣传部长非小喇叭莫属了。我和小田老师也可以为这次聚会出一把力气，大家有什么需要跟母校沟通的，还有和其他老师联络的事就算在我们身上了。另外我要感谢王玉珲以及玉龙公司的全体股东，你们为这次聚会提供的资金相当于给了这次聚会成功的一个保证。同学们！让我们先以掌声表达我们对他们的谢意。”说完杨老师就带头鼓起了掌，大家也跟着鼓起了掌。

乔军连忙示意大家停下来，他说：“这里是讲情调的地方，我们这掌声一响，把很多情侣吓住了。”

孙红梅就打趣说：“我们的白马王子就最懂情调了，今天可没有打扰你吧？”

彭洋说：“这小子不结婚就是为了跟人讲情调的。”

乔军反驳道：“彭洋你就别开口了。”

彭洋问：“为什么？”

乔军说：“你一开口，满屋就是酒气，今天中午也没有上酒啊？”

彭洋有点不好意思地开着玩笑说："我就是怕中午增加你们玉龙公司的负担，今天早晨特地多喝了两杯。"

何疆民说："怪不得人家对我们政法部门的印象不好，实际上都是被你们法院给喝坏的。"

杨老师有点担心地问："彭院长！你平常开庭不喝酒吧？"孙红梅和赵梦茹掩嘴而笑。

彭洋气恼地说："杨老师你不要听他们胡说，败坏我的形象。你去调查一下我判的案子，到现在为止还没有一起原被告任一方上诉的案例。"

赵梦茹说："好！我相信你，彭院长，下次我的案子就要请你来判。"

彭洋这次也不饶人了："什么案？离婚案啊，我申请回避，我担心你老公告我以权谋私。"大家都笑了起来。

赵梦茹娇羞地骂道："一个大院长，号称我们同学中的高干，嘴里就没有一句正经的。"

彭洋说："谁让你们泼我的污水啊。"

张灿说："今天我们是来干什么的，是来讨论这个方案的。又说到哪里去了？"张灿最不希望任何话题都往赵梦茹身上转。她认为只要自己在，就不能让赵梦茹露出一点点风骚苗头来。都半老徐娘了，还在这儿卖弄风情。对这种女人就绝不能轻饶，这男人就没一个好东西，一碰上风骚劲就一拥而上，像苍蝇似的赶都赶不开。张灿确实不明白漂亮女人为什么对男人有那么大的杀伤力，而卖弄风情的女人永远是男人心目中的一道风景线。难道你们这些男人就不明白那都是女人伪装出来专门迷惑你们的，你们就这么好骗吗？张灿就是一个不会一丝情调的女人，在她看来所有的柔情都是假装出来的，一个女人为什么要这样强迫自己呢？为什么这些假的东西竟成了男人的抢手货呢？她自己从没有尝到被男人追逐和呵护的幸福，自然也就体会不到其中的快乐了。

确实张灿的一声提醒让赵梦茹清醒了不少。今天张灿在此，不可造次。赵梦茹知道自己的女人味道是绝对不能被张灿接受的，在同学时代，王晓来阴的、张灿则来明的修理自己。现在都几十岁了，犯不着被她们寒碜一顿。看看张灿的打扮，可以用雍容华贵来形容。但是她除了这些，还有什么？即使是她的老公，可能每天想的都是怎么尽可能地离她远些，好方便跟其他女人去幽会。而王晓呢，想了一辈子的乔军，还是没能得到，乔军现在可是我赵梦茹的奴隶了。哪一天真要在你王晓面前显摆显摆，气死你。想到这儿赵梦茹柔柔地看了乔军一眼。

孙红梅说："具体分工看怎么分，这么多工作要分工到人，责任到人。"

刘旭说："下次我就会拿一个具体分工方案给大家派工，大家可以根据自己的时间来调换工作。但是不许拒绝，每个人都必须像孙红梅一样党叫干啥就干啥。"

何疆民说："张灿就是秘书长，你就是CEO，我们坚决服从你的安排就是了。都不许偷懒啊，而且还要明确纪律，上班时间不能喝酒。"何疆民说到这儿，看了看彭洋的表情。

彭洋说："你小子真是欠揍吧，等会儿离开这个讲情调的地方看我怎么教训你。今天的酒是我自己带来的，大家没有意见吧，我请大家喝酒。"在一片惊呼声里，彭洋从裤子的左右口袋里掏出了两瓶五粮液。

何疆民说："这法官的口袋就是大，装两瓶酒一点都不显山露水。"杨老师连忙打岔，意思是小田老师要说话。

小田老师说："我来提两点意见。"

张灿连忙说："请小田老师讲。"

"我看你们给老师造的礼品预算，一个人就高达一千元，没有必要这么浪费吧？再一个就是，每年我们都要参加这种老同学聚会，家里的礼品用不完，有的也用不了。你们要买就买些实用的东西，比如说高压锅啊，电饭煲啊，柴米油盐都行。千万别整那些好看不好用的玩意，我们家里都成灾了。"小田老师说。

张灿说："这好办，标准就不要降了，老师辛苦地把我们教大，我们现在买点礼品孝敬一下，再多都不多。至于买什么礼品，刘旭你可以把给老师买礼品的事交给小田老师来定，不买那些红漆马桶，好看不好用。今天预算的事，我回去跟王玉珲再汇报一下，我想应该没什么问题。"听到张灿这么说，一旁的乔军就有点郁郁寡欢了。今天是他和张灿两人代表玉龙公司来开会的，这好像也是他跟张灿第一次代表公司出来开会。张灿的心目中，玉龙公司的股东好像永远只有王玉珲一个人，在她的心里从没有乔军和曾金刚。这种心态可不是一般人的心态，她可是玉龙公司的财务主管啊。实际上，张灿这么多年来从财务控制上就是这么执行的，报账的程序也是这么操作的。玉龙公司报账都只要王玉珲一人签字就行了，即使乔军和刘旭的发票也是王玉珲签字才可以报账。

玉龙公司的账本有两个，给税务的一套，自己还单独做一套。但是作为股东的乔军也只能看到对外的那套账。这让乔军一直耿耿于怀。以前没有合作时，你王玉珲单枪匹马，不管你们怎么做账，跟我乔军都没有关系。但是现在合作了，你就应该公开账目。至少股东可以看账，股东要知道实情。现在大家甚至对玉龙公司的股东情况都不掌握，除了三个同学股东外，乔军感觉到公司的那百分之五的股份也是名花有主的。而自己并不知道这些神秘的股东是谁。乔军想到这儿，只觉得心里的一团恶气在酝酿、在凝聚、在翻腾。乔军心想一定要团结曾金刚，鼓动他到股东会去争取权利。即使曾金刚不参与，自己也要单枪匹马去闯一回。想到这儿，乔军觉得这件事必须马上去办，不能再耽误片刻。

杨老师说："看样子除了小喇叭以外，包括刘旭等同学都已经开始投入这项工作了。"杨老师的话把大家都说笑了。接着杨老师又说："我看刘旭的这份预算是花了一些功夫的，这么详细的预算好像你只用了十天不到的时间吧？"刘旭点点头。"这么短的时间，光说要搞清每个小项目的报价都不容易啊。应该说刘旭给这次聚会立了头功。"

这话说得大家都暗自佩服，刘旭心里也像灌了蜜似的甜。至少他的前期工作已经获得了大家的认可，为实现他的下一步目标打下了基础。刘旭心里是有个小九九的。他高考只考了个轻工美术学校，毕业后分到雾水轻工局的下属公司做设计工作。没多久单位改制，他便办了停薪留职手续。出来后就开了一家文化公司，专门承接活动策划、广告设计等业务。

但这不大不小的文化公司，业务是不好做的，经常是今天有一单明天没一单的。没有现金流的公司，日子最难过。最开始，刘旭还像模像样地聘了一些设计和业务人员，前台也安排了一位高挑美女。可除了自己不停地在外面跑，偶尔拿一两个单回来外，很难有别的业务上门。每个月下来，交了房租水电，再把工资一发，就没有钱剩。甚至自己的生活费还需要东拼西凑。刘旭想了想，觉得是自己在拼命打工养着这些个雇员，而这些雇员却没有给自己创造效益。于是他先辞退了那个前台的高挑美女。

一天，终于有一单业务上门了，是一个外地驻雾水的销售经理。他看了看刘旭的营业执照就说："能给我开个发票吗？"

刘旭说："当然可以，除了要扣税外，还要给我们公司多交两个点。"外地人递了根烟给他，让他立马就开。刘旭说："开什么项目？"

"你们营业执照允许的设计费。"销售经理说。

刘旭一边写发票，一边问："你的方案都没有，你开了发票怎么回去报账？"刘旭还是想多揽些业务。

销售经理是个很开朗的人，他笑着从提袋里拿出了三份同样题目的不同内容的方案放到桌上，说："你帮我看看，不让你白看，再给你加两个点。"

刘旭一看才发现，这个销售活动征集设计方案的广告曾在雾水报纸上看到过，当时自己看到这个征集广告时就已经过了投稿时间。他还懊恼地在公司总结会上，为此事好好地让大家反省过。现在这三个方案是雾水三家比较有名的文化公司做的，这三个比较专业的方案一时让刘旭有点自愧不如。他一边端详着这三个很详尽的方案，一边暗自高兴这单业务又飞到自己碗里来了。真是"踏破铁鞋无觅处，得来全不费工夫"啊。但是销售经理接下来的话立马就让刘旭心灰意冷，使他对自己这个行业的前途都丧失了信心。

销售经理说："你帮我把这三个方案重新排列组合，只要让这三家公司看到了你重新组合的方案后，不能确认新方案是他们整出来的就行。这个容易吧？"

刘旭一边整合这个杂交方案，一边想，怪不得我的那些投稿方案都石沉大海。有这帮这么会算计的奸商居中，我们这些文化公司不死才怪了。他把这单业务做完了，就辞退了公司所有的坐班员工。他开始单枪匹马地干，自己跑业务。有了业务再去人家家里找设计师做设计，再不养人了，更不投那种没有底的设计稿了。

这次聚会方案，他照样是抱着在做业务的心理来干的。就在做这个方案之前，他本来接了一单可以挣上一笔的业务。是帮一家产品做《雾水晚报》的广告平面设计和广告代理。就是在做这单业务时，他知道了今年老同学聚会的活动消息。他当时确实想过，做完这一单业务，好好为老同学免费服务一次。但是人算不如天算，他的这单业务进行到最后一个半版设计时出了一个大差错。当时晚报就要排版了，催得急。他的广告墨稿一直没出来。最后匆匆忙忙地完工，送到了报社。报社广告部的编辑又是急急忙忙地排版。时间是没有耽误，但是报纸一发出去，市委宣传部的电话就打到了报社。出大事了，原来这个设计稿是在一张全国地图的基础上展开的创意。刘旭为了赶时间竟忘记把台湾岛画上去了。没有多长时间，产品商就知道了此事。

厂商的态度很强硬，说这是个政治事故，给企业的品牌造成了巨大的负面影响。厂方不仅拒付百分之三十的尾款，而且还要刘旭的公司赔付全部广告款。刘旭动用了自己所有的关系，做通了厂里的工作。最后厂方接受了以尾款冲抵广告带来的损失。

刘旭从没有做过这种老同学聚会的方案设计。他花了几天时间，首先了解场所、吃住、交通、烟花等项目的市场价格。然后他勾画了几个模板，再自行排出。最后交出了这个方案。他开始想公开地挣点设计费，就像往常报价一样把设计费开宗明义地列在费用表中。但是转念一想又觉得不妥，大家都是老同学，自己干了点事还要同学的钱，肯定会招来非议的。于是他就准备以另一家设计公司的名义来报这个方案，给那家公司交点税金和手续费就行了。但是雾水就这么大，人家的公司不好控制，说不定哪天就传出去了。

最后他决定了，这个设计费不能公开地拿，因为大家接受不了；也不能隐蔽地拿，因为欲盖弥彰。但是不拿自己的心里又接受不了，自己就是靠这个为生的，这是自己的饭碗，现在业务竞争这么激烈，如果连这样的业务都做不下来，那自己还有什么能力接别的单，这不是挣多少钱的事，这是有关能力的问题。实际上，刘旭现在很缺钱，很需要钱。他的儿子读书不争气，现在的教育现状是成绩越不好，父母的投入就越多。刘旭的儿子已经读到高三了，再过几个月就要上大学了。这些年挣的并不多的钱都投在他身上了。按儿子的成绩来看，大学一本二本可能都没有指望，考一个那种民营的大学估计读下来钱不会少花。现在刘旭就是为了儿子的大学学费在拼命挣钱。如果这种十拿九稳的项目都放弃了，他无论如何都是不愿意的。刘旭计划好了，这个钱只能在采购费里以回扣的方式逐步拿些回来。他知道住宿、酒水、餐饮，那些资源大家都有关系，自己不一定拿得住。但是同学录的设计印制，还有这次视频信号的记录和制作，烟花和会场布置，这些工作肯定会交给自己来完成。这些项目他在预算中已经预先造得比较高，当然刘旭很自信，非行业人员是肯定看不出来的。

张灿听完大家的意见后就宣布了筹备组日后的财务计划和管理办法。张灿说：“十二万元我想玉龙公司会很快到账的，我们为了销账方便，会把钱打入玉龙公司的一个分账号上，作为我们此次活动的专用账号，这笔款也作为我们此次活动的专用款。我还建议我作为会计，刘旭作为出纳。大家有意见吗？”大家伙都在点头首肯。“如果大家没有意见，我就再提议，以后的报销账、发票都由经手人和证明人先签字。然后由分项目的负责人签字。最后由刘旭和我签字报账。每个分项目都不得超过今天我们定的预算框架。当然确实有需要突破的要由我们今天在座的理事会成员来开会商议讨论。理事会就相当于我们此次活动的最高组织，就相当于公司的股东会呢。”

大家都开始议论起来，杨老师说：“没想到我还过了一把股东的瘾，张灿究竟是玉龙公司的财务主管，一下就把我们的财务管理理顺了。”

刘旭说：“我们董事长夫人张灿那是什么人啊？玉龙公司的财务主管，她今天说的就是我们的公司章程。不过张灿主管，我还有点不明白：是不是理事会就是今天这些人？另外是否每次单项费用超支我们这些理事会的成员就都要到齐才能商量？你们玉龙公司股东会是否财务也是这样管理的。”

乔军在心里暗暗说，玉龙公司的财务不可能是这样的，那都是董事长两口子都定好了才对外宣布的；有些定好了，也不宣布，要等到做完了才让其他股东知晓；有些事即使做完了，还不对外宣布，甚至永不宣布。其他股东永远不知道，反正账目其他股东也看不到。乔军很明白自己心里不管怎么憋气，也绝不会把这事搞到老师和同学那里去。他认为确实没有必要让大家为玉龙公司来担心，为自己担心。特别是在周老师的眼中，玉龙公司的学生就是他心目中最团结最有出息的学生。玉龙公司就是他的骄傲，也是他的心血。

张灿说："我说的理事会成员可以是今天在座的各位，也还包括今天没来的其他同学和老师。这应该是个松散结构，下次可能有些今天来过的因为有事不能来，也有可能会来些别的同学，那理事会也照开不误。只要有那么十来个人能形成相互监督机制就行了。我们这个理事会只是个概念，也是个形式，只要起到最后的决策作用就行。至于玉龙公司股东会是怎么弄的，乔军在这儿，你们可以问问他。我只是玉龙公司的财务主管，我并不是很了解。"

乔军一直在听张灿的讲解，心里觉得这些意见都说得很有见地和专业。玉龙公司就应该这么做。这难道是张灿说出来的吗？为什么她回到玉龙公司又不是按照这些意见来管理财务呢？以前自己还一直以为张灿是因为业务不专业才造成玉龙公司财务一言堂的局面。今天才知道张灿并不缺乏专业知识和专业理念，她缺乏的是一颗公平的心。想到这儿，张灿正好提到自己的名字。于是乔军说话了："以前虽然都是一个公司的，但还是不太了解张灿对财务管理有这么高的水平和理念。今天听张灿这么一说，才觉得张灿的提议都非常到位，我完全赞成。至于我们玉龙公司的财务管理，实际上有很多做法都还有欠缺，我们需要学习和改进。不过我们公司有张灿这样的财务高管，我们就不愁玉龙公司的财务管不好。我们会加大玉龙公司的管理力度，让玉龙公司的财务管理逐步完善。"张灿是满腹狐疑地听完了乔军的发言，她已经感觉出乔军对玉龙公司现有的财务管理有所不满了。她不知道自己的什么话激起了乔军要使玉龙公司的财务正规化的兴趣。但她能肯定乔军这次真的要对玉龙公司的现有财务管理制度开炮了。她不知道乔军想达到什么样的目的，她更不知道乔军会采取什么手段来实现自己的目标，今天回去一定要提醒王玉珲关注这个苗头。

王晓安静地坐在一旁，她今天没说什么话。只要跟张灿在一起，她就不会说什么话，这是她多年形成的习惯。不过她从乔军最后紧跟张灿的发言里听出了她好多年前就想听到的话，她也是玉龙公司的老员工了。进入这家公司没多久，她就发现这里说起来是个股份公司，实际上却是一家私营的个体户，反正不管大事、小事都是王玉珲一人说了算。后来她发现张灿只要有什么想法公司就会马上执行，但是张灿自己不会在公司的会议上提什么意见，王晓明白张灿是通过控制董事长来实现自己的想法。刚开始，她还不好对曾金刚说自己的不满，她担心曾金刚这个窝囊废不仅说不好话，还会把自己给卖了。因为她知道在曾金刚的眼里王玉珲就是天下最好的人，甚至比老婆都值得信任。

后来她觉得长此以往，玉龙公司各位小股东的利益都会受到侵害。她开始寄希望于乔军，但这个乔军王晓是非常了解的。他如果还没有意识到问题时，他肯定就像个孩子似的，不管不问。果然，乔军一天到晚就像没事似的，干着自己该干的事，对公司的大事一副与我无关的神态。王晓有时趁着吃午饭时，故意用话去刺激他。乔军只是瞪着个眼睛盯着她，很奇怪王晓也关心这些事，当然眼里还有一些迷惑和不解。因为与乔军的那段不为人知的恋情，王晓平常很忌讳与乔军私下接触太多，看着乔军的那双眼睛她确实是不敢跟乔军多说什么。但是随着时间的推移，王晓愈来愈有些沉不住气了。她总觉得玉龙公司存在大股东侵害小股东利益的现象。她甚至觉得王玉珲两口子把曾金刚的很多分红直接拿走了。曾金刚每次把分红拿回家交给王晓时，王晓都高兴不起来，她觉得曾金刚本应该得到的要多得多。

她开始找一些刊有大股东侵占小股东利益的书刊放到床头来点拨曾金刚，但曾金刚就像个榆木脑袋，一点都不开窍。他拿起床上的书刊总是迅速地翻过那张上面有案例的页面，从书刊的封面开始阅读。往往是还没有阅读到王晓希望他看的内容时，就已经鼾声响起，进入梦乡了。王晓无奈，开始跟曾金刚讲述这些自己亲自看到的案例。曾金刚要么就说：“有这样的事吗？那是人家作者为了挣稿费，瞎编的故事吧。”

王晓就说：“不信你自己看看，这些个案例有时间、有地点、有细节，都是些新闻报道。”

曾金刚就说：“那只能说明作者很高明，写得跟真的一样。”王晓被曾金刚气得半死。后来王晓为了证明故事来源的真实性，开始照本宣科读这些书刊上的故事。曾金刚没办法，只好让她读，但往往是王晓还没读完，曾金刚的鼾声又起来了。王晓只能将书一把扔到床下，一个人在一旁生着闷气。渐渐地王晓就放弃了对曾金刚的想法，她觉得曾金刚就是稀泥巴糊不上墙。

今天王晓猛地听到乔军提到了要改进玉龙公司的财务管理制度，如果她只是单独地听到乔军一人说这个意思也就罢了。刚才可是在张灿提出同学聚会要采用灵活的理事会集体管理制度管理好这笔捐款的话题后乔军才顺势讲到的。那么可以判断乔军已经意识到玉龙公司财务制度的缺陷了。王晓了解乔军，如果是乔军打内心这么看这个问题，他就会义无反顾地做到底，不撞南墙不回头。乔军的觉醒让王晓本来已经凉了的心像被重新点了一把火，又燃了起来。王晓有点喜不自禁了，她猛地想到张灿就在自己的身旁，于是她又偷偷地看了张灿一眼。发现张灿注意力正放在听大家的发言上，她才安下心来。她决定要严密注视着乔军的进展，她认为这次在乔军这头犟牛的努力下，财务管理有可能会改观，曾金刚的股份将有可能变成实股。乔军是不需要自己援手的，但是在关键的时候，自己也会想方设法地帮助乔军。想到这儿，王晓又不禁想起乔军以前的好来。

第九章　乔军的力量

THE NINTH CHAPTER

乔军说:“你怎么说人家偷税漏税了，你有证据吗?人家挣了钱你们不能眼红啊，是不是?那里面的暴发户我还真认识几个。人家是勤劳致富，你认识人家吗?”

“我怎么不认识，卖菜的、洗脚的，都是这些人发财了。”乔书记说。

“这些人发财就不正常了?非要做官的发财，非要官商勾结的生意人发财啊，那会出问题的。”乔军说。

晚上，乔军回了家。这么多年来，除了在外面读大学，其他时候乔军基本上没有离开过父母的身边。父亲是离休干部，房子在县改市之前，可能是整个雾水县最大的。他们家的房子就在老县委里面，县委大院里单独划了个角出来，给几位县里的离休干部一人建了栋老干楼。外面还用红砖砌了一圈高高的围墙，从外面看去就只能看见里面小楼的灰瓦顶了，这个老干部的院子也被县里的百姓习惯地称为老干院。

一道红墙隔断了视线，让墙外的人对大院里面多了几分神秘感和憧憬，而墙内的对外面的世界也多了一些偏见和误解。乔军的爸爸乔书记就是这样一位老领导。反正每天有事没事地都要把县里的大事挨个点评一遍。当然这种点评基本属于泛泛而评，指向性并不明确。主要的敌人就是“当下”，主要的正面形象就是“我们那时候”，总而言之就是今不如昔。最近让乔书记最头疼的是随着房地产的开发，老干院的隔壁也被房地产商开发成高档别墅区，取的名字就叫“贵府官邸”。那一栋栋别墅建得比老干院高档多了。中央空调，全天热水，视频监控。最让乔书记受不了的是“贵府官邸”开发商在大小广告牌上都要标明：“占‘老干院’天时地利人和，比‘老干院’高档安全舒适。”

乔书记退下来这么多年，照样能以老干部的胸怀对待基层群众。他上街买菜，肯定会顺便问问菜农的疾苦，多给菜农些菜钱。如果有老菜农认出了他，要白送菜给他，不要他的钱，那他说什么都不会同意，定要对方收下钱才罢休。当然他要是看见管理人员跟菜农们闹矛盾，他肯定会很生气，然后旗帜鲜明地站在弱势群体的一方。

可是让他窝火的就是旁边的豪宅，乔书记认为这旁边就不应该修这栋高档别墅。没修这个“贵府官邸”之前，老干部还可以在这片树林里散步、下棋、聊天、遛狗。

在乔书记的心里，这里早就是老干院的后花园了。当初开工前，乔书记还为此事专门找了雾水市的市委书记。市委书记解释说，现在市里没有钱，又要修路，开发商同意为雾水修路，但是要把这块地抵给他们。当时市里担心老同志会有意见，也不想用那块地抵，但对方好像就是看中了那块地似的，不买到那块地就撤资走人。最后市里只得做出了让步。一栋栋漂亮的小别墅就是在乔书记的眼皮下建起来的，这让乔书记很不高兴。

今天当乔军在中西餐厅开会时，乔书记要外出，他打电话到市委老干办要了车子。然后就走到院子门口等车。以前市委办的车可以到乔书记的家门口来接人，而现在司机老抱怨老干院里面的私家车多，不好掉头，坚持要使用车的人走到院门口来等。乔书记在院门口等了一会儿，老干办的车还没来。隔壁的“贵府官邸”开出一台黑色的豪华奔驰车来，车开到乔书记的面前竟停了下来。车窗自动地滑了下去，一张饱经沧桑的脸露了出来。乔书记觉得似曾面熟，对方尖着个嗓门大喊乔书记。乔书记愣了一愣，突然想起对方就是他每日里买菜多给钱的老菜农。

老菜农一边伸出手来跟乔书记握手，一边尖着嗓子大声说：“乔书记要上哪去啊？我们送你去。”

乔书记伸出手迎上去，和蔼地笑着问：“这是谁的车啊？奔驰车，好车啊。”

老菜农说：“我女儿买的，我们在你隔壁住呢，女儿买了这里的二号楼。”

乔书记有点纳闷地问：“那你女儿是做什么买卖的？能挣那么多钱？”

老菜农自豪地说：“我女儿在深圳开洗脚城，开了好儿家了。”

乔书记放下手来，他猛地感到本来应该是自己坐在车里面对外面躬着腰的人说话，今天竟然倒了过来。何况今天坐在豪华车里跟自己说话的是一位自己从来就视为需要救济的老菜农，自己也确实每天在救济他。但是此时此景让他很不适应，很不舒服。乔书记和蔼的笑容好像一时凝固了，他对菜农说：“你走吧，我在等车呢。”

老菜农的奔驰车走了，老书记又在门口踱着步等着车。现在这领导一旦退下来，小车司机的车就越来越不好等了。这也难怪，那时在台上时就知道，小车司机没有领导愿意要的，就都分到没有油水的老干办去了，现在也该轮到看他们的脸色了。乔书记注意了一下“贵府官邸”进出的车都是一些好车名车，而且都是清一色的官方习惯的黑色。“贵府官邸”的大门高大庄重，门口站着两个扎白色武装带的很威风的保安。再看看老干院这边的院门，明显小气多了，一个戴着红袖章的瘦小的老头在传达室门口烧着开水，红袖章上还沾着不知从哪里蹭来的白色油漆。大门边好久没人清理过的杂草里，几只老干部家里养的鸡正在觅食。乔书记只是觉得这个世界变化得太快了。怎么当领导的就不像领导了，当农民的也不像农民了。你说刚才那个卖菜的老菜农都住到这里了，还跑菜市场那里去卖什么菜，装什么穷。弄得我是剃头挑子一头热，真是出洋相。

正想着，老菜农的奔驰车又开了回来，老菜农伸出脸来说："乔书记，车还没到啊。要不你就坐我的车去办事吧，没关系我走回去。"老菜农边说边下了车。

乔书记鼻子里哼了一声，就背着手，一个人走回家去了，把老菜农撂在大门口发愣。这位老菜农实在不理解乔书记为什么要气冲冲地走回去了。

乔军回到家时，正碰上乔书记在沙发上生闷气呢。乔军进门换着拖鞋，乔军妈妈连忙走了过来问他吃过晚饭没有。

乔军说："已经在外面吃了。"

乔军妈妈嗔怪地说："每次外面有应酬也不预先来个电话，跟你说过多少次了，害得我们又要吃几天的剩饭。"

乔军说："剩饭可以吃，但是剩菜就不能放了。"说完乔军就去开冰箱，他拿出两盘菜就往洗手间走去。

他妈妈急忙问："你要干什么？"

乔军说："我要帮你把中午的剩菜都处理掉。"说完乔军就把剩菜一股脑都倒进了抽水马桶。

妈妈抱怨着说："这中午的菜我想留在明天吃的，你就这么浪费啊。这菜又不要你吃，你倒它干什么？"

乔军爸爸在一边搭腔说："他现在就像隔壁什么官邸的人一样摆阔气，像暴发户一样浪费。"

乔军立住了，对乔书记说："我说乔书记，你们这些老干部不是一天到晚都喊着要使老百姓富起来。这老百姓一旦富起来，你们又说人家摆阔气、浪费。"

乔书记说："那你也要看看那都是什么人富了？都是些暴发户，偷税漏税。"

乔军说："你怎么说人家偷税漏税了，你有证据吗？人家挣了钱你们不能眼红啊，是不是？那里面的暴发户我还真认识几个。人家是勤劳致富，你认识人家吗？"

"我怎么不认识，卖菜的、洗脚的，都是这些人发财了。"乔书记说。

"这些人发财就不正常了？非要做官的发财，非要官商勾结的生意人发财啊，那会出问题的。"乔军说。

乔军妈妈说："你们两父子一见面就要吵，你们可以一天不争论吗？人家发不发财跟你们又没有关系，你们老为人家的事去争论值得吗？"乔军妈妈摇着头说。

乔书记仍然不服气地说："你说卖菜的一天能挣多少钱？洗脚的一天能挣多少钱？不偷税漏税怎么能发财。还有一点我早就提醒你，要跟王玉珲保持距离。他的屁股上不干净，他迟早会出事的。"

乔军说："你不要瞎说，都是些没有根据的话，你这些话真传出去是要负责任的。"

乔书记："放屁！我也是一个国家干部，会随便乱说吗？我再跟你说一遍，王玉珲的爸爸曾经跟你爸爸有过过节，你要担心他会报复你。"乔军的妈妈一看两父子又纠缠在一起了，急忙把乔军拖进了里房。

乔军的妈妈说："你爸爸年纪大了，看什么都不顺眼，你就让着点吧，他也是为了你好。你爸爸说的话也可以给你提个醒，你只是注意点就行了。"

夜深了，乔军在沉思。这次该怎样向公司股东会提出调整公司的财务管理方案，财务管理方案以前的问题出在哪里？乔军想《公司法》对股东的权益早就有明确规定，财务肯定是对股东公开的，不能再做账外账了。王玉珲一直在沿用他过去开夫妻店的思路在管理公司，他自己主外，妻子张灿主内，完全忘记了股东的存在。之所以会有这样的局面，主要是源于这个公司所有的资金是由他一人出的。至于其他两位股东的股份，对于王玉珲来说就像那个公司留为机动的百分之五的股份一样。他是送出去的，送给谁，是他说了算。他送的对象基本上都是权力部门的负责人，人家持有了玉龙公司的股份是不可能来玉龙公司参与管理的，也不可能来监管玉龙公司的账务的。这就促成了玉龙公司现在的管理模式。玉龙公司到底挣了多少钱，最后都由张灿一言堂了。

现在王玉珲对待自己和曾金刚的股东问题也沿用了对那些官员股东的处理方式，他认为自己跟曾金刚的股份也是他王玉珲送的，和其他官员的股份并无二致。既然是一样的，那管理也应该是一样的。但是实际上我和曾金刚的股份与官员的股份完全不是一码事，我们的股份已经堂而皇之地在工商局注册备案了。股份是多少，出资多少，都很明确地在公司章程里写了。虽然我跟曾金刚的出资是假的，是由王玉珲垫付的，但公司注册的那个时候，知识产权、无形资产还不能作为入股条件。按照现在的公司法，我跟曾金刚也可以以无形资产和知识产权直接入股了。更何况我跟曾金刚的股份总和也没有超过国家规定的限额。而且当时股东签的股份合作书，各位股东出资的比例也都经过了公证。

应该说自己跟曾金刚的股权是已经被确实了的，没有争议的。现在只是要求严格按照公司法来管理玉龙公司就行了。恢复正规管理也很简单，只要张灿不要再管玉龙公司的财务就可以了。财务主管和财务人员都可以对外公开招聘。财务的账以后里外也只能做一套，财务公开是最基本的要求，如果股东连公司财务都不能掌握的话，这个公司管理上肯定是不透明的。想到这儿，乔军觉得需要更加具体化，他必须用文字来写个报告，详细地把自己的诉求全部都写出来，再提请股东会执行。乔军想自己的财务方案是公司法要求这么做的，尽管王玉珲的个人股份已经是玉龙公司的绝对控股方，但这次王玉珲是怎么也逆转不了这个方案的实行的。于是，乔军开始坐在电脑前写起报告来。

正在此时，乔军的手机有短信进来了，乔军一看是赵梦茹的短信："我想你了，你快来吧。"乔军也有一段时间没干那事了，他想起赵梦茹那熟透了的魔鬼身材，不禁有点蠢蠢欲动。他思索了一会儿，看了看打开的电脑，他想还是先干完正事再说吧。于是他回了条短信："今晚有点工作没完，明天行吗？"

赵梦茹又回了一条短信："今天你有事，说不定明天我也有事呢？"

乔军回信说："生气了？"

赵梦茹回信说："没有啊，你先忙吧，明天有正事跟你谈。"

王晓这天晚上是怀着十分欣喜的心情回到家的，她觉得自己的想法借助乔军的力量是很可能会实现的。王晓想把今天的事情跟曾金刚好好说一下，她倒不是希望曾金刚能帮乔军什么忙。主要是她想跟曾金刚说好，让曾金刚注意乔军的进度，她想掌握乔军的步骤。她很清楚，依靠曾金刚，是徒劳的，曾金刚帮不了乔军什么忙。但至少要保证在乔军全力争取权益时，曾金刚的屁股不能坐到王玉珲那边去。最关键的是，曾金刚作为玉龙公司的股东，他可以最快地了解到乔军的信息。

王晓准备做饭了，她每天都必须把孩子一天三餐准备好。玉龙公司是有免费午餐提供的，曾金刚经常在公司食堂吃饭。王晓每天还得赶回家，把清早出门前已经准备好的菜下锅，做熟。清早煮上的米饭早就煮熟了，在电饭煲里保着温。中午她只要比在雾水一中念书的孩子早回来二十分钟就可以把饭菜准备妥当。等孩子吃过中饭，她把锅碗洗了，收拾妥当，便去上班了。出门之前，她得叫醒午睡的孩子。然后楼道里就传来王晓高跟鞋急促的下楼声音，这时王晓的孩子知道，再不起床，上课就会迟到了。于是在上初三的男孩，就会一掀被子，滚下床来，飞快地穿衣、穿鞋，很快楼道里又会传来男孩急促而又富有弹性的步履声。

下午下班时间比孩子放学的时间要早得多，王晓这时候就显得比较从容。公司到家里只要走上十几分钟就够了。王晓会在途中停下来，拐进旁边的一个自由市场，她得顺便带点新鲜小菜回家。肉类一般都是在超市里提前买好的，只有这新鲜小菜她还是愿意在自由市场买。在菜摊上，她还能经常碰到提着菜篮子的乔军的父亲，但是乔军的父亲并不认识她。她一直庆幸自己跟乔军悄悄恋爱了一段。两人当时爱得天昏地暗的，也可能一开始她就对这段爱情有顾虑，所以早早设计了保密的底线。这个底线到现在，还在发挥作用。曾金刚能跟乔军正常地共事，自己的家庭和和睦睦。

今天王晓经过鲜鱼摊位时，她看到新鲜的基围虾。不知道是基围虾不容易养还是太贵，反正王晓在超市里，从没碰到过。她还记得上次乔军请客，让把家属都带上，自己的孩子也去了。一大盘基围虾，自家的孩子吃了一半。于是王晓买了一斤基围虾。老板用网兜在鱼池里捞了一下，就上了秤，老板麻利地说："一斤一两。"

王晓说："我只要一斤。"

老板捡了几只出来，又称了一下说："一斤！"

王晓说："我看见了，那里面有死的，挑出来。"老板只好挑了出来。王晓接过基围虾，付了钱。她想了会，说："我回去路上，又会死掉一些。这基围虾得吃活的，死了就等于白吃。"老板没办法，就接过基围虾走到房里去。王晓跟着老板走了进去，老板打开一个氧气瓶，把装基围虾的塑料袋子充满了气。塑料袋子顿时就鼓了起来。王晓说："你有氧气还藏着掖着，不愿意用啊，真抠门。"

老板说："我这氧气是专门用来长途贩运的，不是碰上你这么精明的客人，我还真不会拿出来呢。"

王晓又问："这基围虾怎么做？像餐厅里那么剥开吃的。"

老板耐烦地介绍说："很简单，开水开了锅，把这基围虾放在开水里煮熟，然后捞起来。自己配上点调料，酱油、醋倒一块。蘸着调料吃就行。"

王晓说："倒是简单，你也很耐烦。"

老板笑着说："本来这雾水没人吃基围虾，都是我不停地教会顾客做，我这生意才慢慢做起来的。耐烦可以给我带来效益，我当然会耐烦了。"

这时王晓的手机响了，来电话的肯定是曾金刚了。王晓接过电话温柔地说："又不回来吃饭吧，我今天可是买了基围虾，第一次学着做基围虾，你不回来尝尝？"

曾金刚说："今晚要陪客人吃饭，吃了饭再回。"

王晓说："那我给你留些基围虾吧。"

曾金刚说："今晚我陪客人吃的就是海鲜，你就别留了。"

王晓撒娇地说："那毕竟是我做的嘛？"

曾金刚说："那好！你跟儿子多吃，给我留几只就行。"王晓知道必须把丈夫哄好了，这个家庭才和睦。王晓因为高中毕业时遭遇到的那次家庭灾难，她一夜之间就失去了父母和哥哥。事实上她就成了孤儿，因此她是特别看重现在这个家庭的。她的家对她来说就是她的港湾，也是她所有安稳的寄托。

她想为孩子买一台钢琴，她想换一套更大的房子。她希望曾金刚能穿上和王玉珲一样的名牌服装，自己也能穿上和张灿一样的服饰。她还想等孩子初三升学考试完成后，她一家三口出去旅游个十天半个月。但是钱成了阻止她实现这些梦想的障碍。王晓一直认为她的家庭本来是可以过上她梦想的生活。只要玉龙公司的分红能切切实实地分到曾金刚的手里，他们家就不缺钱用。而现在是因为玉龙公司的财务被控制了，玉龙公司的股东分红完全是张灿说了算。她相信王玉珲在财务的分配上完全会服从张灿的意志。

她认为决定他们家的富裕程度完全取决于玉龙公司的年终分红，而确定分红的最终裁判就是张灿。她对张灿太了解了。在张灿的心目中，除非她自己娘家的人，她可以顾及，即使是王玉珲，在张灿的眼里也只是一个挣钱的工具而已。在分红这个问题上，王晓从来就没有期待张灿会大发善心。

王晓一边寻思着，一边把基围虾做了出来，她再炒了个鸡蛋，做了一个小菜，打了个汤。她一边尝着自己调配的基围虾调料口味，一边加着酱油。直到她觉得有点海鲜楼的味道，才把调料端上桌。她估摸着孩子快到家了，她把拖鞋先放到门口，然后把门打开，虚掩着。她开始为儿子剥起基围虾来，基围虾还有点烫手。儿子一头撞了进来，王晓兴奋地招呼着："宝贝！快去洗手，吃饭！"

儿子可能是饿了，飞快地洗手，然后一屁股坐在餐桌旁。他一看有剥好的基围虾，也等不及了，伸手就去拿。王晓兴奋地呵斥着儿子，用手去打他那只抓基围虾的手。儿子还是把基围虾送进了嘴里。王晓剥了半天的基围虾，被儿子几口就吃完了。王晓只能赶紧加快速度去剥，剥一个，刚泡进调料碗里，儿子的筷子就跟了上来。就这样，王晓还没吃一口饭，基围虾就没有了。等基围虾被吃完了，儿子也饱了。儿子吃完后，就坐到电视机前去了。王晓就喊着："只能看新闻啊，七点半就开始做作业了。"王晓把剥了基围虾的手洗了洗，自己装了一碗饭就开始吃起来。

吃完饭，王晓便连哄带骗地把儿子弄进了书房，自己开始洗碗。接着她开始收拾起清早上班前没来得及收拾的房间。正干着时，曾金刚回家了，他一身酒气地躺在了床上。王晓洗干净手，为曾金刚脱了鞋，然后脱起衣服来。曾金刚可能是敏感部位被摩擦了一下，他搂过王晓的头就亲了起来。王晓用手遮挡着，嘴里轻声地说着："儿子还在做作业啊，一身酒气！"

王晓将儿子的作业检查了一遍，就让他洗脸、洗脚、漱口，然后上床睡觉。王晓把孩子第二天要穿的衣服准备好，放到他的床头，再关了房间的灯，带上房门。她知道今天晚上丈夫会与她同房。按照多年的习惯，王晓先给曾金刚泡了一杯浓茶，她知道每次同房前他都习惯要喝一大杯茶水，他是试图把自己的小老二涨得大大的。然后王晓端了盆热水，要给曾金刚擦拭下身。曾金刚每次喝过酒，好像酒壮英雄胆似的，他就会要求同房。曾金刚曾经阳痿过，是自己慢慢把他治好的。她也不嫌弃曾金刚满身的酒气，每次他俩做爱都是在强烈的酒精气味中进行的。

高中快毕业时，曾金刚得了阑尾炎，痛得不行。医生害怕穿孔，没给他服止痛药。并立即实施手术。手术前，根据流程要先把下身的毛给剃干净。来了两个女护士，她们大大咧咧地让曾金刚把裤子脱了。曾金刚害羞，扭扭捏捏地不愿脱。那位护士的一句话，就让曾金刚听后毫不犹豫地脱了。那位漂亮护士说："你那玩意我们就像每天拿筷子一样，见多了。"刮毛时，曾金刚的小老二竟不争气地疯长起来，直直地立在那儿。漂亮护士干完活，收拾好东西，就用刚脱下来的橡皮手套打了曾金刚的小老二一下。嘴里还轻轻地骂了一句："小公鸡！"这一打"小公鸡"立马就蔫了。从此后，曾金刚就得了阳痿。那个时候没有医闹，医患关系纯净。最关键的是曾金刚根本就不敢对父母提起自己的阳痿。

曾金刚的阳痿毛病也就没有传出去，也许不结婚便不会知道自己有阳痿。倒霉的是王晓，她也是在离开乔军后的两年，被学校好心的同事不断地介绍与不同的男青年见面，才巧遇曾金刚的。老同学互相了解，于是两人谈起来就很快。王晓在完全不知晓的情况下走进了新房，就在洞房花烛夜，王晓知道自己遇上了麻烦。不过王晓没有慌张，也没有责怪。她知道婚都结了，等于新闻发布会都开了，她已经没有回头的可能了。不像与乔军即使分手了也神不知鬼不觉。她开始带着曾金刚四处寻医访药，最后一位老者告诉了她现在的方式。

王晓把自己收拾干净了，在镜子前还补了补妆。然后她穿着在网上买来的丁字裤和性感内衣。她开始一件件地脱着曾金刚的衣服，小手还不时轻柔地碰触着曾金刚的小老二。曾金刚醒了，他看到王晓的装束，知道他们夫妻间的游戏又要开始了。他端过王晓递过来的已经凉下去的茶水，咕噜噜地喝了下去。然后他舒坦地躺在床上，王晓用热腾腾的毛巾开始擦拭着曾金刚的身体。

多年的擦拭，王晓已经完全懂得丈夫身体的敏感点。她有些地方擦得轻，有些地方擦得重，有些地方反复地擦。而在曾金刚朦胧的醉眼里，现在的王晓就是他的性奴。王晓仍旧结实的乳房在他的眼前不时地晃动，王晓的丁字裤吸引着自己想伸手去扯一扯。王晓摩挲着曾金刚的身体就像摩挲着婴儿的身体。她渴望自己的摩挲会激起曾金刚的激情，会让曾金刚百倍地爱抚自己。她每次只要激发了曾金刚的情欲，曾金刚就像一头野兽无休无止地与自己交合。王晓知道这不是所有做妻子的都有的运气，这也是吸引自己去摩挲对方的动力所在。

曾金刚的阳痿就像一把锁，这把锁可只有王晓的这把钥匙能打开。现在这个花花世界，做老婆的到了王晓这个年龄，没有谁不担心老公哪天在外面就有了相好的。如果这个世界上还有一个妻子不用担心老公出轨的，那就是王晓。因为没有哪个女人拥有王晓的这把钥匙。

到现在为止，王晓至少跟两个男人做过爱，一个是她的前任男友乔军，一个是现任丈夫曾金刚。乔军在做爱上面，也许是太年轻。在王晓看来有着高仓健形体的乔军，在床上却丝毫没有高仓健的风采，他的表现太令王晓失望了。王晓想起乔军在床上的表现只觉得他就像个绣花枕头。而曾金刚正好相反，长得就是个书生样，做爱前还得把眼镜取下，小心地放在床头柜上，但是一旦进入了角色，那就像一部不知疲倦的机器，永远地工作着。王晓现在就是在心摇旗荡地享受着这部机器带来的刺激。

王晓曾经想过，老公的功夫可以治疗任何性冷淡的女性，保证一次就有效果。有一回王晓带着孩子在散步，一个农民正赶着一头专门用来配种的公猪往前走。那头公猪体形高大，四肢较别的猪都要长一些。王晓知道这猪是干什么用的，她第一印象就是想到了自己的老公曾金刚，她觉得曾金刚就像这头种猪。儿子是第一次见到这种猪，他不解地问妈妈："这是什么猪啊？"

王晓冲口而出："这猪就是你爸爸。"

儿子有点生气地指着妈妈说："你骂爸爸！"

王晓连忙笑着改口说："我是说你爸爸每次喝了酒一动不动就像个懒猪。"

两人高潮过后，在床上静静地躺了一会儿。王晓等曾金刚的身体完全柔软下来，她才抽回了自己的身子。王晓问道："舒服吗？"

曾金刚用手摸了摸王晓的脸说："每次你都要问同样的问题。"

王晓说："因为你每次都要做同样的事啊。"

曾金刚笑了说："舒服！痛快极了，我真的很幸福，这辈子娶到了你。"

王晓说："好了，情话我们就不多说了，今天我做的基围虾你还没吃呢？"

曾金刚说："你看我还能吃得下吗？"

王晓又说："今天要跟你说的不是吃基围虾，我今天中午跟同学们讨论怎么管理好玉龙公司的这笔捐款时，张灿说要在筹委会的上面设个临时性的理事会，依靠理事会来管理好筹委会的财务。这席话让一旁的乔军听进去了，乔军发言时就顺便讲到了玉龙公司的财务管理也要规范起来，我估计乔军肯定会有具体的行动。"说到这儿，王晓不禁有些眉飞色舞了。

曾金刚在一旁泼着冷水说："搞不好的，乔军没这个能耐，王玉珲改不过来的。"

王晓说："你不了解乔军，人家是不撞南墙不回头，乔军是撞了南墙也不回头。这事让乔军去捅，有八成把握。"

曾金刚摇着头说："你可不要帮衬着哪一方去对付另一方，乔军肯定会碰得头破血流的。你以前不是提醒过乔军吗，为什么那个时候他不去争取，现在倒想干了？"

王晓说："乔军这人，他如果还没认识到这个问题，便想都不会去想。但是一旦他认清了这个问题的严重性，那他就会一条道走到黑。当初我跟他说的时候，他还没开化，这一次可是张灿提醒他的。我现在倒不需要你去干什么事，知道你义字当头，你也不愿意跟王玉珲去对着干。但是有一点你要明白，不管是从《公司法》来说，还是从作为玉龙公司的股东的实际利益来说，乔军的思路是完全正确的。"

曾金刚说："正确的事情不一定能行得通，说不定现在这种格局就是玉龙公司的最佳平衡。打破了这种平衡，也许玉龙公司就会解体，就会完蛋。"

王晓有点气愤地说："按照你的意思，任人宰割、安于现状就是保持平衡了？只要维护自己的权益就是不对了，就是破坏平衡了？现在好在不是让你来做，你除了床上那点功夫，其他都窝囊。"

曾金刚说："我们现在的待遇不差吧。那都是王玉珲给的，你就当他本来想给一百块，最后只给了五十块就行了。你只要这么想就什么都想通了。"

王晓说："不对！他为什么不把这五十块随便给一个大街上的人。因为他给的股份和你的付出是一致的，你的价值就值这个股份，这是你应该得的，不是他施舍的。现在我们只是要搞清我们该得的是不是都得到了，不能被欺骗。我们到现在为止并没有任何非分之想，我们并不是去要更多的利益，我们只是想要回我们该得的那部分。"

曾金刚有一会儿没出声，他从来没有听到王晓这么系统地说这件事情。今天是第一回，他被王晓这么一说，开始觉得她的一些观点能站得住脚。他沉吟了半天最后说："你让我做什么？"

王晓说："实际上有了乔军在这里弄，你不用抛头露面了。但是话讲回来，乔军来跑这件事情，最后我们也将获益。所以我们能帮乔军的地方，一定得帮他。但我不是要你公开地站出来和乔军站在一条战壕里，我只是希望你每天注意乔军的进度，然后我俩通气。"

曾金刚说："你是让我当间谍啊，这容易啊。乔军和王玉珲以后有什么风吹草动我及时向你汇报就是了。"

王晓说："我们家的彩电都偏颜色了，实在是没有办法看了。"

曾金刚说："我已经跟朋友说好了，周一带钱提货，就是你上次看好的那个型号。"

第十章　王玉珲的赌场

THE TENTH CHAPTER

王玉珲的赌博历史伴随着他经商创业的始终，他一直认为人生就是一场长线赌博，做生意是中线赌，只有在赌场里才是短线快赌。一个生意人不敢赌就不可能有什么大成就。王玉珲倒不是时时刻刻泡在赌场里不能自拔，他是一个无赌可以过，有赌不放过的人。他喜欢赌场里那一掷千金的豪气，更欣赏愿赌服输的潇洒。

快下班了，张灿刚走，张军便到了王玉珲办公室。张军说："大哥！明天周末，有个朋友打电话来，说他新近开了个场子，邀请我们去玩，不知你有别的安排没有？"

王玉珲刚才被张灿一席话说得心里七上八下的。张灿介绍了她讨论赞助方案时乔军发言的内容，她已经感觉出乔军对玉龙公司现有的财务管理非常不满。她能肯定乔军这次真的是要动手了。王玉珲满腹的委屈，他想乔军你怎么能这样呢？自己将所有都投了进去，含辛茹苦地才打拼下这么一片天地，乔军就要捣乱，这是为什么啊？王玉珲正在苦闷时，一听张军有赌局，他的眼里就闪出兴奋的神采，他问："远吗？"这么多年来，王玉珲一碰上生意上的压力，他就需要用豪赌来宣泄自己的情绪，缓解心中的压力。这已经成了他生活的一部分，可能每个敢于拼搏敢于承担压力的人都有自己排遣压力的绝招。而王玉珲的绝招就是豪赌。

张军说："不远，有车接，坐一二十分钟车就到了。"张军这个小舅子，能跟王玉珲处得来，就是因为能玩在一起，王玉珲还没跟张灿结婚前，他俩就在一起玩。俩人第一次出去玩，是张军来邀的。当时王玉珲还有点担心，是不是张灿故意派来考验自己的？但王玉珲又碍于面子不能不去，于是就勉为其难地去了。

王玉珲至今还记得张军带自己去的地方是一个公共澡堂，从外面看这个澡堂与别的澡堂没有什么不一样。洗完澡，他们换了一套澡堂的服装。张军说："我们到VIP房！"于是张军带着他穿过一道厚厚的防盗门，走过一条暗暗的通道。有服务员在一个拐弯处等着他们，服务员把他们领到一个大房子。里面的灯光暗暗的，服务员把手掌一拍，大厅的灯光亮了。服务员和张军的目光都注视着王玉珲的身后，王玉珲转过身去，吃惊地发现身后台阶上坐着几十位衣着暴露的小姐。张军这时也不管王玉珲了，点了个身上挂着七十五号牌子的女孩进了包厢。服务员把眼光礼貌地落到了王玉珲身上，王玉珲也没办法，只得点了个女孩进了包房。但这次王玉珲却什么都没干，他出来结账时，自己把单买了。通过这一次和张军出去玩，王玉珲就了解了张军邀他出来，是想与他接近些，但最主要的是看中了他口袋里的钱，想让他买单。而他自己没有那么多的时间，去寻找这些比较隐蔽的场所。再者有张军做掩护，在张灿那里就好过关了。从此后郎舅两人成了吃喝嫖赌的搭档，两人各取所需，谁也离不开谁。

王玉珲说："那我们就去玩两天，好久没过瘾了。"王玉珲拎了个包，张军用王玉珲办公室的座机给张灿去了个电话，随便说个理由请了假。说来也怪，张灿是一个不太相信别人的强势女人，但对自己的弟弟却是偏爱有加，王玉珲只要跟张军一块出去，她从不拦阻。

张军又陪着王玉珲去了趟银行，两人就上了赌场来的车，车上已经坐了几个人了，车开了一会儿，司机说："现在快要到了，为了保密，要委屈大家了。每个人都要戴一会儿眼罩。"于是有人走了过来，给每人戴上一只眼罩。同时，王玉珲也听得车窗的窗帘被拉上了。根据车窗外的声音，车子好像开进了一条暗道，过了一会儿，汽车在加油爬坡。王玉珲心想这是个什么样的赌场，以前也去过不少赌场，也没见过这么戒备森严的。

王玉珲的赌博历史伴随着他经商创业的始终，他一直认为人生就是一场长线赌博，做生意是中线赌，只有在赌场里才是短线快赌。一个生意人不敢赌就不可能有什么大成就。王玉珲倒不是时时刻刻泡在赌场里不能自拔，他是一个无赌可以过，有赌不放过的人。他喜欢赌场里那一掷千金的豪气，更欣赏愿赌服输的潇洒。他跟人打牌，不论输赢，都是谦谦君子，从没有半点赘言。雾水很多打牌的人都愿意找王玉珲打，王玉珲从没有给牌友压力。王玉珲打牌还有一个特点就是敢赌，敢打大牌。他曾经一晚输过两百多万，他喜欢体验那种一个回合定生死的感觉，他觉得这也是常人体验不到的心理感受。实际上一锤定音是缩短了生意中的很多环节，让生意变得简单，直接。但王玉珲每到赌场，总是不盲目，如果他认为有人在玩老千，不管有多大的诱惑，他也不会上牌桌。再有一点，打牌前，他会先说好自己退场的时间，时间一到，不管输赢，王玉珲肯定走人。坚定的控制力是王玉珲在赌场里逢凶化吉的法宝，也是他坚持打了二十多年牌的利器。

等王玉珲摘开眼罩后，便揉了揉眼睛，让眼睛适应了周边的光线。然后他开始观察起四周的环境来。张军问："这穷山僻壤，到什么地方了？"

王玉珲睁开眼时，便觉得这周边环境好像眼熟。短短的一会儿他就反应过来了，这是他曾经生活过的雾水一中的校办农场。那栋他曾睡过的农家老屋就在身后，那间牛棚一样的教室也还静静地待在原地。教室旁的山坡上挖出了一个篮球场大小的停车坪。在农屋的后面用红砖修建了一栋三层楼高的楼房。

王玉珲走到那老农屋前，指了指一间虚掩的房门，对张军说："你推开看看，天花板上的缝隙上钉上了很多长短不一的板子。"

张军推开那间虚掩的房门，看了看天花板。诧异地说："你还真说对了，上面确实钉了不少的木板。"

王玉珲说："那是我钉的，这里是我们雾水一中的校办农场，我跟你姐姐都在这儿待过。不过那时没通汽车，要走几个小时才能到城里。"

张军说："我记得姐姐读书时在你们农场住过，她还有一副箩筐送给了我，说等我再下农村就不用买了。那你们玉龙公司的股东们都在这里住过？"

王玉珲说："是，那段日子生活上很苦，我一天到晚就是想吃肉，做梦都梦到吃肉。"王玉珲不知怎么想起了自己青春期的那几件难堪的往事来。

张军看到王玉珲陷入了沉思，就说："这让你很怀旧吧？"

王玉珲说："是想起一些过去的事来，你跟我来看！"王玉珲带着张军往农场的茅房的位置走过去。

赌场的工作人员在喊他们，张军说："我们就过来。"

王玉珲指着远处的雾水河说："雾水河你是知道的，看到对面的那尊石头吗？像头狮子吗？"

张军说："像！很像。"

王玉珲说："我们把它称为狮子岩，那头狮子的鼻子下雨时就会渐渐变红，很奇异吧？"

张军问："那为什么？"

王玉珲说："我也不知道。"

直说得张军连声说："奇怪！真奇怪！"

"再看看我的鼻子是不是有点红了？"

张军说："真红了，你跟狮子岩有关系吗？"

王玉珲开着玩笑说："交叉传染。"

张军大吃一惊的感叹："真的？那你可是真命天子。敢跟石狮子同步，天意啊！今天你不赢都不行。”

王玉珲拉了一把还在看狮子岩的张军说：“走吧！打牌去。”王玉珲揉了揉鼻子，心想要变天了，这该死的鼻炎又要来了。

王玉珲是见过大世面的，他也多次去过马来西亚的云顶大赌场和澳门的葡京赌场。但是他满怀自信地踏进这栋红砖楼时，还是被眼前的豪华装饰震撼了。他没有任何思想准备，甚至还没有把这栋外表普通的楼房和几十年前简陋的农场分别开来。这家赌场的大厅说不上大，但是内部的装修却下了一番功夫。王玉珲也接过不少装修工程，知道这个大厅的材料和工艺都不亚于四星级宾馆。顶部用了金箔，不仅全部都覆盖了，而且还做出了许多的花饰。地板的拼花大理石是产自意大利的天然黑色石头，大理石一直铺到齐胸高的内墙上。四周的墙壁上则是栩栩如生的天使和天堂里的人物，也许是为了安慰那些输了钱的赌徒们要有一颗平和的心。大堂的四周则分布着各种各样的赌具，左边是老虎机、牌机等各种现代电子赌具，右边则是一个个被很多人围住了的赌台。若干个穿着性感的女服务生端着饮料茶点穿行在赌客中，只要轻轻一个手势，吃的喝的就会送到面前，可以任客人免费品尝。

张军到前台办了个手续，就领着王玉珲上了楼。王玉珲说：“这儿还能住啊？”

张军说：“吃喝拉撒全都免费。”

王玉珲说：“我去过那么多赌场，从来没有见过可以免费住的赌场，客人都睡觉了，谁还愿意下来赌啊。”

张军说：“想赌的都不会跑来睡觉的，他们将免费住的赌客分为几种：一种是第一次来的；第二种是他们请来的知根知底的老板；第三是一些有钱的官员。”张军边开房门边说。

王玉珲说：“投入这么大，一般赌场都开不了多久。”

张军说：“这本来是准备搞个森林旅游宾馆，老板认为这样来钱快些，就临时改了。万一被查，再做宾馆慢慢经营也不迟啊。”

王玉珲说：“这么算账还是有些道理，这里还能上网啊？”王玉珲指了指桌上的键盘说。

张军把电脑打开了说：“不能上网，这些键盘是用来下注的。因为这家赌场大堂面积不够大，没有 VIP 室，赌得大的老板可以不去大堂，就在房间里通过电脑直接下注。”

王玉珲惊异地叫道：“他妈的！这么高级，都赶上葡京赌场了。”

张军说："你看看，电脑里可以看到整个大堂。你想去哪张台子，就直接按下面的台号。你先设一个密码吧，下注密码。"

王玉珲设完密码，就问："那我们怎么买筹码？"

张军说："就在电脑上买啊，不过你千万不要把它当成是在家里玩游戏，这都是要兑现的。你看你下赌注的透支额度出来了。"

王玉珲数起额度后面的零来："一个、两个、三个、四个、五个、六个、七个、八个。他妈的，这帮小子真他妈大方。比银行大方多了，一给就是一千四百万。"

张军说："他们可不是盲目大方，他们了解你的资产。谁欠了他的钱，离开这儿就会有人陪着你回家了。"

王玉珲仍很兴奋地说："那至少他们的评估能力很强。"

张军说："他们有一帮人，每天就在雾水打听哪些老板有钱，哪些老板有资产，甚至资产在哪里，是什么，他们都会调查得清清楚楚。然后就想办法把你吸引到这里来。估计雾水的大老板，随便谁打开电脑都会看到自己的下注透支额度。他们早就做好前期调查了。"

王玉珲说："这帮小子真专业，让人很容易以为是在玩游戏呢。"

张军说："那我们下一步怎么办？"

王玉珲说："我先睡一觉，头脑清醒了，再好好干一场。"

张军说："那行，我先下去玩玩牌机，要我叫你吗？"

王玉珲说："不要，睡到自然醒吧。"张军带上房门就出去了。王玉珲工作了一天脑袋都有点大了，他衣服也没脱，倒头就睡。这一觉足足睡到第二天天亮，王玉珲醒来时，张军也回来睡了，还没醒。王玉珲起来后，洗了个澡，他觉得脑袋清醒了许多，就像脑袋里被倒掉了不少杂物。他想到大堂里看看，走到台阶上，大堂究竟比不了葡京赌场的人气。这晚上看样子就没有什么人玩了，只有牌机前还坐了三三两两的赌客在麻木地敲着按钮。王玉珲继续往楼下走去，他还想去户外看看他熟悉的农场的晨景。大堂大门被一把大锁给锁住了。这时王玉珲想起这里是个特别的地方，任何人都有可能欠钱而逃。锁住是应该的，哪有欠钱不还的道理。

一位服务员走了过来说："先生是要用餐吗？"

王玉珲顺口答道："是的。"

服务员说："早餐在二楼的左边。"

二楼的餐厅可以容纳几十人同时用餐。早餐是自助餐，和星级宾馆的早餐并无二致，连装菜的盆子也是宾馆那种翻盖似的不锈钢的盆子。早餐丰盛而又精致，王玉珲更喜欢中式早餐，他要了一碗米粉，自己倒了杯牛奶，就坐到一个靠窗的座位慢慢地喝起牛奶来。王玉珲看着楼下不远处的那间老式农屋，心里又激起诸多的想法。他在想那个时候梦寐以求的东西现在可以轻易得到，比如这满屋的美食。那时刚有点性意识的自己对女性的身体充满了好奇，充满了冲动。而现在性却是一种最容易得到的商品了，自己对性都开始厌烦了。而那时同学间被称为纯真的东西被人与人之间的利益完全取代。同学时代的相互信任也在物化，变得扑朔迷离。他不知道山后的那块葛根地的葛根还在不在，但是他知道现在葛根已经是女性丰乳的重要补品了。还有杨老师带他们掏老鼠洞、抢茶籽，现在这门功夫说不定还能挣钱。茶油现在都是好东西了，现在的物理压榨又回到了过去传统的造油方式。王玉珲心想现在投资几十个水车水磨榨油坊，生产一种水车牌茶油肯定好卖。那个时代吃了那么多的红薯片，本来以为自己从小营养不良，现在才突然发现这些都是绿色环保食品。看看现在的食品，不管是哪种食品，媒体经常会报道一些不法商人掺和添加剂、以次充好、以假乱真等消息，让人不知所措。而那个时代就没有这些，吃的都是绿色食品，土鸡土鸭土猪肉。对比今昔，王玉珲有太多的感慨。

用过早餐，王玉珲又到大厅赌场去看了看，现在一些台子上已经围了一些人。赌厅里有些热闹了，王玉珲在每个台子边都坐了一会儿，但他在赌大小的台子边停留的时间最长。王玉珲喜欢这种国际通用的赌法，赌大赌小这种方式简单，回报的概率比较公平。两个骰子任意摇动，摇出后的点数相加，可以产生从二到十二的十一种结果。低于七的为小数，高于七的为大数，如果相加的数为七，就是庄家通吃；如果相加的数为小数，赌小的赢，赌大的输；如果相加的数为大的，赌大的赢，赌小的输。押多少钱，输赢多少。庄家有一次在七数上的通吃机会，但庄家提供这么多便利，总要有点回报才是。即使是葡京大赌场也是这样的回报条件。所以王玉珲以为赌大赌小这种赌法是比较公平的。

王玉珲熟悉了赌场后，就回到了自己的房间。他洗了洗手，然后坐到电脑前，打开了电脑。张军这时也醒了，王玉珲说：“下面有早餐。”

张军说：“我不吃了，昨晚上吃了不少夜宵，还饱着呢。”

王玉珲说：“赢了还是输了？”

张军说：“本来赢了两万多，最后贪心，输了一万。”

王玉珲说：“你给自己设定一个标准，每次能赢到百分之三十的利润就走人。这样赢的概率就大了。”

张军说：“那今天你带了十万，是不是赢到三万就走人？”

王玉珲说：“如果我拿现金去赌，真赢了三万我会走的。不过今天赌场是让我带来一千四百万，应该可以赢得多些。何况我们是在这VIP室下注，也没人看得见，压力会小一些。”

张军说：“我觉得压力不是看出来的，压力是内心里产生的。”

王玉珲说：“好吧！看看我们今天的手气吧。”王玉珲输入了密码，账户打开了，摄像头对准了王玉珲刚才在楼下坐了半天的赌大赌小的台子。王玉珲先押了个五十元，赌大数。骰子摇出来后是个小数，王玉珲输了。接着王玉珲又拿了一百元继续赌大数，骰子摇出来后还是小数。

第三次王玉珲继续用两百元押大数，张军在后面说道：“你改押小数，说不定还是小数。”王玉珲摇了摇头，他继续押大数。果然还是小数，王玉珲还是输了。张军说：“是不是啊？你听我的就赢了。”

第四次王玉珲拿了四百元，继续押大数。结果开出来的是七，庄家通吃。王玉珲说：“这回应该是大数了吧？”

张军说：“我看可能还是小数。”果然开出来的还是小数。张军就在身后说：“改一个台子吧，这个发牌的老太婆一脸凶相，不吉利。”

王玉珲说：“不改，继续押。”王玉珲又翻着倍拿八百元往大数押。

张军说：“你可以少押点，试试看再说。”

王玉珲说：“最开始押的五十就是为了试一试的，现在是开弓没有回头箭了。”这是第五次，结果还是小数，王玉珲又输了。第六次王玉珲押上了一千六百元。

张军说：“我不明白你每次押钱都是上次的倍数，为什么？”

王玉珲说：“我只有这么押，只要赢一把，我就可以赢回我开始所输的全部赌资。”这一把王玉珲还是输了。他一边押钱一边说：“这张台子是第七次没出大数了，我还不信大数就不出来了。昨晚我可没干坏事，我的手气不应该这么背啊。”但是事与愿违，王玉珲还是押输了，他就这样继续押着。

第十一把时，王玉珲押上了五万，他还是押的大数，可惜的是结果依然是小数。张军在身后有点害怕地说：“今天要是这台机器不出大数了，你是不是就这样押下去。”

王玉珲说：“我肯定会押下去的。”

张军说：“你万一输了，我会后悔带你来这家赌场的。”

王玉珲说："这跟你没关系，你着什么急啊。"王玉珲这一把还是输了。他在看自己输了多少钱，赌台上的庄家老太婆则抬起头来看了看摄像头。她好像是在等待这位较劲的VIP客户下注。

张军说："你看他还在等你下注呢，你看看她那模样，他们会不会出老千啊？"

王玉珲又押上了十万说："我就不相信这台子就不出大数了，他们即使玩老千，也不会永远不出大数吧。我刚才看过那张台子，桌面很薄，下面放不了机关。那骰子也是用一次就换，那一大盆骰子不可能个个都带遥控器吧。"王玉珲的语音未落，那十万又没有了。再下来，王玉珲又狠狠地押上了二十万。张军紧张得不行，就走开了，到厕所去洗脸。王玉珲说："我今天就不信了，你帮我算算，我这一千万翻着倍押，还能押多少次？"

张军带着哭腔的声音传了过来："姐夫哥！我们罢手吧，这可不是玩电游啊，真可以让你倾家荡产的。"

王玉珲说："哎呀！连姐夫都被你小子喊出来了，你快算啊，穷哭个啥？"王玉珲又押上了四十万。

张军的哭腔传了过来："一千四百万你可以翻倍押，如果你都没赢的话，等到十八次，你就会输六百五十六万。再往下押，就一把要押一千三百多万，那你的额度就不够了。"

王玉珲说："我还有几次机会？"

张军说："加上这次，你已经押了十四次了，你还有最后四次就到头了。"

王玉珲说："没有可能它十八次都不出一次大吧，这出大出小的概率应该是差不多的啊。"说话间王玉珲又押上了八十万。

张军都快哭了，他说："虽然这个台子有十四次没有出大数了，但不一定它下一次就会出大数。因为实际上精确到每一次，出大出小的机会又都是差不多的。"

王玉珲说："今天不出大数，老子就这样赌下去，你再去前台申请一千五百万的赌注额度，要快！不能停。"张军急忙跑了出去。王玉珲又押上了一百六十四万。他这时想到了乔军，乔军你不是想搞乱玉龙公司吗？好啊！干脆把玉龙公司都给输了算了。等玉龙公司一根毛都没有了，看你们还去闹什么，看你们还争什么。押，要么就输光拉倒；要么就全部赢回来。反正老子今天要豁出去了。押！押！押！

王玉珲下注的那张台子旁边已经挤满了赌客，他们都知道这张台子已经有十五次没有出大数了，所有的赌客都跟着王玉珲押大数了。那些赌客看到VIP的赌注已经押到了一百六十四万，赌场里传来了一片惊呼声。王玉珲更加有信心了，这么多赌客都开始跟着自己下注了。赌场即使想玩老千，肯定也不敢了。注定这些赌客谁都不会撒手的，他们会一直赌到大数出来为止。

张军正在前台申请额度。他满脸大汗，已经从大堂的显示屏上看到了王玉珲的赌注下到了一百六十四万。他也看到了别的台子前的赌客都往那张赌大赌小的台子前涌，那张台子前已经挤不进人了。别的台子上好几个发牌员因为没有赌客已经无事可干了。张军此时又怕又急，怕的是今天这张台子万一不出大数了，那不是把姐夫给坑了。他急的是再次申请手续竟是这样难办，万一没有给姐夫续上钱，那张台子又出了小数，姐夫肯定会怪自己的。

大堂里又是一片叫骂声，姐夫又输了一百六十四万。接着大堂又传来了一片惊呼声。不用说姐夫又押上了三百二十八万，大屏上醒目地显示着姐夫的赌注数额。一片“押！押！押！”的大叫声随即而来，赌客们震耳欲聋的叫声盖住了大堂的所有声音。张军焦急地等待着前台主管上楼去请示，他只觉得身上凉凉的，全身衣服都已经被汗透。他急步走到了楼梯口，心急如焚地等待着前台主管的出现。如果追加额度没有批下来，那姐夫就肯定输定了。正在此时，主管跑了下来。主管远远地对着张军摇了摇头。张军懊丧地一拳砸在楼梯的栏杆上。大堂里又传来了巨大的抱怨声和叫骂声，张军知道这一把王玉珲又输掉了三百多万。张军的泪水流了下来，大堂随即安静了下来，赌客们在继续下注。接着大堂里又发出巨大的一阵惊呼声。玩电子牌机的赌客全部起身都往那张赌大赌小的台子跑了过去。张军知道王玉珲赌上了最后一把，那可是六百五十六万啊。如果这一把输了，王玉珲一千三百多万将彻底失去。张军已经不敢再看那最后的结果了，他觉得这大堂里让他喘不过气来，他想走到门外去透口气。张军推了推大门，大堂的大门被锁住了。张军异常愤怒，他狂躁地推打着大门。几名保安跑了出来，张军愤怒地大喊：“开门！开门！”

一个高个子保安耐心地解释说：“这个门只能进，不能出，出口在地下通道。”

张军已经像个暴躁的狂徒，他一把揪住高个子保安的胸口，声嘶力竭地叫喊：“开门！开门！给我开门。”

正在此时，大堂里传来了欣喜的叫喊声：“大！是大啊！他娘的，大终于出来了。”

张军大哭起来：“第十八个是大啊，第十八个才是大啊！”张军不再喊开门了，他只是蹲在地上开始痛哭，他觉得他太有理由需要哭了。他觉得这短短的几十分钟自己好像已经在地狱里走了一遭，自己的生命好像是失而复得。他在想他妈的下次再也不能来了，这种赌法真要出人命的。今天张军确实是被吓住了。

旁边的赌徒，齐声高喊："英雄！英雄！英雄！"他们在为那位神秘的VIP齐声高喊，很显然，他们已被这位英雄的底气和执着所折服。

此时的王玉珲坐在客房里，他已经在电脑上看到大堂的热闹场面了。他关闭了电脑，把已经汗透的衣服脱了，走进卫生间冲起凉来。此时，他的脑海里不知为什么一直在想着三十年前，他被老场长及班上的同学揪斗的画面来：那火把、那一双双睡意惺忪的眼睛、那响亮的口号声。那种场景带给自己的耻辱和恐惧至今都让他不敢面对群情激奋或者是欢呼的场面。王玉珲心想还是乔军赢了，自己没有输掉玉龙公司，就等于还得跟乔军去搏一搏。

第十一章　乔军起诉了

THE ELEVENTH CHAPTER

乔军说："我认为这是公司的方针政策，它不针对个人，也不应该让个人的情感好恶卷入其中。如果我们股东会不能接受，我想我们可以请一个公证的裁判来决断。"

王玉珲疑惑地问："谁？"

乔军回答："法律！法院！"

星期一一上班，乔军把题为《关于玉龙公司财务管理规范化的报告》带到了公司，王玉珲和曾金刚的办公室就在他办公室的左右两边，乔军先把报告送到了王玉珲办公室。王玉珲扫了一眼，他连忙叫住正要离去的乔军说："我们坐下来先商量，我想先听听你的具体想法。"

乔军说："你看都没有看，你先大致看一下吧。"说完乔军就出去了。

乔军又去了曾金刚办公室，曾金刚还没来。乔军心想等会儿再来，乔军回到自己办公室。大约又过了半个小时，乔军拿着那份报告又去了曾金刚办公室，曾金刚办公室还是没人。乔军正准备回自己办公室，王玉珲也拿了那份报告来找曾金刚，两人这时碰上都有点不自在，乔军说："曾金刚还没来呢。"

王玉珲说："那我等会来吧。"乔军想了想，就把手上的那份报告塞进了曾金刚办公室门缝。

此时的曾金刚在干什么呢？他正在街头跟一个小偷捉迷藏呢。今天曾金刚家门口的银行一开门，他就进去取了六千块钱。他约好了朋友今天去提那台王晓看中的彩电。曾金刚出了银行的门，就上了公共汽车。他上车时，觉得今天搭车的人没几个，怎么有些挤呢？曾金刚心里发着感叹：这帮没有素质的人，世风日下啊！曾金刚的钱是放在手提包里的，他在车上站了一站就坐到座位上了。一会儿，曾金刚身旁的座位也空了出来，一个面相凶恶的年轻人一屁股就抢了上来。他坐到了曾金刚的旁边。曾金刚手里的提包一直是放在膝盖上的，他的两只手压在包上护着。曾金刚是个谨慎的人，胆子小而细致。他坐了一会车，猛然觉得脖子上痒痒的，他伸出左手摸了一把，有点气愤地扭过头对后面说："谁把烟灰弹进我脖子里了？"后面一位迷迷瞪瞪的老大爷正好奇地看着他。

曾金刚只觉得膝盖上的提包在动。他马上回过头来，惊异地发现提包上已经被划开了一道小口子。曾金刚马上明白有小偷盯上自己了，公共汽车正好靠站，他抓起提包，冲出了车门。这车也停得正好，就停在公安分局门口，他准备走进公安局去报案。不过他转而一想，我报什么案呢？钱还好好地在这儿，小偷也没有抓住。再说这小偷怎么会知道我提包里有钱？他们肯定是早早在银行就看见我取钱了。这也可以从刚上车时拥挤的现象里得到印证，明明没有几个人，却是那么挤，是小偷故意制造混乱。曾金刚想小偷如果是从银行开始就盯上了自己，那就可怕了。因为银行距离自己的家不到三百米，是不是小偷连自己住哪里都已经掌握了？想到这儿，曾金刚的汗毛都要立起来了。他想：好在自己没有报案，马上离开公安局的大门，不要让小偷以为我在报案，以后招致他们的报复。他从小就听过不少小偷报复当事人的故事，不管是小偷故意编出来的，还是确有其事，反正小偷肯定最恨那些报案的人。即使他被关进去了，他还会被放出来的，他还有同伙啊。而自己的房子在这儿，也不是想搬就搬的。他们要找自己就太容易了，他们在暗处，自己在明处。犯不着得罪他们。

他一回头，看见刚才坐在他身旁的那个年轻人正在电线杆后注视着自己。曾金刚现在只有一个念头，就是要把钱藏起来。他看见街道边有个公厕，便装着要方便的样子，捂住肚子就进了公厕。曾金刚在厕所里忙乎了一阵才出来，他一出来便看到路边背对着自己的那个小偷正装着若无其事的样子，潇洒地抽着烟呢。曾金刚想现在应该往哪里去呢？是去提电视机吗？不行，万一小偷跟着去了，那他就更知道自己的底细了。要不回家吧，那不等于引狼入室吗？那就到单位去上班吧，王玉珲和乔军已经来过几次电话了。因为怕被小偷偷听了去，被他掌握行踪，只得挂断电话。单位是肯定不能去的，现在唯一的办法就是先甩掉这个尾巴，然后再干别的事。

想好了思路，曾金刚就瞄准了一部准备关门的公共汽车，他一步就跨了上去。等他回头看那小偷，那小偷没有追上公共汽车，竟拦下了一辆出租车，追了上来。下一站，小偷就一步上了公共汽车。小偷好像跟自己是老熟人似的，上了车就直视着自己冲着自己挤了过来。曾金刚有点惧怕那双凶神恶煞的眼睛，不敢与他对视。他只要不小心一对上，连忙就把脑袋扭到窗外去了。那个小偷肆无忌惮地逼近着他，他一直往后面退着，直到无路可走。他又挤过小偷往公共汽车的前面挤去，他挤过小偷的身体时，小偷竟紧紧地贴了上来。小偷借机把他的提包以及口袋摸了一个遍。

曾金刚那夸张的挤车动作引来了其他乘客的不满，“挤什么？都要下，别挤了。”“你干什么呢？”曾金刚真想告诉大家，这车上有小偷，他在追着我偷呢，我没有办法啊。但是他又不敢说，他害怕这个小偷会捅上自己一刀，而且其他乘客不会帮忙，也不会救他。他知道一旦动起手来，自己绝对不是这个年轻人的对手。如果大家不帮忙那就太惨了。他现在只能跑，为了自己，也为了大家。只要今天不出事就好，只要今天能平安地像往常一样回家见到孩子和老婆就好。想到这儿，他心里有点埋怨王晓了。如果不是王晓吵着喊着要买这该死的电视机，哪里会碰上这样的倒霉事。

公共汽车又靠站了，曾金刚飞快地下了汽车。他看到那个小偷从中门也下了车。曾金刚拦住了一辆出租车，他刚上去，心想不行。那个小偷胆子这么大，我一人搭出租车，他会追上来的。这车上除了我就只有司机一人。他要是公开抢可怎么办。现在自己不能够脱离群众，一定要在人群中。谅他胆子还没有那么大，他总不敢公开抢劫吧。于是曾金刚飞快地下了车，身后的司机气愤地骂了一句："神经病！什么人呀？"

曾金刚看到那个小偷上了后面的一辆出租车，小偷坐的出租车的空车标志灯已经变色了。车子开了几步，司机不让那小偷就这么走。曾金刚一见机会来了，连忙钻进一家路边的超市。进了超市，他回头看看那个小偷正把十元钱狠狠地甩给了司机。小偷转身又追了过来。曾金刚连忙往超市里跑，他一边跑一边想：今天这个小偷为了偷我的钱已经花掉了十元出租车的费用了，他肯定是志在必得。我是不是把这钱给他一部分算了。就算十倍赔偿他的出租车费，再给他一百元公共汽车费用做补偿，实在不行就再付他一百元餐费算我请他吃饭，这总可以了吧。但这小子看模样不是个善茬。他肯定不满足，他可能在自己取钱的时候就知道取了六千块钱了，他肯定会全要。全要可不成，不是我不同意，是我老婆不会同意。挣点钱也不容易，她可是一天到晚逼着我找董事长要钱，要多分红。她要是知道我把这六千块钱送给了小偷，那还不吃了我啊。想到这儿，曾金刚横下一条心，今天豁出去了。不管怎么困难，钱是绝对不给的，一定要斗争到底。

曾金刚认为到了现在，这小偷之所以没有明抢，之所以没有狗急跳墙，肯定是自己的战术对路，没有激怒他，没有把他逼上绝路。所以这小子还不会玩命，不会对我怎么地。曾金刚在超市里转了好久，这里人多，让他觉得安全。再有这里又不像公共汽车上那么人贴人地拥挤。这里的人都自己推自己的购物车，没有谁敢贴到人家身后，这可是个安全的地方。不过时间长了，超市的工作人员开始注意他了。他们担心曾金刚不买东西，只是在超市里瞎转，不会是想偷货的吧。于是有工作人员故意上前来问曾金刚，曾金刚的回答支支吾吾，他自己也觉得在超市里再待，也待不下去了。他在超市买了两块面包，也算是消费者的佐证。他付过费后就在收费台后面很快地吃完了。他想即使是吃午饭，最好也不要让那个小偷看见，以免引起他的反感，因为这小偷可还没吃饭的啊。他在超市待的时间实在是太长了，超市工作人员又开始注意他了，他只能悻悻地离开超市。他走出超市的门口时在想，自己在超市里待了那么久了，兴许那个小偷等不了了，走人了。

曾金刚左顾右盼，确信小偷已经走了。现在终于安全了，他开始准备往自己的方向走去。就在他一身轻松地行走时，他觉得身后又有人在摸他的裤兜。曾金刚知道那小子又粘上来了，曾金刚于是加快步伐。但那小子的步频比他的还要快，于是曾金刚又急刹车，猛地停下来。那小子没有防备，竟一头撞了上来，那小子受了惊似的，连忙跳开。那只是短暂的休息，一会儿那小子又贴上来了。曾金刚就这样一脚油门一脚刹车地时快时停，两人在街头上就像两个相识的人在开着玩笑似的，玩着追逐游戏。

天开始慢慢变黑了，曾金刚中午吃的那几片面包早就被胃摩擦得差不多了。曾金刚有些焦急了，如果天完全黑了，街上的人就会越来越少，这小子要耍横可怎么办？这时曾金刚的肩膀被人拍了两下。于是，他站住了，曾金刚第一次这么直接地看到了那张一直像个影子一样地跟着自己的脸庞。那张凶神恶煞般的脸上竟然会绽放笑容，他还长有两颗小虎牙。那小子就是这样在夕阳里憨憨地看着曾金刚在笑。曾金刚也迎合着对方皮笑肉不笑地干笑了几声，连曾金刚都觉得自己的笑太机械、太没礼貌了。那小子说话了，那是一口很好听的普通话："你不要再跑了，我不偷了。"

曾金刚仍然不信任地借着夕阳最后的余晖看着对方，曾金刚没有吱声。还是那憨憨地笑脸发出了尴尬的声音："我今天算是服了你了，我今天算是栽了，我就想知道那钱还在不在你的身上？你是不是把那钱藏在公共厕所里了？"曾金刚摇了摇头。对方几乎是央求的声音："告诉我吧！我搜遍了你全身就是没见到你的钱，我真不偷了，就告诉我吧！"

曾金刚还是不信任地看着那张憨憨的脸，他现在不再觉得那张脸很凶，他有点同情起这个小偷来，就像平日里人家有事非得求助自己似的。那小偷转身叫了台出租车，把自己的身体搁进了出租车里。然后他大声地说道："去火车站！"他伸出头来以谦卑得像个奴才的口气说道："叔叔！你现在可以告诉我了吧。"

曾金刚把自己的裤脚提了起来，那六千元钱，他用胶带稳稳地绑在了小腿肚子上。只见那张憨憨的脸，长叹了一口气，往椅背上倒了下去。出租车在落日余晖里向火车站的方向开去。

王玉珲今天不下十次去曾金刚的办公室，这小子压根儿就没来。手机开着机就是不接，莫非这小子跟乔军已经串通好了，故意躲着自己，王玉珲心想这年头老实人也会变的。乔军一天都没有见到曾金刚，觉得很奇怪。不来办公室倒不为怪，打手机不接，最后竟然关机。乔军就感到有些怪异了。快下班了，乔军也不管他了，有什么事明天再说。

赵梦茹已经约过几次了，今天晚上说什么都得去见见了。乔军与赵梦茹的幽会没有选择外面的公共场所，他们彼此都觉得不安全，他俩在赵梦茹家里偷情已经有好几次了。乔军熟门熟路地上了赵梦茹的私宅，轻叩房门，一重一轻。赵梦茹那只修长的手伸了出来，一把扯住乔军的衣衫，拽了进去。乔军进了房门，看着只穿着情趣内衣的赵梦茹吃惊地说："你要是把个过路的拽进来，可怎么办？"

赵梦茹说："凉拌！再推出去呗。"

乔军点着赵梦茹的情趣内衣说："你穿这么性感的衣服都给谁看？"

赵梦茹反问着说："喜欢吗？"乔军点了点头。赵梦茹接着说："就给你看的。"

乔军说："不对，第一次我来时，你的衣柜里就放满了这种衣服。"

赵梦茹说："不给谁看，自己看的，你看看这四周，最多的是什么？"

乔军说："镜子特多啊，你很自恋啊。"

赵梦茹说："我去冲一下，这里有红酒，还有饮料，你可以随意饮用。"说完赵梦茹就进了卫生间，让人浮想联翩的莲蓬头淋水的声音传了出来。一会儿，赵梦茹盘着头发，缠着浴巾，踱了出来。乔军迎了上去，他刚想凑上嘴巴，赵梦茹纤纤小手伸了过来，堵在乔军的嘴上。赵梦茹说："热水已经调好了。"

乔军有点牢骚地说："这一天不知要洗几个澡，早晨出门洗澡。中午打球洗澡。这晚上做爱还得洗。"

赵梦茹说："心理需要，就在这儿脱吧！"乔军就在赵梦茹的面前脱起衣来。乔军颀长的身材让赵梦茹的眼神变得柔软，她灼热的眼光追随着乔军宽宽的肩膀和紧绷的腰肌。赵梦茹情不自禁地伸出纤纤细手抚摸着乔军的臂膀。她双目微闭，依偎着乔军柔声说道："别洗了，抱抱我。"

乔军却故意大声说道："不行，得讲生活品质。"说完，乔军毅然裸身走向卫生间，赵梦茹在身后追打着乔军的屁股。嘴里嚷着："打你这个绝情郎！打你这个绝情郎！"

赵梦茹斟了小半杯葡萄酒，房间里飘荡着柔柔的萨克斯音乐。她坐在微型吧台前，吧台的黄色软光像一层金粉洒在赵梦茹那瘦削的肩膀上，整个房间的灯光都呈现出暧昧而又温情的基调。赵梦茹端了葡萄酒坐在高高的吧台椅子上随着音乐轻轻地晃动着身子。乔军一身潮潮地围了浴巾走了出来，他走到赵梦茹身后。赵梦茹把小手从身后伸了过去，把乔军拽到自己的旁边坐下。赵梦茹靠在乔军的胸口上，还在随着音乐轻轻摇晃。她把葡萄酒高高举起，向自己的身后递了过去，一直伸到乔军的嘴前。她就这样晃动着，让乔军把红酒喝了下去。接着赵梦茹自己也摇晃着喝下了半杯红酒。

两人喝了几杯酒以后，赵梦茹醉意朦胧的眼神散在乔军的脸上。赵梦茹说："我想给你跳段芭蕾，喜欢吗？"

乔军摸着赵梦茹的肩说："喜欢，就跳《沂蒙颂》吧，我还记得我们曾同台演出。"

赵梦茹疑惑地问："同台演出？我怎么记不住了？"

乔军说："你跳的是《沂蒙颂》中的'我为亲人熬鸡汤'那一出。我们演的是三句半《插秧用机器》。"

赵梦茹摇了摇头说："我真没印象了。"

乔军说："别回忆了，就跳《沂蒙颂》的'乳汁救伤员'那一段吧。"

赵梦茹说："你不怀好意，英嫂可是良家妇女啊。"

乔军做了个亮相的动作说："方排长也不是坏人啊？"

赵梦茹惊异地说："没想到你还记得方排长，你俩还真有点挂相，不过方铁军还是没有办法跟你比，哪有你这么英武啊？"赵梦茹不失时机地拍着乔军的马屁。"你说的那段我确实记不住了，但是'熬鸡汤'的这段独舞，我作为形体训练保留下来了。"说着赵梦茹就去鞋柜穿了双芭蕾舞鞋，赵梦茹有点不好意思地对乔军说："衣服就不换了。"

乔军说："免了！免了！"

音乐缓缓响起，"蒙山高、沂水长，沂蒙山水映朝阳，军民鱼水情深似海洋，炉中火、放红光，我为亲人熬鸡汤……"乔军第一次看裸体芭蕾，他压抑不住想笑的欲望。赵梦茹赤裸的女性身体最吸引乔军的是她蓬勃的乳房，他在想那对乳房在芭蕾的节奏里会有怎样的弹跳。乔军觉得轻松好玩，即使是当年的革命舞剧今天也可以作为调情的重要工具。乔军跟很多不同的女孩上过床，但是跟芭蕾女人可是第一次。音乐还刚开始，乔军就觉得自己的身下有生理反应了。

赵梦茹那结实的乳房在芭蕾舞曲中沉甸甸地颤动起来，就像她两只有力的脚尖。当她的脚尖在沂蒙大地上急促地跳动时，那双脚交替的频率让乔军眼花缭乱，目不暇接。与之相伴的是她那对乳房配合着她娇小的脚尖也在疾速地颤动，如果那不是个花季少女的乳房，乔军宁可不相信自己的眼睛。从观察那对娇美的乳房到赵梦茹那双变化莫测的脚尖，乔军显然已经被赵梦茹的整个形体以及形体的协调性和灵巧性所吸引。他听着那节奏昂扬的芭蕾舞曲，注视着赵梦茹魔鬼般的舞姿。她那双脚尖竟然是那么的有力，就像可以撑起整个世界。

赵梦茹全然忘记了赤裸的身体，她脸上从开始略带羞怯的表情慢慢进入了沂蒙山英嫂的内心体验。她就是解放军方铁军排长的救世主，她本来只是个普通农妇，因为救赎他人而变得自信，变得充实。她从来就是在循规蹈矩中生活，她从来都没有干过离经叛道的事情，而现在她已经被这异样的新鲜的刺激的工作所吸引。她救赎了一条生命，也救赎了自己。音乐就是这样放射状地诠释着英嫂的激情，而赵梦茹专业而又激情四溢的舞姿又是以另一种语言对英嫂情感世界的注解。那是舞神的舞蹈，那是心灵和肉体的混响。乔军此时的生理反应已经烟消云散，荡然无存。他只是以轻轻地摇头表达着不可思议的感叹，他完全忘记了赵梦茹的裸体，他只觉得她是在大剧院的舞台上表演，他觉得身旁有很多的观众在一起观看着赵梦茹的神圣表演。他甚至屏住了呼吸，他甚至不敢有较大的形体动作，他怕破坏了赵梦茹的芭蕾，他怕惊扰了其他观众的欣赏。

随着音乐的戛然而止，赵梦茹一个英嫂标志性的亮相动作，刹住了急促的步履。但她那澎湃的激情依然随着她起伏的胸膛在蔓延、在奔流。乔军坐在吧台上却没有丝毫地动静，赵梦茹走了过去，对乔军说："好吗？"

乔军站起来说："我该回家了。"

赵梦茹不解地问："我们还没开始你怎么就要走呢？"

乔军说："今天我如果还有半点苟且的想法，那就是对圣洁的亵渎，也是对我们美好过去的背叛。不行！我必须走了。"说完乔军开始穿起衣服来，赵梦茹没料到会有这样的结果，她只是站在一边手足无措。

赵梦茹对乔军说："那就改明天吧？"

乔军穿好衣服，吻了吻赵梦茹说："明天再联系吧。"

第二天上班，曾金刚到了乔军的办公室，曾金刚对乔军说："你写的东西我都看了，董事长也跟我交换了意见。我觉得你这么提出没有什么用，他现在也不答应。他让我跟你说明他的态度，他说所有的投资都是他出的钱。我们的股份是他送的，我们只有干股，并无实股。每年能分成，实际上是王玉珲个人的情谊决定的。他认为你这么做是不是太过了？要求太高了？”

乔军说：“我们的股份已经写进了公司的章程，我们作为玉龙公司的股东已经在工商局进行了登记，我们是玉龙公司的合法股东是符合法律规定的。依据《公司法》，是股东就应该享有应有的权利。我没有任何错误，是董事长的理解有错。”

曾金刚一听乔军的说辞，脸上闪过了一丝欣喜。但是乔军看得出，那丝欣喜几乎没有在曾金刚的脸上做任何的驻留就稍纵即逝。曾金刚站起来对乔军说：“那我再跟王玉珲去说说你的道理。”曾金刚说完就合上了乔军办公室的门，去了王玉珲的办公室。

王玉珲给曾金刚泡了杯绿茶，曾金刚说：“茶就别泡了，我办公室里还泡着呢。”

王玉珲说：“这是福建的客户送的大红袍，你试试看。”王玉珲静静地听完了曾金刚的转述，就说：“你在玉龙公司做股东已经有好多年了吧？”

曾金刚连忙点着头说：“是的！”

王玉珲又说：“你还记得当初我邀请你来玉龙公司做股东时的感受吗？”

曾金刚说：“当时你是帮了我们的大忙，我内心里充满了感激。我现在还记得你对我宣布你的决定时的情景，就像一切发生在昨天。”

王玉珲说：“乔军只是比你早一些进来，我给他的在先，那时空间大些，所以给的就比你的多些。我想当年乔军的心情应该和你的心情是差不多的。是不是时间隔得远了，就把这些都忘记了？”

曾金刚说：“你对我们的恩赐，我们没齿难忘，不能忘记，也不应该忘记啊。”

王玉珲说：“我是个念旧的人，没有我们同学时代的那段友谊，也不会有我们三驾马车的齐头并进。你说是不是？”

曾金刚连忙答道：“当然，同学时代是我们合作的基础。”

王玉珲又说：“乔军这一辈子真的欠我的太多了，他爸爸对我父亲是什么样子？雾水谁不知道；他在雾水校办农场对我做的一切事情，我们同学谁又不知道。反过来。我在雾水农场是怎么雪地里救他，乔军的父母都是知道的；我拿股份去换取他的信任，我们同学哪个不知，哪个不晓啊？”王玉珲有点动了感情，曾金刚站起来内疚地轻抚着王玉珲的肩膀，好像乔军的行为都是自己指使干的。

王玉珲说：“我跟乔军的这些陈芝麻烂谷子的事，我从来没有提过。但乔军就为什么不能站在对方的立场上考虑一下呢？”

曾金刚说：“玉珲啊！你先别急，让我再好好地跟乔军去说说。”说完，曾金刚就又回了乔军的办公室。

乔军听曾金刚激动地把王玉珲的观点陈述完，乔军说："王玉珲对我的好，我将永远记在心里，我也不会忘记。但是金刚啊，你知不知道，感情是不能代表法律的，感情是不能代替制度的！否则玉龙公司永远就是个夫妻店，永远也做不大，甚至会越做越小。我提出玉龙公司的管理要按程序来，要按《公司法》来，实际上并不是针对哪一个具体的人或者是具体的家族。我的目标是针对玉龙公司不合理的制度和不合法的程序。你说我的提案哪一条不合法，哪一条不合理。至于在这件事上，情感是风马牛不相及的东西，不要牵强地扯在一块呀！"

曾金刚有种感觉，乔军说的是法，王玉珲说的是情。但是两人的话分开听，好像都有理，自己已经不好定夺孰是孰非，真有点左右为难。曾金刚心想如果让他们直接面对面来讨论，可能要比自己中间传话好一些，效率也会高一些。于是曾金刚就开口说："乔军，是这样。你们俩是公说公有理，婆说婆有理，我是莫辨东西。你们俩敢不敢直接交锋一下，互相陈述自己的道理？"

乔军说："这不存在敢不敢，道理是越辩越明的。"

曾金刚说："那你等我电话吧。"说完曾金刚又去了王玉珲办公室。

等曾金刚把自己的想法全部说完，王玉珲就说："好啊！都是老同学，什么事都摊在桌上讲，开诚布公好啊。大不了最后表决嘛。"

半个小时后，玉龙公司的三名股东都坐在玉龙公司的会议室了。曾金刚首先说："今天是我提议开会的，还是我来说吧。乔军的提案我们都看过了，我觉得从法理上来说，乔军是说得有道理的。从历史角度和情感上来说，我觉得董事长的道理更能站得住脚。"

曾金刚不开口倒罢了，一开口把另两位股东的头都说得扭到一边去了。王玉珲开口了，他说："这份提案我看了，这要改变我们公司一贯以来的财务管理制度，伤筋动骨，牵动面很大。我个人认为这要慎重。"

乔军说："对一个要做大做强的企业来说，首先要在企业内部建立规范的规章制度。只有公司的内部各项管理制度正规了，我们企业各项生产指标才会做得更好，我们才有可能发展得更快。"

王玉珲说："我们公司的各项管理制度已经运行了十多年，从没有出过问题。而且每遇险情，都能逢凶化吉，事实证明我们现有的管理制度是健全的。而你的新制度，没有经过实践的检验。你用什么保证我们玉龙公司采用后，不会出大问题呢？你又凭什么证明你的提案就是正确的？”

乔军说：“这不用我乔军来保证，这是《公司法》和《合同法》来保证的。账务公开，阳光操作，这是所有大型公司共有的特征。我们现有的财务制度你刚才也说了，还是遇到过险情，只是逢凶化吉了。但是谁能保证玉龙公司按照既有的制度次次都能逢凶化吉、侥幸过关呢？”

王玉珲说：“我不相信那些所谓的大公司都是阳光操作，都是里外一本账。当然国企是有可能的，反正税也好，利润也好，都是国家的。他们可以无所谓，我们私企就有所谓了。我们企业是每一分钱都要挣。”

乔军说：“我说的财务公开，并不等于说就不能做内外两本账。我是说即使有两本账，我们股东至少都有权知晓。”曾金刚听到这句话，不禁内心一阵紧张，他甚至不敢抬头去看王玉珲的表情。可以想象王玉珲肯定是非常地愤怒，他已经做好了准备，等待暴风雨的到来。

王玉珲强压怒火，他坚决地说：“如果我把账务向各位公开，我即使同意，只怕是合作的一些官员不会同意。如果非得这样做的话，我们公司可能会面临重大的危机。我不是危言耸听。”

乔军说：“一个公司的财务情况对于各位股东还存在有秘密的话，这个公司肯定是极不正常的，是带病运行的。”

王玉珲说：“如果你们非要坚持自己的意见，那就按照我们公司的表决程序进行表决吧。”曾金刚从一开始就明白乔军最后成不了，就是因为王玉珲最后这一招是乔军绕不过去的。因为王玉珲在公司是绝对控股方，只要他反对就什么决议都形成不了。反之只要他支持就什么决议都可以通过，这就是玉龙公司的死穴。

乔军的嘴角挂出了一丝冷笑，他冷静地说：“这个提案和开发门面不一样，是不需要股东表决的，它只是恢复股东的合法权利，校正我们股东会的错误做法。”

王玉珲愤怒地敲着桌子说：“我就不信了，不经过股东会的讨论，这个方案可以直接执行。”

乔军说：“我认为这是公司的方针政策，它不针对个人，也不应该让个人的情感好恶卷入其中。如果我们股东会不能接受，我想我们可以请一个公证的裁判来决断。”

王玉珲疑惑地问：“谁？”

乔军回答：“法律！法院！”

王玉珲愤怒地说：“你凭什么要去告我们？你这是要挟吗？”

乔军说："没有那么可怕，只是一个第三方裁判而已。"王玉珲桌子一拍，竟转身走出了办公室。留下曾金刚和乔军在那里面面相觑。

今天一整天，乔军都闷闷不乐，心里憋得慌。他的想法在股东会上遭到王玉珲强烈的反对，这让本来已有思想准备的乔军仍然感到了从未有过的压力。他以前虽然也有过和王玉珲的冲突，但不至于像这样针尖对麦芒地直接。乔军把自己关在办公室里，久久地回忆着自己的观点是否有偏颇，回忆自己的提案是否有瑕疵。他再一次论证了自己没有做错，错在王玉珲的私心，错在王玉珲抱残守缺。他在回想王玉珲今天的对话内容，王玉珲开始是让曾金刚对自己动之以情晓之以理。他也确实想维护大家的这层友谊，他也不想与自己直接交锋，他想保住大家的面子。但是到了会上，他还是选择了权利，他还是站在了利益的一边。为了这些，他开始想偷换概念。他把自己的财务公开偷换成两套账变为一套账，把自己要求实行的内部阳光财务变为取消偷税漏税。最后在自己一步步的解释下，他不得不举起最后一张王牌，受贿过的官员不愿意玉龙公司的所有股东都了解玉龙公司的财务。王玉珲确实是无路可退了，他押上了友谊这张王牌，他只能用最后的愤怒进行顽抗。

乔军现在还是有点担忧，如果自己再坚持己见，自己和王玉珲的关系将会越走越窄，他们几十年的同学友谊将受到严峻的挑战。但乔军又一想，这件事本来就跟感情是没有关系的，是王玉珲在玩弄情感这张牌，是王玉珲企图以情感这张牌来阻止自己的进攻。实际上王玉珲比谁都明白，自己的提案并没有进攻性，只是在要回股东最基本的权益罢了。王玉珲在利用各种理由想维系玉龙公司的过去。只要自己坚持不懈，王玉珲就不能不改变。而最简单的、不用闹得面红脖子粗的做法，就是让法庭来判决，判决是必须执行的。这样大家的面子保住了，也没伤和气。乔军决定不再像今天这样去争论了，他要走最简单的法律程序。

快下班时，赵梦茹又发来了幽会的短信，乔军很是高兴。也许是他今天有些身心疲惫，他很愿意放松一下自己，也许他愿意补上昨天的遗憾。乔军下了班就如约去了映月楼，映月楼有一道名菜叫仔姜鸭。乔军以前是从不吃鸭的，什么北京烤鸭、酱板鸭、血鸭他都一概拒绝，唯独这个仔姜鸭他是百吃不厌。

那仔姜鸭是专挑那些没生过蛋的活鸭宰杀后去其内脏，剁成大块。老姜、大蒜、辣椒切片，大葱扎成麻花状备用。先在炒锅里放油，大火烧热后，将鸭头和鸭腿放入，加老姜、大蒜和辣椒片稍炒一下，再加入鸭肉块，大火爆炒，直到鸭子外皮成金黄色。此时锅内加水，用小火慢慢炖两个小时即可，起锅前十分钟加入大葱。

乔军按赵梦茹的要求先点了仔姜鸭这道名菜，其他菜他想等赵梦茹到了再点。不一会儿，赵梦茹就到了。让乔军吃一惊的是，赵梦茹还带了一位金发碧眼的洋妞。她给乔军介绍说，洋妞叫玛丽，是她小叔子爱尔兰的同学。这段时间来中国做课题，专门研究湘西的服饰文化。然后赵梦茹用流利的英文给玛丽介绍了乔军。玛丽恭维着乔军，说乔军是他在中国见到的最男人的男人。

乔军故意好奇地问赵梦茹："最男人的男人是什么样的男人？"

赵梦茹扭过头去问玛丽，玛丽说了半天。赵梦茹就装着略微明白的样子对乔军说："男人的男人就是乔军。就是很优秀的男人。"赵梦茹调侃地说："都说中国人含蓄，我看玛丽比中国人还中国人。她不就是想说你长得很英俊吗？还得绕这么大的圈子来表达。"这时仔姜鸭端上了桌，赵梦茹才想起别的菜还没点。她连忙点了几道本地菜：蕨菜炒大片腊肉，蒿菜粑粑，蛋卷杂烩汤。

乔军在一边说："够了！够了！等会儿吃不完的。"

赵梦茹说："请老外可以丢你的丑，可别丢我的面子。"赵梦茹又点了个雾水小鱼虾，泥鳅炖豆腐。玛丽尝了尝仔姜鸭，她用疑惑的神态问着乔军，意思是她想知道这是什么菜。

乔军用手掌的虎口不停地开合，模拟着鸭子的嘴巴。嘴里发出鸭子的叫声："嘎！嘎！嘎！"玛丽响亮地笑了起来，她显然被乔军惟妙惟肖的神态逗乐了。玛丽快乐地吃着鸭肉，她不断地学着乔军模仿鸭嘴的动作。仔姜鸭的鸭肉色泽黄亮，吃起来肉汁酥香嫩软，油而不腻，味道爽口，又有嚼头。不管是对美食无比挑剔的人，还是遍尝山珍海味的食客，只要你吃过仔姜鸭，必定会再想方设法地吃第二次。

玛丽吃得很投入，她对其他几个菜也产生了兴趣。她好奇地询问赵梦茹蕨菜炒大片腊肉，蒿菜粑粑的来头。赵梦茹被她问住了，便问乔军："怎么回答？我也不知道蒿菜和蕨菜怎么翻译？"

乔军说："很简单啊！就说是野菜吗。"玛丽用汤匙捞起杂烩汤里黄色的软软的像海绵一样的东西询问。赵梦茹又被问住了，看来她是个不擅厨艺的女性，她只能扭过头来向乔军求援。

乔军说："亏你还是个雾水人呢，这是猪皮你都不知道？"

赵梦茹理直气壮地说："你好好看看啊，这比大象皮还厚能是猪皮吗？"

乔军笑了笑，摇了摇头说："这种猪皮是干了后，涂一层糖，再用油炸，炸完后就放在水里泡，最后猪皮就变成这么厚厚的了。"赵梦茹佩服地向乔军伸出了大拇指，然后翻译给玛丽听，玛丽一面听着赵梦茹的介绍，一面以惊讶的目光注视着乔军。她知道赵梦茹只是二传手，乔军才是老师。

玛丽的好奇心还没完，她又指着泥鳅炖豆腐那道菜问起赵梦茹来，赵梦茹听了半天才听明白玛丽的问题。于是赵梦茹就反过来问乔军，说："这个豆腐块怎么像快要消融的冰块千疮百孔，但看上去这块豆腐是没有用刀切过的，还是一个整体。"

乔军就说："是泥鳅钻的，这泥鳅放进锅里时是活的。当冷水慢慢加热后，泥鳅难受，就会往温度相对低一些的豆腐里钻，这样豆腐就千疮百孔了。"

赵梦茹给玛丽翻译了一遍，玛丽摇着头连声说着英文。

赵梦茹解释给乔军说："她认为这道菜太残忍了。"乔军用筷子夹了一条泥鳅，一口咬断。泥鳅肚子里露出了一肚子的鸡蛋和辣椒。玛丽也好奇地咬了一口，她也一样地吃到了泥鳅肚子里的鸡蛋辣椒。她又产生了疑问，便问赵梦茹。

赵梦茹一头雾水地问乔军："玛丽说得对啊，你刚才说泥鳅放进冷水煮的时候是活的，怎么肚子里又能灌进鸡蛋和辣椒？我都不明白了。"

乔军说："你告诉她，这泥鳅买来后要放在清水里养三天，让它每天把肚子里的杂物全排出来。到了第四天，就把生鸡蛋打几个伴着辣椒放进水里。泥鳅已经饿得不行了，很快就会把鸡蛋和辣椒吃下去。当它们刚吃下去就开始水煮泥鳅了。这样这道菜就全有了。"

乔军一席话只说得赵梦茹连声叹道："长见识！长见识！"赵梦茹说给玛丽听，玛丽一双蓝色的眼睛只瞧着乔军发愣。接着乔军看到玛丽在凑近赵梦茹的耳朵旁说着悄悄话，只说得赵梦茹连连点头，不时也附和几句。俩人像一对好姐妹似的忘情大笑起来，引来邻桌一双双好奇的眼睛。乔军知道她俩在议论自己，反正他也听不懂，他就一个人埋头吃着菜。

过了一会儿，赵梦茹就对乔军说："你知道她对我说什么吗？"乔军茫然地摇着头。赵梦茹接着说："她说你这样的男人是最好的情人，她要我找你做情人。我说我有丈夫，她说我丈夫应该支持我找这样的男人做情人，因为只有这样我才不会去背叛我丈夫。我说中国的传统不能这样，我不能找你做情人。她说如果我不找，她就会找你交朋友，她正儿八经地问你有情人没有。我说你没有，现在还是单身。她说她要追你，要我通知你。"赵梦茹一边说一边乐不可支。乔军看了看玛丽，玛丽正用火辣辣的蓝眼睛直视着乔军。

乔军也乐了，他笑着说："她也不考虑俩人语言不通？"

赵梦茹有点醋意地说："她说让我帮她翻译，帮她的忙。"

乔军故作泄气地说："这不是与虎谋皮吗？我还没那么大的胆，敢泡洋妞。"

赵梦茹有点醋意地用英文让玛丽站了起来，原地转了两圈。乔军问赵梦茹是什么意思。

赵梦茹说："让你看看洋妞的身体真正是前凸后翘，性感极了，你可以上啊。"

乔军连忙说道："姑奶奶，你别考验我啊，我可没这个意思啊。人可是你带来的啊，跟我没关系啊。你别跟我急啦。"

赵梦茹说："你还没这个意思，那你昨晚怎么什么都没干就直接走人啊。"

乔军说："干了，我看了你那么精彩的表演，让我又回到了那个革命的年代，我哪里还敢想那些龌龊的事啊？"

赵梦茹说："刚进门时，我看你就不怀好意，盯着她看了半天，眼珠子都不带转的。"

乔军说："这洋妞我也很少看过，我好奇啊。我压根就没有那样的想法，你要是不高兴我就立马走人，好不好？人是你带来的，怎么瞎往我身上栽呢？"乔军说完就站起身来要走。

这下赵梦茹还真急了，她说："你敢！你要走了，就不要再见我了。"

乔军开着玩笑说："那三十年大聚会时总可以见吧？"乔军又坐了下来。玛丽在一旁不知他俩在说什么。她显然有点急了，她急促地向赵梦茹解释着，赵梦茹轻声安慰着她。

然后赵梦茹又回过头来对乔军说："她说你如果不愿意，可以不谈。我说你很愿意，只是你今天有点事可能急着要走。"

乔军说："你真无聊，这都是你自己要干的，等会你又来跟我急。"

赵梦茹有点不好意思说："我是考虑到中英两国的国际关系，爱，你可以谈，但你必须保证不能跟她上床啊。"

乔军有点哭笑不得地说："你哪里是考虑国际关系，你是做贼心虚。"赵梦茹得意地晃着身子。乔军又说："你下了逐客令，我只能走了，我在你家门口等你。"

赵梦茹说："你不能去我家了，玛丽跟我一块儿住。你先开间房，然后给我发短信，我把她送回去就来。"乔军跟玛丽打着招呼，准备告辞。玛丽站起来跟乔军拥抱了一下。赵梦茹一脸无奈的样子。

乔军刚把房间开好，赵梦茹就发来了短信。乔军心想赵梦茹还挺着急的。他打开手机，便觉得赵梦茹的短信很怪异，赵梦茹的短信说："虽然不能说是一见钟情，但是你给我留下了非常博学的印象，我是位研究民俗的学者。很希望跟你交个朋友，得到你的支持，我喜欢你。玛丽。"

接着赵梦茹又发来了一条短信："上面那条短信必须回。"

乔军就回了一条短信说："我跟赵梦茹今天晚上已经在城东宾馆308房间，开了房。欢迎光临！乔军。"

一会儿乔军又接到赵梦茹的短信："我不是开玩笑，你必须回，先应付她，还得写得像那么回事。"

乔军又发了短信回去："反正她不懂中文，你爱怎么写都行。"

赵梦茹又回了短信："不行，她要把你的原版短信让我转发到她的手机里，然后再翻译给她。还有她追的是你，我写不像的。快回吧！"

乔军就只好写："我也喜欢你，我想跟你学英文。"

赵梦茹回了短信："她很高兴，就这样写，加油！"

乔军刚洗完澡，赵梦茹就进了房，赵梦茹说："玛丽看到你的短信，很高兴。她明天还要见你。"

乔军说："不去！不去！都是你惹的祸。"

赵梦茹一边脱衣，一边说："不行啊！你是帮我啊。"

乔军说："那你还吃醋不？"

赵梦茹说："除非你跟她上床。"

乔军说："你就是怕你小叔子告发你，故意演一出苦肉计。"

赵梦茹又说："我现在喜欢看你的暧昧短信，你就当发给我的，对我说的情话就行了。以后我俩可以公开在手机里谈恋爱了。"赵梦茹穿着内衣，贴在乔军的耳旁轻轻说了一句："这是最好的掩护。"

乔军说："你好狡猾啊，想谈恋爱还找个老外做掩护。"赵梦茹得意地笑了笑，就钻进卫生间冲澡去了。这回赵梦茹没有再玩情调了，她害怕情调玩起来，乔军又中场退出。赵梦茹直截了当地把乔军拖上了床，然后两人就温存起来。

也许这个世界确实是太缺乏温情了，有些人愿意用钱去买，有些人愿意用权力去换。但真正的温情是买不来、换不到的。赵梦茹此时就沉浸在多年积淀下来的温情里，她觉得有这种情感的滋润，她的什么烦恼都可以忘掉，赵梦茹呢喃自语："我们可以结婚吗？我爱你。"

乔军揶揄地说:“我俩结婚将是我们同学聚会最大的八卦新闻。”

赵梦茹用手拨着乔军的手臂，有点气恼地说:“什么八卦新闻?那会让我们的同学羡慕不已。”赵梦茹依偎在乔军的怀里继续说:“真结婚，我们就要去照一组结婚照，用结婚照作为邀请函的封面。然后就在同学聚会的礼花中完成我们的婚礼，那场面又热闹，又有激情，我们的婚礼只请同学参加。结婚照就在以前的校办农场里拍。”

乔军用手拨弄着赵梦茹的头发，他调侃地说:“现在社会上不是流传着这么一句话吗?同学会同学会，拆散一对是一对。我们婚一结，同学聚会以后只怕就没人敢来了。”

赵梦茹蹬了乔军一脚，就说:“你没有一点激情，老说扫兴的话。”

乔军说:“你呀，也只是说说，你有一个完整的家，你敢吗?我可是一人啊，我什么都可以干啊。”赵梦茹一时无语。对于乔军来说，他没想到在他与老同学之间会在这个年龄段发生一段情感故事。但赵梦茹确实是个懂得生活和浪漫的女人，在这个年龄段，还有这样的激情，让乔军都自叹不如。何况赵梦茹的性爱观念也是让乔军十分满意的。但是赵梦茹说到的结婚，乔军可是从没有考虑过的。乔军早已经打消了结婚的想法，他觉得结婚后两人世界需要看着另外一个人生活，那是十分辛苦的。现在都是AA制了，各人干各人的，不用去因为顾忌他人而改变生活。至于男女间的事不可或缺，大家互相看得来，就可以在一起。互相愉悦后就可以一拍两散，各奔东西。用不着整出一个沉重的婚床来，把大家紧紧地绑在上面，都不自在。

但是，对于与赵梦茹的这段情感。他觉得既有点像在路边捡来的，又有点像是命中注定。也许是彼此间早已熟悉，也许彼此是过来人。两人并没有更多的沟通、磨合，一粘到一块儿，竟是如此地密切。乔军有种感觉，他俩不管最终能否走到一起去，他俩相处的时间会比他之前遇到的情感要长得多。乔军想起赵梦茹吃醋的样子，就觉得好笑。她的形体如同她的心态都是那么年轻和新鲜。乔军心想真要是跟赵梦茹结了婚，可能也会很有意思。赵梦茹身上没有家庭主妇的能干，但同时也没有这个年龄的女性普遍拥有的失去自我，整天围着小家庭转的味道。这可能就是乔军最欣赏她的地方。乔军以为找个料理家务、伺候男人的老婆并不难，难的是要找个懂得生活、心态年轻、两人的思想有交流的情人。赵梦茹倒属于这个范畴。

清晨乔军被赵梦茹的短信吵醒，乔军打开短信，才看到落款是玛丽。乔军也回了条短信:“早上好!昨天虽然没有梦到你，但是至少我现在想起了你，祝你一天都有好心情。”

在赵梦茹的家里，赵梦茹兴奋地看着乔军的短信，她只当是乔军给自己的甜言蜜语。她开心地把乔军的短信翻译成英文转发给玛丽，玛丽在洗手间里开心地大笑起来。

赵梦茹又给乔军发了条短信：“你一条短信让两个人都开心，太有价值了，我真的好爱你。”

乔军：“我也同样想念你，现在上班，吃饭，不管在干什么只要脑子没有使用时，装的都是你。我有时自我怀疑，我怎么会有少男初恋时的感受，我怎么还会这么狂热地爱上一个同龄人。是你的魅力太大，还是我的爱情从来就是没有吃饱过？此条信息不要转发。”

赵梦茹正好收到玛丽的短信，她觉得这段话也完全能代表自己此时的心态，她高兴地翻译，然后又发给了乔军：“我虽然与你昨晚才分别，但是我一醒来，就开始想你了。我渴望与你的再次见面，我发现我真的喜欢上你了。”

赵梦茹觉得这么谈恋爱很有趣，很好玩。乔军对玛丽说的任何话，她知道那都是对自己说的。而自己对乔军的很多心里话，好像玛丽都猜得到，这天下的有情人实际上说的话是那么的相似。

乔军打开了办公室的电脑，他用电脑开始写民事诉状。乔军准备向法院起诉王玉珲，没多久他就把诉状写好了。他想今天就到法院立案，反正法院的每一步程序都需要时间。他出门去了区法院。在区法院把起诉书和相关证据递到了法院窗口，然后交了诉讼费，他就准备回公司。

第十二章　乔军的把柄

THE TWELFTH CHAPTER

在柳城报了案，又转悠了两天，还是没找到任何线索。乔军觉得现在最有可能的就是迅速找到蒋健，然后控制住他，货款说不定还能追回。于是他轻装就简地搭了长途汽车去往蒋健家。一路舟车劳顿，乔军昨晚就没休息好。这乡下的公路估计有好久没怎么维护了，颠簸得很。一摇一摇地随着车身的摇晃，乔军渐入梦乡。

这时乔军的电话响了。是玉龙公司营销部主任来的电话，电话里对方火急火燎地讲述着公司一百五十万的产品被骗的过程。原来是一个叫蒋健的跟乔军做过几单业务的外地客户，他骗得了乔军的信任后，这一次的货就进得比较多，但只带了三十万的货款。他主动要求玉龙公司派一个财务人员，跟他一块儿押货回家，到家先付款再卸货。乔军见对方是个老客户，也就同意了。财务人员押着车，到中午时，他们一起在外面吃饭。饭桌上，蒋健坚持要请几位押车人员喝几杯酒，谁知他竟在酒里放了麻醉药。财务人员一喝就倒了，一倒就是两天，好在人还没事。但等到他们醒时，蒋健和那辆装电池的货车早都不见了。乔军连忙让对方给董事长报告，他自己也急匆匆地赶了回去。

按照约定，刘旭和孙红梅今天约好了以筹委会的名义到母校联系同学聚会的相关事宜。刘旭和孙红梅首先去找杨思冲和小田老师，不巧的是两位老师都在上课。传达室老头问他们找两位老师有什么事，他俩说了来校的目的。那老头说，这事有人管，学校专门成立了一个老同学聚会办公室，专门接待历届毕业生返校搞聚会活动。刘旭和孙红梅一听，喜出望外，两人高兴地去了聚会办公室。

聚会办公室一位形象精干的徐老师热情地接待了他们，徐老师迅速问清了他们的班级，就从电脑里调出了他们的资料。徐老师问刘旭的计划以及需要学校配合的工作。刘旭汇报了整个同学聚会的宏大计划，徐老师听到聚会规模如此大，眼睛就闪闪发亮。刘旭最后说可能需要麻烦学校的是，要请现任校长和以前的任课老师出席。再就是老同学要来母校参观一圈，合个影什么的。

徐老师等刘旭说完了，还有点不甘心地问：“说完了，就这些？”

孙红梅说：“就这些，已经很打扰了。”

徐老师沉吟了一会儿，就说：“你们这个聚会方案非常气派，至少是目前我们学校校友聚会最阔气的一个方案。你们应该拿到赞助了吧？”

孙红梅嘴快，就说：“是玉龙公司给了十几万。”

徐老师又说：“玉龙公司的王老板是你们这一届的？”

孙红梅说：“玉龙公司的所有股东都是我们这一届的。”徐老师马上把这一信息记在了小本子上。

然后，徐老师说：“你们这个方案有气势，搞的时间也长。不过根据我参加前面同学聚会的经验，时间长了，也没什么好。后面几天，老同学都成了新牌友，每天都泡在麻将桌上。还有大家聚的时间太长，最后就成了东家长、西家短的闲聊。这个年龄的人聊一两天就聊出很多是非来。”

孙红梅和刘旭一听徐老师这么一说，就像被泼了一盆冷水，站在那里发愣。孙红梅半晌才反应过来，她说：“那照你这么说，这聚会没有什么意思？”

徐老师笑了笑说：“哪能这么说，聚会是老同学相聚，有些同学是一毕业就再也没见过面。你们想想看，大家相聚了，感情可以交流，人生历练的感受可以诉说。最主要的是过去的那些模糊的回忆都会被一点点激发出来，清晰起来。每个人都好似回到了同学时代，个个都变得年轻了，多么美好的事。”

刘旭感觉到徐老师话里有话，就问：“那依徐老师的意思，这个方案应该怎么搞才最好？”

徐老师说：“我也没有什么高见，只是参与得多了，有些体会。”

孙红梅急着说：“你就直说，应该怎么改进？”

徐老师喝了一口茶说：“我认为你们聚会除了吃吃喝喝，娱乐聊天。还可以留下些什么做纪念，这样搞完了这次活动大家还留有些实物做纪念。”

孙红梅说：“我们都有啊，视频全程记录光盘，还有精美的同学录。”

徐老师说：“那是必须的，不过那只是每个人手上保留的小物件，我的意思是不是还可以共同留下一些永久性的纪念品。比如说能不能栽上几棵树？立一块纪念碑？这些东西都不会在短时间里消失，可以作为永久的纪念。”

孙红梅大声地表态：“应该搞，这样好啊，我看就可以定。”

刘旭在一旁想，这些开支如不大，倒是应付得过来，但是费用太大，那就又要理事会讨论了。刘旭想起表弟是做园林的，如果能在表弟那里弄几棵树种上，自己可以顺便挣点钱，那就解决大问题了。再说自己真解决了这个难题，也算是给同学们办了一件实事，说出去脸上也有光。他曾几次给表弟免费搞过设计，这次他应该会给自己面子的。刘旭便对徐老师说：“你们等一会儿，我先打个电话。”刘旭就走出办公室在外面直接给表弟去了个电话。表弟也很爽快，直接问刘旭要什么树。刘旭说自己也不懂，就看着办吧。表弟说桂花树，给六棵。

刘旭回到办公室就对徐老师说：“树可以解决，我们种上六棵桂花树作为纪念吧。”

徐老师说：“八月桂花香，是好树啊。但不知道树是多大的？”

刘旭是个外行，他说：“我没问，我再问问。”刘旭又给表弟去了个电话，表弟在电话里说二十公分的。刘旭就在电话里重复了表弟的话。

徐老师笑了笑说：“这二十公分的可能小了点。”

孙红梅说：“没关系，都可以长大的。”徐老师也不声辩，只是继续笑着。

徐老师说：“这样吧，我先带你们去学校的校园参观参观。也开开你们的思路，你们先看看再说。”于是徐老师就带着他俩去了校园的绿化区。现在的校园已经比以前的校园大多了，看得出这所学校的生源不错，升学率肯定也是十分地高。刘旭、孙红梅以及老同学的孩子都是在这所名校里毕业的，他们了解母校的实力。母校把旁边是一所印刷厂的一百多亩地都征了过来。校园看上去扩大了很多。学校老师的宿舍连外墙都刷了进口油漆，教学楼的外墙也都挂了蓝色的玻璃幕墙。刘旭他们上学时的教室都是平房和两层楼的楼房，现在都已经看不到影子了。

刘旭问徐老师：“我们的杨思冲老师也住在这栋楼吗？”

徐老师说：“就住我隔壁。”

刘旭指着几棵高大的银杏树说：“这几棵树有几十年历史了，我们读书时就有。”

徐老师很在行地说：“这几棵树应该有上百年的历史了，现在这一棵没有一百万肯定是买不到的。”

孙红梅说道：“那这么说，这树的价格是树龄决定的，一年一万。”

徐老师说：“那倒不是这么计算的，主要看树的品种和造型，当然树龄也是重要的依据。”他们走到一块绿化得很好的树林旁，还有一条小溪蜿蜒期间。徐老师说：“这块林地叫英才园，就是学校专门给校友们栽树立碑的处所。你们看这前面几棵树是高你们两届的校友们栽的，这块碑是低你们一届的立的。还有这溪上的小桥是这届应届生捐建的。”刘旭看了看这树也好，碑也好，桥也好，哪样都不便宜。他想今天这六棵树的小钱怕是挣不到了，这事不上理事会只怕是包不下来的。

孙红梅说：“要不先给王玉珲打个电话，先给他说说，我们也好有底。”孙红梅嘴快，话说出来了，刘旭也不能不办，他就只好给王玉珲去了个电话。

王玉珲说："那你说哪种形式最好？"

孙红梅抢过话筒说："小桥好看，再建一座小桥吧。"

王玉珲说："种树、立碑、修桥，我觉得都是为了留名。前两者都还得立块小碑来留名吧，我看不如直接立一块大碑吧。"

孙红梅说："那好，我们就跟学校说立碑。"

王玉珲又说："这碑一般的要多大？就是说现在校园里的碑石最大的有多大？"

孙红梅现场就问徐老师："王总问校园里的碑石现在最大的有多大？"

徐老师指了指前面："就那一块。"

孙红梅就对着话筒说："不算大，也就一人高吧。"

王玉珲在电话里就说："那你跟刘旭辛苦一下，找一个比它大三四倍的询询价，我再跟大家商量一下。"孙红梅在电话里答应着。

孙红梅挂了电话，就说："没问题了，王玉珲同意了。"

徐老师高兴地说："还是财大气粗啊，你们两位有办法啊。今天时候不早了，中午就在门口吃个便饭吧。"

刘旭说："这多不好意思，麻烦你那么久了，还是我们请你吧。"

徐老师说："你们又为学校添了一处景致，我们当然要感谢两位。"

酒过三巡，徐老师说："不瞒两位，我这个聚会办主任也不好当啊，学校也给我下了任务，每年要完成经济指标。"

刘旭说："你们这个还有指标啊？那怎么干啊？"

徐老师说："你俩今天至少就帮我完成了几万块钱的任务了。那块石头，立在校园里，当然就是学校的财产。如果你们做同学录、拍视频、刻光盘，我们还有学校的资料，包括你们在校时的照片，我们办公室都可以提供服务。当然是要收取一定的费用的。"

刘旭一听这徐老师要抢自己的生意，有点急了。他就说："徐老师，是这样的，有些项目我们会找你们来做，有一些我们就不麻烦你们了。到时候我们再具体商量吧。"

徐老师说："那就感谢了，反正能照顾我们的业务就请多关照。我这儿有张价格收费表，可以给你们做参考。"孙红梅想接，被刘旭一把先拿了过去。

乔军火急火燎地赶到公司，他已经想好了，装货的车是蒋健喊来的。他要先从装货的车入手调查，车的目标大，总比人好找。他到公司的物业监控室，根据日期，他让保安调出了那天的出货视频。乔军把视频定格在蒋健那台装货车的车牌上。乔军把车牌号抄了下来，又发给在市交警支队工作的老同学。一会儿老同学就查出运输车的车牌号所属公司是捷成物流。乔军打114，问到了捷成物流的电话号码。乔军又给捷成物流去了电话，问到了捷成的地址，他立马就带了监控的视频资料赶去了捷成。到了捷成，乔军没费多少周折，就搞清了捷成的那台运货车已经在昨天把货卸在了柳城。

柳城是蒋健的老家，乔军去过一次蒋健家，他估计要想找到这批货，必须去柳城。这个蒋健是乔军的客户，以前他就感到蒋健这个人，嘴上的功夫强了点，有点让人不放心的感觉。但后来做过几次业务后，还是放松了警惕，实际上这个客户是迟早要出事的。他太疏忽大意了，责任全在此。于是他决定马上去一趟柳城，看看能不能趁早把货找回来。他给王玉珲去了个电话，把他的想法说了一遍。

王玉珲说："要不你还是带个人去吧？俩人好商量，我跟何疆民随后就到。"

乔军说："公司现在人手紧，我先去，只要有线索，我会马上通知你们的。路上我会小心，再说在没有眉目之前，人多了也没有用。还是我先去吧。"两人又谈了处置的办法，乔军就去了火车站。

蒋健住在柳城的乡下，乔军第一次去那个地方的时候就留下了比较乱的印象。他先在柳城开了一间房。他不想带着自己的所有行囊展开行动，更不愿意带着这些累赘到蒋健家里去。他想轻装就简以当地人的身份悄悄地接近目标，于是他把行囊都留在了宾馆里。他按照捷成物流提供的卸货地点，首先到了公交公司的汽修厂。汽修厂就在公交公司的停车坪旁，乔军直接走进了汽修厂。一个满脸油污的修理工问他什么事。

乔军说："我住在旁边的小区，昨天老婆的一只白色的波斯猫走丢了，这孩子丢了，做妈妈的在家痛苦得寻死觅活，我这个爸爸要是找不到，就回不了家了。有人说在你们修理厂看见过这只猫，就想来找一找。"

满脸油污的修理工都快被这猫爸爸的诚恳态度说笑了，他确实还没有办法理解这些住在高档小区的有钱人的习惯，他只是觉得这些有钱人有很多奇怪的爱好。他对乔军说："我不认识什么波斯猫，但是这个修理厂里面，我只见过一只黑猫。如果你那么想当猫爸爸，我看你可以把那只猫抓回去，反正那只猫没有爸爸妈妈。"

乔军有点为难地说："我的那只可是白色的。"

修理工吃惊地说："黑的白的有什么区别，你实在要白的，可以骗你老婆。你就把那只黑猫抱到隔壁理发店给它染点色不就行了吗？"

乔军知道碰上个二愣子，不能再费口舌了，先顺他的意思找了再说。于是他说：

“对！你说的很对，就按你的意思办。你忙你的，我来找猫。”说完，乔军直奔汽修厂的那排平房而去。乔军嘴里呼唤着猫，喊着：“美姬！猫！美姬！猫！”他一间房一间房地找了过去。没上锁的房间，他都挨个推开了房门，看了看里面。上过锁的房间，他进不去，就透过窗子把里面的情况搜索了一遍。整个汽修厂他全找了，也没有发现自己的货。

正在乔军纳闷时，那位满脸油污的修理工抱了只黑色的猫跑了过来。他把那只黑色的猫递给乔军说：“可好了！一个孤儿有了爸爸妈妈了。”

乔军抱着那只黑色的猫，对着面前这位热情而又执拗的修理工连声说道：“谢谢了！谢谢了！”

乔军知道那车货肯定是被蒋健转移了，现在只能希望这车货还没有处理掉。他又想那车货是不是被蒋健拖回了乡下老家呢？他立即排除了这种可能，他知道蒋健已经有了下线客户，他没有必要把货弄得满世界乱转，增加物流成本。可能性最大的是蒋健早就找好了买家，货一到马上就可以出手。蒋健拿到了货款就会销声匿迹，这也是乔军最不愿意看到的结果。

在柳城报了案，又转悠了两天，还是没找到任何线索。乔军觉得现在最有可能的就是迅速找到蒋健，然后控制住他，货款说不定还能追回。于是他轻装就简地搭了长途汽车去往蒋健家。一路舟车劳顿，乔军昨晚就没休息好。这乡下的公路估计有好久没怎么维护了，颠簸得很。一摇一摇地随着车身的摇晃，乔军渐入梦乡。

乔军被一阵吵闹声给吵醒了。睁开惺忪的眼睛，他看到客车的车厢里有几个挥动刀棍的蒙面人在大声吆喝着。乔军心想，坏了！碰上了拦路抢劫的。那几个抢匪竟敢在大客车上动手。他们高声地叫喊着：“把钱都拿出来！要钱不要命，快！快！”前面几个大个子在大声威胁着每个乘客，他们不时地用刀尖逼着座位上的男女老少掏出身上的钱财来，后面一个拿着小提包的把每个乘客手上的钱包和现金收进了提包。一个女人的金耳环在熠熠闪光，小个子两下就把一对耳环扯了下去，伴随着女人的惨叫声，那女人用双手捂住了自己的耳朵，蹲了下去。一个强壮的男人看样子是不愿意拱手相让自己的钱财，动作比较迟缓。那个持长刀的劫匪立马就把手中的刀给砍了上去，强壮男人的脸颊呈现出一道长长的血痕。持刀的劫匪声嘶力竭地大叫着：“不拿钱就挨刀！”

乔军知道这帮小子已经是极度的紧张了，他们因为恐惧已经变得草木皆兵了。这个时候的主动杀人都是因为恐惧，因为恐惧他们极易攻击对方。此时最好的办法就是顺势而为，顺从对方的意旨是确保自己安全的最佳选择。乔军的钱包早就放在行囊里了，他随身只带了一百多元钱。他早就为到蒋健的家做好了最坏的准备。只不过没想到的是在还没有到达将健的家，就遇上意外了。看样子蒋健的家乡确实是个凶险之地。乔军把手机悄悄塞进了座椅里，然后把自己口袋里的钱全部掏了出来，他甚至把自己的口袋布全部倒翻出来，以证明自己的彻底。

劫匪持刀走到了乔军坐的位置旁，用刀威逼着乔军的邻座。也许是邻座的动作慢了点，劫匪的刀子划过了乔军的脸庞，砍在邻座的手上。乔军把钱高高地举起，但乔军也在想，他已身无分文，怎么回到宾馆去呢？他连张银行卡都没有带。但现在不给钱，弄不好会丢命的。这帮小子全急红了眼睛，动作稍为缓慢点，他们都视为反抗，立即给以血的教训。但是自己要是都给了又怎么赶到蒋健家？到蒋健家除了坐这趟长途汽车外，还需要转三轮车甚至拖拉机。不行，自己还得要回这笔钱。

劫匪的手快速地从乔军的手里抽走了为数不多的纸币，劫匪开始洗劫乔军身后的乘客。乔军的手放了下来，他的脑子开始高速地运转，他在想怎么弄回自己的钱。整个车厢都被洗劫了一遍，劫匪得手了。恐怖的声音开始平静下来，车上乘客痛苦的呻吟声和抽泣声渐渐大了起来。劫匪已经是胜利者了，刀棍不再举着，要不就是提着，要不就是夹着。他们已经从开始洗劫前的高度紧张的状态变得轻松起来。小个子劫匪的脸上甚至露出了轻松的笑容，吹起了口哨。乔军见这帮小子完全已没有了先前的战斗姿态，他觉得自己的机会要来了。乔军一直在清醒地构思怎么跟这帮劫匪交涉，一是时机，二是怎么开口。

劫匪开始三三两两地往车下撤了，估计走下了一半人数时。乔军站了起来，他大声地对正在往前面走的小个子说：“朋友！你们就这样走了，有点不够意思吧。”

小个子返过身子奇怪地问：“怎么啦？”

乔军说：“我也是在江湖上跑的，我口袋里的每一分钱都给了你们了，我没办法回家。”

小个子顿时直起了身子，也许是今天的收获超过了他们的预计，也许是他们还想给诸位受害者留一点侠盗的印象。他大着声音问道：“多少钱？”

乔军一时没有明白对方的意思是在问自己已经给了多少钱，还是现在想要多少钱？乔军没再往下面细想，他知道有戏了，就顺口答了句：“三百元。”

只见那小个子顺手递过来三张百元大钞。“接着！”

乔军高兴地说道：“谢谢了！”乔军把钱接了过来。他压根儿没想到今天会被打劫，更没想到这钱还可以要回来，更加离奇的是，要回来的钱还多些，居然还挣了。一会儿，乔军到了乡政府所在地，就下车了。他叫了台小面包车，又花了十元，就到了蒋健家的村口了。

蒋健的家依山傍水，紧邻公路。乔军是几年前来过的，那个时候，蒋健家所在地就那么几栋房子，还显得比较冷清。蒋健的房子还有些鹤立鸡群的感觉，站在他家门口满眼都是青山绿水。而现在仅仅过了几个年头，这里已经发展成一个小集镇了，置身其间，熙熙攘攘，还以为是到了市区。乔军还想找找过去的感觉，蒋健家也被旁边的水泥楼房挤到了街道的一个角落。那条小溪的水边飘着一些盒饭盒子和塑料垃圾袋。山岭上绿色的植被需要在楼房间找到合适的角度才能偶尔看到几方。

乔军没有贸然走进蒋健的那栋楼房，他在蒋健家对面的一个小饭店找了个凭窗的座位。他坐了下来，正好可以看到对面蒋健家的大门。乔军点了两个菜，叫了瓶啤酒，然后他开始一边喝着酒，一边监视着对面的楼房。这时王玉珲打来了电话，王玉珲告诉乔军他跟何疆民快到柳城了。乔军告诉了王玉珲自己现在的情况，然后他让王玉珲等他的通知再决定来不来蒋健的家，说完大家就把电话挂了。乔军眼睛盯着对面的大门，时间长了，就开始走神。他又想起了赵梦茹，前几天赵梦茹说要离婚跟自己过，真不知道她是一时兴起，还是经过深思熟虑。不过自己结婚还是不结婚都无所谓，真要是跟赵梦茹结了婚，那肯定是他们这个圈子里最大的新闻。但乔军可不是一个愿意张扬的人，他艳遇赵梦茹本来就是意料之外的事，他只想能偷着乐就行了。如果赵梦茹真离了婚，那就结吧；即使没离成他跟赵梦茹也可以像现在这样过，他也觉得适应了。

天快黑了，这时蒋健家门口来了一群人。他们揪着一个男孩，看样子那男孩是蒋健的儿子。那帮人开始拍打着蒋健的房门，蒋健的老婆开了门。那帮人愤怒地对蒋健老婆述说着那个男孩的什么，那个男孩低着头。蒋健的老婆开始气愤地揍着自己的孩子，对方倒是拦住了。这时乔军走出了饭店，混进了看热闹的人群中。对方看样子是要蒋健的老婆赔钱，蒋健的老婆跑回家里拿了些钱出来。对方接过钱数了数，看样子钱的数字没有达到对方的要求，对方还缠着蒋健老婆述说着。看得出蒋健老婆已经不想再拿钱出来了，也有可能拿不出钱来了。

对方在问蒋健老婆："孩子他爸呢？他总有钱吧？"

蒋健老婆回答："孩子他爸出门三个多月了，电话都没来过。"

对方又问："那你现在打个电话给他，现在就要钱。"

蒋健老婆说："我们早就给他去过电话了，孩子要看病，他电话都关机了。"

对方问电话号码，蒋健老婆报上了号码。乔军知道那号码是真的，而且肯定是关机状态。果然电话拨了，换来拨电话人的一顿埋怨：“你这号码对不对？还有没有别的号码？”对方无论如何还要她老婆再给两百元。乔军摸了摸自己口袋里的钱，他留了二十元在口袋里。然后他拿了其余的两百元递给了蒋健的老婆，他说：“我是蒋健的朋友，你先拿去用吧。”

蒋健老婆打发了要钱的那伙人，她把乔军请进了家里，给乔军泡了一杯茶。蒋健老婆很是感谢乔军。乔军说：“几年前我到过你们家，你可能不记得了。”

蒋健老婆确实是记不起他了，蒋健老婆又问他是不是来找蒋健的，乔军就把来这里的原因一五一十地对蒋健老婆说了一遍。蒋健老婆说只要她遇上了蒋健，肯定会劝他把钱还给厂里。

乔军知道再在蒋健家守着也是耽误时间，他告别了蒋健老婆。他先给王玉珲去了电话，说了这边的情况。王玉珲让他马上赶回柳城，会合后再商量下一步计划。

乔军就往开始来时下车的地方走过去，他想找台面包车把自己送回柳城。他还没走到下车的地方，就有一辆面包车贴上了他，开车的是位络腮胡子。络腮胡子对他说：“这位老板，是要回柳城吗？”

乔军说：“是啊。你跑吗？”

络腮胡子说：“跑啊。”乔军正欲上车。络腮胡子又说：“不过回去的车费不一样啊。”

乔军忙问：“多少？”

络腮胡子说：“五十。”

乔军的口袋里只有二十块了。“怎么要这么多啊？”

络腮胡子说：“你不知道，我现在进城，肯定是放空回来，要五十不多啊。”

乔军继续往前走着，面包车紧贴着乔军往前开着。乔军说：“我来的时候，只要十块。”

络腮胡子说：“反正现在要这个价。”

乔军没有正面去埋汰对方。乔军心想说不定今天真栽在他手上，没有必要得罪他。他指了指前面停车场的面包车说：“那前面还有别的车吧，人家的价可能比你的便宜。”

络腮胡子自信地说：“你看看吧，他们的价不会比我的少。”乔军紧走了几步，挨个问了一遍那几台停在那儿等客的小面包车。怪了，那些司机有的还没等乔军开口，脑袋就摇得像拨浪鼓似的。等乔军问完一圈后，回头看到络腮胡子得意的笑脸。乔军明白了这络腮胡子可能是他们中间的头，他的客人没人敢抢。乔军只好又踱了回去，边走边想，自己身上的钱不够，得想个什么招才好。

乔军走到络腮胡子的车旁，对络腮胡子说："果然，那些司机的价比你的还高。现在我想问你，这台车只要我出五十，是不是就是我的专车？只要去柳城，就应该完全服从我？"

络腮胡子说："那当然。"

乔军说："那好！现在你就掉头。"络腮胡子满脸疑惑地让乔军上了车，他把车又开了回去。乔军开始从蒋健家出来时，就发现还有几个讲外地话的背包客在街上溜达。他想把那几个客人拖上车，车费的问题就可以解决了。乔军看到那几个外地客就喊："回柳城的车，一人十块。快上车，最后一班了。"

那几个外地客，看样子也正准备回城了，他们连忙就往车里钻。乔军一数，有六人。络腮胡子有点坐不住了，他递了根烟给乔军，并把乔军拖下车子说："你老弟真厉害，跟你商量下行吗？你的钱我就不要了，我就收他们一人十元。你白坐，我想跟你交个朋友。"

乔军大方地说："小事一桩，我倒还有件事找你帮帮忙。"

络腮胡子说："你尽管说，老弟脑子好用，我打心里佩服。你有事就直说。"

乔军说："你认识住在那儿的蒋健吗？"

络腮胡子说："那小子是个诈骗犯，认识。"乔军就把自己被骗的过程说了一遍，络腮胡子听了就说："这小子每次回家都带不同的女人，他自己回家住一两天，把野女人就安排在小旅社住。他油头粉面不务正业。"

乔军说："我想请你帮个忙，如果他回来了，只要你见了他，请你给我来个电话，我们公司奖励你一千元。"

络腮胡子说："这是好事，既帮了朋友，自己又挣了钱，我干。"

乔军赶到柳城时，已经比较晚了。他跟王玉琿、何疆民汇合了，乔军把这几天的情况详细地给大家作了汇报。大家商量后，觉得再在柳城待下去，也没有什么实际意义了，只能先回去再等等看。

从柳城开车回雾水，沿途风光迤逦，山清水秀。山间公路蜿蜒多变。直直的高速公路已经在中国的西部土地上纵横交错。相反柳城这里的山区公路路面不宽，一律的柏油马路。有的地方柏油铺得薄，粗硬的石砾暴露在路面。车轮压在上面，你会心痛备受折磨的轮胎。但是更多的是沿途的风景带来的心旷神怡。竹海绵延不绝，高高的竹子有些已经垂到了路面。汽车还得在路上绕行避让着竹枝。更奇妙的是山涧的泉水到处泛滥，就像个调皮的孩子在跟路人躲着迷藏。一会儿在路径的旁边泛着白色的水花炫耀着自己的身姿，一会儿在深不见底的深谷里整出骇人的冲击声，一会儿蔓延在路面随时覆盖着你步履的印记，一会儿在汽车的上空凌空掠过卖弄着自己的飞行技巧。

沿途的风景让人心醉情迷，但是王玉珲和乔军还是没有多少心情来欣赏沿途风景。他们一直在寻思怎么才能找回被骗的货物，何疆民只能一人静静地看着窗外的景致。他不是第一次跟着王玉珲出来追货了，谁叫大家是同学。每次遇到玉龙公司追款或者追货的案子，何疆民都是在第一时间办好立案手续。有时甚至在时间不允许或者案子不明朗的情况下，何疆民也是先出了警再说。反正干这些事的作案人都是做贼心虚，没有人胆敢审查自己的办案手续，没有人敢对自己的犯规手段提出质疑。只要自己的身份是真实的就够了。疑犯先抓回来审了再说，不怕找不到抓他的理由。有时候往往是本来抓个诈骗犯，可能到了立案时就变成了盗窃嫌疑人或者是贩毒嫌疑人。

他这几十年就是这样为王玉珲保驾护航的，但除了赚点吃喝赚点玩，他还真没有在王玉珲那里得到过什么。王玉珲跟他是老同学，几十年就是这么玩过来的。何疆民可以在别的地方去弄钱，但他从没有想过要在王玉珲这里分杯羹。但只要何疆民手上有点资金短缺，王玉珲总是毫不犹豫地拿钱出来为他把问题摆平，而且从不会催促何疆民还钱。当然何疆民也会及时把钱还上，何疆民的心里并不觉得王玉珲有什么对不起自己，反而他觉得拥有王玉珲这样的同学兼朋友是他的荣耀。雾水城可以不知道他何疆民，但提起王玉珲谁个不知。他认为王玉珲的存在直接影响到他的生活质量，王玉珲的发达就等同于他的发达。何疆民以为谁要是跟王玉珲过不去就等同于跟自己过不去，他就是一个不拿工资的玉龙公司的股东。王玉珲不管有什么难事了，也是在第一时间告知何疆民，甚至有些事连乔军和曾金刚都还不知道，何疆民就已经进入角色了。时间长了，王玉珲和何疆民两人之间也形成了一定的心理依赖，两人一天不互相通一两次电话，就觉得好像当天还有些事没办完似的。

车快到雾水时，道路被堵死了。王玉珲下了车走到前面看情况，才知道山石塌方，山上滚下来几块大石头，把路堵了个严实。离塌方处最近的一台奥迪 A6 的车被一块石头砸中了引擎，看样子是动不了了。王玉珲认出了这台奥迪车是市政府接待处的接待车。车的不远处蹲了两位惊魂未定的女同志，那位年纪大的满头银发的老年妇女引起了王玉珲的注意。老年妇女虽然脸上布满了皱纹，但看得出她那几乎没有晒过太阳的脸保养得异常的好，再从她身上雍容华贵的衣着可以判定这老年女人非富即贵。中年妇女看得出对老年妇女非常地尊敬，两人都是一口京腔。王玉珲用心在听着她们的对话，分析着她们的身份。

老妇人问中年女性："是谁给他们打的招呼啊？"

中年女性回答："阿姨，是参事室的王伯伯打的电话，省接待处袁处长又给雾水政府打的电话。"

老妇人说："什么？哪个袁处长？"

中年女性靠近老者的耳朵大声说道："是小袁啊，驻京办的小袁。"

老妇人还是不明白地嘀咕着："谁知道你说的哪个小袁？"

中年妇女大着嗓子说："往年我们家吃的甲鱼就是他送的。你最爱吃的甲鱼啊。"

老妇人看样子明白了，笑着说道："我想起来了，每年都是他从老家弄来的。"

王玉珲知道这个老妇人是有来头的，说不定就是哪位老干部的遗孀。于是他走回到自己的商务车，他跟车上身着警服的何疆民说道："你把那两个女同志请到我们车上来，我们把她们送回家。外面气温比较低，怕她们受凉。"

何疆民马上就走了过去，他把自己的证件给奥迪车的司机看了看，然后司机高兴地跟那两位女同志解释着。接着何疆民和司机就把一堆行李抱了过来。王玉珲连忙下车帮忙。他搀扶着老妇人上车坐好，又从随车的暖水瓶里倒了开水端给两位女同志。老妇人连声说着感谢的话。何疆民马上把王玉珲介绍给对方，中年女性索要了王玉珲的名片。乔军在一边笑着，他知道王玉珲习惯于这么拉关系。王玉珲经常说拉关系不一定就要花多少钱，只要用心到处都是关系。用钱买来的关系靠不住，那只能应急。真正靠得住、用得长的关系是用感情建立的、用感情维系的。看样子王玉珲又要建立靠得住的感情关系了。

王玉珲开始在车上给新关系幽默地介绍着雾水的风土人情来，一会儿工夫王玉珲就把老妇人从恐怖受惊的压抑中解放出来。老妇人对王玉珲的称呼也从"王总"渐渐变成"小王"甚至"小伙子"了，老妇人看样子短时间就喜欢上了这个巧遇的"小王"了。王玉珲看到老妇人有些疲劳，就对她们说："这路还不知堵多久，你俩就在车上先睡一会儿。"王玉珲让其他人都下了车。

何疆民下了车问王玉珲："你知道她们是干什么的吗？"

王玉珲回答："不知道。但是我知道她完全可以在一定程度上影响我们市里的领导。当然我们即使只是做做好事，学学雷锋也可以嘛。"何疆民和乔军两人都笑了起来。"轰隆隆！"一台冒着黑烟吼叫着的大铲车正在超过车队准备上前清理路障。王玉珲好像想起了什么，他招了招手示意乔军和何疆民跟上他。他对乔军和何疆民说：“前面塌下来的几块石头，你们知道是什么石头吗？”

乔军和何疆民面面相觑，何疆民说：“什么石头？难道是矿石不成？”

王玉珲说：“上次刘旭去了我们母校，学校希望我们搞这次聚会时立块大点的碑，要是买那么一块碑石没有几万块是搞不定的。我刚才看过了，前面垮下来的石头是黄蜡石，这黄蜡石最适合做景观石了，我们把它废物利用。”

乔军说：“真弄回去能省下几万块，当然是好，不过怎么给它搞回去？”

王玉珲说：“跟我来！”车队中有一台放空的大卡车，王玉珲跨上踏板，跟卡车司机开始谈起价来。

何疆民对乔军发自内心地说：“这小子的脑袋不知道是什么做的，任何时候都可以发现商机。”乔军望着王玉珲的背影钦佩地笑了。他在想，如果王玉珲在公司的管理上更开明些该有多好啊，自己也用不着跟他去较什么真吧。他想如果这次通过法律能把玉龙公司的管理再上个台阶，自己一定好好地辅佐王玉珲把玉龙公司搞得更加红火。

王玉珲让卡车司机把卡车后面的隔板打开，然后他带着乔军和何疆民继续向前面走去。大铲车正冒着一股股的黑烟把一块块的石头铲起来倒在了旁边的小溪里。两位现场施工工程指挥人员正在为把那块最大的石块放在哪里紧张地讨论着。他们担心大石头如果倒进了小溪会使小溪断流。如果不能倒进小溪，这路面上已没有任何空间可以放置它了。正在此时，王玉珲走上前去，分别给他们递了支烟，并帮他们把烟给点燃。他提出了他的想法，只要铲车把那块石头铲上后面的一台大卡车就行了，由他负责处理好。两位指挥人员握住了王玉珲的手，说王玉珲帮了他们大忙。很快那块大石头就在王玉珲一行欣喜的眼光中躺在了大卡车的拖箱里。

第十三章　周老师仙逝

THE THIRTEENTH CHAPTER

大家在周老师和睦的眼光里看到的是悲情。乔军说:“可能周老师不能参加我们的聚会了，我本来准备在聚会上让大家一起表演一个节目，当然这个节目与周老师有关。今天我想我们先把这个节目提前献给周老师吧。”说完乔军就唱起了《五月的鲜花》，同学们也跟着唱了起来:“五月的鲜花，开遍了原野。鲜花掩盖着志士的鲜血，为了挽救这垂危的民族，他们正顽强地抗战不歇……”

第二天上班时，王晓给王玉珲和乔军通报了周老师的病情。说周老师的病还是被确诊为肺癌，而且已到了晚期。王玉珲问："怎么这么快？"

王晓说："周老师的癌症是肺癌中最难治的一种。他的癌细胞全部落在肺的根部，不管用什么治疗方案，根部是很难治疗的。现在周老师的头脑一时清醒一时糊涂，恶化的速度非常快。"

乔军说："他现在住哪家医院？"

王晓说："先住了肿瘤医院，后来医院又让他们回来了。因为医院已经无能为力，反正也就是一些口服的药，让陈师母带回家在家里可以维持治疗。"

王玉珲说："周老师的癌症难道不痛吗？如果痛起来，医院还可以吊些止痛药什么的。"

王晓说："确实奇怪，周老师就是没有痛感。陈师母说可能老天爷认为周老师人善，在他临走前，就不再折磨他了。"

王玉珲说："我们家老头也是这个毛病，拖了好久，现在也不见他痛。你说现在的癌症基因是不是都产生变异了？"

王晓说："不痛是好事，你难道非得让他痛不成。"

曾金刚说："你怎么说话的？有你这么说话的吗？"

乔军说："我们这就去看周老师吧，趁他还清醒。"

几个人开了车，就去了周老师家。周老师院子里的葡萄藤今年的绿芽长得绿油油的，在阳光下被照得通体透亮，煞是好看。王玉珲走到葡萄架又想起了要给周老师请园艺场的果农来给葡萄看看怎么改良，于是王玉珲掏出了电话，给园艺场的蒋场长打起电话来。几人在家门口见过悲痛欲绝的陈师母。彭洋已经先他们到了周老师家。大家走到周老师的床前，周老师坐了起来，他已经消瘦得只剩皮包骨了，周老师的颧骨显得异常突出，双颊深陷。头发和胡子也显得比往日里要突兀得多，他瘦削而又惨白的脸庞看得出来有些时日没接触阳光了，王晓在轻声抽泣。

曾金刚问："周老师多久没晒过太阳了？"

陈师母说："你们上次来的时候，那是他最后一次在户外活动。"

周老师听到了他们的说话声，他在仔细辨认，他可能知道是熟人来看自己了。周老师摸索着自己的领口，他担心领口没有扣好，会显得不礼貌。他一边说着"谢谢"，一边辨认着。

陈师母说："不管他是不是清醒，只要有人来看他，他都会不停地说'谢谢'，他一辈子都在感谢别人对他的帮助，一辈子从不抱怨生活。在我们家最困难的时候，他也是对未来充满了憧憬。他是发自内心地感谢世界，他就是一个感恩的人。你们可能不知道他在家里念叨得最多的就是你们，他经常在家里挨个说起你们每一个学生。你们是他的骄傲，是他的精神支柱。"

大家耳朵里听着周老师的"谢谢"和陈师母的介绍，眼睛渐渐地湿润。王晓说："陈师母，我是早就没有了父母的孤儿。我一直是把周老师当成我的精神支柱，周老师在我心里就如同我的父亲，他给我的教诲是我一辈子享用不尽的。"

王玉珲也说："我们都知道周老师在课堂里从不在教室后门和窗户外观察他的学生。如果这几年我有时候办事还不想完全放弃良心时，就是因为周老师那双眼睛还在我的正前方严厉地注视着我。"

周老师可能已经认出了彭洋，他指着彭洋说："我知道你是谁了，你爸爸出了三本书。你爸爸是研究教育学的，他在写一本关于谚语方面的书，我记得你爸爸。"大家都以为周老师会马上说出彭洋的名字。但周老师最终还是没有叫出彭洋的名字。然后周老师环视着其他同学，每个同学在此时都希望自己被周老师回忆起来。乔军在想，彭洋的爸爸周老师能想起来，自己的父亲和彭洋的父亲是一个时期的领导，他当时还是雾水的一把手，周老师说不定也能回忆起来。但在周老师的连声"谢谢"中，他的眼光愈来愈黯淡。

彭洋被周老师奇异的记忆力震撼了。为什么周老师最后连自己的名字都记不起来却想起了自己的父亲。他知道每次来看周老师，周老师问得最多的就是父亲又在写什么书，又准备出什么书了。一说到这些，周老师的眼神顿时变得亮晶晶的。周老师是个受中国文化浸染得比较深的知识分子，他是那个追求精神世界、缺乏物质的年代产生的知识分子。他的内心里对在学术领域有所建树的学生一向比较倚重的，相反对商界和政界的学生却会相对看得轻些。当然这一点彭洋也从没有跟别的同学交谈过。周老师非常注重著书立说，成名成家，他的价值观与中国深厚的儒家文化是血脉相连的。也许对此时病榻上的周老师而言，此生没能写出一本书，给后人留下些什么是他最大的遗憾。

彭洋在想，如果仅仅是花上一点钱、署上一个名、帮周老师出上这么一本书，那他非常愿意为周老师出资，但周老师又绝对不是一个欺世盗名的学者。你花再多的钱帮他出这么一本书，那还是等于侮辱了他，他是绝对不能接受的。如果还有时间，彭洋愿意全力帮助周老师写完他一生中的第一本书，满足周老师此生最大的愿望。

大家在周老师和蔼的眼光里看到的是悲情。乔军说："可能周老师不能参加我们的聚会了，我本来准备在聚会上让大家一起表演一个节目，当然这个节目与周老师有关。今天我想我们先把这个节目提前献给周老师吧。"说完乔军就唱起了《五月的鲜花》。这首歌是周老师三十年前教大家唱的，大家记忆犹新。乔军起了个头，同学们就跟着唱了起来："五月的鲜花，开遍了原野。鲜花掩盖着志士的鲜血，为了挽救这垂危的民族，他们正顽强地抗战不歇……"

周老师标志性的和蔼笑容，一时好像是定格了。仅仅定格了两秒，突然好像被触动了，想起了什么来。周老师的嘴角轻微地翕动了几下，接着他轻声地跟着大家唱了起来："如今的东北，已沦亡了四年，我们天天在痛苦的熬煎……"周老师的脸部表情跟着歌词内容变幻着，他当年讲解这首歌的时代背景的画面浮现在同学们眼前："这首歌是东北流亡到北京的学生谱写的歌曲，东北沦亡，山河破碎，抗日烽火，已成燎原之势。"大家一边唱着，一边流着泪注视着周老师的一举一动。

一曲唱罢，大家齐声呼唤"周老师！周老师！"周老师又恢复了和蔼的笑容，他的嘴里又开始机械地说着："谢谢！谢谢！"周老师看样子是不会再康复了。大家内心里充满了痛楚。每个同学在离开葡萄树下时都按照当地习俗拿出了早已准备好的信封交给陈师母，每个信封里都装着几百元到一两千元不等的现金。彭洋刚在单位领了工资，他直接把工资袋里的零钱倒了出来，把三千二百元整送给了陈师母。陈师母推辞着。大家说现在是用钱的时候，也是大家的心意。

彭洋满怀着崇敬和悲悯交付了这个信封，在彭洋的职场生涯中，他还从没有给人送过这么多的钱。虽然现在正是彭洋扶正的关键时刻，如果他能扶正，他就可以解决一个副厅级待遇。也可能他就是同学当中进步最快的公务员，他现在的资历文凭和工作能力都已经不是问题，在雾水法院他已经是佼佼者。他担心的是市里又给中院安排一个下面来的县委书记，为了解决一个副厅级职务，市里已经不是第一次干这样的事了。即使这样，他还是没有给市委主要领导送过红包。

彭洋提议，今天大家聚在一起，干脆就喝一杯。于是找了个餐馆，大家坐了下来。有比较长的时间，大家都没有从周老师的病情里走出来。大家回忆着周老师的过去，说着周老师的好。彭洋说："今天为了祝福周老师的身体快点好起来，我连喝三杯。"菜还没有上桌，彭洋也不管其他同学杯子里有没有酒，自斟自酌地喝了起来。大家知道彭洋的心情不好，竟没有人议论他，由他喝着。

几杯酒下肚，彭洋说："人生苦短，我们这个年纪的人，父母老师都是七十多岁的人了，随时都有走的可能，我们要有这样的心理准备了。"

王玉珲说："我父亲也是快到医生说的大限时间了，我倒是做好了一切思想准备，说不定哪天父亲就没了。我准备忙过这一段，就陪我父亲去一趟西藏，那是他一直向往的地方。"

乔军说："你真有这个愿望就应该毫不犹豫地背着行囊陪着你父亲出发，免得以后后悔。"

彭洋说："很多做晚辈的都在策划，等我挣了多少钱，我要陪自己的双亲大人好好地玩一场。可能等你挣到钱时，你的机会又会失去。我现在只要情况允许，我出差就都带着我父亲出去转悠。我发现一个秘密，你出公差，如果经常带着老婆出去转悠，可能会招来很多不好的议论。但是你带着父亲出去转转，倒会赢来一些美誉。可见孝心是中国人根深蒂固的情结。"

王晓说："你们都有父亲，我那不知死活的父母兄弟都不知在哪里。这也好，省了我一份孝心。"

乔军说："曾金刚他爹他妈不是你爹妈啊？"

王晓说："那血脉关系还是不一样吧。"

曾金刚看样子不愿意把话往这方面扯，他打岔说："彭洋，你的院长问题快解决了吧？"

王玉珲说："冲他喝酒的劲，他那职务八成就没有解决。"

彭洋又喝下一杯说："董事长，你还真说对了。不知道哪位同学跟市一把手有关系，帮我打个招呼就好了。"

曾金刚说："你这么大的事找同学帮忙会有什么作用，除非让我们董事长帮你送个十万块，把那官给你买回来。”

王玉珲说：“我们玉龙公司愿意买你这匹黑马。”

乔军说：“他哪里还是黑马，你看他身材和他的血盆大口，我看他就是一头河马。”一句话把大家都说笑了。

彭洋倒没恼，他打开自己的提包，拿出一大堆红红绿绿的装饰精美的本子往桌上一放，说：“你们就知道送钱，当然能把事办成也行。但是你们可别看轻同学关系，你说我们这个时代谁没有几个同学，谁没有几个发达的同学。”

“哟！这可是高级法官培训班同学录，只怕这都是局级以上干部。”有同学边看同学录边议论着。“你们看这是党校的同学录，这些人的名气更大。彭洋啊，只怕在这里面你的官是最小的。”王晓惊讶地感叹着。

“正因为他有这样的同学，他的职务就不可能低。以前只是听说这些短训班的学习学不到什么东西，只是为了建立关系，关系就是生产力。实际上像我们这些名副其实的同学可能什么都帮不上。只有这些挂羊头卖狗肉的同学才是生产力。”乔军翻着那堆同学录又说：“你们发现没有，这些正儿八经的中学小学大学的同学录是最寒碜的。而挂羊头卖狗肉的同学录可是一本比一本漂亮。你们看这本行政学院的同学录做得多豪华，每一页都有每个人的烫金签名。”

彭洋看了一眼那本豪华版同学录说：“那本同学录是一个律师同学赞助的。这里还有个故事，我们这个班办在北京，在这个班里的光我们大学时的老同学就有十一个，开学的前一天我们的大学老同学一块单独聚了一次。十一个中院和省院的法院院长的欢聚却是一个在北京做律师的大学同学策划的，按说我们这些法院院长是不能跟律师一块儿吃饭的。但都是大学的同班同学，谁也不好意思拒绝。何况买这些单还只有他方便些，所以最后的结果是不仅聚了，而且这次同学录都是他赞助的。”彭洋又把他大学时的同学录和这本豪华版的同学录拿在一只手上说：“当然对于这位律师同学来说，这本同学录可是宝贝。他只要把大学时的同学录和这本豪华版的同学录拿给那些要聘请律师的当事人看一看，可能没有谁不愿意聘请他。”

王玉珲说：“同学关系在一定的时候是起作用的。但是在关键时候，还是金钱关系大于同学关系，实际上拉关系只有花钱才是最简单的。换句话说，只有花钱才是成本最低，事情最容易办好的。反正办每件事都有可兑现的价值，只有明码标价，才相对公平。你同学关系再久远都比不上我拿钱在人家桌子上拍一下。院长大人，你要真有钱，拿上二三十万，往市委书记桌上一放就走人，就什么同学关系都不要找了。”

乔军捧起那堆同学录说："你们以为这只是通讯录啊，不对！这就是钱啊。"

王玉珲说："关键是这些钱没有人民币硬啊，没有人民币来得直接。"

彭洋笑着说："那我干脆找你们公司贷点款算了。"

乔军说："好啊！你贷了款，还是要还吧，你拿什么还，于是一个贪官诞生了。"

彭洋无奈地说："所以说，我就只能在这些远点、弯拐得多些的同学录上打主意。"

两天后，周老师终于还是仙逝了。周老师是回族，遗体土葬。但是按照回民的安葬习惯，首先要给周老师遗体洗澡，王玉珲、乔军、彭洋三人因为三十年前就在校办农场干过，他们主动承担了这项工作。趁着周老师的遗体还没有完全僵硬，他们把周老师抬进了早已准备好的大木盆里，热水倒在周老师的身体上挥散着热气。王玉珲倒着水，淋浴着周老师的身体。彭洋和乔军用双手轻柔而又快捷地将沐浴液涂满周老师的身体，然后他们用毛巾擦拭着他的身体，在热水中他们的双手还感觉不到周老师的身体在渐渐变凉。他们还在感受他身上的余热，感受他生命最后的柔软。周老师的双眼阖上了，但是他和蔼的笑容却仍然保留下来，给为他料理后事的同学们留下了最后的记忆。

正在此时，门口传来了孙红梅等几位女同学嚎啕大哭的声音。乔军满手泡沫地走了出去，他对孙红梅说："周老师是回族，伊斯兰教教义是要求送葬的人克制感情，以沉默为高尚，切忌嚎啕大哭。"

孙红梅说："那我想哭怎么办？"

乔军用沾满泡沫的手轻推了孙红梅一把说："你对周老师有感情，不一定非得在大家面前表现出来，你可以一个人出去悄悄地哭啊。"

孙红梅抚弄着衣服上的泡沫说："你手上是什么？"

乔军说："我们在给周老师洗澡啊。"

孙红梅一时大惊失色地摔着衣服上的泡沫，嘴里责怪着乔军说："你这个死乔军，我可是刚买的新衣服。"

一位背着帆布袋的园艺场果农走进院子，孙红梅问他什么事。

园艺工说："是找王玉珲的，修剪葡萄藤。"孙红梅觉得现在来得不是时候，要让他先回去。

乔军想了想说："你等等，我让王玉珲出来说话。"

王玉珲满脸大汗地走了出来，他说："谢谢你！我一定要让周老师最后看一眼这修剪好的葡萄藤，满意地离开这个院子。麻烦你马上就干吧。"

王玉珲把三块白布整理好。然后他们用白布把周老师严密地裹了起来。大家把周老师送进了清真寺殡仪馆，在清真寺为周老师举行了站礼。周老师被白布素裹，睡在众人面前。空气中飘着淡淡的熏香，参加站礼仪式的人，都肃穆地站立着。阿訇面向西方，对着周老师的胸部，默念《古兰经》祈祷文。站礼中，阿訇向真主祈祷，他赞颂着真主，也向真主祈求饶恕和恩赐亡故者和所有活着的人。整个过程很简短，大约两三分钟就结束了。站礼仪式都无需鞠躬和跪拜，这简单的程序让这些第一次参加穆斯林追悼仪式的同学们感到在追悼会上未曾有过的轻松。

站礼结束后，大家乘车把周老师送到了穆斯林的墓地。然后大家把周老师抬到墓穴，墓坑已经挖成长方体的形状，呈南北走向。坑底铲平，铺上了一层细河沙。北端放上了一个沙枕。每个参加送葬的人，都从土地上拾起一小块土，投入墓穴中。周老师被慢慢放入墓坑中，头北脚南仰卧。然后在墓坑口上面盖上石板，用挖出的原土垒坟，坟呈马脊状，不灰不泥，不予砖砌和其他装饰。盖土时，送殡者听完阿訇宣念着《古兰经》，整个葬礼过程宣告结束。

伊斯兰教主张速葬，还规定在哪里归真就在哪里埋葬，绝不强求将亡人运回遥远的家乡。可以等候远方亲属奔丧，但以三日为限，三日内必须埋葬。这种丧事速办，避免了尸体因长期停放腐烂变臭污染环境。

伊斯兰教的葬礼是最节约的，也是最平等的。无论亡人生前贫穷或富贵，社会地位高或低，都用同样规格尺寸的裹尸布，都埋在同样大小的墓穴里。

第十四章　纷繁的乱象

THE FOURTEENTH CHAPTER

乔军走在中间，玛丽紧紧地依偎着乔军，看得赵梦茹心里老大不舒服。赵梦茹也没有别的办法，她只能狠狠地对乔军说：“再过两天我就要把这英国鬼子驱逐出境，看她还搞不搞侵略？”

乔军就说：“真的，不会爆发抗英战争吧？”

赵梦茹说：“用得着战争吗？我现在正式通知你乔军同学，我现在已经是自由之身了。我就要结婚了，你就是新郎官，今天是最后一次给你自由，让你会会你的老情人。”乔军一听，吃惊得嘴张得老大。

葬完周老师，王玉珲回到办公室，他接到了区法院的电话，让他去法院拿一份起诉书。王玉珲因为以前诉状拿得太多，久而久之，也不在意了。按照他的习惯，不到法律规定的最后期限他不会去的。市委办公室打来了电话，说北京一位老首长的夫人应玉龙公司董事长的邀请要到公司来参观。王玉珲知道是自己的贵客来了，连忙让王晓买好水果和礼品，自己则带着乔军等员工站在公司的门口，恭候老太太大驾光临。一台黑色的奥迪车缓缓开进了公司大门，老太太在那位中年女性的搀扶下，走进了玉龙公司。王玉珲热情地带头鼓掌，大家的掌声盛满了老太太的脸庞。老太太在会议室里一边吃着水果，一边听着王玉珲在投影仪上介绍玉龙公司的情况。

王玉珲对玉龙公司的介绍已经是很老到了，他一般是分为三段来介绍的。第一段基本是讲自己的血泪创业史，这一段体现的是王玉珲怎么从购买人家电池厂的废电池里分解出有用的镍粉和镉粉。他会重点讲到因为提炼过程的排污，毒死了农民的一塘鱼。为了赔这一塘鱼，他们家的电器全部都变卖了。这一段要让听众同情自己，而且相信玉龙公司砸锅卖铁还钱的诚意和能力。他每每说到赔鱼时声音哽咽，让倾听者无不动容，这段痛说家史的过程都会给听者留下难以忘怀的印象。王玉珲要的就是这样一种效果，乔军多次提到要改改公司的宣传，提高些档次。但王玉珲总不让，王玉珲说忆苦思甜比什么宣传都要有效。王玉珲最后得到的各种专项扶助资金往往不是来源于公司的专项报告，而是对方的决策者在玉龙公司听了一场忆苦思甜的报告会。

他的第二段介绍，主要是讲玉龙公司现今取得的成绩，一方面是讲玉龙公司的电池技术领先，另一方面是讲玉龙公司的销售业绩。这一段可以让听者明白玉龙公司已经插上了科学技术的翅膀，正在扶摇直上呢。

最后一段是展望未来，玉龙公司的现金流和利润额已经具备了上市的可能，国内几家风投公司正在积极商谈战略合作合同。老太太看样子完全被王玉珲的创业故事打动了，王玉珲说到艰苦创业时，老太太眉头紧锁一脸痛苦的样子。王玉珲说到宏图大展时，老太太则是笑逐颜开，好像是自己的儿子捡了个金元宝似的。

接下来，就是参观公司的生产流程。大家在接待室换上了白大褂和鞋套。第一道工艺是参观镍镉粉的调配车间，这里主要是乔军带领的技术小组在此工作。他们调试镍镉粉的比例和工艺直接决定了镍镉电池的含电量，他们是技术的核心。老太太对电池技术可是半点都不懂，她只是笑着听着王玉珲的介绍，她没有提出任何问题。接着的工艺是在流水线上把镍镉粉均匀地涂抹在泡沫板上，然后经过烘干，切片。再往下的流程是自动地把镍镉泡沫板自动卷曲，装进不锈钢的电池筒里。封盖是个很有冲击力的流程，电池的帽盖得紧紧地扣上。只听得冲床有力的撞击声，一枚封好盖的电池就自动跳了出来，这有点像打枪，枪声一响，弹壳就跳出来一样。老太太看样子对这个动静很大的流程有点着迷，竟然像个孩子似的看了很久。

这个流程一直是玉龙公司的瓶颈，是王玉珲的心病。现在这台国产的冲床，已经是国内最好的了，但是它盖上帽的电池使用时间长了，部分电池就会出现漏液现象。王玉珲一直想买德国的货，德国佬好像知道王玉珲非买不可。他们把价位开得高高的，等着王玉珲去上钩呢。王玉珲现在是通过自己在以色列的经销商在跟德国纳粹谈判，价格是没有多少问题了。资金缺口也由上次在雾水河喝花酒看裸体舞的廖行长出面解决。说来也怪，这位廖行长跟王玉珲喝过一次酒后就成了老朋友了，一天到晚问自己要不要贷些钱。反正只要他开口，以玉龙公司的名义要的钱，不出几天就可以打到玉龙的账上。张军的钱廖行长却怎么也不愿意给。廖行长说如果以玉龙公司的名义贷，再由玉龙公司借给张军用，廖行长不反对，反正廖行长就认玉龙公司。这可给王玉珲出了个难题，他真要这么做，他没有办法向乔军和曾金刚两位交待啊。这可把张军气坏了、急坏了、愁坏了。王玉珲只好宽慰着张军让他再等等看，看看还有没有合适的银行。

玉龙公司最有画面感的工艺是充放电车间。整个车间里，像大图书馆里矗立着一排排的图书架似的充电架。充电架上一排排的红色的指示灯在闪烁，显示着正在充电的工作状态。另一方阵的充电架上的绿灯全部亮了，是在通知工作人员，电池已经充满了。与我们使用的充电器不一样的是，有些架子上的黄灯还会同时亮，这代表着这些电池开始在放电了。放电时间的长度才是最重要的，它代表着这块电池使用时间是否够长。老太太的眼睛被这些不停闪烁的灯光搞得有些迷糊，她的眼睛眯笑着。

电池的自动包装线，设计得很巧妙。这是一条温州生产的包装线，开始去买时，王玉珲见过那家工厂的生产车间，就像是手工作坊式的。但是王玉珲扛不过这条自动包装线的价格诱惑，它的价格不到国外生产线的十分之一，也不到国内同等规格的产品的二分之一。他就下决心买了回来。别看它出身不好，但是用起来就是顺手，一条包装线按说出点问题是很正常的。但是这条线就是不出问题，王玉珲研究过这条线的设计，实际上它也是模仿欧洲的产品。但是这条线把欧洲的多余设计和故障率高的环节全部简而化之，使这条流水线不仅价格大幅度降了下来，而且故障率也降低了。王玉珲一看到这条流畅的包装线在欢快地工作，《咱们工人有力量》的曲调就好像要从他的嘴里流出来似的，他就想高声地唱。眼下漂亮的外包装贴纸快速地在每个横着进来的电池上绕上一圈，一个个电池光溜溜的身体上立马穿上了一件华丽的羽裳，人模狗样趾高气昂地晃了下去。

丰盛的酒席和精美的礼品是王玉珲接待客人的压轴好戏。王玉珲殷勤地用公筷为老太太夹着菜，老太太已经被王玉珲的玉龙公司所折服。老太太可能因为不懂这个行当，就一直没有提什么问题。在餐桌上，老太太提了个大凡领导们都喜欢提的问题。她问：“这条自动化生产线是不是国产的？”

王玉珲告诉她：“这条生产线完全是由中国企业设计生产的。而且由这条生产线生产的产品与国外生产的同类产品相比较，我们的质量还略占上风。”王玉珲说这话时就想，下次那台德国的冲床来了，一定要把那商标给挫了，贴上咱们中国字，要不下次就不好汇报了。

老太太一听就高兴了，老太太说：“我们中国现在是越来越强大。是因为有你们这样的企业家，因为有你们这样的开拓者，你们是中国年轻人的精英。来！我给你们这些精英们敬一杯。”老太太反客为主地先站了起来。

乔军、曾金刚虽然这种场面见多了，但是这样一位气质高贵京腔味十足的老妇人给他们敬酒还是第一次。她兴奋地赞扬着王玉珲团队的丰功伟绩。她把自己的手机号和家里的电话号码告诉给了王玉珲，并嘱咐王玉珲如果有事需要帮忙，绝对不要客气，电话尽管打过来。

张灿到了王玉珲办公室，这段时间孩子的成绩一直往下掉。张灿给孩子又补课，又请家教。但成绩还是止不住地不断滑坡，张灿最终搞清了女儿成绩下滑的原因。一个高一的女孩子竟然学会了谈恋爱，这让张灿十分恼火，而且难堪。张灿是一个本身就不快乐的人，她的快乐是自己不能把握的，完全建立在老公和女儿的不断进步上。她总觉得女儿考了班上的前三名，那还不够，还应该考上全年级的前三名。考上前三名还可以考第一名。达不到目的，她自己就快乐不起来。同时不停地抱怨，拿脸色给他们看，促使他们继续前进，这样也让女儿以及女儿的父亲也快乐不起来。而老公挣了几十万时，她却要求老公要挣到几百万，当老公有了几百万时，她就要求老公要挣到几千万。照样是目标无穷大，心也无穷大，而快乐则成了无穷小了。

王玉珲曾对生气中的张灿说："你这一辈子只有嫁给李嘉诚和比尔·盖茨，估计才能使你高兴起来。"

张灿不解地问："为什么？"

王玉珲说："因为他们是世界上最有钱的老板，你不能再要求他进步了。"

实际上，王玉珲对张灿的看法是十分到位的。就在他对张灿说完这一句话后的第三天，张灿带着王晓在上海的一次酒会上，开始大家都在恭维着张灿，说她眼力好，年纪轻轻就找到了王玉珲这匹黑马，现在过的是人上人的生活。张灿被吹得晕晕乎乎，她不断地邀请各位酒席上的朋友到雾水做客，说可以让王玉珲来陪酒，让王玉珲买所有的单。大家有感于张灿的盛情邀请，开始以酒来表示谢意。张灿不胜酒力，几杯酒下去，就有点管不住自己的嘴巴了。

张灿首先是嚎啕大哭，哭得大家都莫名其妙。王晓刚想上去劝几句。张灿一把推开她的手说："你们不知道吧，以前我父亲有个朋友的儿子喜欢我，要娶我，我没理他，他现在都做市长了。还有一个，也给我们家提过亲，我那时已经有王玉珲了，现在人家都是部队的师长了。我们家隔壁的一个小男孩，那个时候追我都要跳河自杀了，没想到人家现在也是博士生导师了。你们说我的命苦不苦啊，我嫁给王玉珲我真悔死了。"这些话是张灿在酒后说的，而且是伴随着真情痛哭，没有人怀疑是张灿在作秀。在座的都以为张灿找到了一个优秀的老公，有个幸福的家庭，是个幸福的女人，没想到她还有那么多的苦水，还有那么多的想法。

王晓也是第一次知道张灿心里有这么多的不满，酒后吐真言啊，初听起来还是觉得有些吃惊。但细细一想，张灿不就是这样一个永远追求第一的人吗？在王晓看来，你心里想要什么，你完全可以憋着，不说出来。为什么要说出来呢？事实上大家都不喜欢这种无限贪婪的女人，哪个男人都喜欢温柔善良随遇而安的女性。但恰恰相反的是这个崇尚权利和崇拜金钱的社会里培养的女性有太多物欲的色彩，她们就是这样一帮占有欲和驱使欲都极强的女人。王晓并不认为她的物欲比张灿逊色，她是同样自私、同样不知道感恩、没有怜悯的刻薄女人。按说她老公比张灿的王玉珲要弱很多，如果去逼他只能越逼越坏事。相反哄着他，倒使家庭的氛围特别地和谐，老公也特别地爱她。王晓打心眼里看不起张灿，她认为张灿就是一个没有多少文化的家庭妇女，说白了就是一个暴发户。张灿真是一个永不满足的女人，王玉珲本来在商业上很有建树了，没想到她又在官场和学术上找自己丈夫的假设坐标来。她就是什么都要第一，而且要永远的第一，否则就永远没有快乐。所以她的生命里只有永远进步，绝无休息。家里的成员永远沦为她战车上的战士，不舍昼夜，日夜兼程。而目的就是为了比别人要强，比别人要有钱。张灿不仅把这种压力压在家庭成员的肩上，她自己照样是重装上阵吃苦耐劳，永不停步。她来到这个世界上就是为了承受压力的，而且她要把这种压力传给她身旁的每个人。在那个物质极度缺乏的时代成长的这批人，他们深知获取物质的艰难，他们的脑海里已经植入只有勤奋、节俭才能生存下去。这批人在他们性格形成后，就注定了他们是个永远的苦行僧。他们不知道快乐的价值，也远离了享乐，他们会在内心深处自动排斥这种享乐思想。他们觉得这种享乐是腐朽的思想，它会扼杀人的创造力。人类必须像蜜蜂似的不停地采蜜、工作，直到累死。

张灿坐在王玉珲的办公室，倾诉着她对女儿的不满，张灿说："你想想看，平常你什么时候管过她，都是我一人管。你总是认为工作忙，没有时间。现在孩子都学会谈恋爱了，多大的事啊。"

王玉珲嬉皮笑脸地说："谈谈恋爱也好，提高情商嘛。不过肚子不能被搞大，那就不好收场了。"

"有你这样做父亲的吗？"张灿气愤地嚷嚷。

王玉珲说："事情都发生了，你四处嚷嚷还有什么用？除了让孩子以后抬不起头来，还有任何价值吗？"

张灿马上意识到自己的问题，连忙把声音放小些。她说："那孩子这事还有可能死灰复燃，你告诉我你有什么办法挽救。"

王玉珲说："我总不能杀了那男孩吧，也不能每天跟着我们的宝贝女儿吧？"

张灿一听勃然大怒，就说："你就是没有半点责任感，家里的什么事都往外推。"

王玉珲赔着笑脸说："我可不是不管，我看最关键的是要让她内心里认识到现在去谈恋爱，为时尚早。要她知道不改的后果，要说服她，我去找她好好谈一次吧。"

等张灿离开办公室，王玉珲打电话约了女儿。都说女儿跟爸爸亲些，儿子跟妈妈近些，王玉珲却是跟自己的爸爸亲近些。电话接通了，王玉珲说："宝贝！在哪儿？"

女儿在电话里毫不客气地回敬："老爸！不是早就有约在先吗，不能打听个人隐私。我现在在地球上。"

王玉珲说："不是为了打听你的隐私，我是想跟你共进晚餐，看你远不远？"

女儿电话里回答："老爸什么时候请我吃饭，不管多远，我都会来。"

王玉珲说："那行，宝贝想吃什么？"

女儿说："老爸请我吃什么都行。"

王玉珲稍微想了一会儿说："那就吃西餐吧。"俩人约好了时间地点，王玉珲就放下了话筒。

王玉珲再见到女儿时已经在西餐厅了，王玉珲先到，他把要吃的东西都给先点好了。女儿款款而至。王玉珲看着女儿已经发育成熟的前凸后翘的身材就在想，这工作一忙，稍不留神，女儿就成了大姑娘了。依女儿这样的身材肯定会有男生来追求的，他想起了自己在农场偷看女生的情景，他觉得自己的性意识启蒙比其他同学要早得多。他又想起了偷看张灿时，那时的张灿比女儿现在还小，但发育得就比其他女同学都早。他想两口子在这方面都进步得这么快，也难怪女儿成熟得比其他同学要早些。想到这儿他不禁笑了。

"你笑什么？"女儿看了看自己的装扮，不解地问着自己的爸爸。

王玉珲说："看到你，我想起了你妈妈年轻时的模样。"

女儿说："像吗？"

王玉珲说："像极了，前凸后翘。"

女儿不好意思地责怪着爸爸说："爸爸，你看你怎么说话的？"

"我女儿如果没有成熟的身材，怎么会有男同学追呢？"王玉珲笑着说。

女儿不好意思地说："老爸，你怎么这么跟你女儿说话？你把你女儿当成大人了。"

"你老爸这段时间忙，没关注你。今天仔细打量，发现我女儿真的是个大人了。你告诉你老爸，有没有男生追你，说真话！"

"我不知道有没有。"女儿回答。

"如果我女儿没有人追，那我这个做父亲的就太失败了，你爸爸当年追你妈妈可比你现在小多了。"

女儿一听，就兴奋起来了，她几乎是跳起来说："真的？"

王玉珲很平静地说："是呀，很奇怪吗？"

女儿翘起嘴不满地说："你们做父母的就是习惯拿镜子照人家，不照自己。"

王玉珲说："宝贝！你说谁呀？我可没照过你啊，我首先就是照自己。"

女儿说："你倒是没照过我，妈妈呀。"

"你妈妈是说你了，你不会隐蔽些啊。露出'破绽'，让你妈妈抓到了证据。"王玉珲提醒着女儿。

"什么破绽？难听死了。我的事妈妈都对你说了？"女儿问着王玉珲。

王玉珲倒是没有直接回答女儿的问题，他说："你俩到什么程度了，爸爸先给你提个醒，一定不要把肚子搞大了，要记住避孕套随身带。"服务员在上菜，王玉珲打住了自己的声音。

女儿双脚着急地跺在地上，像在敲鼓似的。她说："爸爸！没有的事，你别瞎说。"

"爸爸只是把难听的话说在前面，这是底线，不能越过，你记住没有？"王玉珲的目光一时变得犀利起来，他直视着女儿。

女儿低下了头，小声答应着："记住了。"

王玉珲又宽慰地跟女儿说："爸爸不是说了，爸爸妈妈比你年纪还小的时候，就开始恋爱了，我们都是过来人了。你的事对于爸爸来说，不算事，你也不用躲躲闪闪的。我不会去问你的细节，也不会去责怪你。但是有一点我要给你谈谈过来人的体会。"女儿的表情显然对于爸爸的谈话方式没有什么抵触。王玉珲又接着说："早恋应该说给那时的我和你妈妈都带来了温暖，我们那时都享受到了未曾有过的幸福体验，到现在为止我和你妈妈感情还是比较稳定的。"

女儿插嘴说："那你的意思是早恋还是可取的，你不反对早恋？"

王玉珲说："我话还没讲完，每次都喜欢抢你老爸的话。"女儿吐着舌头。王玉珲接着说："应该说你爸爸妈妈的早恋是比较成功的。但是有一点，你爸爸妈妈也为此付出了巨大的代价。"

女儿疑惑地问："什么代价？"

王玉珲说："你不是从小就不喜欢你爸爸去参加你们的家长会吗？为什么？"

女儿说："同学们说你长得像爷爷，不像爸爸。"

王玉珲说："你爸爸不是天生就像爷爷的，是因为你爸爸妈妈早恋，都没有考上大学。我跟你妈妈都是从工人干苦力开始创业的，因为书读少了，所以干什么都费力。我们吃了不少的苦，流过很多汗，为此你也比其他孩子受过更多的苦。因为没有时间管你，几次都差点把你丢掉了。你爸爸妈妈比同龄人多走了很多的弯路，所以你老爸就像爷爷不像爸爸了。”

女儿被王玉珲说得眼圈都红了，女儿从自己的座位上走到爸爸的身旁，搂住了王玉珲的肩膀，她轻轻地说：“爸爸，别说了。你的鼻子怎么红了？”

王玉珲拍了拍女儿的手臂说：“要变天了，鼻炎犯了。好了，不说了，我们吃饭吧。”于是父女俩坐了下来，开始吃起饭来。

玉龙公司的院墙外轰隆隆开来了几台推土车、挖掘机。院墙在机器声中，正在被拆除。公司的员工都知道这院墙要改成门面了，过路的没有谁过多留意施工现场。倒是王玉珲被这里的施工声音给吸引了，他来到了现场。王玉珲在想张军这小子怎么忽然弄到了钱，开起了工。王玉珲在施工现场没有看到张军，倒是看到了一块插在地上的木板牌。牌子上写着：门面在建，租房从速。牌子的下方留着张军的手机号。王玉珲没看到张军，只好又回了自己办公室。

此时的张军正在玉龙公司马路对面一台小车里数钱呢，他与王玉珲垂直距离不到一百米。张军也是出于无奈，他筹不到建门面的钱，就想到了空手套白狼。他想自己已经有了金饭碗，为什么还抱着金饭碗到处讨钱行乞呢？这玉龙公司两旁的临街门面全部都开发成门面了，而且没有一个门面是空着的，全部都租出去了。马路对面的门面是上个月才建好的，一天不到就被抢租完了。玉龙公司的门面没有理由没人要啊，第一年房租我要比对面的门面便宜点，但是要一年一付。

他想用房租来代替工程预付款，让工程队带资进场。于是他找了一家工程公司签了个带资进场的工程合同，但是对方要求开工后第二天就要支付百分之三十的预付款，余款可以等到工程进度结束后再付完。张军硬着头皮把合同签了，他认为这个风险不大，钱应该会在工程开工的同时搞齐的。张军把身上不多的现金都买了鞭炮。工程一动工，张军就把整个街道炸得震天响，他要让街道上所有的门面老板都知道玉龙公司的门面马上会出来了。然后他就把那块招商的木板牌插到了最显眼处，这样比什么都要可信，再不会因为个人的信誉问题拿不到钱了。他守在工地上准备守株待兔。但他没敢通知王玉珲和玉龙公司的其他股东，他想建起了门面再说。果然，这开工还不到十分钟就来了个开车的老板，说是想在这儿开个大药房。两人就在工地开始谈价。张军是等钱急用，门槛开得不高。要不是两人是在工程现场谈的合同，那位药房老板真会怀疑张军的身份了。

那药房老板在工地上看到张军吆三喝四的，然后看了张军的门面开发合同，确认了张军就是这片门面的真正老板。药房老板就在现场起草了租房合同，然后就在旁边的打印社立马打印出来。趁着合同在打印，药房老板便回家取钱去了。张军不由得心花怒放，他没想到这招空手套白狼这么顺利。只要等这笔款到，第一笔预付款就解决了一小半。想到这儿，张军又为他事前的瞻前顾后后悔不已。早用了这一招，现在已经开始收房租了。

没多久，药房老板就拎着现金来交钱了。让张军没想到的是，这药房老板还带来了一批求租的老板要租门面。张军高兴地表示："我请你吃晚饭。"

药房老板说："你就不用请我了，举手之劳。关键是你只要答应我一句话就行了。"

张军问："什么问题？你说。"

药房老板说："只要没人要你的门面，你跟我说，我负责给你带老板来。关键是你不要再把你的门面租给其他开药房的老板了。"

张军说："没问题，我答应你。"

第二天，张军就把工程队的第一笔工程款给付了。然后张军到王玉珲的办公室，向王玉珲汇报这几天的业绩，炫耀他空手套白狼的功夫。

张军给王玉珲汇报完，王玉珲惊讶地说："看不出啊，你小子有出息了，这空手套白狼你也玩出来了，干得漂亮。"

张军高兴地说："大哥，这也是跟你混了这么久，时间长了，也就学了点皮毛。"

王玉珲说："前些年空手套白狼好玩，出了事也容易化解。现在可不同了，弄不好，狼没逮着，自己反倒给狼咬了。现在这样的招数，老弟啊！一定要慎用，我都有好多年没去干这些旁门左道了。"

张军说："我本来是没有这种想法的，还是想正正规规做的，不是实在弄不到钱吗？上次廖行长那里我花的功夫不小吧，最后这小子势利眼。你的钱他抢着给，我是个穷人，他不愿意啊。"

王玉珲说："现在银行都是嫌贫爱富的，谁愿意把钱给你这个穷小子。"

张军说："你现在是功成名就了，你已经完成原始积累了，你犯不着去玩那种高风险的事。大哥，我可不一样啊，没钱不搏命怎么能成事呢？"

王玉珲说："你这么说，就有点不对了，好像我跟你姐都不管你似的。"

张军知道自己话说多了，连忙说："大哥！我可没有那样的意思，我是说你们帮我太多了，就差那么一点，我不能不自我奋斗啊。如果没有这门面，我到哪里去玩这空手套白狼？"

王玉珲说："贫嘴，你这次确实可以弄点本钱。你做稳些，别几下又给晃得没有了。"

张军说："这一次我挣了钱，肯定不再瞎搞。我先投在固定资产上，保证怎么晃也晃不掉。"

王玉珲问："买什么固定资产啊？"

张军说："我买套房，买台车，这总不会亏吧？"

王玉珲说："还刚开始就贪图享受了，你还有什么大出息？我还以为你是准备去搞个什么项目呢。我觉得不怕死在创业路上，就怕死在享受的梦里。有点钱还是去创业的好，因为你那一点钱不让它下几个崽，只怕是吃不了多久的。你就把这笔钱当成自己的创业基金，再搏一搏。我说不要你再去晃，是让你别去打牌玩电游，把钱给输掉了。你现在还没找老婆，以后还要养孩子，就这么收摊子肯定是太早了。不行！不行！太早了，你还得多挣点钱。"

张军说："那是，大哥说得对。到时候等钱到手了，再看大哥有什么好项目。我跟大哥一块干。"

乔军清早还没起床，就收到了一条由赵梦茹译成中文转发过来的短信："亲爱的，起床了吗？我想这两天邀请你去郊游，有空吗？玛丽。"

乔军给赵梦茹回了条短信："亲爱的，我很愿意跟你去郊游，但可能不能少了我们的翻译赵梦茹女士。乔军。"

玛丽又发了一条短信来："没问题，带上我们的翻译，就不知道她有没有时间？玛丽。"

乔军又回了短信："我想她会抽出时间的。乔军。"

乔军想起赵梦茹翻译着自己的短信气急败坏的神态就乐，他干脆给赵梦茹直接发了一条短信："你想去吗？此条信息请勿转发。"

赵梦茹回了条短信："不去，美死你，让你打哑语去。"

乔军回了条短信："男女之间的沟通可以不需要任何语言，就什么都能成。"

赵梦茹又回了条短信："你成不了什么，你的话语权掌握在我的手上，想郊游啊，我来安排地方吧。就今天你有空吗？"

乔军回了短信："好的。"

上午刘旭跟孙红梅把整个年级的同学名录都从雾水一中聚会办公室的徐老师那里要了出来。徐老师可能是因为那块大景石已经拖到学校的缘故，竟然免了他们的资料费。刘旭和孙红梅把一些已经跟大家失去联系的老同学名单都标记出来，他们要把这些失去联系的同学名字分给筹委会的其他同学，让大家都行动起来，把毕业几十年的老同学都找回来。

赵梦茹接到的联系对象是邻班的叫王丽花的女同学。这位女同学跟赵梦茹虽然没有同过班，但因为她们都是学校的文艺积极分子，搞什么文娱活动都在一起，人非常的熟，所以联系王丽花的任务就交给了赵梦茹。赵梦茹对她确实还有些印象，她好像没有毕业就退学了，当时得了一种那个时代很排斥的花痴病。赵梦茹还记得她当时暗恋的就是乔军，不过乔军却浑然不知。在女同学当中，谁都知道这事。王丽花暗恋乔军，还跟踪过他，单相思最后导致了花痴病，就退学了。当时大家都为她感到惋惜，但是她的病态已经非常严重，不休学就肯定治不好病。听说她住进了医院，还悄悄地跑来学校看过乔军。后来听说被她的父母强制锁在家里，就渐渐地失去了她的音讯。

好在雾水的熟人多，赵梦茹没花多少工夫就打听到王丽花被她父亲所在的自来水厂招了工，以后由于身体原因就办了内退，再后来就嫁给了水厂食堂的一个临时工，现在在家里休息。赵梦茹给自来水厂的熟人又打了个电话，对王丽花家里的情况有更深入的了解。王丽花的父母双亲去世得早，除了老公和孩子，王丽花已经没有别的亲人了。她熟人在电话里还对她说，估计她老公在外面有人，对王丽花不是很好，不过只要他与王丽花不离婚水厂就不会炒掉他。赵梦茹决定叫上乔军和玛丽到王丽花家去一趟。下午，赵梦茹带着玛丽和乔军汇合了，就往王丽花家走去。

乔军走在中间，玛丽紧紧地依偎着乔军，看得赵梦茹心里老大不舒服。赵梦茹也没有别的办法，她只能狠狠地对乔军说："再过两天我就要把这英国鬼子驱逐出境，看她还搞不搞侵略？"

乔军就说："真的，不会爆发抗英战争吧？"

赵梦茹说："用得着战争吗？我现在正式通知你乔军同学，我现在已经是自由之身了。我就要结婚了，你就是新郎官，今天是最后一次给你自由，让你会会你的老情人。"乔军一听，吃惊得嘴张得老大。

赵梦茹气宇轩昂地往前迈着大步，把乔军和玛丽丢在身后，还一边舞着手高唱着："雄赳赳气昂昂，跨过鸭绿江……"乔军急忙拖着玛丽追了上去。

自来水厂可能是雾水效益最好的企业，这种垄断的资源性企业不管是在哪里，都是当地的龙头老大。这可以从水厂宿舍区的环境看出来，这水厂一进大门，由硕大的太湖石组成的假山群气势非凡。音乐喷泉，占着水厂中心地盘。喷嘴都隐藏在广场砖的缝隙之间，就其面积一眼就可以看出此乃地头上的老大。音乐喷泉就是大白天也开着自动感应器。赵梦茹一行刚走进它时，音乐大作，喷泉的水花漫天欢舞，充分体现着水厂不差水的硬道理。

按照保安的指示，赵梦茹准确地敲开了王丽花的铁门。王丽花隔着防盗门，倒没把眼光落在正在跟自己说话的赵梦茹的身上。她的眼光完全砸在了乔军的脸上，她好像想起了什么。

赵梦茹轻轻敲着防盗门说："王丽花，我们是代表老同学来看望你的，快开门啊。"

王丽花终于发现了还有别的人，连忙开了防盗门，把几位迎了进去。房子是没有装修过的，里面还老旧地挂着白炽灯。为了聚光，还用一张学生作业纸把灯泡的上方给围了个遮光罩子。纸做的遮光罩经不起岁月与高温的双向煎熬，已变得脆弱不堪，似乎触一下，那纸罩就会灰飞烟灭。这女主人在家里看样子是不喜欢收拾的，家里孩子的衣物，餐具以及生活用品堆得到处都是，看起来凌乱不堪。早餐和中餐的碗筷都散乱地放在餐桌和沙发上，看样子要等到家里的男主人回来，才会收拾干净。这个家里的电器也都是市场经济开始之初的最早的一批老古董了，冰箱的压缩机的响声随时宣告着它的存在。家里的东西旧一点倒是无甚大碍，只要干净些仍然可以看出其历史的厚重感来。就怕不收拾、零乱，这样就马上显示了家里主人的不在意和素养了。一个不用心经营的家庭给人的感觉就是没有温暖缺少生气了。也许来过这个家庭的客人都会想，这样一个精神有毛病的女人，有个家庭就可以将就着过了，就可以满足了。

而在赵梦茹的心里，王丽花的形象都停留在文艺少女的时代，那时的王丽花是何等的美丽，每逢学校的文艺演出，王丽花和赵梦茹的芭蕾舞是肯定要跳的。在老师的眼里，赵梦茹对于王丽花来说还只是个配角。赵梦茹一直在暗地里跟她争宠斗艳。作为对手，每次在全校第二节课间操时，赵梦茹的眼光就习惯性地掠过其他班的行列，她很容易地找出王丽花，她非得看到王丽花穿着什么衣服时她的眼光才会收回。当她要收回时，她心里总免不了暗暗骂一句"妖怪！"她实在觉得王丽花做操的动作就像在跳芭蕾，她故意在那里显露着自己身段的柔软呢。

这难道是当年那个爱美的王丽花吗？赵梦茹从看到对方的第一眼起就彻底放弃了想与对方再比试的想法。已经发胖的身材，蓬松的头发，一条松紧带的碎花长裤，软软地挂在腰际。碎花罩衣松垮垮地罩在身上，一个衣领领角折在了衣领里面。赵梦茹知道对方穿衣服时肯定是没有照过镜子的。一双男式拖鞋随便地趿拉在脚上，王丽花那双跳过芭蕾的小脚委屈地躺在里面。

王丽花也不说谢谢，接过乔军递过来的一堆水果，就随意地放在墙角。然后赵梦茹一行三人自己找地方坐了下来，乔军和玛丽两人坐在了长沙发上，赵梦茹只好挑了一把四方凳坐着。王丽花也不知道给来人倒水，竟也像客人似的，一屁股挤坐在乔军的身旁。

看样子王丽花认出了乔军，赵梦茹不甘心地问："你还认识我吗？"

王丽花说："你是长毛吧。"

赵梦茹说："长毛是谁啊？我不是长毛，我是以前跟你跳芭蕾舞的舞伴。"赵梦茹一边说着，一边站了起来，她哼起了《红色娘子军》双人舞的那段曲调，然后她做了几个造型。她回头看了看王丽花，王丽花还在痴痴地看着乔军。这下把她给气坏了，她一把把王丽花拖了上来，说："王丽花，还会转一下吗？我还想跟你在这次同学聚会上表演呢。"王丽花好像还有点记忆，大致动作好像还记得，但是已经完全做不到位了。把玛丽和乔军都逗笑了，王丽花一看乔军笑了，玩得更疯，更加用劲地旋转起来。气得赵梦茹大声喊着王丽花的名字，王丽花才停了下来。

乔军在一旁笑着对赵梦茹说："她高兴，你就让她玩呗，我估计她好久没有这样兴奋了。我们就是来让她感到温暖的，这样的效果是我们没有预想到的。你要是真能让她跟你一块上舞台，你岂不是做了件大好事。"

赵梦茹说："她现在已经跳不了了，你看看她的身材，肯定是从没有练过的。"

乔军就对王丽花说："王丽花啊，我们再过一个月就要搞三十年聚会了，你想不想在聚会上给大家表演一个节目？"

王丽花看着乔军眼睛一眨都不眨地说："想啊。"

乔军说："那你表演一个什么节目？"

"我不能跳舞了，我想跟你表演一个小品，你同意吗？"王丽花有点害羞地对乔军说。

"没问题啊，什么节目？"乔军问。

赵梦茹有点醋意地说："猪八戒背媳妇。"

"不是的！不是的！"王丽花有点急了地嚷嚷。

乔军对赵梦茹说："别瞎起哄！你让丽花都急了。"

赵梦茹小声地对乔军说："还丽花呢？明天你就要成我老公，你心里要明白。"赵梦茹又看了玛丽一眼，玛丽正张着蓝色的眼睛，来回看着赵梦茹和乔军，不知道他们在说什么。

乔军说："你扯到哪去了，今天不是来看王丽花的吗？你不是还有任务，要凑一台节目吗？我是在帮你啊。"

赵梦茹好像一下明白过来。她开始平静地问王丽花："丽花，你想表演什么小品啊？乔军可以配合你啊？"

"他是你老公了，你好厉害啊，终于把他追到了。"王丽花兴奋地叫了起来。

王丽花一时好像有了清晰的判断力。这让赵梦茹大吃一惊，她急忙否认着说："没有！没有！别瞎猜。"

王丽花说："真没有？那我就追了。"

赵梦茹真有点语无伦次了，说："真没有，你可以追啊。你已经有孩子了。"

王丽花说："我想表演一个小品就叫《红梅花儿开》，我跟乔军两人来演。"说完，王丽花就跑进了里房，里房传来王丽花女儿凶悍的声音。王丽花拿了一台老式的磁带录音机出来，准备表演节目。

赵梦茹分明听到了，刚才王丽花女儿在里房凶她妈妈的声音。赵梦茹一把拉住王丽花的手说："刚才是你女儿在跟你说话吗？"

王丽花小声说："她在做作业。"

"做作业就可以这么大声跟妈妈说话吗？不行，我得先去跟她谈谈。"赵梦茹推开了想要劝阻她的王丽花走进了里房。里房一个八九岁的女孩在看电视，估计是刚才王丽花进来找录音机，拦住了她看电视的视线。赵梦茹走进房间，那个女孩只是冷漠地瞥了她一眼，就看她的电视去了。赵梦茹很职业地看了看摊在小桌上的小学课本，她找到了小女孩的名字和她班主任的名字。赵梦茹严肃地叫道："肖茵茵同学！"肖茵茵连忙站了起来，"你的老师欧阳秦没有教过你，客人来了，学生必须站起来吗？"

肖茵茵慌里慌张地回答："好像、好像说过。"

赵梦茹让肖茵茵坐到自己身旁来，她自己也坐了下来。她摸着紧张得不行的肖茵茵的头说："肖茵茵啊，你可以叫我赵老师，我是你妈妈中学同学。今天是代表我们全体同学来看你妈妈的，今天我一进你们家门就听到你那么凶地跟你妈妈说话，我不知道为什么你会这样对你妈妈。"肖茵茵半天没有吱声，她显然被这位严厉的从来没见过的女老师吓住了。赵梦茹继续说："我知道你在家里习惯这么跟你妈妈说话，你妈妈也习惯这么听你说话，你爸爸也是这么跟你妈妈说话的，对吗？"肖茵茵惊恐地看着赵梦茹，她真弄不明白，这位赵老师怎么对自己家里的情况这么了解。

赵梦茹看到肖茵茵恐惧的神态就柔声地说："你们肯定是嫌你妈妈天天在家，不做什么事，不讲卫生。碍手碍脚，对不对？你妈妈是个病人，她也确实不会做事。她从你这么大开始，就是我们的校花，就是我们的芭蕾公主。她的芭蕾跳得太美了，就像在云里跳舞，无人可以与之比美。"赵梦茹好像又看到了王丽花在云端里跳着芭蕾，她用十分羡慕的口气说道："真的是没有对手。如果你妈妈没有患病，她说不定已经是一位舞蹈家了。你觉得阿姨漂亮吗？"

肖茵茵终于说话了："赵老师很漂亮。"

赵梦茹说："你妈妈那个时候可比赵老师漂亮多了。你知道吗？你们住的房子是你妈妈的。你妈妈现在的退休工资一个月还有两千多块。你爸爸天天上班，工资还只有你妈妈的一半。你看你妈妈挣的钱最多，她自己不穿好衣服，钱都花在你们身上了。如果你爸爸和你对你妈妈不好，你爸爸的单位早就说过会开除你爸爸的。"

肖茵茵问："老师是怎么知道这些事的，我还不知道呢。"

赵梦茹说："我也是最近了解到这些情况的，以后你们一定要尊重你妈妈，对你妈妈好。我留一个我的电话给你们，以后家里有什么事可以找我。我会告诉我们同学的，我们会给你们做主的。你让你爸爸今天下班后给我来个电话，我有事找他。"

赵梦茹退出了里房，把门顺手带上，她走进客厅对愣在那儿的几个人说："我们看看王丽花的节目吧。"大家可能都听到了赵梦茹刚才在里屋里讲的话。王丽花没有说话，只是双手捏着自己的衣角，她好像被赵梦茹刚才的话触动了。

乔军说："要不我们下去走走，也买点水喝吧。"

赵梦茹问王丽花愿不愿意上街走走，王丽花用力地点着头。赵梦茹用手理着王丽花的头发说："换件衣服吧，你这件是睡衣，不能穿出门的。"王丽花点了点头，就换了件衣服。

几人走出了家门，在大门口，赵梦茹跟保安说了大家跟王丽花的关系，保安就放行了。这时大家才知道王丽花平时是不能离开这个院子的。赵梦茹牵着王丽花的手，王丽花出了院门口就格外开心。

乔军对赵梦茹说："我觉得王丽花很正常啊，怎么都说她有病啊？"

赵梦茹对乔军轻声说："她的病是一阵一阵的，跑出去就回不了家。今天可能是她状态最好的时候了，你不知道吧，你应该对她的病情负全部责任，她的医疗费你要全部出。"

"为什么？"乔军不解地问。

赵梦茹轻声地对乔军说："她的病也叫花痴病，她就是痴迷你，才被害成这样的。该你出医疗费才对啊。"赵梦茹指了指自己和玛丽，不解气地对乔军说了一句："你就是一个害人精啊！"

乔军说："都是你说的，我可什么都不知道啊。"

"看看，还没拿你怎么，就开始推卸责任了。"赵梦茹得意地笑着说。乔军买了几瓶矿泉水，王丽花开了盖，好像孩子喝糖水似的美美地喝了一口。

王丽花发自内心地大叫一声说："好甜啊！"

乔军说："真该请你去做矿泉水广告的。"赵梦茹站在一旁跟玛丽用英语交流着，她在跟玛丽介绍着王丽花的故事。

王丽花对乔军说："我还想吃糖。"

乔军说："你想吃什么糖？自己拿吧。"王丽花高兴地拿了几粒糖，像个孩子似的迫不及待地把糖塞进了嘴里。

赵梦茹看着王丽花自言自语地说了一句："找到感觉了。"赵梦茹走上前去对王丽花说："你要点钱吗？"

王丽花说："要！有吗？"

"让你情哥哥给。"赵梦茹笑着说道。

乔军掏了一百元要递给王丽花，赵梦茹把钱抢了过去。她让商铺老板给换成零钱，然后她把五十元的零钱递给了王丽花。王丽花拿着零钱开始费力地往裤腰带里藏。

乔军疑惑地说："她不是工资还不低吗？"

"她根本就没有能力管理钱，她的钱都是由她老公管的。她的智力实际上比幼儿园的孩子高不了多少。为什么她的女儿都会欺负她，还是智力问题。你看这么藏钱，她一回家，钱就会被搜走的。"赵梦茹说着。

乔军有点气愤地说："你应该给她老公说说，要给她一点钱用。怎么能这么苛刻地对她呢？"

赵梦茹说："钱让她老公拿着，至少钱还花在他们家里。如果是王丽花拿着，这钱岂不都送给人家了。"

乔军说："你还真成了幼儿园的老师了，你可别对她老公来这一套啊，要厉害点。"

赵梦茹说："我能对她老公怎么样？她老公只要不抛弃她，就谢天谢地了。"赵梦茹又对王丽花说："王丽花，你老公现在还跟你睡觉吗？"王丽花看了一眼赵梦茹，好像没有明白赵梦茹的意思。赵梦茹又接着说："我问你老公现在还跟你做爱吗？"

王丽花摇了摇头说："没做了。"

赵梦茹问："什么时候开始不做爱的。"

王丽花说："好久好久了。"

乔军在一边气愤地喊："这个老公怎么能这样呢？我们要告他去。"

赵梦茹拍了拍乔军，王丽花也学着赵梦茹一样拍了拍乔军，乔军作为回应也拍了拍王丽花，王丽花高兴得咯咯地笑了。

赵梦茹轻声说："说不定你还不如他老公呢。"

乔军气恼地说："跟你谈正事呢，别胡扯。"

赵梦茹轻声对乔军说："她老公虽然不跟她做爱，将心比心，摊上你也很难跟这个样子的她做爱。不是吗？"赵梦茹看到乔军想要辩解就大声反问了一句。接着她的声音又变小了地说："但是人家没有抛弃她。如果她要嫁给你，估计你早就跑得远远的了。虽然我不会当面赞扬她老公，但是我们心里确实要感谢他。人家至少管了她几十年了，我们这些所谓的老同学这些年甚至都不知道她的死活。我们一见面，有什么权利来对人家说三道四。"

乔军一时沉默了，他很久才说："对不起，我刚才有些激动了。你说得对，我们现在最主要的不是发号施令，而是要为她做些实事。我现在觉得我们聚会时去搞那些什么树碑立传的事，还不如去帮一把那些还处于困难中的老同学，给他们捐捐钱，多去看看他们。"

赵梦茹看了看两旁的王丽花和玛丽，然后她尽量平静地对乔军说："如果我有一天这样了，我绝不会拖着你，那不人道。"

乔军疑惑地问："什么意思？"

赵梦茹说："有一天你不想跟我做爱了，我会离开你的。"

乔军说："看你想到哪去了。"

赵梦茹接着说："你知道我现在最想干什么吗？"乔军摇了摇头。赵梦茹接着说："想吻你。"乔军说："你知道我现在最想干什么吗？"赵梦茹摇了摇头，乔军说："就想娶你。"赵梦茹一脸幸福状。乔军又说："让我来拥抱你吧。"

乔军正欲张开双臂。赵梦茹吓得一蹦老高跳到一边去了。玛丽不知乔军和赵梦茹说什么，她也插不上话，她觉得赵梦茹和乔军的对话很好笑，她不解地看着赵梦茹。王丽花把那五十元钱都塞进了裤腰带里，她轻松地拍了拍自己的腰，好像完成了一件大事一样。

乔军问着王丽花说："我们的小品还没有排练，你女儿在家里做作业。下次我专门抽个时间来你家里排练好吗？"

王丽花说："没事，这个小品基本上是我的戏。你坐在那里不要动就行了，我已经排练好了，我随时可以上台演出。"

乔军觉得王丽花八成有点不正常了，就敷衍道："那好！下次我们聚会时，我们俩就直接上台了。"

两天后，赵梦茹约着乔军去了民政局，两人领了结婚证。赵梦茹说："你好像还有点什么心事似的，觉得对不起谁？"

乔军否认着说："没有啊，那天在王丽花那儿，我就说了我的心里话了。"

"我知道了，你又想你的玛丽了吧？我告诉你，她已经走了，离开中国了，现在可能正在飞机上呢。"赵梦茹说。

乔军说："这玛丽也是的，怎么走了一句话也没有。"

"有啊，都在我这啦。以后本人作为你的全权代言人，对英帝国主义的所有言论由我这一个喉舌代言啊。我直接就给你翻译了，再不要麻烦你了。"赵梦茹神气地说。

乔军不满地说："还有你这样强权的？"

赵梦茹说："我告诉你啊，玛丽在你以前已经有过十三个男朋友了，我是怕你上当。"

乔军说："不说玛丽了，这结婚证也有了，我们开不开新闻发布会？"

赵梦茹肯定地说："当然要开，不过要等到同学聚会时，我们再宣布。在此以前，我们一定要严守秘密。要确保宣布时候的轰动性，要让大家喜出望外。最好的方式是你要配合我演一个节目，然后顺势推出婚礼。"

乔军笑着说："你的意思还想玩点浪漫，好啊！我也喜欢。那我俩就唱一首男女对唱的情歌吧，然后就推出结婚仪式，要找一个证婚人。"

赵梦茹说："就唱《婚誓》吧，然后让杨老师和小田老师证婚。晚会我是主持人，我们的婚礼谁来主持？"

乔军说："那好办，临时再挑个同学就行了。这样的婚礼热闹又简洁，大家都知道了，也不用破费。"

"看样子是这次聚会成全了我们的婚姻。"赵梦茹说。

"我不是早说过了吗，同学会同学会，拆散一对是一对。"乔军俏皮地说着。

"你又来了，哪学来的不着调的东西。哦！我想起来了，我还想在联欢会上跳一段芭蕾舞呢。”赵梦茹说。

乔军说：“那你会忙死了，又当主持，又跳芭蕾，还要唱对唱。”

赵梦茹狐疑地看了乔军一眼说：“你好像在挖苦我，说我揽活太多了。”

乔军信誓旦旦地说：“没有，绝对没有。我是说你跟那些大妈级的同学一比，能者多劳嘛。”

赵梦茹说：“你就是挖苦我，说我不该揽那么多事。”

乔军说：“你别瞎猜啊，真没有。”

赵梦茹说：“那你说我怎么办吗？芭蕾我是一定要跳的。”

乔军说：“跳《沂蒙颂》？”

赵梦茹说：“还没想好。”

乔军开着玩笑说：“跳什么都行，就是不能裸跳。”

赵梦茹气不过，拧了乔军一把说：“看你油腔滑调，主持干脆你上算了。后面的男女对唱就用假唱。”

乔军说：“要不让彭洋来主持？”

赵梦茹说：“那不成了‘现在开庭’。”赵梦茹学着法官的腔调，逗得乔军笑成一团。

乔军说：“你以为假唱就不是你唱的，人家还是要算在你的头上。要唱就大大方方地唱。不在乎你多那么一个节目。如果主持能让出去就最好，实在没人，我就替你吧。谁让你是我老婆，我得替你分忧解难啊。前天王丽花还说要跟我表演一个节目，她会当真吗？”

赵梦茹说：“只要她没发病，我们就一定要接她去。像她前天就表现得很好，你要准备着她会上台的。不过你前天也没有跟她排练啊，最后是怎么商量的？”

乔军说：“我说了，过几天再去她家排练。她说可以不要排了，她已经准备好了。她还说主要是她的戏，没我什么事。我觉得她后面有点乱说了。”

赵梦茹说：“我听了半天还是不明白，你反正要有心理准备。我倒是有点担心我俩现场结婚不会对王丽花带来什么刺激吧，如果她现场发病就麻烦了。”

乔军说：“你想多了，你不是说了，她只要来了，就说明她没发病吗？既然没发病就用不着担心了。前天我也没见她对我怎么着，都是被你渲染的。”

赵梦茹说：“但愿没有什么，平平安安。”

第十五章　王玉珲应诉了

THE FIFTEENTH CHAPTER

本来王玉珲是多了个心的，怕在法庭上见到乔军，两人在法庭上短兵相见总不是好事。好在乔军跟他的想法不谋而合，乔军也只是委托了律师，自己没到庭。这是此次开庭唯一让王玉珲比较轻松的。最终的结果可想而知，王玉珲的一审败诉了。王玉珲踱出法庭，他首先想到的就是上诉。这个官司不能败，不管付出多大代价，都不能败。

乔军赶到火车站，指挥着吊车从火车上把那只装着德国造的冲床的集装箱从车皮上吊了下来。看那十吨重的集装箱，就知道德国佬的冲床是个大家伙。乔军坐在运输车的驾驶室里，一路嘱咐着司机慢点开，小心呵护着后面的冲床，他当它是个不经折腾的豆腐块呢。运输车好不容易把集装箱运到玉龙公司，乔军早就让人把德国冲床的水泥底座按照图纸上的要求建好了。这可是玉龙公司最贵重的装备了，单就重量而言，它也是整个生产线上重量级的大家伙。论身材只有锅炉房里的锅炉可以与它媲美了。

厂房掀掉了小半个屋顶，大吊车稳稳地把德国佬的产品吊进了车间。接下来就是紧张地安装配套设备和调式设备。这件家伙是以以色列的一家公司的名义买的，而且以色列方面保证了不得转卖第三方。所有的资料都是英文和德文版的，厂家也不可能来人现场指导。只能靠玉龙公司自己的力量完成安装了。

站在一旁的廖行长，这次是他的银行贷的款。他有点怀疑地问一旁的王玉珲说："行不行啊？"

王玉珲说："为什么要通过以色列买回来，就是因为人家不愿意卖给我们。为什么不愿意卖给我们，因为我们的模仿力太强。所以连老外都知道我们可以照葫芦画瓢给它分解了再造，既然中国人可以再造，难道我们就安装不了。廖行长，说到这里，你让我想起了通过这台机器我还可以再挣一笔钱。"

廖行长问："什么钱？"

王玉珲说："这台机器可是世界上最好的，也是这个型号第一台进入中国的。为什么我不把德国佬的担心变成现实呢？我要把这台机器的图纸和参数都卖了，把模仿权卖给重型机器厂，我看还可以竞标呢。我们费了那么多心血，不能白花啊。"

廖行长摇着头说："从来没听说过，模仿权还可以卖。真有你的，董事长啊。不过，你能快速回收资金我肯定是很高兴的。"

王玉珲兴奋地说："就这么办，谁叫德国佬让我们花了这么大的代价。"

乔军和曾金刚带着几个技术人员，围着机器进行最后的调试。没多久机器可以运转了，但生产的样品不如国产的机器，曾金刚和技术人员都蒙了，不知道哪里出了问题。乔军说："不急，我们首先看看是我们哪里没装对，肯定有个地方出了问题。"

技术人员说："我们都是按照厂里的要求来装的。"

乔军拿着游标卡尺上下开始测起来，不一会他卡了卡冲床上的垫板的宽度，他觉得有点不太吻合。他说："这个地方是按照什么数据来安装的？"

技术人员说："是对照机器包装箱上的数据定的位。"

乔军看了看包装箱上的数据，发现是与垫板的宽度相吻合的。他觉得这有点奇怪，按说这样的数据是不对的。于是他让找出安装手册来，让技术员把安装手册上的相关数据调出来。果然手册上的数据跟乔军的判断是一致的。这时乔军有点纳闷了，他说："这就奇怪了，为什么机器外表上的数据会与安装手册上的不一致呢？"

一直守着现场的王玉珲此时讲话了，他说："没什么奇怪的，这是德国佬设的套。他怕人家模仿他的设备，故意把机器上的数据搞错。估计只有按照安装手册装，才不会出错。如果按照设备外表的数据安装产品就会不达标。"

乔军说："他们不怕投诉啊。"

王玉珲说："他们肯定强调了设备安装请严格按照说明书执行。德国人不会让你钻这样的空子的。"

设备终于运转正常了，流水线欢快地歌唱起来，充电电池在流水线上一个接一个地成型装箱。王玉珲、乔军、曾金刚站在流水线上开心地笑了起来。王玉珲对乔军和曾金刚说了一句："我今天要去趟法院，要对付一个官司，你们先忙。"

曾金刚问："谁起诉的？"

王玉珲说："我还不知道，只是接到法院电话，去了就知道了。"

乔军在一旁说了话："我起诉的，就为上次我给股东会的提案。"

王玉珲看了看乔军，他一时想不到合适的话，他又看了看曾金刚才说："那我先看过你的诉状再说。"王玉珲说完就走了。

曾金刚对乔军说："我还以为这件事告一段落了，没想到你真告到法院去了。还可以好好商量吗？俗话说家丑不可外扬。"

乔军说："告到法院就是为了好好商量。现在的关键是家丑连我们股东都不知道，你就知道玉龙公司有家丑吗？说不定什么都没有，说出去自然就没有什么大不了的。再说告到法院就是为了和平公正地解决这个矛盾，这没有什么啊。难道非得我们内部吵个你死我活、大动干戈不成？实际上内部解决，只会激化股东之间的矛盾。法院就是一个最公正的朋友，他会公正地解决我们之间的矛盾。你难道还认为我们股东内部不依靠外部力量还有能力解决好我们的争端吗？"

曾金刚说："我认为内部还有协调的可能，可以开诚布公地再谈一谈。"

乔军说："我们股东的股份构成已经培养了绝对控股方一言堂的表决方式，你看平常什么大小事只要董事长想否定，那就会百分之百的否定；如果董事长想通过，那就一定会过。久而久之，董事长已经听不进不同意见了。像我这样的意见确实是公司章程都约定过的，只需要执行就行。他也接受不了，我想他不可能执行。请法院来公断既不伤和气，又会有公平的保证。"

王玉珲到了法院，签了字。领了乔军的起诉状、证据以及法院的开庭通知和开庭说明。王玉珲最不习惯的就是阅读文件，他只要在办公室看到超过一页的文案资料就会习惯性地往桌子旁边一放。为此王晓在公司里制定了一项行文制度，所有报批文件都不能超过一页。这条制度的实行，让那些刚来玉龙公司的大学生郁闷了一阵子，他们最善于妙笔生花的机会被断送了。但是公司的纸张和墨盒的费用却马上大幅度降低，文员们的效率提高了，各级主管的工作量减少了。大家阅读的习惯被彻底改变了，都不愿意看那些稍厚一点的文件资料了。王玉珲粗略地看了一眼举证的日子，他觉得还有两三天时间。先不急，得找个不认识乔军的律师先看看案卷，看看怎么应对。

王玉珲打电话让王晓找一个以前没有跟玉龙公司合作过的律师事务所。王晓接到电话没有立即物色律师。她觉得玉龙公司本来就有雾水市最好的法律顾问，如果董事长不愿意找自己的法律顾问，肯定事情有些蹊跷。她直接走到曾金刚办公室，曾金刚看样子也是刚从流水线上下来的，正在洗手。王晓马上拿起洗手液罐子，把洗手液挤在曾金刚的手上。

曾金刚一边洗着手，一边问着王晓说："怎么，有事啊？"

王晓说："王玉珲有官司了？"

曾金刚说："也算是吧，乔军起诉了他。"

王晓有点兴奋地说："就是因为股东权益的事吧？"

曾金刚说:“就是股东的管理权。”

王晓得意地说:“我说了只有乔军才有可能把这件事情搞到底吧。”

王玉珲跟王晓请来的律师在一家茶楼里聊起了乔军的起诉案。律师已经把所有的案卷都看了一遍,他把案卷合上。问了王玉珲几个公司管理上的问题,然后他对王玉珲说:“这个案子胜算不大。”

王玉珲也直截了当地说:“你不会是为了谈价,先给我强调难度吧。”

律师说:“董事长看来是跟律师打过不少交道的,我不是你理解的意思,我说的是实话。你让不让我来打,没有关系。我只是提醒你,这个案子要引起重视。还是那句话,胜算不大。”

王玉珲笑了起来,他是为这个律师的坦诚,他说:“这个案子如果我愿意多花钱,能不能扳回来?”

律师说:“我懂得你的意思,你是想影响法官。董事长,我们可以先讨论一下,如果你是法官,不管你基于什么目的,你真想帮帮原告或者被告,你肯定会分析这一方的证据能不能站得住,或者说基本站得住。这样你就会得出自己做这件事情的风险系数会有多大,会不会最后弄得一方还要上诉,要帮的一方又不满意。说不定还会搞得自己脱制服。如果是这样,你肯定就不会干。”

王玉珲显然有些不高兴了,他认为这个世界只要出钱,除了流逝的时间买不回,其他什么都应该可以搞定。他最不愿意听的就是自己已经愿意出钱了,对方还在啰嗦。王玉珲就说:“这个案子并不大,原告只要了一分钱的象征性赔偿。可以看出对方的诉求并不是很苛求。我认为花点钱应该可以摆平的。”

律师拿起起诉状说:“原告的第一条诉讼请求是判令被告恢复原告的股东权益,包括对公司财务的管理权和知情权。原告的第二条诉讼请求才是要求一分钱的象征性赔偿。看上去原告的诉求不刚性,但是这种貌似不苛刻的诉讼请求最容易引起法官的自由心证。给法官的暗示是原告不是为了钱,是为了一种权益。”

王玉珲问:“自由心证是什么意思?”

律师说:“是法官内心里同情甚至支持一方证据和观点的心理活动,对最后的判决会起到重要作用。”

王玉珲说:“那你的意思是花钱也搞不定,也改变不了法官的态度。”

律师说:“这个法官,客观地说,我不认识。我不了解他的习性。”

王玉珲说:“我不怕请要钱的律师,我不想请打不赢官司的律师。”

律师无奈地说："我确实不敢给你保证可以胜诉。"

王玉珲说："那我再考虑一下，就谢谢你了。"王玉珲目的很明确，他虽然不懂法。但是他可以以请律师的名义把案子做个基本评估，这样他大概就知道自己的案子有几成胜算把握。

曾金刚今天一上班就接到了孙红梅的电话，孙红梅在电话里像打机关枪一样地说了一大通："按照同学聚会的流程安排，他们必须挖地三尺把老同学都联系上。经过他们不懈的努力，他们已经把所有的老同学都联系到了。因为很多同学长时间不接触，现在联系后才发现同学中什么人都有，也不乏牛鬼蛇神的。有些同学生活变得比较困顿，还有些同学吸毒骗钱的。有一个叫刘平的，现在拿到了大家的联系方式，到处借钱，我打电话就是为了提醒你。"

曾金刚有点着急地说："那你还得通知王玉珲和乔军啊。"

孙红梅笑着说："我跟王晓说了，夫人告诉我只要跟你强调一下就行了，其他就用不着通知了。你夫人是怕你被欺负。"孙红梅接着大笑起来。

曾金刚真有点郁闷。王晓真是的，还在同学那里埋汰自己，家丑不可外传啊。凭什么就要重点关照我，难道人家就只找我，不找王玉珲和乔军啊。

正说着，座机响了，是传达室来的电话，说有人要找曾总。曾金刚就问是谁找，电话就换成了另一个陌生的声音："曾总啊，老同学！是我啊。"

曾金刚根本还没听出对方是谁，但是对方热情高涨的声音容不得曾金刚片刻的犹豫，曾金刚连忙像个老朋友似的打着招呼："是你这小子啊。快进来！快进来！"

一会儿办公室的门被推开了，一张似曾相识的脸伸了进来。曾金刚一眼就认出这张脸是自己曾经的老同学。只是这张脸因为主人年龄的变化，下颚已经变得宽大，脸上的赘肉也开始有些多了。曾金刚觉得对方的名字已经快要从嘴里蹦出来了。但就只差那么一点，可惜还是没有冲口而出。曾金刚不好意思再去问对方姓甚名谁，只是热情地斟茶让座。

对方倒是对曾金刚的情况非常地了解，王晓的近况，孩子的成绩，曾金刚的双亲大人，一路问来。曾金刚一一回答，他也只有回答的份了。曾金刚只是在想同学聚会前，有必要对同学的近况进行一次深入地了解，再不能这样被动了。对方问完曾金刚的情况，又开始谈及乔军和王玉珲的情况，曾金刚只是对对方不是太精确的情况进行一些纠正。从对方的嘴里可以了解到他对刘旭和赵梦茹的情况也很熟悉。最开始，曾金刚还一直在做最后的努力，企图回忆出对方的名字。但最终他彻底放弃了。他开始感叹起岁月不饶人，韶光易逝。

对方跟曾金刚谈完同学的情况，好像一时想起了什么伤心的事，开始长吁短叹起来。曾金刚有点奇怪了，就问：“是不是感叹转眼间，大家都变老了？人生苦短啊。”

对方的回答却让曾金刚有些意外，他说：“我是为你们同学在各行各业干得出色感到高兴啊，我也为自己命运多舛感到悲哀。你们是在天上，我可是在地狱啊。”

曾金刚马上很关心地问：“你难道碰上什么意外了吗？”

对方说：“我从一中毕业后，安排到供销社工作。没多久供销社就解体了，我也就下岗了。老婆认为跟着我没有希望也跟人家跑了。之后就这里干段时间，那里找份工作地混到现在。我父亲早亡，剩下我一个老妈，我也没有能力为她尽孝。这些年她跟我妹妹在广州过，昨天她病逝了，后天就要火葬了。妹妹说妈妈临死前，一直念着我的名字，妈妈想见我一面。现在老娘闭上了眼，我还在这里不能去广州给她送行。”说到这儿对方已是泣不成声。

曾金刚是个极富同情心的人，他看到对方悲痛到如此程度，就安慰着说：“男儿有泪不轻弹，你不要太悲伤了，节哀顺变，人死不可以复生。有什么困难我们可以共同帮你解决，没有多大的事。如果找工作比较麻烦的话，可以到我们玉龙公司来啊。大家都是同学，会照顾你的。”

对方说：“非常感谢！以后的工作我会再来找你们的，现在关键是我不能去为我母亲送行。她活着的时候我没有能力尽孝，她要走了我都不能为她送行。这太让我伤心了，我也太无能了。”说到这儿对方又悲哭起来。

曾金刚说：“那你要是去趟广州，要多少钱？”

对方急忙说：“就是两张票钱，不过过去只能坐飞机才能赶到，回来还可以坐火车。如果曾总能帮我这一回，等我回来到玉龙公司上班后，我第一个月的工资就直接返给曾总了。”

曾金刚说：“那大概要多少钱？”

对方说：“有两千块就够了。”

曾金刚说：“我身上可能还没有那么多钱。要到我老婆那里去取一点。”

对方急忙问：“那你身上有多少？”

曾金刚说：“可能只有一千多一点。”

对方说：“曾总，你真是个好人，我一说你就马上帮我了。我也不能让好人太吃亏了，你就把你身上的钱借给我就行了。我再找别人借一点，我们同学中像曾总这样的人还是有不少的。”

曾金刚说：“那不合适吧，我还是到王晓那里去要点钱。她下一层楼就是，很快的。”说着曾金刚就站起来了，要出门去找王晓。

对方立马站起来拦着曾金刚说：“曾总啊！王晓也是个好人，我知道你去找她，她也肯定会帮我的。但是王晓究竟是女同学啊，都是大老爷们的事，我还是想留点面子。”

曾金刚一听醒悟过来，连忙坐了回来说：“你是死要面子活受罪啊。”

对方这时好像也轻松了许多，他说：“如果曾总有卡的话，我还是愿意跟曾总跑趟银行。”

曾金刚有点不好意思地说：“卡倒是有，只是都由王晓管着。”

对方开着玩笑说：“我们堂堂曾总也是一个妻管严啊。”两人都笑了起来。曾金刚把口袋里的钱都掏了出来塞到对方的手上，对方连忙把钱摊在桌上，一张张地数了起来。对方说：“全部是一千三百五十五块，我给你打张欠条。”

曾金刚推辞着说：“欠条就别打了，都是老同学，写着别扭。”

这次对方说什么都不依曾金刚，非得写个欠条，嘴里还说：“亲兄弟！明算账。借钱还钱，天经地义。”

对方把欠条打给了曾金刚，把钱塞进了怀里。嘴里说着：“我回来后就到公司上班，还要请曾总多多关照。”

曾金刚拍着对方的肩说：“没问题，我明天就跟其他几位老同学说一声。现在已经是吃饭时间了，我看就到我们食堂炒几个菜，我把其他几位也叫过来陪你喝上一杯吧。”

对方连忙说：“这就免了吧，曾总太客气了。我倒不是不愿意见几位老同学，我是想抓紧时间去买机票，我娘还在等我呢。”

曾金刚一听拍了拍脑袋说：“你看我真糊涂，我怎么把这么大的事都给忘了。快走！快走！来日方长。”

曾金刚把对方送到了楼道口，对方下了楼梯还在喊：“曾总，谢谢了！请回吧。”

曾金刚回到办公室门口，准备推门进去。王晓抱了一堆报纸走了上来，她递给了曾金刚一叠报纸，然后问：“曾总，刚才下去的那位是谁啊？看上去好面熟的。”王晓在公司里从来不喊曾金刚名字的。

曾金刚被王晓一下问住了，他到现在为止还不知道对方的名字。他想起对方留给自己的欠条，他连忙掏出口袋里的欠条。他费劲地辨认着：“好像是刘什么，刘军吧？

不是不是，是刘友，也不像。应该是刘车。”

王晓说：“是刘平吧？”

曾金刚笑了，他表扬着王晓说：“恭喜你，答对了。”

王晓生气地问：“上午孙红梅给你来过电话吗？”

曾金刚回答：“来过啊。”

“她让你当心谁啊？”王晓问着。

曾金刚恍然大悟地说：“我的妈呀，她说的就是刘平这个名字啊。”

王玉珲快下班时接到了父亲的电话，前王县长让他回家吃顿饭，有事要商量。下了班，王玉珲开着自己的宝马车回了家。家里的保姆正在做饭，前王县长看上去憔悴了许多，但是脸色还可以，红红的。王玉珲看着前王县长心里隐隐发痛，按照医生的诊断，他一直觉得前王县长这个时候应该是被癌细胞折磨得痛不欲生了。但是前王县长好像从没有病痛的感觉，要命的是王玉珲又不敢主动问。王玉珲甚至都开始怀疑医生的诊断了，奇迹真有可能降临到前王县长的身上了。

王玉珲想问问前王县长的身体近况，于是他装作漫不经心地问：“你这段时间好像瘦了些，身体是不是有些不舒服啊？”

前王县长说：“没有啊，按照你的吩咐，请了个保姆。她的菜做得很好，很合我的口味。我觉得每天胃口都好得很。”

王玉珲说：“我觉得你看上去有点憔悴，是不是身体哪里不舒服？要不要请个医生看看？”王玉珲不死心地问道。

“不用了，可能是昨天我睡得太晚，人有些疲倦，今天早点睡就好了。这次找你来，是想跟你说一声，我想去外面旅游，四处看一看。”前王县长说。

王玉珲有点惊讶地问：“你是准备到哪些地方去看一看？”

前王县长说：“你说呢？我还有哪里没去过？”

王玉珲笑着说：“西藏，你一直想到那儿去看一看。”

前王县长高兴地说：“知我者，儿子也。”

王玉珲担心地说：“但是你这个年纪上青藏高原，可能会有点问题。即使是年轻人上去都很吃力，要不再换个地方？”

前王县长说：“就不换了，我自己知道我的身体能行不能行。再说我是准备坐火车上去的，让自己的身体有个慢慢适应的过程。”

王玉珲说：“那我把工作安排一下，我陪你上去。”

前王县长说："你事多，就不用管我了。你把你厂里的事忙好就行了。"

王玉珲说："你一个人敢上西藏？"

前王县长说："小葛陪我去，有她照顾，你就不用担心了。"保姆就是小葛，王玉珲上次来的时候就见过了，她是何疆民给找的。何疆民很了解前王县长的爱好，前王县长就爱这一口。王玉珲也见过不少的小姐，他也是用这样的眼光来看小葛的。第一次见小葛时，他就知道这小葛是干什么出身的。粉黛没有褪去，文过眉的眼睛，磨过颧骨的脸颊，隆过鼻梁的鼻子，还有那过惯夜生活的黑眼圈，都能让王玉珲一眼就能看出这是一个混迹过欢场的女人。但他不管小葛以前是干什么的，只要能让前王县长在他最后的时光里有个他不讨厌的伴侣，王玉珲就什么都认了。再说何疆民找来的人，他也用不着去担心还会干些谋财害命之类的事来。

王玉珲一听，是要跟小葛一起去，他就知道自己再说别的都是废话了。他说："那你多带些钱吧，我给你卡上多打些钱。"小葛这时把菜端上了桌，小葛看王玉珲的眼神有些怯怯的。她从一开始就害怕看王玉珲的眼睛，她总觉得王玉珲不喜欢自己。

前王县长好像明白小葛的心思似的，他轻声地对王玉珲说了句："你跟她打个招呼吧，她怕你。"

王玉珲就对小葛说："小葛啊，前王县长跟我说你的菜做得好极了，今天我得好好尝尝你的手艺啊，你辛苦了。"

小葛说："不辛苦！老王喜欢我做的口味。"

王玉珲一听小葛称自己的父亲为老王，口里的菜差点吐了出来。前王县长连忙解释说："我让她叫老王的，这样自然些。"

王玉珲知道这前王县长正沉浸在温柔乡里，也难得他在这么个年纪才找到自己的柔情。王玉珲心想还是这何疆民干了件大好事，说不定前王县长返老还童了，爱情的力量已经战胜了癌细胞。想到这儿王玉珲胃口大开，大口吃起菜来。前王县长在一旁兴奋地说："小葛做的菜好吃吧？"

王玉珲连声说着："好吃！好吃！"前王县长给小葛送着得意的眼色，王玉珲只装着什么都没看到。王玉珲一看大家都在看着自己一个人吃饭，就说："怎么成了我一个人吃饭表演了，来，小葛坐下来，你也吃啊。大家都吃。"前王县长幸福地接过小葛递过来的盛满饭的碗。王玉珲猛然回忆起很小的时候看到过父亲从母亲手里接过饭碗就是这种怡然自得的神态，不同的是现在的父亲已经是双鬓花白。

正在王玉珲沉思的时候，前王县长用胳膊碰了碰王玉珲说："董事长又在想什么大事？吃饭都走神。”

王玉珲说：“我在想给你卡上打多少钱呢。”

前王县长急忙说：“我开始还忘记说了，钱我都够了。你平常给我的钱我用不完，这次我也潇洒一次，你放心，我绝不省钱。你什么钱都不要给了，我真没有钱，会找你要的。我只有一个条件，让我好好地玩一次。你不要给我打电话，只要我不找你，你就不要给我来电话了。”

王玉珲知道这前王县长是怕自己打扰他们的二人世界，先把我这条尾巴掐断。王玉珲想到这儿就爽快地答应说：“没问题，我不给你们去电话。但是我也有个条件，毕竟你年纪大了，这次去西藏，只要你身体有个风吹草动，小葛就要立即给我来电话。你们能答应吗？”

小葛看了看前王县长，欲言又止。前王县长连忙按住小葛的肩膀说：“没问题，只要我有意外，小葛会告诉你的。明天我们就要出发，今天也算你给我们饯行。”

王玉珲有点惊讶地问：“走得这么急啊？东西都准备好了吗？”

小葛终于说话了：“都准备好了，连氧气袋我们都在医院买好了。”

王玉珲说：“那我真要给你们饯行了。那得喝点酒啊，没有酒怎么叫饯行。”

前王县长说：“小葛，去拿瓶酒来。我跟我们董事长好好喝上一杯。”

酒倒了满满两杯。前王县长说：“小葛你也做个陪吧。”小葛也斟了一杯。王玉珲端起酒杯跟父亲的杯子轻轻地碰了一下，王玉珲刚想说祝酒词。前王县长打断了他的话，前王县长说：“别再喊我前王县长了！”

王玉珲被这么一打断，竟然不会说话了，他想了想说：“爸爸！为你饯行，干杯！”

前王县长被王玉珲这么一叫“爸爸”，眼圈都红了，他眼睛有些湿润，他清了清喉咙说：“干！”三人都把酒喝了下去。王玉珲在想，父亲可能是年纪大了，加上他们父子俩很多年都没有分开过。父亲这要出远门了，就变得有些伤感。特别是喝了两杯，话就更多了。父亲跟小葛快乐地说起王玉珲小时候调皮的样子，逗得小葛开心地笑了起来。父亲跟王玉珲干最后一杯酒时，显得愈发动情，他说：“儿子，你爸爸在挨整的时候就有人在批斗会上预言过，说我不仅毁了我自己，还会害我儿子一辈子。这句话我一直埋在心里，不敢对你说。在你最需要提携的时候我也没有能力给你任何帮助，留给你的是无尽的麻烦。你爸爸那个时候看着你幼小的背影就担心你抬不起头来，就怕你一辈子走不出来了。但你通过后天的努力，改变了这一切。现在爸爸可以告诉你，那句预言是屁话。你是你爸爸的骄傲。”父子俩都有些动情地喝下了最后这杯酒。

吃完饭，王玉珲要看看他们的行装。王玉珲一看他们弄了三四个大小包包就说：“你们这哪像出去旅游的，我看倒像是出外打工的。我车上还有个大登山包，新的，还没用过。”王玉珲不等他们发表意见，就到自己车上拿来登山包，把他们那几个小包全部都放进了大包里，他又告诉小葛怎么使用登山包。

小葛背了背包。王玉珲的父亲连忙让小葛放下来，他只说：“太重了，别把人给压坏了。”

小葛说：“没事的，这样背着还省力。我小时候，我老家也是用背篓背东西的，我习惯了。”

王玉珲宽慰着父亲说：“走不了几步，最多只是从这台旅游车挪到那台旅游车上去。”

这两天事多，王玉珲把区法院乔军的那个官司也给忘了。首先是忘了提交证据，这证据过了时间再交，法院就不接收了。这让王玉珲感到有些意外，以前创业初期，他也经常作为被告来法院打官司。那个时候，好像都没有这么正规，很多事都是拖拖就过去了。他本来几个官司都是应该输的，到最后要不就是反过来赢了，要不就是对方赢了官司输了钱，反正对方很难执行到位。而这次王玉珲就有新的感觉，法院好像比以前规范了许多。他自己还是带着老观念来打这场官司，看样子是要输了。他已经准备放弃一审了，他知道即使自己有回天之力，这个案子走到这一步也没有什么救了。看来这个案子也该得王玉珲输，首先是他忘了提交证据，接着阴差阳错地开庭那天他搞错了时间。加上这次律师一直没有请好，最后是法官打电话给他，他才赶到法院的。

本来王玉珲是多了个心的，怕在法庭上见到乔军，两人在法庭上短兵相见总不是好事。好在乔军跟他的想法不谋而合，乔军也只是委托了律师，自己没到庭。这是此次开庭唯一让王玉珲比较轻松的。最终的结果可想而知，王玉珲的一审败诉了。王玉珲踱出法庭，他首先想到的就是上诉。这个官司不能败，不管付出多大代价，都不能败。这是前几天他跟张灿讨论的结果，他跟张灿在感情和生活上都不能讨论和交流，张灿太霸道了，有时候就是蛮不讲理。但只要是事业和公司方面的问题，张灿却表现得非常的清醒和认真。有时候讨论一些新项目和公司的新举措，倒成了他们夫妻俩寻求共同语言、感情交流的契机了。

第十六章　王玉珲给老同学的四十万

THE SIXTEENTH CHAPTER

余额出来了，那上面显示的数字是一个四，后面接了七八个零。看得彭洋心惊肉跳的，他数了好几遍，最后肯定是七个零，只是后面两个零用小数点隔了一下，他本来就对那个小数点后面的数字没有什么概念。加上那么多个零，他真的有些糊涂了。但是他掰着指头算了算，得出卡内金额的两种答案，要么就是四十万，要么就是四千万。他觉得应该是四十万，这个数字更加真实些。他心里顿时对王玉珲充满了感激。

王玉珲知道上诉案子已经到了彭洋的中院了，如果此番得到彭洋的支持，那就什么都能搞定。问题原告是乔军，他跟彭洋也熟。彭洋不知道会认谁。不过，王玉珲知道彭洋正在为当上这个中院院长苦恼，要是能帮他把这件事情办好了，估计他会鼎力相助的。王玉珲心想他没有办法找到组织部门帮彭洋这个忙，更没办法找到市里的一把手。如果要认识他们，他会毫不犹豫地砸上几十万，帮彭洋这个忙。可能在这个问题上，他只能出钱了，要彭洋自己出力。他只能给上彭洋一笔钱，关键是这个钱以什么借口来送给他呢?

说来也巧，孙红梅发来了短信，通知大家参加彭洋父亲的追悼会。这让王玉珲吃了一惊，心想这不是上天给自己的一个机会吗？彭洋的爸爸可不是自己咒死的。只怪这孙红梅小喇叭瞎说，不过这么大的事哪能是小喇叭虚构的，肯定是彭洋自己发布的。反正是红白喜事都要从她那个喇叭里放出来，等前王县长百年之后还不是要请小喇叭来广播。想到这儿，王玉珲又开始为他父亲担心起来。前王县长和小葛也走了好几天了，但他们连个电话都没有。王玉珲几次都想给他们拨个电话，又想到自己与父亲的约定。他转而一想不来电话肯定就是好事，说明前王县长平平安安啊，说不定他现在正在欢度蜜月呢。想到这儿，王玉珲不禁笑了。

既然有了送钱的机会，王玉珲就没打算放过，他想这个官司在旁人看来是一钱不值，股东权益、一分钱赔偿金。可是对于自己来说，那就是公司的权利，那就是自己的命运。它太重要了，王玉珲认为花再多钱都值得。他准备一张卡，打进四十万。追悼会把卡送给彭洋就妥当了，又不显山露水。王玉珲不禁为自己的如意算盘沾沾自喜起来。

这家里死掉一个亲人，从感情上来说就是天大的事了。从处理死者的后事来看更是一起折磨人的活，活人都要折腾死。彭洋父亲在医院亡故后，他就把父亲的遗体拖到了火葬场。虽然丧事从简，但告别仪式总是要搞的，来的亲戚朋友好歹也得搞顿饭吃，这些事情都需要人张罗。彭洋也没什么亲戚，帮这种忙的还不好是单位同事，同学与儿时伙伴就是最佳人选。

人一多，就好办事。一会儿中西乐队就来了，跟着厨师和服务员也来了，再一会儿放炮的拖着专业放礼花弹的花炮车也来了。还有扎彩楼的、放气球的、做充气门的都来了。彭洋在现场只需要干一件事那就是披麻戴孝。一身缠着白布的彭洋不管是谁来给父亲上香的，都要以叩头大礼谢之。彭洋一边叩头一边在想周致平老师的穆斯林葬礼还是好，简约、不折腾人啊。彭洋本来就是一个高度近视眼，一走神，就看花了眼。有几次逢上清洁工上来搞卫生，他也五体着地地行了大礼。刘旭上来就提醒他："保持体力，看清来的是谁你再拜不迟啊，晚上你还有持久战呢。"

彭洋为难地说："能不能快点！"

刘旭说："这是你自己的老子，谁让你是独子，这也不能代的。"

彭洋说："要不流程缩短些？"

刘旭说："零点焚烧是最短的，我已经打点过了，你老子是明天第一个烧的。这样炉膛也干净，守灵的时间也花得最短。人家排在后面火化的，守灵不都要守到那个时候啊。"

彭洋摇了摇头，心想这中国人太有创意了，连烧个死人都有办法排个顺序让你乖乖行贿。正想着，他的肩头被人按了一下，他回头一看，是刘旭在按他的肩头。他问："什么事？"

刘旭用嘴往前面示意了一下说："跪啊！"

彭洋连忙跪了下去，对前面磕了三个头。待彭洋站起来时才发现是王玉珲来上香了，王玉珲和自己是同龄人，根据习俗他也是要给死者磕头的。王玉珲先跪在死者的亡灵前的棉垫上对着遗体磕了三个头。这磕头是讲究对拜的，彭洋见自己磕早了头，又跟着王玉珲的节奏重新磕了三回头。然后王玉珲点燃三根香，他手执着香又鞠了三个躬，再把三炷香插进了香炉。王玉珲走到彭洋的面前说了几句节哀顺变、保重身体一类的话，再往对方的衣袋里放进一个红包就算精神和物质的双向关怀都到位了。王玉珲今天送的是一个卡，他用署了自己名字的信封装的。这时的慰问仪式就算结束了。当然送红包还是有些讲究的，送的金额一般会参照对方上次送给自己红白喜事的金额。

如果是第一次送，就由自己根据当事人的亲疏来确定金额的多寡。而收钱的也有讲究，一般市井人家，则是来者不拒，多多益善。如果是政府官员，要么就让不在政府里当差的做那收钱的人。像彭洋这样一个独子的就不好藏着掖着，只好一概不要。但还是免不了像王玉珲这样关系密切的发小趁虚而入。彭洋可没在雾水市的红白喜事上少花过银子。但是因为身份问题，这钱他是永远收不回的。

王玉珲肃然做完仪式，算是礼数到了。他大呼小叫地兴奋地加入到灵堂里早已摆下的十几桌麻将堆里去了。雾水市的人都知道这样的场合作为发小仅仅只有精神和物质上的关怀还不够，一般礼数完了还不能马上走。还得捧捧人场，帮着撑撑场面，守守夜，也算陪逝去的人最后一程了。而且这场面还要讲究热闹，不能让躺在灵柩里的人感到冷清。所以这时的中西乐队就要什么歌欢快就唱什么，什么热闹就要奏什么曲调。于是《喜洋洋》《步步高》《万马奔腾》《好日子》《爱你一万年》都可以登这肃穆之堂。这些曲调都是由中西乐队的随队歌手来现场演唱的，唱得还有板有眼。到了下半夜，麻将桌上哪位亲戚朋友一时心血来潮也可以上去吼几句。倒是那不着调鬼哭狼嚎的声音有了点吊丧的感觉了。

陪衬场面还算简单，只要你来之前把觉睡足就行。然后就可以在牌桌上大呼小叫，一点儿不必拘礼，越热闹越好。而且你玩得越晚越好，主人越高兴。你不用担心晚上肚子饿，牌桌上有零食伺候。到了零点，还会有夜宵慰劳。

来宾敬过香就可以一边玩去了，还没有消停的是主人。也不是他不愿意消停，是专门请来的司仪不让他消停。也不是司仪不愿消停，是付给他的那些钱不让他消停。司仪消停了，好听的话就说这司仪太不专业了，人家上回请的司仪可是搞了一晚上不重样的。难听的话就说这个司仪太懒了，刚开场就冷了下来。这不，司仪就没有敢停歇的，司仪也不能拿这些来宾来配合啊，那还是得有劳出钱的主人家辛苦了。于是越会折腾主人的司仪就是越勤快越专业的司仪了。彭洋今天可碰上一个专业而且勤快的司仪。尽管这个司仪丑陋无比，就像地狱来的小鬼。但这个小鬼那是一个程序都没有少，连彭洋这个专攻程序正义的大法官都不能不折服。他一边麻木地走着程序，一边在想这位司仪真正是入错了行。如果当初他学的是法律，这位仁兄在程序法方面的造诣不可限量。

彭洋对这位司仪的程序是步步执行到位了，他也没有什么意见，反正这一辈子没有几次。不过他有看法的是这位仁兄想休息时就打发他去给老爹烧纸钱，说是怕他父亲在阴间没有钱用。这还不算什么，不知道是嫌刘旭谈好的价太低，还是别的什么原因，该名司仪总是不定时地拿一面铜锣出来，放置在灵柩上。让彭洋围着灵柩转圈子。每转一圈，就让彭洋往里面掷一枚一元硬币。彭洋对刘旭说：“我一次放上一张百元大钞不就省事了吗？给他拿去。”

刘旭说：“那可不行，人家可不是多赚你几块硬币。人家要的是你对长辈的一片孝心，要尽忠尽孝。”

彭洋说：“那钢镚他拿不拿去？”

刘旭说：“他当然要拿去，难道你还能把那钱送到阴间地府去，他得帮你送去。”于是，司仪敲一下锣，彭洋就得围着灵柩转上一圈，然后向那铜锣里扔进一枚钢镚。“当”那单调的声音加剧了彭洋的疲劳感。此时的彭洋已经成了摆设，不管是再怎么精明的人在丧事司仪的面前都失去了影响力。因为此时司仪的手上有一副尽孝的王牌，没有人可以在这副王牌面前发出任何异样的声音，哪怕这个司仪是位从来没有受过教育的文盲。

刘旭倒是适应这样的场面，他吃的这碗文化公司设计的饭，往大的做，可以做些品牌推广，大型晚会，往小的干也可以干些红白喜事。反正他客户名单里既有京城里大歌星经纪人的电话，也有雾水市当地的红白喜事小型乐队的联系号码。平日里，他接活是跟甲方做个预算，谈好一个总价，然后由他去张罗，他知道各个单项的最低价。他把各方面的钱付清，剩下的余款就是自己的利润了。今天彭洋是一揽子都交给他，由他去支配。这让他心里有点过意不去，精确地说有点让他左右不是，他更习惯给个总价让他承包，挣多挣少都是自己的事。彭洋现在这样，倒让他觉得这个钱不管挣多少都好像在吃回扣了。他是靠这个吃饭的，他不挣钱吃什么。如果说是彭洋这样的同学关系不应该挣钱，那他现在主要的业务都是靠熟人，若熟人的钱不能挣，那他就饭都没得吃了。这天王老子的钱也要挣才是硬道理，只不过像彭洋这样的至爱亲朋要少挣些。他想这个利润要控制在百分之十才对，因为其他的同类服务他都要挣到百分之三十左右。

这样想来，他内心得到了平衡，好似有了挣彭洋钱的理由。于是他严格地按照百分之九的额度挣着利润，他从上衣口袋里掏出彭洋给他的费用对外付钱的时候，同时按照比例把百分之九的利润放进自己的裤口袋里。他还在裤口袋里放了一大堆零钱，很精确地给上衣口袋里找着零。他认为只有这样才能既对得起彭洋，又对得起自己的孩子。他就是这样一分钱不差地履行着公道人的职责的。

快到零点了，有些牌桌上的人已经走了。只有零星几张牌桌上还有些音量已经高不起来的铁杆在支撑着，守着最后的几张牌桌，维系着灵堂的人气。乐队偶尔还弄出点声响，在这黑寂的夜空里飘荡着。彭洋看样子有点支撑不住了，刘旭、王玉珲、何疆民一些同学在帮他烧着成堆的纸钱。王玉珲跟刘旭说："这么多钱彭洋爸哪用得完啊？"

刘旭说："物价这么贵，阴间里也在到处涨价。"

何疆民说："这人活着为钱所累，到了阴间还得为钱操心，这阴阳两界都只能做金钱的奴隶了。"

王玉珲对刘旭说："前王县长估计也快要去找我妈了，你得给我准备着。"

刘旭说："没问题，那可要大办一下。"

王玉珲说："那倒未必，前王县长是个看得开的人。"

何疆民笑着说："别的乱七八糟的东西就不要搞了，多扎几个漂亮小姐给烧了就行了。"

王玉珲一听就生气地对着何疆民说："你得给我妈留点面子吧，积点口福好不好？"说完王玉珲想起前王县长跟小葛在一起的神态来，王玉珲竟然哑然失笑起来。他一边笑还一边用拳头擂着何疆民的臂膀。刘旭被王玉珲给笑傻了，傻愣在那儿。何疆民则使劲地揉着被擂痛了的手臂。

过了几天，王玉珲估摸着彭洋已经办完丧事了，他把那张卡的密码用短信发给了彭洋。彭洋接到密码，想起了那天王玉珲塞给自己的卡来，他把王玉珲送的信封找了出来。彭洋知道雾水现在时兴送购物卡。一般作为礼品的购物卡，里面的金额估计都是小几千元左右的，但王玉珲送的是银行卡。这就让彭洋伤脑筋了，他估计王玉珲送他的不是几百元，一两千元以下他应该都会给现金的。彭洋还记得上次在餐桌上，王玉珲开过玩笑说要花钱给他买官，买他这匹黑马。对于彭洋来说，他现在确实想当这个院长，他再往上走一步，就可以到副厅级了。这个职务可是他们老家乡邻中最大的官。

他的大学同学基本上都到了副厅这个位置，还有几个已经在正厅的岗位上待了几年了。就连以前考试老是抄自己试卷，还差点没毕业的同学现在也在副厅位置上干了两年了，这位同学每逢聚会就对老同学说："我这个院长有点来历不明，像彭洋这样的早就应该是正厅两年以上了。"他好像是在为彭洋鸣冤喊屈似的，但在彭洋听来却不是滋味。中院现任院长当初调到这个位置来之前，是雾水市的老政法委副书记。因为市里一直想给他解决一个副厅。若是在雾水市提拔，副厅的位置就只有那么几个，市里的班子实在是塞不进去了。省里就在邻近的另一个市里腾出一个市政法委书记的副厅职务来。可他偏偏不愿去邻市上任，非得要求在本市解决。偏在此时，彭洋他们中院院长心肌梗死，死在岗位上，腾出了一个位置。而此时正是最高法大力推行法院系统领导干部要求专业对口配备时期，市里主要领导亲自出面做好了法院内部最有可能接班的彭洋的工作，希望他在副院长的位置上多干一届。并承诺下届期满，肯定就让彭洋接任。得到了彭洋安心工作的保证后，乡长出身的政法委副书记走马上任了。现在即将届满，那时跟彭洋谈话的市领导又平调了省里的其他部门。随着换届即将到来，彭洋不知道那个时候领导们讲的话现在的领导还认吗？

副厅级这个位置在地市里这一级是最少的，也是竞争最激烈的。彭洋现在很想找到一个人能跟市里的主要领导提醒一下关于以前对自己的承诺。现在关于任职方面的传闻太多了，每次的换届前都有这么一段谁将被任命为某某位置，谁将调离某某位置，将赴任某某职位，其空缺的职位将由谁接替，其前任又将担任某某职位的小道消息。这样的官场预言大部分都将成为茶余饭后的空头谈资，但往往最后组织部门公示的结果也不外乎这些谈资之内。这种猜中率比之高考的押题率那可是高多了。这可能也是组织部门对这些官场流言总是屡禁不止的症结所在。

最让彭洋受刺激的是，或者是他最不愿意听到的官场流言就是谁谁谁又在收钱了，或者是不使钱这官位是拿不到的。一说到卖官买官，彭洋就气不打一处来。他第一觉得自己没有钱。如果用钱来买官位，他就已经出局了，就没有他的戏了。彭洋并不害怕任何考核和选荐方式，他只要求公平就行。哪怕上次对自己的任命承诺都不算数，只要公平考试他没有任何看法。他就害怕人家闷声不响地都在月黑风高的夜晚把钱给送了，把事给定了。还有一点凡是跟彭洋熟一点的都知道，彭洋极想当这个院长。他大大方方地说给朋友听，也算是彭洋嘴无遮掩。这一点还是缺了点官场上的城府。

彭洋拿着王玉珲送的卡在想，这小子莫不是送我买官的钱。想到这儿，彭洋心里有点热乎乎的感觉，他又在脑海里把王玉珲的过去回忆了一遍，他觉得王玉珲肯定是干得出的。他想起了王玉珲发来了密码短信，他不妨去提款机上查查看。于是他找了台提款机，插进卡，把密码输了进去，然后点了余额查询。余额出来了，那上面显示的数字是一个四，后面接了七八个零。看得他心惊肉跳的，他数了好几遍，最后肯定是七个零，只是后面两个零用小数点隔了一下，他本来就对那个小数点后面的数字没有什么概念。加上那么多个零，他真的有些糊涂了。但是他掰着指头算了算，他得出卡内金额的两种答案，要么就是四十万，要么就是四千万。他觉得应该是四十万，这个数字更加真实些。他心里顿时对王玉珲充满了感激。他第一次拥有这么多的钱，他想这钱确实有些魔法。第一有些害怕，这么多钱能不能拥有？有什么后果？为什么拥有？第二又觉得自己平添了官场角逐的力量，他想这钱可能什么都能买到，他梦寐以求的官位不在话下了。可能还用不着花这么多钱。但是他知道只要这几十万投进了雾水的官场，这雾水的官场也就彻底地土崩瓦解了。如同一泓清水里倒进了一瓶墨汁，这泓清水就已经不是清水了，是浊水，是浑水。如果再想彻底恢复它的旧貌，只有全部倒尽这潭浑水，重新再去接天上的雨水或者是地下的泉水。依靠任何物理方式抑或化学方式都是暂时的，是不能断根的。稍微一搅和，又会遮天蔽日。

彭洋想到这儿不禁出了一身冷汗，他觉得自己怎么能成为雾水官场的终结者呢？他刚去世的父亲，官虽然做得不比自己的大，但是他身为教育局长，从来都是两袖清风。他在阴间地府也不会同意自己干这样卑贱的事情。他虽然极想当比自己父亲更大的官，但是他很清楚，即使不能做到像他父亲那样的清廉，可他也不愿干些同流合污的苟且之事。想到这儿他觉得刚才那充满魔力的卡顿时又失去了魅力。他给王玉珲拨了个电话，他要邀请他喝一次酒。王玉珲可能是晚上有应酬，他犹豫了一会儿还是答应了彭洋的邀请。

彭洋是个到时候就要吃饭的人，他有低血糖，不敢饿肚子。他看了看表，王玉珲这小子没有守时。对不起，过时不候，他要了瓶白酒，自顾自地喝了起来。彭洋的白酒喝了一多半时，王玉珲到了。王玉珲一边坐了下来，一边道着歉。说着："对不起！有个客户来了，打了个照面。"

彭洋说："你不用道歉。我酒已经喝了一大半了。我也没等你，我俩扯平了。"

王玉珲说："今天我来迟了，我买单。"

彭洋说："别以为我就那样没钱，当法官的酒钱还是有的。"

王玉珲说："我不是那个意思。我今天喉咙痛，可不可以不喝酒。"老同学都知道，彭洋虽然贪酒，但跟他喝酒的人没有压力，他不给你灌酒，你愿喝就喝，你不喝说句话就行。

彭洋说："这酒我还不够喝呢，你就饮尿（料）吧。"

王玉珲无奈地说："好好好，我饮尿（料）。"

彭洋说："老同学啊，你知道如果我这次提不上去，我自身最大的问题最有可能出在哪里？"

王玉珲故意装糊涂地说："你的问题？外面有小蜜？我真不知道。"

彭洋拿了手里的酒装着要倒向王玉珲的样子说："你不知道？我倒你一身。"

王玉珲没办法就说："你是说你爱酒这事？"

彭洋说："对！我有两大毛病，一个毛病就是好酒，另一个就是口无遮拦，这都是为官的大忌。仅凭这两条，我这官就提不上去，任何一句话都可以让我原地踏步走，不能进步。但你们都知道我确实想当官。我想当官的原因一是为了面子，想在大学同学中不显得太落后，回到家乡也可以光宗耀祖。还有一点梦想就是多负点责任可以多干点事，我觉得我的才华还没有得到充分地发挥。"彭洋说。

王玉珲就鼓励彭洋说："你如果想，就尽力去争取啊。不管通过什么办法，只看结果，这是我做生意的原则。搞了半天，生意做不成。要不就是诚意不够，要不就是能力不行。老做不成生意的业务员，我肯定是要开了他的。这确实只能看结果，不能玩虚的。"

彭洋说："当官还是跟你们做生意不是一码事。如果看成一码事的，那本身就是生意人，就不应该在官场上干了，应该进入商界。"

王玉珲说："大法官看样子在这方面还有自己的看法，愿意洗耳恭听。"

彭洋说："生意的目的是为了盈利，做官的本意是做公仆，为人民服务。你不要打我的岔，你要说的意思我明白。现在当官发财的概念是被歪曲了。我们的父辈实际上都当过领导干部，他们应该说都经过了考验。现在搞市场经济，很多人就把市场意识带进了官场，把做官和发财又连在一起了。即使在过去，当官发财在历朝历代都是法律所不允许的，都会招致法律的严惩的。如果把当官当成做生意，那就全乱了套。做生意的步骤是先得投资，然后追求回报。不投资就没有回报。如果做官也要先投资，投资完买了官就要追求最大的回报，不择手段地受贿、卖官，恶性循环，以至无穷。于是出现了借高利贷去投资买官，最后不惜牺牲自己的自由去索贿。官场投资就意味着被套牢，不管怎么小心都难免摔倒。"

王玉珲有点惊讶这个端着酒杯晃来晃去的酒醉迷糊的彭洋竟然能说出这么清醒的话来，这哪里是平常那个口无遮拦满嘴酒话的糊涂判官说出来的话，这分明是一位上党课的纪委书记。王玉珲本来认为今天与彭洋见面，彭洋会开口就说一通感谢的话，那张卡里不是放了四十万吗？难道他没看见，彭洋不是朝思暮想想扶正吗？难道他放弃了吗？这彭洋看样子是个典型的酒醉心里明。他上次吹牛，说不管怎么喝酒，案子却从没有判错过，甚至他判的案子不管原告和被告都没有上诉的。想到这儿王玉珲觉得让彭洋在乔军这个案子上帮自己的忙可能有点不靠谱了。

王玉珲说："大法官的党课没想到也上得这么好，你扶正的事有眉目了吗？"

彭洋说："我都想死了扶正，还没有眉目啊，有没有高人给我指点指点。"

王玉珲已经克制不住了，他说："我是没有能力给你指导，但我的投资是不需要挣回来的。我觉得在官场上只要投出去，不求回报，就不会出什么事。怕就怕钱花了，还想到上台要挣回来，那迟早要犯事的。"

彭洋终于把王玉珲的卡拿了出来，拍在桌上说："首先我得谢谢你这个老同学，你真让我很感动。这笔钱买个位置是绰绰有余，肯定还用不了。但是我还是怕脏了自己的手。"

王玉珲笑着说："这个钱是给你买位置的。你想要个好名声，多余的就退给我吧，你反正没拿就行了。"

彭洋说："我的手脏了是小事。这几十万砸进去，整个雾水官场就全脏了，雾水市就全完了。我们还要在这里生活，我们的后代也会在这里生活。"

王玉珲说："你真是想得太远了。"

彭洋说："不仅是我不愿意，还有人会不同意，会骂我。"

王玉珲笑着说："收钱的不同意？"

"不是！是我那在阴间里的父亲不会同意。"彭洋坚决地说。

王玉珲认真地看了看彭洋的眼睛，他想确定对方是否还清醒。王玉珲说："你小子真醉了。"

彭洋说："你不知道这个典故的来由，是那天那个司仪说的。他说家父去了阴间如果在阳世的儿子不忤父命，家父就可以去天堂，否则就会下地狱。谢谢你的卡，他妈的为什么不让我在街上捡一张。"

王玉珲摸了摸卡说："你在公务员这个位置是怎么都捡不到的。你真要退给我，不后悔？"

彭洋说："你觉得我说的是酒话吗？"

王玉珲把卡塞进了口袋里，他说："再多说，是侮辱了你。"

王玉珲知道这个酒醉心里明的法官大人看样子是帮不了自己什么忙了。他与彭洋分手后，想起那位北京的老妇人来，说不定她能帮上自己的忙。于是王玉珲从手机里调出了老妇人的电话，他毫不犹豫地把电话打了过去。老妇人自己接的电话，她听出了王玉珲的声音。王玉珲寒暄了几句，老妇人就问王玉珲："现在生意如何？"

王玉珲说："生意倒是不错，就是碰上了官司，弄得心里很烦，也没心思管理公司了。"

老妇人一听就急了："多大的事，看我这个老太婆能不能出马帮你一把。我可以帮你什么？"

王玉珲一听很高兴，就说："如果阿姨能帮我给我们市里的领导打个招呼就成了，只要我能胜诉就行了。"

老妇人说："别着急，我用笔记一下，要上诉方胜诉。对吗？好了我记下了，放下你的电话我就给你们市长打电话，我要给高科技企业保驾护航嘛。"

王玉珲一听老妇人马上就给市领导打电话，就不敢再耽搁了，连忙说："说得对，说得对。那阿姨我就不耽误你了。下次我们雾水有人来北京，我叫他们给您带点我们这儿的腊肉来。"说完王玉珲就挂了电话，心里觉得稳妥多了。

王玉珲一直追着自己的上诉状在中院的行程，他知道立案庭已经把案子分到民二厅。民事刑事的案子都归彭洋管，王玉珲终于想明白了，不能再找彭洋了。再找他会认为自己送的那四十万就是为了这个案子。不去找他，他还会想想我的为人，他会有所顾忌的。只要北京的电话传了下去，你彭洋也不需要担什么担子了。这件事他就比较好处理了，王玉珲现在只需要静候佳音。

第十七章　乔军入狱

THE SEVENTEENTH CHAPTER

“羁押他时，一定要善待他，所有的费用都由玉龙公司出，我要求给他最好的待遇。”王玉珲提出要求。

何疆民笑着说：“董事长，这可不是疗养，他毕竟还是坐牢。但有一点你大可以放心，他终归还是我们的同学，我们跟他并没有仇。他在里面出了事，你拿我是问。还有一点，你可以给他找个好律师，也算帮了他。”

赵梦茹和乔军这几天为了这台节目简直就经历了冰火两重天。一开始着急的是同学们的麻木，没有谁愿意出节目。通过做工作后，好像大家一下全部都明白了，这是个自我展示的时代，羞羞答答没有谁会认识你、了解你、重视你。于是乎大家都要争着上节目，这审查节目的赵梦茹和乔军又急了起来。大家都要上自己的节目，时间又只有那么长，怎么办？从严要求呗。审了一段时间，节目进入排练期。乔军是主持人，赵梦茹决定她跟乔军的婚礼高度保密。作为压场节目将直到最后的时候才隆重揭晓。赵梦茹为了重点演好婚庆大典，她就把自已的芭蕾排到了最前面。她给自己留出了充足的时间来穿婚纱。还有一个未定的节目就是王丽花的《红梅花儿开》，如果那天王丽花能到节目现场，她的节目就肯定要上。当然这样的好事赵梦茹不会放过杨思冲老师和小田老师，他们的曲目是男女对唱《夫妻双双把家还》。节目单排好了，各位同学就开始了排练。

孙红梅、刘旭则领着一帮老同学开始了具体的选址和采购物品。聚会分为两个地点：前期就定在火车站的雪峰宾馆，方便本地和外地的同学迎来送往和报到。这个地点在聚会的第一天和最后一天将分别举行欢迎酒会和欢送酒会。其余的六天时间则放在原校办农场三角滩对岸的山庄里，这个山庄建立在被雾水河包裹得很紧的瘦岛上。

三十年前，这里还是一座没有任何建筑的孤岛。到了二十一世纪初，这里首先被香港的一个投资集团看中，建立起大型山水旅游宾馆瘦岛山庄。接着市老干疗养院也搬迁到这里来了。市老干疗养院本来硬软件就是雾水市最好的医院，以前就是环境差些。现在好了，搬过家后，环境成了省里最好的疗养院了。上回省疗养院的院长在这里开现场会时还表示即使是省疗养院的环境也比不了雾水市院的水平。前两年市公安局看守所要从市中心搬出，市局领导认为这瘦岛安静而且易进不易出，适合做看守所，于是瘦岛的东南角就成了雾水市看守所的新地址。

应该说选择瘦岛山庄作为聚会的主场地，是非常适合的。首先从雪峰宾馆到瘦岛山庄，行程就有变化，同学聚会把旅游的概念融进来了。其次雪峰宾馆这个点又照顾了回母校参观、合影，但雪峰宾馆毕竟在城里，对于这些本地的老同学来说没有新意。而瘦岛山庄距离他们曾战斗过的校办农场一河之隔，他们也可以回到这曾让他们激情四溢战天斗地的大自然中去，这无疑又多了一个让思绪激扬的地方。这些老同学可能多次光顾过母校，但是校办农场对他们来说却是充满了吸引力的。其次在这相对封闭的地方举行聚会的系列活动，对这些每天忙忙碌碌的老同学来说是最容易放下心里和手里的事的。市里有些需要封闭的学习和会议都是挑选在瘦岛山庄举行的，来了这里再回城至少要跑上几十分钟。瘦岛山庄无疑是个让大家投入地只做一件事情的好处所。

刘旭买焰火是带了孙红梅去的，他太知道这些价格了。雾水市做焰火的就那么十几家，如果还有不认识他的，可以说是刚进入这个行当的新人。刘旭带着孙红梅到那些门面一转悠，那些门面就都知道来业务了。不管孙红梅要进哪一家，刘旭都不发表意见，他只是默默地跟了孙红梅走了进去。所有客户都知道刘总来了，应该怎么报价。他们首先报上一个价格让刘旭带来的孙红梅去还价，有时刘旭还在旁边帮着一块儿还价。但再怎么降价，老板知道还都要把刘旭的利润留出来。还了一会儿价，孙红梅对刘旭说："这个价太高了，我们再去另几家门面看看。"

刘旭说："货比三家吗？走吧。"孙红梅进了旁边一家，她又拿出女人砍价的本事来。这次还价利索多了，很快就被孙红梅降到了比上家要低的价位。但这女人天生就爱逛商店，孙红梅又在对面找了一家，进门首先把货单列出来。然后她参照了前面两家的报价，又报了个比前面价还低的价位。老板按了按计算器，又看了看孙红梅和刘旭。就摇了摇头，意思是做不了。

孙红梅就说："我们还是去第二家吧。"到了第二家，孙红梅就没再还价，只是多要了几挂鞭炮，双方就成交了。

孙红梅和刘旭出了门，又去了烟酒批发市场，两人把酒买了，就分了手。一分手，刘旭就打了个的士，直奔刚才去过的花炮市场。刘旭到了那家卖货的门面，门面老板已经把刘旭的利润准备好了。刘旭接过一大把钱，又当着老板的面点了点现金，然后才放心地离去。

乔军在办公室里接到了那天在柳城他埋下的线人络腮胡子打来的电话。他说他看到蒋健刚回到家里去了，还带了个女人。乔军忙不迭地感谢着络腮胡子，他马上把这条消息告诉了王玉珲。王玉珲当即就请了何疆民和乔军一块儿乘车直奔柳城而去。等乔军和何疆民赶到蒋健家时，已是第二天凌晨了。络腮胡子很兴奋地等着他们的来临，络腮胡子说："他还没走，回家住了。"

乔军就对何疆民说："我们去他家吧。"

何疆民老练地问："那个女的住哪？"

络腮胡子指着前面说："就是那家挂小黄旗的。"

何疆民说："我们盯那个女的。"

乔军看出络腮胡子想要奖金的眼神，乔军晃了晃手里的信封说："都在这儿，人一见到就给你。"

络腮胡子说："好！好！不着急，我带你们去。"

何疆民把人分成两组，大家可以轮流休息一会儿，值班的则盯着小旅馆的门口。清晨，乔军发现了蒋健的身影。蒋健拎着个提包，看样子是准备来旅馆喊上他的情妇离开这里的。乔军马上喊醒了何疆民，并把那只信封给了络腮胡子，他让络腮胡子离开了现场。何疆民带着乔军等人躲在宾馆的门口，没多久蒋健和一个女人走了出来。何疆民等人一拥而上，把蒋健逮了个正着。蒋健一看到鹤立鸡群的乔军，就知道是怎么回事。也没做任何反抗，俯首就擒。何疆民把那个女的也一并抓上了车。然后商务车马不停蹄地往雾水开了回去。

而此时的王玉珲算了算日子，他上诉的乔军的股权案还有几天就要开庭了。于是他打了个电话，侧面问了中院的朋友，市领导是否过问过自己的案子。对方说，领导的批示就在他桌上。市领导非常重视，责成市政法委讯问了此案。市委领导说这个案子影响很大，北京都有领导被惊动了，专门致电市委，中院一定要认真对待。王玉珲听到这里，马上心花怒放，他想这次可能有救了，案子可以扳回来了。王玉珲说："领导是不是有具体批示？能把原文给我念一下吗？"

对方在翻文件，"有两个'阅'，还有一个有完整意思的表述，我念给你听：'原告事实清楚，应予支持，典型的侵占股东权益的案子。'"对方在电话里念道。

王玉珲自言自语地说："好像搞错了边？"然后他有点愤怒地对话筒里喊道："他们应该支持上诉方而不是原告方，他们全搞错了。"王玉珲就像被当头泼了一盆冷水，全身都凉透了。他知道老妇人肯定是上诉方和原告方不分，电话打下来就成了要帮原告方了。

对方还在电话里喊："还有彭院长的批示。"

王玉珲已经知道无力回天了。他不想再听了，他把电话放了下去。他觉得玉龙公司已经摇摇欲坠了，他觉得自己快要掌控不了这家公司了，他一千次地问过自己，只要按照乔军的管理方式，玉龙公司必败无疑，而且还会带出很多旧账来，拔出萝卜带出泥，有可能自己还在劫难逃。就在他万念俱灰的时候，何疆民一脸兴奋地闯了进来。何疆民进入房间的刹那间就惊讶地发现王玉珲一扫过去的威风，竟六神无主地蜷缩在沙发上。这种情境是何疆民从没有见过的，何疆民真的还没有见过这么软弱的王玉珲，怜悯之情油然而生。

何疆民轻声地说："蒋健已经抓到了，应该损失不大。"王玉珲好像没有听见似的，他嘴里嘟哝了一句，何疆民也没听清他说什么。何疆民又关心地问了一句说："有什么事可以说说吗？看看还有没有什么办法解决？"

王玉珲这时好像才看清来者是何疆民似的，连忙说："坐！人抓到了吗？"何疆民又把开始说过的话说了一遍。王玉珲说："那好，但我现在碰上难题了。"王玉珲就把跟乔军之间的冲突说了一遍，而且特别强调即将输掉的这场官司带来的不可预计的后果。

何疆民说："我去跟他谈谈？应该还有回旋的余地吧？"

王玉珲苦笑着说："没有余地，了解乔军的，这个世界上没有超过我的了。他是一个绝对认死理的人，九头牛都拉不回的。"

"彭洋的态度如何？"何疆民问。

王玉珲说："先不说彭洋的态度。官司是我自己弄砸的，现在已经到了市领导的层面，远远不是彭洋能掌控的。现在说什么都晚了，一切都晚了。"

何疆民也沉默了，办公室里连墙上电子钟的秒针走动声都听得异常清晰。大约沉默了一阵，何疆民说话了，他说："我看未必就山穷水尽了，还有最后一招。"

王玉珲的眼里闪过了一丝兴奋的光芒，他急问："什么招？"

何疆民淡淡一笑说："以前我们使过的，刑事大于民事。"

王玉珲的眼里有一丝少许的犹豫，他还是问了出来："你说说具体怎么做？"

何疆民说："很容易，只要蒋健招出乔军是同伙。那就是诈骗嫌疑人，乔军就必须进去。上诉案就会无限期推后。可能目前只有这一招了，虽然阴了点，但是没有别的办法了。"

王玉珲说："蒋健是乔军的老客户了，只要有蒋健的口供，乔军犯罪的证据肯定可以推不翻的。也管不了那么多了，乔军自己犯的事，也不会有人去怪我们啊。兄弟就拜托你了。你还是拿点钱去犒劳兄弟们，还得他们帮忙。”王玉珲说完就从口袋里拿出了那张本来准备给彭洋的卡，递给了何疆民。他说：“这个你留着。”何疆民想推辞，王玉珲连忙说：“你每次帮我，都是主动自愿的。我也没有别的东西回报你，你别嫌少就行。”然后王玉珲又打开身后的保险柜拿出了十万现金递给何疆民说：“这十万慰劳你的兄弟们。”何疆民接过钱就匆匆走了，深深陷在沙发里的王玉珲回忆起乔军与自己在学生时代记忆深刻的事来，那是自己在农场出了事后，杨思冲老师为了做自己的思想工作，策划了一场巡山活动。

那晚，气温剧降，大雪纷飞，农场的气候一时变得异常的寒冷起来。大雪连下了好几天，屋檐上挂满了一根根长长的冰柱。这天早晨，杨老师早早起床就把男同学叫了起来，二楼的楼梯暴露在户外，楼梯板上结了一层厚厚的冰。何疆民就像往常一样，拿了饭碗走下楼梯。他没料到脚下会这么滑溜，他稍不留神，一屁股坐了下去。从楼梯上一级级腾了下来，饭碗叮叮当当滚出去好远。接着彭洋、曾金刚等人也是一样地滑了下来。大家屁股虽然摔痛了，但觉得十分有趣。何疆民说今天我们可以去滑冰了，大家都说好。杨老师在一边说：“大家先别急于去玩，先把屋檐上的冰柱子敲下来，以免它意外掉下来，伤了人。今天下午，我带大家巡山，看看我们农场的雪景有多漂亮，大家都带好装备，带上防滑链、滑雪板。谁想当前锋和后卫大将？”

何疆民举着手高喊：“疆民愿做前锋。”

杨老师笑着说：“疆民善变，不宜做大将，只可为副将。”何疆民脑袋一偏，叹了一声气。

杨老师看了看一旁低着头的王玉珲，又说道：“军中还有愿领兵前锋的吗？后卫大将有毛遂自荐的吗？”

彭洋和乔军都站了过来，彭洋说：“小将不才，甘为后卫。”

杨老师大声说道：“彭洋稳重勤勉憨实，可为后卫大将。刘旭为副将；乔军耿直用命，可为前锋大将。何疆民狡黠善变可为副将；我做中锋，王玉珲、曾金刚为我副将。”众将领都欣欣然领衔而去，只有王玉珲沉默不语。吃过午饭，大家就排了队，让杨老师感到惊异的是每位同学手里除了滑雪板都多了一件用木头做的三国的兵器。有吕布的方天画戟、有关羽的青龙偃月刀、有张飞的丈八蛇矛、典韦的双铁戟、许褚的火云刀、吴国大将甘宁的古锭刀、刘备的双股剑、曹操的倚天剑。

杨老师问：“防滑链呢？”

“在这！”彭洋在身后拖出一捆稻草编织的草绳子。

杨老师说：“把防滑链绑上就出发。砍刀、火柴该带上的都带上啊。”大家连忙弯下腰来，放下手里的兵器，用一截截的草绳拦腰绑起鞋来。绑完后，大家就出发了。

巡山本来是农场必须的工作程序，宣示主权。看看有无盗砍盗伐，有无森林火灾。只是在这冰天雪地里巡山就有点别致了。虽然是南方的山林，但是冰天雪地的景致一点不比北方的逊色。放眼看去，天地就只有两种颜色，视平线下的是半透明的白色世界；视平线以上的则是湛蓝的天空。松软软的雪铺满了整个山道。巡山的路线在山峦的脊梁上蜿蜒。山谷里、山坡上到处都铺满了晶莹的白雪。往日里嶙峋陡峻的峭壁峻岭，此时被软软的雪花一铺，山势变得缓和柔顺起来。就像个面目可憎的恶人变得慈眉善目。站在那绝壁上，你已经没有平日里的恐惧。你会想象：即使这么纵身一跳，掉在那雪坡上，可能也就像掉在厚厚的棉花里。肯定会被埋得很深，然后弹得很高，弹得很久。平日里形态各异的树枝上铺满了雪花后竟然有些大同小异的感觉。每一根枝条上都在同一个夜晚贪婪地接住了最多的雪花，越是粗大的枝条接到的雪花就越多。但是无论粗细，它们的手掌所接到的雪花的厚度是一样的。湛蓝纯净的天空就像是老天为了表现自己的绝对公平呈现出来的色彩。当白色成了这个世界的统一色彩时，让人感到的是纯洁无瑕。能让同学们欢呼雀跃的白雪世界肯定是真实地映衬了他们纯净的心灵。

山路平缓时，大家踏雪而行。脚下传来的是雪粒被压挤的呻吟声。大家时而兴奋的叫声压倒了雪粒的呻吟声。山路坡状时，那就是大家最快乐的时分。大家把早已准备好的滑雪板放在雪地上。滑雪板是用山间的竹子做成的，选的都是碗口粗的大竹子，裁成寸宽三尺长的竹板。前端用明火烧烤往上弯曲成型，加大滑雪板的越野性。两只脚踩在竹子的两个骨节之间。转瞬间，就像乘上了飞机，开始加速度地俯冲。风在耳边啸叫，头发被吹得直直地立了起来。脚尖还可以左右用劲地转动，调整着滑雪板俯冲的方向。

彭洋是第二个俯冲的英雄，他重重地踏上滑雪板，滑雪板立马就沉进了雪地里。杨老师和王玉珲用劲地推着彭洋的背，彭洋终于往前面迈了一步。不过只是他的脚动了，滑雪板没动。弄得大家都哄笑起来。彭洋也高声地叫了起来，旁边的景物飞快地向后略去。彭洋已经不会用脚尖调整方向了，他任由着滑雪板把他带到任何角落。可惜彭洋的心脏已经受不住越来越快的加速度了，他的呐喊声好像一下变了调。彭洋被滑雪板抛弃了，他一头扎进了雪堆里。最后的变调是他从雪堆里发出来的声音。大家快乐地拍打着手板和臀部，高兴地欢呼着彭洋的失败。

何疆民和乔军的表演倒是一气呵成，行云流水。杨老师在大家的吆喝声中，轻巧地登上了滑雪板，他协调的身体灵巧地转动着脚下的滑雪板。杨老师上身轻松地运动着，滑雪板平稳地降落到另一个山头。山头上、山谷里回响着大家的喝彩声。

杨老师今天的注意力一直放在王玉珲的身上，他知道王玉珲从偷窥事件被批斗的那一晚开始，他整个就变了一个人似的。杨老师在自己的学生时代和下放时都曾经遇到过像王玉珲一样的情况，他可以断定第一次三只母鸡谋杀案也是王玉珲所为。那是青春期的躁动让王玉珲把火柴棍插进了母鸡的屁眼里。本来当时他没有想到这和王玉珲有关系。当鸡被剖开时，他知道母鸡屁股里塞满了火柴棍，他就想到了这是男同学干的事，只是他没有办法确定是哪位男同学。而接着张灿和王晓的内衣裤被盗，他就可以由此断定班上有位男同学患有这样的青春期心理疾病。正是因为他知道这件事情的揭晓会给当事人造成心理上的伤害，所以他就把追查内衣裤的事给拖下来了。在王玉珲偷看的事被发现后，杨老师也就知道了这几起事情都是王玉珲一人所为。但是那个时候，整个社会都普遍接受不了这只是一种心理疾病的说法。这种病症的发作往往会被送交公安局当成流氓行为查处。实际上杨老师从一开始虽然不知道这是谁所为，但是他知道它的性质。他本来打算跟田老师交流交流对此事的看法，但他考虑到田老师的年龄，最终放弃了这种想法。

王玉珲出了这事，他现在在班上已经抬不起头来了。他以前也想过，这毛病迟早会弄出事来的。只是他没有预料到后果会有这么严重。他开始有点怨恨乔军，他想如果不是乔军来揭被子，也许没有人会知道的。听说自己的爸爸，也是乔军爸爸利用男女关系的问题把他搞下去的，为什么两家竟成了世仇了呢？但他转念一想，乔军爸爸的事跟乔军是没有关系的，乔军就是这样一个傻人。对你好时，不知有多贴心。但翻起脸来，也不知有多混蛋，想到这儿他对乔军还真有点恨不起来。他应该恨的是老场长，老场长实际上是打击报复，他自己什么都干过，但说起别人来，好像自己很清白似的。马列主义对别人，自己却是满肚子的男盗女娼。最让他不能忘怀的是张灿，他本以为张灿知道这件事以后可能反应会最大。但是他没有想到，张灿不但没说自己一句不是，还处处维护自己，差点搞得批斗会开不下去。他想起张灿，心里不免涌起一阵温暖，他已经感觉到张灿对自己的好来。

杨老师在等着大家从上面滑下来。杨老师已经看到王玉珲脸上露出的笑容，他往王玉珲的身旁走了几步，说：“玉珲啊！好玩吧？”

王玉珲点着头说:“我们从没有这么玩过。”

杨老师说:“主要是大自然给了我们这么一个好玩的地方，太难得了。”

王玉珲说:“既要有大自然的恩赐，也要有杨老师的想法啊，没有您的设计，我们怎么会想到以这样的方式来巡山呢?”

杨老师说:“关键是要有我们这么一个班级，没有十四班的同学在一起，我们大家也找不到这样的快乐。玉珲，你也是这个班集体的一员，如果缺少了你的快乐，这个班也会少了很多欢乐的。”

王玉珲说:“杨老师我知道你是在安慰我，是在鼓励我。但我的确是不争气，我甚至觉得我像个流氓，给我们班丢了丑，我心里其实很后悔。我讨厌我自己。”

杨老师说:“你可不是流氓，你是十四班的学生。你平日里表现并不差，对吗?怎么会突然之间变成流氓了呢?这样评价你，我觉得没有逻辑性，也就不真实，不可信了。”

王玉珲说:“那我干了那样的事，你不认为我是个流氓吗?不是流氓那又是什么?”

杨老师明白，王玉珲并不是让自己来批评他，而是想了解自己对他的真正看法，想了解他现在在杨老师的心目中已经变成什么样子了。

杨老师说:“刚才我不是说了吗，我没有认为你是个流氓。我一直认为你是我们班的学生，而且是位表现不错的学生。至于你所说的事实，我认为那不是一个正常的你做出来的，而是一个不正常的男同学在有病的情况下犯下的错误。谁都有可能得病，难道我们可以谴责病人，说他不该得这种病吗?我以前见过这种病症的，他们过了青春期就好了。但如果调整不好自己的心态，可能就会出现两种情况:一是破罐子破摔，沉湎于此，不能自拔;二是过分自责，自我诋毁，失去自信。我不希望你会任取其中一种。我希望你都要像现在这样，保持良好的心态。”

王玉珲的眼泪流了出来:“杨老师，你可能听说了我爸爸的事情了。偏偏在这个时候，我也出了这样的事，这下肯定会有人说:有其父必有其子。你说我以后怎么去见人啊?”

杨老师说:“王县长的事，县里可能会有更多的人知道，以后也保不准你还会听到这样那样的议论。但我觉得最关键的是你以后的心态问题，而不用关心谁在你身后议论了你和你父亲。”

王玉珲说:“杨老师你是一个豁达的人，感谢你对我的教诲和帮助，换一个老师，我还不知会有个什么样的下场？”

杨老师说：“你的事出得早，从另一个角度来说也是一件好事，因为你有时间来改正自己。你比你的同龄人能更早地得到苦难的体验，你只要挺过去了，可能会有更好的前途。”两人正说着话，密集的雪块自天而降。原来是何疆民使坏，摇动着两人身旁的一棵树，树上的积雪纷纷落了下来。两人大叫着赶忙离开树下，清理着脖子里冰凉的积雪。

前面的雪地里出现了一只出来觅食的灰色兔子，它蹑手蹑脚地在雪地里蹦跳着。王玉珲准备追赶。杨老师说：“我们这么追上去，是追不着的。前面是山坡，兔子前腿短后腿长。它上坡速度快，下坡太快就会翻跟头。我们要倒过来追，从上往下追。你们几个人包抄过去。”

刘旭、乔军、何疆民等人就从两面迂回过去。等几个人居高临下地站稳了位置，就在雪地里开始了一场追兔比赛。只见那只兔子弹跳着，开始一蹦老高。但正如杨老师说的，下坡时兔子开始站不稳了。兔子在雪地里打起滚来，大家一拥而上。开始几次兔子都从人缝里钻了出来。乔军的手已经抓到兔子的耳朵了，还是让它挣脱了。几番较量，大家最终气喘吁吁地逮住了滚热的兔子。大家都跑累了，躺在雪地里望着蓝蓝的天空兴奋地大笑着。

杨老师说：“今天晚上我们又可以打牙祭了。这只兔子不能带着走，得马上送回去。谁去？”看样子大家都在兴头上，竟然没有一个人愿意报名的。杨老师说：“大家都舍不得啊，但这只兔子是只活的，打死了又可惜。带着走吗，又有逃掉的危险。还是要有同学先送回去啊。”

王玉珲站了起来说：“那我去送吧。”

杨老师说：“要两个人结伴去。”

乔军说：“那我陪玉珲去。”

乔军和王玉珲把兔子送回了场部，他俩一看时间还早，于是决定再去追赶巡山的队伍。俩人又踏着厚厚的积雪返了回去。追了半天，还是没看见大部队。正好前面一段是个大斜坡。乔军说：“我们滑下去。”乔军就踩着滑雪板冲了下去。王玉珲也跟了上去。乔军在前面猛地摔在地上，王玉珲连忙踩着积雪奔了过去。乔军在下滑的过程中，撞到了一棵树墩。只见他抱着脚在痛苦地呻吟。王玉珲挽起了乔军的裤腿，只见乔军的小腿骨头已经断了，骨头把皮层都挑了起来。乔军说：“我知道怎么复位，你按我的办法办。”按照乔军的指挥，王玉珲用双手把乔军的骨头复位了，然后用砍断的滑雪板改做了两块夹板，左右两面把骨头断裂处夹了起来。然后用鞋带把夹板和小腿绑在一起。

收拾停当，王玉珲说："现在只有送你去医院了。"

乔军苦笑着说："不行的，我这么大的个子，你哪背得动，上次买菜，你都挑不动。"

王玉珲说："有什么不可以，再说也没有什么别的办法了，我们也不知道他们走到哪了？要是返回农场，男同学都不在，你也下不了山。我知道这有一条比较近的路，只要把你背到山脚下有板车的地方就好了。我们即使慢一点，也还是可以到医院的，再说下山比上山还是容易些。"于是在王玉珲的搀扶下，乔军站了起来。乔军虽然是另一只腿用力，但还是痛得他又一屁股坐在了雪地里。

王玉珲说："你不能用力，我蹲下来，你移到我背上，我再想办法站起来。"于是王玉珲匍匐在乔军的身旁。乔军艰难地把自己的身体挪到了王玉珲的背上。在乔军身下，王玉珲在雪地里先是把背弓了起来，然后把乔军一点点地顶了起来。

乔军嘴里说着："可能不行吧。"

王玉珲说："你别说话，让我分神。"王玉珲开始把脚往肚子下面缩，他渐渐地把两只腿缩到了腹下，他已经可以四肢着地。他颤抖着想直起腰杆，但他无论如何也没有办法站起来。王玉珲喘着粗气，他四下里看了看。他想依托一棵树，但是最近的树离自己还有几十米远。于是他只好背着乔军向最近的那棵树爬了过去。他爬行的速度还是很快，他离那棵树越来越近。乔军已经明白了对方的意图，他只能伏在他背上，无奈地被背着。乔军想起那天掀开王玉珲的被子，他也是这样匍匐在地板上，他想起了那晚对王玉珲的批斗来。乔军感到自己的眼眶有些湿润，几滴泪水滴到了对方的背上，乔军用手抹着眼泪。

王玉珲听到乔军的抽泣声，就说："你要是痛得受不了，你就大声地哭几声，这里除了我俩，也没有别人听得见。"王玉珲终于靠上了那棵树，他双手扶着树，直起了身体。然后他背着乔军开始试着迈步，他试走了几步。

乔军的腿拖在地上痛得只咧嘴，乔军说："不行，我的腿太长了，拖在地上，痛得不行。"

王玉珲知道自己背着乔军是无论如何也走不下山的，他只好把乔军放了下来。他把滑雪板捡了过来。然后在竹林里砍了一棵碗口粗的大竹子，他一劈两开。烧了一堆火，把竹子两端都烧弯，再在竹子上烫了不少洞。然后用茶树上的枝条把这些竹子连成了一台简易的可以在雪地里滑行的架子车。他扶着乔军坐上了滑雪架子车。他把肩膀套进用枝条扭成的绳子里，开始拖起滑雪车来。

这一回王玉珲毫不费力地拉动了滑雪车，王玉珲高兴地叫了起来："我可以一个人把你拖下山了。"王玉珲在雪地里就这样拖着滑雪车向前行进。洁白的雪地里留下一串串深深的脚印，脚印的两旁则是两道宽宽的轨迹，一直伸向远方。乔军就是这样反身坐在车上，看着雪地上他俩留下的痕迹。

何疆民回到局里，就连夜到看守所提审蒋健，这次何疆民专门挑了间摄像头坏了的提审室提审蒋健。蒋健已经感受过这位警察的厉害了，蒋健一坐到提审室两只脚就开始打摆子。蒋健说："我什么都已经招了，你们还想知道什么？"

何疆民说："根据你的交代，你就是一个惯犯。你交代不彻底，你还有什么隐瞒了？"

蒋健说："我真没有隐瞒什么。"

何疆民说："玉龙公司的出货管理是非常严格的，这么一车货我们认为你要把它骗出来难度是非常大的，没有里应外合是做不到的。"

蒋健说："我确实是一个人干的。我跟他们是老客户了，他们对我的防范心理就不是那么强。"

何疆民说："你是玉龙公司谁的老客户？"

蒋健说："乔总啊。我只跟他有往来啊。"

何疆民说："那是他批给你的货，是他让你未付款就提货的？"

"是的，他看我以前每次都是先付款才提货的，这次就放松了警惕。让我先提了货，再让财务人员跟我回去拿钱。"蒋健回答着。

"你详细交代你与乔军认识到交往的过程，不老实就再给你上副背拷。"何疆民厉声喝道。蒋健有点不知所措，他开始战战兢兢交代他跟乔军交往的详细过程。

等蒋健回答完，何疆民又问："这批货乔军是怎么给你放行的？讲详细点。"

蒋健一五一十地讲了，乔军是怎么审批的，怎么给他放行的。何疆民说："乔军帮你这么大的忙，他就没有找你要回扣什么的？"

蒋健刚要照实回答，何疆民把桌子一拍，喝道："想清楚再说，我们认为你只是从犯，还有主犯。主犯可是要判七年以上。你愿意在这待上七八年吗？好好想想。"

豆大的汗粒从蒋健的额头上流了下来，他在想何疆民今天好像不是要对付自己的，他口口声声不离乔军，莫不是他想把乔军当成我的同伙。他确实是想把乔军打成这桩案子的主犯，他是想让我来供出乔军。他们需要我，我如果按照他们的意思招供，乔军是主犯，那我肯定就是从犯了。我的罪相对来说就轻了许多。虽然乔军待我不薄，但是我不说，他们肯定不会放过我的。我即使不说，只要他们想害乔军，他们照样可以找出办法来，乔军照样跑不了。实际上我说不说乔军，对乔军的影响都不大，但对自己的影响就将是决定性的。

何疆民这时才摊开笔录纸，打开笔帽，他开始向蒋健提问。首先还是老一套的问他的姓名、户址。蒋健都一一作答。然后何疆民又问："关于你诈骗玉龙公司货物的经过你还有什么需要补充的？"

"还有些情况我想向你们坦白。"蒋健说。

何疆民说："继续往下说。"

"就是关于乔军跟我共同诈骗玉龙公司的货物的情况，我认识乔军有段时间了。"蒋健回答着。

何疆民问："什么时候认识的，有什么样的交往？"

蒋健回答："我是在大前年的订货会上认识乔军的，我认识乔军后就跟玉龙公司有了合作。每次我都是找乔军要货。以前我们之间的合作就是付完全款再提货，合作过几次后乔军就对我有了信任。"

何疆民插话说："你跟他做这么多生意，私人之间有没有些利益来往？"

蒋健说："倒没有什么经济上的来往，最多是送点烟酒土特产这类的，还有就是吃个饭什么的。"

何疆民把桌子"啪"的一拍，怒吼道，"看样子不给你上点手段，你还真不老实。"何疆民让手下给蒋健立马上了一副背铐。蒋健的两只手就背在身后呈上下状被铐在一起，一个缺乏锻炼的成年人身体早已没有了柔软性，双手从身后被这么交叉一铐，肯定是受不了的。蒋健一时觉得呼吸都变得困难，他呻吟了起来。何疆民喊道："快点说，早说完，少受罪。"

蒋健说："好好，我快说。这次来进货，我就对乔军说做电池买卖利润太小，这样永远也发不了财，我说价格的空间能不能再大点。他就问我要多大，我就说越大越好，反正利润我俩平分。他说可以考虑。他说那让你先拖货再付款吧，我说那就太好了。"

何疆民一边记录一边问："说这些话是什么时间？什么地点？"

蒋健说："就是我拖货走的那天上午玉龙公司刚上班的时候。我给他去了电话，应该是九点，我和他的手机上都有记录。我在他办公室门口还等了他一会儿。我俩是同时走进他的办公室的，然后他就在办公室给我批的发货单。我拿了发货单就把货提走了。"

何疆民问："你卖货的钱分给他没有？"

蒋健说："按说是要分的，我卖了货就不想分给他了。他一直在打我电话，找我要钱。我被要烦了，就不接他的电话了。他就报了警，抓了我。这些都有电话记录。他的手机和我的手机里都有记录。"

何疆民一边记录着，竟脱口喊了出来："好！给他松背铐。"何疆民的手下上前去帮蒋健把背铐解了下来。蒋健龇牙咧嘴地舒展着颈背，松弛着手关节。何疆民笑着说："你要是早说了，就不会受这样的罪了。"何疆民又问了一些细节，然后他把问询笔录递给了蒋健，让他看了一遍。蒋健看完后，何疆民让他在每页上都签了字。

何疆民又带人去了趟移动公司，他出示了证件。将乔军和蒋健的通话时间、每次通话的长度等相关数据全部打印出来，然后让工作人员签了字。何疆民办完这些证据后心中大喜，凭何疆民办案的经验他知道，这些证据足以把乔军刑拘起来。而且乔军想洗脱这些证据几乎是没有可能。

接着何疆民把所有的案卷都带到了王玉珲的办公室。何疆民把案卷摊在王玉珲的桌上，对王玉珲说："都齐了，已经是铁案了，可以抓人了。"

王玉珲沉默了，何疆民把案卷又往王玉珲身边推了推，他说："你可以看看，天衣无缝。"

王玉珲抬起了眼睛说："我相信你的办案水平。但我们要想到后果，同学们都会知道的，大家会骂我们的。"

何疆民说："可能多少会有一些议论，但这件事怨不到我们身上，是蒋健说的。"

王玉珲说："如果罪行成立，会判多长时间？"

何疆民说："可能七年吧，七年他再出来，就什么都晚了。"

王玉珲说："人生没有几个七年啊。"

何疆民说："这叫性格决定命运，是乔军的倔脾气把自己逼上一条不归路的。这不能怪我们，已经到了你死我活的最后时候了。还有几天开庭？"何疆民问。

王玉珲说："后天。让我再想一想吧，我们之间难道真有什么此生非报的仇吗？"

何疆民说："有啊！乔军他爸不是把前王县长整得那么惨，让你们王家前些年吃尽了苦头。”

王玉珲嘟哝着：“不是前王县长原谅他了吗？再说，我跟乔军从小感情就好，这样……”

何疆民插话说：“你就不记得在农场，你那次被他批斗，他对你还不够狠啊。什么话他没说出来？”

王玉珲说：“那时他是班长。”

“对！乔军斗你时，他是班长；他爸斗你爸时，也是县委书记。他们没有权力怎么能斗你们。你并不是为了报复，你只是为了自卫。乔军能妥协你就不会走到这一步。他如果现在能收手，你肯定会立即刹车。但是他不会，你也不要再犹豫了。”何疆民说服着王玉珲。

“那什么时候执行？”王玉珲问道。

“随时可以执行。”何疆民回答。

“抓他以后，你控制的时间有多长？”王玉珲问。

“一两个月内没有问题，在移交给检察院起诉科之前，都在掌控中。”何疆民回答。

“羁押他时，一定要善待他，所有的费用都由玉龙公司出，我要求给他最好的待遇。”王玉珲提出要求。

何疆民笑着说：“董事长，这可不是疗养，他毕竟还是坐牢。但有一点你大可以放心，他终归还是我们的同学，我们跟他并没有仇。他在里面出了事，你拿我是问。还有一点，你可以给他找个好律师，也算帮了他。”

王玉珲说：“这种猫哭耗子假慈悲的事我不干，那你们就按程序做吧。”

第二天，乔军刚上班，就被公安局带走。公司负责人只有曾金刚在，公安局就对曾金刚进行了说明，只是说需要乔军到公安局协助调查。曾金刚当即就把此事报告给了王玉珲，王玉珲让曾金刚盯着这事，看看还会有什么情况。曾金刚拿不定主意这事是不是告诉乔军的家人，他连忙叫来了王晓。王晓听了曾金刚的讲述后，竟把曾金刚的办公桌猛地拍了一下。她气愤地说：“肯定是王玉珲干的。你看清公安局的拘捕单没有？”

曾金刚说：“他们给我晃了一眼估计就是你刚才说的什么单子，我只记得去看下面的公章是不是真的，别的我没注意看。”

“那张单子上应该写着是以什么嫌疑罪的名义拘传他的。”王晓问。

曾金刚说：“那我确实没看清，那很重要吗？”

王晓说："欲加其罪，何患无辞。我是想搞清他们是以什么罪名抓他的，我们就知道怎么应对。"

曾金刚说："这简单啊，只要问问何疆民就行了。"

王晓说："你还不明白啊，肯定是王玉珲和何疆民俩人联手干的这事。他们惯于用这种方法对付民事案子。明天就要开庭了，我们眼看就要赢了。他们又使出这么狠毒的老招数，而且是对待老同学。"

曾金刚说："你说我们？"

王晓说："乔军的官司就是代表我们小股东的利益，一荣俱荣，一损俱损。乔军的力量已经耗尽了，我们不帮他，将功亏一篑。"

曾金刚说："你不能帮他！你帮他，就是在害王玉珲，你会彻底得罪他的。"

王晓说："你以为我们是在帮他吗？我们是在自救。这样吧，你什么都不要管，你就按照王玉珲的意思来处理乔军的案子。不过乔军被捕的事，你必须告诉他爸爸。其次你还得通知小喇叭、赵梦茹和彭洋，你干你的。"说完王晓就走了。

乔书记接到曾金刚的电话，他电话还没听完，就差点气得把话筒摺了。他心想我革命半个多世纪，怎么最后竟把自己的儿子革成了反革命。乔军竟成了罪犯，这怎么可能。堂堂雾水的老县委书记的儿子成了犯罪分子，岂有此理。乔书记立马找老干办要了台车，他要去找公安局长，他要问问他们凭什么抓他的儿子。

乔军妈妈非要跟着乔书记一块儿去公安局，乔书记就是不许。他说："我去办事跟一个尾巴，像什么样子。"

乔军妈妈说："这是我儿子的事，我要去。你以为你还在台上，带着我嫌丢脸。我是怕你出去，乱发火急坏了身体。我在旁边有个照应。"

乔书记拗不过她，只能让她跟着，乔书记一边风急火急地往外赶，一边念叨着："你跟不上，我可不等你啊。"

乔书记和乔军妈妈在老干院门口等了一会儿，乔书记在焦急地踱着步。一台黑色的豪华奔驰车从隔壁的"贵府官邸"开出来，车开到乔书记的面前停了下来。老菜农饱经沧桑的老脸露了出来，对方尖着个嗓门在大喊乔书记上车。乔书记想了想，知道老干办的车不好等，就招呼着乔军妈妈上了车。老菜农高兴地问："乔书记，上哪儿去？"

乔书记就像对司机说话一样说："去公安局。"

老菜农显然为乔书记坐上了自己的车感到非常高兴，他兴奋地对司机说道："乔书记要去公安局，有重要的事，快！"

乔军妈妈是第一次坐这么高档的车，她用手摸索着车上的装饰问："老板！你这车可是台高级车。"

老菜农说："什么老板，我是个卖菜的，乔书记经常照顾我的生意。这车是我女儿送给我的，我就坐着它去卖菜。也没别的事。乔书记对我可好了，每次买菜都多给我钱，乔书记才有钱呢。"

乔军妈妈说："他是打肿脸充胖子，你才是叫有钱。住在我们隔壁的'贵府官邸'，坐着豪车。"

老菜农说："你可别笑话我，这车只配乔书记你们这样的身份坐。你看你们一上车，这红灯都没有了，一路绿灯啊。"大家都笑起来。乔军妈妈的手爱不释手地摸着车里沙发上的皮饰，乔书记使劲地拽了乔军妈妈一把，意思是不让她去摸那皮饰丢人现眼。车转眼就到了公安局，现在的公安局大门比乔书记在任时的阔气多了。大理石包裹着厚厚的门柱，自动伸缩门。还有一个宽大的执勤台，让人有点遗憾的是那上面站的既不是武警，也不是警察。而是一个站不直的保安神情呆滞地立在那里。保安见是一台豪华车，就没有拦，车径直开到主办公楼前。乔书记老两口下了车，老菜农还扯着嗓子在喊："乔书记，我去卖菜了，车把我送过去就来接你们。"

一楼传达室有个穿着便服的中年胖女人在看着报纸，乔书记走了过去，轻声问："同志，我们是来找局长的，他……"

胖女人眼睛都没有抬起来，就打断了乔书记的话说："局长不在，下乡了。"

乔书记又说："那找副局长也行。"

胖女人还是没抬眼睛地快速回答说："副局长也下乡了。"

乔书记问："有没有值班领导在？"

胖女人这时才抬起眼睛看了乔书记一眼，她才发现对方是个年纪比较大的老人。她说："老人家，今天领导都不在，你还是先回去，改天再来吧。"乔书记直接说了自己的名字，乔书记以为这个名字一报出来，对方肯定会是如雷贯耳。但胖女人好像对这个名字一点都不熟悉，她反问道："你刚才说你是谁啊？大点声说。"这一问让乔书记很失望，他不得不又大声说了一遍自己的名字。

乔军妈妈一看就知道再这样下去，乔书记会上火的，她急忙插话说："他是雾水的老书记乔书记。"

胖女人"哦"了一声说："是老同志啊，但是我们的领导都不在啊。"

乔书记的鼻子里"哼"了一下悻悻地往回走，这时大厅里进来了另一位老人。那位老人认出了乔书记，热情地喊着："乔书记！乔书记！"乔书记也认出了来的是公安局的老副局长。大家寒暄了几句，老副局长说："我家楼上漏水，我来过好多次了一直没有解决好，今天我又来找了。"

乔军妈妈说："好像局长们都不在。"正说着，一位穿制服的领导模样的中年人走了出来。

老副局长说："这不是局长吗？洪局长啊，这位是我们的老书记乔书记来找你了。"

洪局长赶忙紧走了几步，握住了乔书记的手说："大驾光临，有失远迎。"

乔书记有点不悦地说："迎就不要迎了，只要让我进去就行啊。你们的大门不好进啊，刚才我问你们的传达，她说你们都下乡去了，很会挡驾啊。"

洪局长说："今天是下面的一个治安现场会，我开了一半。市里要开紧急会议，我就赶回来了，老书记先到我办公室坐坐吧。"

乔书记屁股一坐下来，就开口了："我想问问我儿子的事，他是玉龙公司的副总，你们把他抓了。"

洪局长问了乔军的名字和大致情况，就直接打电话到法制处问这个案子的情况。洪局长面色严峻地了解了这个案子的详细情况。洪局长在电话里问："能不能取保候审？"对方说可能不行。洪局长就看了乔书记一眼，重复了对方的意思说："你说乔军有可能是主犯，现在还办不了取保，好了，我知道了。"洪局长挂了电话说："乔军可能涉嫌一起诈骗案，正在侦查，情况还没有完全搞清楚。你们刚才也听到了，乔军现在要取保都还不行。"

乔军妈妈说："说我们乔军干点别的事还有可能。但让他去诈骗，这有点太离谱了嘛。"

乔书记说："我们相信公安机关会秉法办事的，我们一家都是老党员了，这点党性是有的。但一定要请洪局长把好这个关，实事求是地办好这个案。按说乔军和我们这个家庭是不缺这个钱的。"说完乔书记两口子就先告辞了。

乔书记一走，洪局长又打了个电话给法制处，洪局长说："这个乔军的案子你们一定要慎重，严格遵循疑罪从无的原则。如果要送检，就一定要办成铁案，绝对要经得起推敲。你们让办案的经侦支队专题给我汇报一次。"

彭洋接到曾金刚打来的关于乔军被抓的电话，彭洋只是"哦"了一声。曾金刚以为电话里的彭洋没听清自己说的话，他又说了一遍。彭洋还是淡淡地说："知道了。"

曾金刚几乎对着电话喊了起来："你今天喝酒了吧。"

彭洋气愤地说:“你才喝酒了呢。”说完彭洋把电话挂了。彭洋一点都不奇怪，乔军一审胜诉。王玉珲送那四十万。接着王玉珲的上诉状到了，再接到北京的电话，王玉珲的上诉立马泡汤时，乔军被抓了。这些零散的事情都是被一件简单的民事官司引发的，而参与的人员都是彭洋熟得不能再熟的老同学。让彭洋最感到郁闷的是王玉珲送的那张四十万的卡，彭洋想自己还当王玉珲是在买黑马。实际上王玉珲是要买官司，当时彭洋心里确实充满了对老同学的好感。好在自己没要那张卡，真要是要了，那天王玉珲吃饭时就会开出条件来。如果是那样的话，那也没什么，只是让那种失望来得更快些，更直接些。也可能自己的介入还不会导致他俩的矛盾激化，至少自己可以协调他俩的矛盾啊。彭洋还是很自信能协调好他俩的关系的。

彭洋还有一点不太明白，这个北京的关系看样子是很有来头。市领导为一个普通的民事案批这么多的批示是很少见的。正是这些批示终止了王玉珲的希望，他甚至不愿意等到开庭就动了手。按说乔军不是一个愿意找关系帮忙的人，也可能是乔军的其他什么亲戚朋友找的关系，应该说乔书记还是有些老关系的。

如果没有这些批示，意见不是一边倒，彭洋都觉得还有协调的可能。事实上，彭洋在看完领导的批示后，就放弃了主动回避的想法。只要原被告双方都不要求他回避，他准备亲自来审这个案子的。他当然知道这个案子的难度，但只有把这个案子审得双方都满意，才能体现自己的水平。他就是抱着这个想法接的这个案子，可惜还没轮到他向老同学展示才华，这个案子就擦肩而去，彭洋很为自己失去这么一次机会闷闷不乐。他想过问这件刑事案，他要找出这件案子的破绽来，但是他不会对任何人说出来。他并不是想偏向谁，他只是觉得他俩的玩笑开得太大了，他必须要帮他们熄火。

第十八章　美人救英雄

THE EIGHTEENTH CHAPTER

乔书记说：“这是大喜的事啊，我们家可真是悲喜交加啊。”

赵梦茹说：“你们放心，一切都会过去的。既然是冤案，它就肯定会有破绽。有很多同学和朋友在帮乔军，乔军并不孤单。我们现在就要找最好的律师打赢这场官司。”

乔书记说：“我要去市委，看他们下面是怎么胡作非为的。”

曾金刚没想到的是电话打给赵梦茹，引起的反响会那么大。赵梦茹首先好像是没有听清楚似的，又让曾金刚说了一遍。接着赵梦茹好像是对着跟乔军过不去的人大声地质问：“凭什么抓他？你们凭什么抓他？”

曾金刚大声解释道：“不是我们要抓他，是公安局来抓的他。”赵梦茹像个疯子似的嚎叫，曾金刚的话她根本就听不进去，曾金刚只能先把电话挂了。曾金刚在想平常这么淑女的赵梦茹怎么像一只丢失了狼崽的母狼一样，简直太可怕了。他本来还要给孙红梅打电话的，经赵梦茹这么一吓，他现在谁也不敢打了。

赵梦茹可是乔军的新娘，这是曾金刚怎么也想象不到的。这婚事还没办，新郎官就被抓进去了，这还了得。赵梦茹心想现在最重要的是救乔军，要救乔军，就得先搞清乔军是因为什么事进去的。不能再哭了，赵梦茹擦干了眼泪，站了起来。她嘴里念叨：“要冷静，要冷静。”然后她又拨通了曾金刚的电话。她尽力用平淡的声音问：“曾总，你还好吗？”

曾金刚猛地听到赵梦茹的电话，他一时没有听出是谁的声音。他问：“请问你是……”

赵梦茹尽量放慢语速地说：“我是赵梦茹啊。”

曾金刚很惊讶地说：“你怎么又变了一个人啊？”

赵梦茹说：“我还想问问乔军是什么事被抓走的，是哪个派出所抓的？”

曾金刚说：“我们也在调查啊，还没搞清楚。”

赵梦茹差点又火了，她努力克制着自己说：“你们太没用了。”说完她就把电话挂了。赵梦茹心想何疆民不是在公安局吗？我打个电话问问他不就行了吗？赵梦茹直接拨了何疆民的手机。

何疆民在问："是谁啊？"

赵梦茹回答："老同学赵梦茹。"

何疆民说："大美人给我打电话，我艳福不浅啊。请问有什么事？"

赵梦茹问："少废话，我问你乔军犯了什么事？"

何疆民说："今天来的电话一半都是问乔军，他涉嫌诈骗。"

赵梦茹说："你相信吗？乔军会诈骗。"

何疆民说："我也不相信，但是据说有人举报了。"

赵梦茹问："能不能帮个忙，我想代表同学们去看他一下。"

何疆民说："大美人都愿意亲自探监，我也想被抓进去啊。"

赵梦茹说："少贫嘴，你就说行还是不行？"

何疆民说："老同学中也不是你一个人想看乔军，几个人都说了。去年看守所都还让看。今年出了几个串供的事，已经完全禁止了，我还真没有办法。"

赵梦茹说："这可是你何疆民说的，要是我看到了，看你见了老同学怎么说。"赵梦茹就直接把电话给挂了。她觉得乔军这件事谁只要说不帮自己，便是跟自己过不去，她就来气，她就上火。她冷静一想，如果何疆民都说看不到，那可真有难度了。她在雾水市也算是个名人了，公安局以前搞什么活动都请过她帮忙做主持，公安局上上下下她认识一半。但她现在认为这些关系用不上。想了半天，她想起她幼儿园的一个家长来，那家长就是看守所的所长。每次看守所要值班他都要晚个几十分钟来接孩子，赵梦茹总是一个人守着孩子耐心等着他爸爸来接。所长每次晚来都说上一大堆充满感激的话，但每周照样还是要晚来一两次。

想到这儿，赵梦茹就有了信心。她想这话怎么给所长说呢，看守所不让探监主要是怕嫌疑人串供。只要自己跟被探监的人没什么关系对方就不会怀疑了。但她回头一想也不对啊，如果没什么关系那你来看他干嘛。所以还只能说有很深的关系，但那是以前的关系，跟现在没关系。想好了，赵梦茹就给所长拨了电话。对方听出是赵梦茹的声音，就着急问："赵老师，是不是孩子有什么事？"

赵梦茹说："孩子没事，我想找你帮个忙。"

所长顿时轻松地说："你说什么事？"

赵梦茹说："我想到你那儿看一个人。"

所长沉默了一会儿就问："看谁啊？是你什么人？"

赵梦茹说："乔军，是我的老同学。"

所长说："这个人办案单位专门打了招呼，没有他们的书面批准，是不允许看的，非得看吗？"

赵梦茹说："是我的初恋情人。"

所长马上热情起来，他说："赵老师是个重感情的人，我一定满足你，让你看到。"

下午赵梦茹拎着买来的一大堆东西，坐上了看守所来接她的专车，警车直接开进了看守所。所长让赵梦茹在一间提审室等着，他去把乔军提了出来。他把穿着黄色号衣的乔军带进审讯室，所长拎了拎赵梦茹送来的一大堆东西说："我得看看，等会我给你们。"所长虚掩门出去的时候说了一句："十分钟？"所长看了看赵梦茹为难的样子，就说："三十分钟。"

所长一出门，赵梦茹眼睛就红了，她心如刀绞，带着哭音说："你胡子好久没刮了，老长老长。"

乔军说："没有东西刮，再说刮了也不谈恋爱，给谁看呢？"

赵梦茹心痛地说："你瘦了，只怕是没吃的吧。"

乔军说："你今天来就是问我身体的？你可是我进来后第一位来探视的。"

赵梦茹马上醒悟过来，她看了看门口，说："办案的已经不同意任何人来看你，我来看你他们都不知道。我想问问你到底是怎么回事？"

乔军严肃地说："你听好了，如果我不被抓进来，第二天，中院彭洋那里就要开庭了，我已经在区法院一审中胜诉，二审我肯定也会赢的，他们就把我抓了起来。"

赵梦茹说："是谁啊？"

乔军说："是王玉珲和何疆民俩人合谋的。他们完全是陷害我，说我诈骗，利用我做的一笔失败的业务诬陷我。"赵梦茹让乔军给她说细一点，乔军就把来龙去脉都给赵梦茹说了一遍。

赵梦茹说："你放心吧，我一定会救你。"

乔军说："你把证据都拿到后，就马上请律师。律师是可以见我的，他们挡不住。"

赵梦茹说："在这里面没有挨欺负吧？"

乔军说："没有。何疆民来看过我，也专门给看守所打过招呼。"

赵梦茹愤愤地说："他是黄鼠狼给鸡拜年没安好心。今天我跟他通话，他装作跟他一点关系都没有。真看不出来。"

乔军说："你也不要太大意了，要注意安全。"

赵梦茹说："我不会怕他们的，我要给他们压力。我要让同学们都知道这件事，要他们没脸见人。"

就在此时所长推门进来了，他看了看赵梦茹一脸泪花就说："你这样我都不好把你带出去了。"

赵梦茹流着泪说："那我就谢谢你了，你把我俩关在一起吧，我真不走了。"

所长说："我把你关在这儿，我儿子就没人管了。我儿子要紧些，你还是去管我儿子吧。"

赵梦茹说："所长，我肯定管好你儿子。你也一定不要让我这位老同学在这里受什么委屈。"

所长立正了说话："赵老师，你就放心吧。乔军在这有什么事，你抽我儿子。这个包里的东西我看过了，收音机你要带回去。你的调羹、牙刷我们这都有。你的是不合规格的，你也带回去。"

最后赵梦茹流着泪对乔军说："亲爱的，我可能不方便再来看你了，你多保重。需要什么告诉所长，我会给你带来的，我等着你。"

赵梦茹出了看守所，就直接到了彭洋那里，她详细问了乔军一审和二审的情况，彭洋只是如实地讲案子，其他的情况他就不好多说。赵梦茹问："是不是乔军二审肯定会赢？"

彭洋知道这是个关键问题，如果说乔军不会赢，那乔军深陷囹圄和民事案就毫无关系，那会诱导想帮乔军的人得出错误的判断，这绝对不是彭洋希望看到的结果。但他也不能说一个自己主管的案子还没开庭就说一方会赢，一方会输，那也违背了他所信奉的职业道德。他想自己经常受到法律以外的东西来干预办案，今天为什么不能借助这些中国特有的办案特色来巧妙地化解这一难题呢？于是他说："按照法律的程序这个案子真还不好说。但根据领导们的签字，你也可以在市委市政府看到领导的批示，都是往乔军一边倒。你也知道我们办案的习惯，领导打的招呼很起作用的。你等一会儿。"彭洋出去了一会儿就复印了一张领导关于乔军和王玉珲的经济纠纷的签字来。他递给赵梦茹说："别说是在我这儿拿的。"

赵梦茹感动得直点头，彭洋送走了赵梦茹，他感到赵梦茹能这样帮一个老同学，真是一个重情重义的女人。以后对赵梦茹要另眼相看。他觉得好像还有什么可以告诉赵梦茹的，但他一时又记不起了。于是他给刚出门的赵梦茹打了个电话，告诉她，只要还有需要自己出力的，随时来电话。

赵梦茹去了乔军家，她认识乔军的父母，但他们不认识赵梦茹。赵梦茹本来打算结过婚以后再登婆婆家的门的。她实在没想到自己第一次上门竟会是在这种情况下。赵梦茹并没有在意对方是否明确自己的身份，重要的是她要拿到证据。她想只要取得两位老人的信任，能不说自己跟乔军的关系最好不说。于是她把见到乔军的过程详细地跟两位老人介绍了一遍。

乔书记说："我就知道是王玉珲捣的鬼，我早就提醒过他。要他防着王玉珲，他就是没有警惕性。"

乔军妈妈感谢着赵梦茹说："姑娘，难得你一片好心，谢谢你了。"

赵梦茹说："乔军还跟我说了，他跟蒋健的合同，还有告王玉珲的一审判决书都锁在办公桌里。他随身的一套钥匙已经被公安局收走了。他还有一套钥匙放在他的房间里。我准备给他找律师，需要这些原始证据。"

乔书记一听说对方是来拿钥匙的，准备到乔军办公室去拿证据。他看了看乔军妈妈，半天没吱声。赵梦茹一看对方犹豫，就有些急了。她说："你们可以跟我一块儿去开乔军的办公桌，我拿了什么证据走，都给你们写下来。"

乔军妈妈一看乔书记不吱声，就说："她是乔军的同学啊。"

乔书记说："王玉珲和何疆民哪个不是乔军的同学？"乔军妈妈顿时没了声音。

赵梦茹一看没有办法了，就从包里掏出了她的结婚证。她没有说话，把结婚证递给了乔军妈妈。

乔军妈妈疑惑地打开了结婚证，她看到乔军和赵梦茹的照片。她手上的结婚证掉到了地上，她掩面哭了起来。乔军爸爸捡起了结婚证，他也看到了里面的内容。他含着泪水对赵梦茹说："你是我们家媳妇啊，我们都不知道，我们怠慢你了。"

乔军妈妈一把抱住赵梦茹哭着说："别怪我们，我们真不知道，他这辈子终于找了个好媳妇。我们把他都催烦了。"乔军妈妈又翻开了结婚证说："你看你们是刚领的结婚证，你们还来不及告诉我们吧。"

赵梦茹也流着泪说："爸、妈，我们准备在同学聚会时再告诉大家的。不过到现在为止，你们二老还是最先知道的。"

乔书记说："这是大喜的事啊，我们家可真是悲喜交加啊。"

赵梦茹说："你们放心，一切都会过去的。既然是冤案，它就肯定会有破绽。有很多同学和朋友在帮乔军，乔军并不孤单。我们现在就要找最好的律师打赢这场官司。"

乔书记说："我要去市委，看他们下面是怎么胡作非为的。"

乔军妈妈说："现在已经不是那个时候了，现在什么事都要打官司，只有法院才能最终解决。"

乔书记就说："那我就去找法院的领导，这还翻了天了，现在还是共产党的天下。"

乔军妈妈立即带着赵梦茹到了乔军的房间。赵梦茹一进乔军的房间，就闻到了乔军喜欢用的古龙香水的味道，墙上挂着乔军各个时期的照片。墙角里是乔军的最爱，一套完整的户外徒步装备：登山背包、手杖、防潮垫、单人帐篷、睡袋、速降绳、登山靴。一个便携式的洗漱用品袋已经打开，悬挂在床头上，等待着主人随时使用。乔军的床很窄小，但乔军铺床的功夫赵梦茹可是第一次见到。绿色的床单，绿色的被子叠得就像豆腐块似的。赵梦茹只在电影中看过军人就是这么叠被子的。她猛地想起了读书时王晓就跟她说过，乔军的军人父亲就是从小把他当战士训练的。睹物思人赵梦茹不禁悲从心来，泪水情不自禁地往下淌。她擦了擦泪水，按照乔军告诉她的位置，很准确地找到了乔军办公室的钥匙。然后她对两位老人说："你们多保重，千万不要急坏了身体。我先到乔军办公室去。"

赵梦茹赶到玉龙公司门口时，玉龙公司已经下班了，大门已经关闭。只有一个小门让夜班工人上下班出入。进出小门的夜班工人，都要在指纹机上打卡，她根本就没有可能从小门混进去。赵梦茹望着正在建设的玉龙公司的门面，她不禁灵机一动。趁人不注意，她钻进了建设工地。工地里到处是杂乱的建筑垃圾，赵梦茹穿着高跟鞋艰难地在房间里穿行着。她好不容易从门面的二楼，找到一个可以进入院子的脚手架，她正准备从脚手架上爬下去。一声大喝："站住！"把她吓了一个激灵。

"干什么的？"张军从房间里冒了出来。赵梦茹被吓得全身颤抖，张军站到了她的前面。"这不是赵老师吗？"张军认出了赵梦茹。见赵梦茹还愣在那儿，张军自我介绍着说："我是张灿的弟弟张军啊，你以前还到我们家玩过。"

赵梦茹说："你那么大的声音，把我吓死了。"

张军说："我以为又是偷材料的来了。"张军不解地问："你来这儿干什么？"

赵梦茹只好搪塞着说："我来看看。"

张军说："你也买了门面啊，这是我建的，你买的是哪间啊？"

赵梦茹只好顺着话题说："就是下面的第三间。"赵梦茹知道今晚的计划已经泡汤了。

第二天一上班，赵梦茹就去了玉龙公司。她知道这玉龙公司肯定都是王玉珲的人，她怎么才能进入玉龙公司的大门呢？她想到了找王晓，但王晓从小就跟自己对着干。她肯定会幸灾乐祸的，而且不会帮忙。她肯定是不能找王玉珲和张灿两口子的，那就只有曾金刚一个人可以找了。曾金刚人不坏，但那是个窝囊透顶的男人。他肯定会告诉王玉珲的，也会告诉王晓的。现在最好的办法是打着见曾金刚的幌子，一个人潜入乔军的办公室。把东西拿到手后再去见曾金刚，这样可以全身而退。

想好了步骤，赵梦茹就进了传达室。赵梦茹说要找曾金刚，传达室就把电话接了进去。然后赵梦茹跟曾金刚通了电话，赵梦茹办完手续就进了办公楼。为了抓紧时间，她几乎是小跑上的楼，好在曾金刚办公室就挨着乔军的办公室，这让赵梦茹有充分的时间进入乔军办公室。赵梦茹很准确地拿着乔军的钥匙打开了办公室的门，然后她把门带关了。乔军和赵梦茹幽会时，下班后乔军带赵梦茹来过这间办公室，所以赵梦茹对办公室的摆设并不陌生，只是赵梦茹一直担心公安局拿着乔军的钥匙来搜查过乔军的办公室，把重要的东西都拿走了。赵梦茹很快地打开了乔军的办公桌。抽屉里正摆着赵梦茹要的东西，赵梦茹不禁大喜过望。她正准备把文件放进手提袋里，门突然被推开了。

王晓笑吟吟地走了进来，她反锁了门转过身说："我还以为是进了贼了，没想到大美人大驾光临了。"王晓装模作样地鼓了鼓掌。王晓又说："这里可是办公重地，自从乔军被抓走后，这里还没人来过。"王晓一把抢过赵梦茹手里的文件看了一眼说："大美人，这些可是可以要了乔军命的文件。你拿这些是想救他，还是想落井下石啊？"

赵梦茹从恐惧中慢慢镇静下来，她骂道："我就知道你们玉龙公司就是狼窝，没有一个好东西。乔军在与狼共舞。把东西还给我。"说着赵梦茹就准备上去抢王晓手里的文件。

王晓笑着说："别在这儿要你的大小姐派头，你即使抢到了文件。我只要喊一句，你能跑得出这个大门吗？"

赵梦茹一时愣住了，她不知道应该怎么办，这时赵梦茹的手机响了起来。赵梦茹一看是曾金刚的电话，她硬着头皮，只好接了。曾金刚问她怎么还不到，是不是走错了。她只好说："我碰上王晓了，正在跟她说话呢。"

王晓直接抢过电话说："曾总，赵梦茹在我这儿还有点事。过一阵才能过来，你先忙别的吧。"说完王晓就把电话给挂了，然后她把手机还给了赵梦茹。她问赵梦茹说："你为什么要帮乔军？"

赵梦茹反问道："都是老同学，为什么不能帮？有人可以害他，也会有人帮他。"

王晓说："你不一样，你是心疼他对不对？你从小就暗恋着乔哥哥，你一直暗恋着他，可惜你得不到他，你都想了一辈子了。你以为你是我们的校花，你就应该得到他，但是太遗憾了。"

赵梦茹气愤地说："王晓你真是一个小人，埋汰了我一辈子了。现在是什么时候了，你不帮忙就算了，凭什么还在这里冷嘲热讽的，可耻可鄙！"

王晓自嘲着说："我可鄙可耻吗？我是小人吗？凭你能帮得了乔军吗？"

赵梦茹说："肯定会有律师的，我只是今天按乔军的意思把证据拿走而已。这是乔军的物品，你必须给我。"

王晓一愣，她把手上的文件递给了赵梦茹，她半信半疑地问："这么说你见到了乔军了？"

赵梦茹知道自己说错了话，闭口不答。王晓说："把东西拿好了，跟我到我办公室去。"赵梦茹又把乔军的抽屉里搜了一遍。然后她硬着头皮跟着王晓去了她的办公室。王晓从抽屉里拿出了一叠早已准备好的资料，她递给了赵梦茹说："这上面有玉龙公司的章程和工商登记，还有几次公司股东开会赋予乔军作为营销老总拥有的权利的决议，可以证明乔军给蒋健签字放行完全是职务行为。还有……"

这时的王晓跟刚才冷嘲热讽的王晓判若两人。赵梦茹一时呆住了，但王晓仍然很职业地跟她交代着。赵梦茹一边默默地流着泪，一边听着王晓对资料的介绍。赵梦茹的泪水里充满了受惊后再被援助的惊喜，也浸透了对王晓误解的自责之情。王晓把情况介绍完，就对赵梦茹说："你快把眼泪擦干净吧，等会儿曾金刚还以为我欺负你了。还有一点，你不要把什么想法都给曾金刚说，包括我的这些资料，你跟他公事公办就行了。他不会为难你的。"王晓又压低声音靠近赵梦茹的耳朵说："这事你不用怕，害乔军的人心都是虚的。他们不会跟你公开叫板，关键问题是你能不能推翻指控乔军的证据。"

赵梦茹压根儿就没有想到，王晓竟然对乔军的案子了如指掌。而且最重要的是她了解乔军案子的命脉。她还没搞清楚王晓为什么会对乔军的案子有这么深的了解，是因为他们都是一个单位的同事吗？抑或是王晓打抱不平，还有就是王晓与乔军有什么共同的利益关系？但是这些都不重要，重要的是王晓在这个时候是愿意帮助乔军的。她就是自己的同盟军，她就是自己可以信任的人。赵梦茹惊恐不已跌跌撞撞一路走来，只要出现任何一个哪怕是同情乔军的人，她都觉得异常温暖，她都有种找到家里人的感觉。即使她从小与王晓是格格不入的。但只要她愿意帮助乔军，赵梦茹对她的成见就可以一笔勾销，她就是自己最亲的人。

赵梦茹兴奋地对王晓说："那你能不能跟我一块儿去见律师？"

王晓想了想说："可以，但你一定得对我的身份保密。我只能在暗处帮你，你理解吗？"赵梦茹点了点头。王晓又说："你在明处没关系，你是代表全体老同学，没人敢跟你直接对抗的。"王晓看赵梦茹的情绪渐渐稳定下来就说："我们的晚会，这主持人男的抓进去了，女的还得顶住啊。"

赵梦茹说："你放心吧，我今天把证据收集好，明天把律师落实了。我还会去盯我们的节目的，那是我们几十年才做一次的大事，我一定不会马虎的。"

第三天，赵梦茹见到了律师，她把乔军父母的委托书递给了律师。赵梦茹权衡了利弊，自己在这个案子中以老同学的身份出现效果是最好的。她也说服了乔军的父母，两位老人也完全同意了她的想法。于是给律师写出来的委托书都是以乔军父母的名义开出来的。赵梦茹按照约定打电话请了王晓过来。赵梦茹一边让律师看完所有的资料，一边等待王晓的到来。

王晓来了，她才发现这位律师是自己的熟人。当初她把他介绍给王玉珲，就是要接乔军告的那桩民事案子。律师对赵梦茹说："上次王玉珲的案子我没接，因为我当时就告诉了他，乔军作为原告很有可能赢。我即使要帮王玉珲打，可能也只是走走流程，赢不了，他就放弃了请我。"这位律师很有点职业道德，他只是把王晓知道的信息说了出来。王玉珲出高价想通过他买通法官的事，他一点也没说。

王晓说："赵梦茹，如果你认为请他不妥的话，你也可以再找。"

赵梦茹说："这倒没什么，再说他也没接王玉珲的案子啊。这样更好，可能他比别的律师更加了解案情。再说这个案子也不会跟王玉珲打交道，我觉得就定他了。"

寒暄了几句，大家就进入了正题。王晓说："如果没有前面的股权之争，就不会有乔军的入狱。只有让乔军进去了，民事案才可以停下来。王玉珲股权的操纵权才不会丧失。再说，蒋健是乔军带着人去抓的，他怎么可能是蒋健的同谋。乔军是主管营销的老总，根据股东会议纪要，销售付款的审批权早就赋予了乔军。只要有他签的字，对方即使不付一分钱，也可以把货拉走。这是他的职务行为，怎么反而变成了他诈骗的证据了呢？"

律师说："你们愿意把案子交给我，我很感谢。但是，到现在为止，我觉得你们慢点定律师的好。因为我对此案的意见还没有说出来，王玉珲就是等我讲完我对案子的看法后，才放弃请我的。”律师几句话，让赵梦茹和王晓有点吃惊，她俩面面相觑，有点茫然。

王晓有点紧张地说：“行，你先把你对这个案子的看法说出来听听。”

律师说：“这个案子我听你们描述了。从你们的角度，你们觉得蒋健一个人指证乔军，可能会证据不足。但对方的证据链完全可以形成，乔军的刑拘是完全可以执行的。至于法庭判决的结果，这就要看我们的证据是否充分了，是否能推翻对方的证据链。”

赵梦茹听完律师的观点，满怀的希望就像一团火被一瓢水给浇熄了。她这几天天天只想着乔军会无罪释放，她根本就没想过乔军还有可能冤沉大海，还有可能真的出不来了。此时的赵梦茹真有点绝望了，她对乔军真要被判刑从来就没有思想准备。她还等着乔军出来可以马上跟她结婚呢。但是现在一切都会化为泡影，赵梦茹真的不能接受这个惨烈的事实。她一直在阻止这样的情况的出现。她一生当中从来都没有碰到过这样严峻的事情，她甚至讨厌这样的事情。平常看电视，只要看到这些犯罪的社会新闻，她都是马上就调换频道。她觉得自己的生活里就不应该有这些乌七八糟的事发生。她焦急地问律师：“那你的意思，我们的无罪辩护可能不会成功，乔军真有可能被判刑？”

律师点了点头，说：“实际上律师在刑事类的案子中是最没有作为的，这是目前法律的客观现状。”

赵梦茹带着哭音说：“你能不能再想想办法，再看看案子。”

律师只是用一双带着职业微笑的眼睛注视着赵梦茹，表示着他的观点没有任何改变。此时的王晓也是心中一凉，虽然她从一开始就没有赵梦茹那么乐观。但是当她听到律师的最终表态，还是感到了极度的失望。她之所以没有赵梦茹乐观，是因为她曾经按照王玉珲的指示，作为工作协作曾多次配合何疆民用刑事手段帮玉龙公司处置欠债的销售商。她了解他们的手段，他们行事之前肯定是要经过周密谋划的，在法律上的准备也会相当充足。每一次行动，可以说何疆民和王玉珲都没失过手。应该说这次他们对待乔军虽然是无奈之举，但他们对付的是公司内部的高管，而且都是同学关系。万一有什么闪失，他们是很难洗干净自己的。因此可以想象他们的准备工作比以前的会更加周密，法律上所有的缺陷他们都会预先回避。

王晓对律师说：“这个案子虽然你有些案前的看法，但也还仅仅是看了我们这里得到的部分证据材料。还希望你也以律师的身份到办案单位再去找找证据。你也应该去见见乔军，听听他的陈述。我们还是会请你来做这个案子。我们不会因为你说了一些与我们的预期有些背离的观点，就改请律师。”

律师说：“如果你们这个时候仍然愿意请我给乔军做辩护律师，我将尽最大的努力做好这次代理。今天我会马上开展工作。”双方签完字后，律师就先到经侦支队去了。

赵梦茹哭着对王晓说：“你说为什么我的命会这么苦啊，乔军真的就没得救了。”

王晓说：“只能说你这个老同学的运气不好，刚开始就碰上了不顺。但你是对得起乔军的，你已经为他出了大力了。下次见了乔军，我一定会告诉他的。”

赵梦茹听王晓这么一说，知道自己刚才话说多了，王晓还没有听出来。王晓又说：“对付他们可能仅仅依靠法律还是不够的。因为他们也是依靠强权和法律两条腿干的事。”

赵梦茹说：“那你说还有什么好办法？”

王晓回过头来笑了笑说：“我了解他们，不过光靠我们这些懦弱女子，可能还斗不过他们。可能我们都要好好再想想，看看有没有更好的办法。反正上庭就由律师去干了，我们也帮不上忙。但是有一点，我们现在要对他们形成舆论上的压力，要让他们生活在舆论中间。我们应该放风出去，就说是王玉珲和何疆民陷害乔军，要让老同学都知道，这样就会迫使他们不至于太明目张胆。甚至动员大家去做王玉珲和何疆民的工作，特别是要请杨老师出面，帮我们做工作。”

赵梦茹说：“我们也不能给杨老师提供什么证据，杨老师有话也说不出口啊。”

王晓说：“未必就是你说的情况，杨老师是多聪明的人，让他去做工作是最合适的。”

赵梦茹说：“这个主意好，我要跟小喇叭先说，让她先广为散布。然后我会请杨老师出面，替我们来跟王玉珲和何疆民谈判。太好了，你说得太到位了。”

王晓说：“你要想让我继续做牛魔王肚子里的孙悟空，就还是不要把我说出来的好。”

赵梦茹说：“好！我在明处，你在暗处。等乔军出来后我一定要让他好好谢你。”王晓心想，你让他来谢我，你算什么啊？我还是他的前妻呢，我让他好好谢你还差不多。再说这些事我还真是为了我自己，我只是客观地帮了乔军而已。不过乔军倒真是应该好好谢谢赵梦茹，这个女同学还真是个有情有义的女人。可惜我不是乔军，我是乔军，找这样的女人做老婆也未尝不可。

赵梦茹与王晓分手后，就立即约了孙红梅见面。赵梦茹见了孙红梅就一五一十地讲起乔军和王玉珲、何疆民之间的恩怨来。孙红梅直听得杏眼圆瞪，怒火中烧。在赵梦茹的讲述过程中，孙红梅只是间或加上些“真的”“太过分了”“是吗”等等惊叹词表示着自己对这条信息的重视。她也不问消息的来源，也不想再找另一方求证，她已经等不及了。她好像生来就等着熟人里有这种偏激或不近人情的事情发生，她就是一天到晚在等待着这样的消息传到她的耳朵里来。她必须不过夜地把这些消息传达出去而后快，然后她就觉得找到了生活的价值。每传达一次可能都要加上自己临场的一些发挥，加上一些自己的想象。她就是在这样的传播中享受着那种口述的快感。实际上女人中的很多人到了这个年龄都喜欢享受口口相传的乐趣，在传播一些亲戚朋友的喜事或倒霉事里获得快感。当然倒霉事比喜事可能更具备传播价值，就像负面新闻在媒体的资讯中最具新闻价值一样。

王玉珲、何疆民合伙把乔军送进大牢的新闻不到半天工夫就基本上传到了几乎所有老同学的耳朵里。孙红梅这小喇叭的作用太大了，她就相当于同学圈子里的中央电视台。什么消息只要经过她发布，传播的实效便大大提高，感情成分也会被浓浓地加深。但同一条消息可能会多了几种版本。不管怎么样，王玉珲慷慨为同学聚会捐款的好感顿时被乔军入狱的消息击得粉碎，王玉珲苦心经营的个人品牌价值瞬间土崩瓦解。王玉珲听到这个消息是张灿讲的，何疆民的消息来源又是听王玉珲说的。

王玉珲和何疆民早就有思想准备，知道这样的舆论迟早会来的。但他们没想到竟然会出现这么丰富的版本：有说是王玉珲因为股权官司快要被乔军打输了，就借助何疆民之手把乔军给抓了。还有说乔军要为同学聚会捐款，王玉珲实际上是反对的，最后闹上了法庭、闹进了大牢。也有说王玉珲靠着乔军的技术把玉龙公司做大了，现在是卸磨杀驴独占股权的时候了。甚至还有说王玉珲的父亲当年被乔军的父亲整下台的仇，王玉珲一直没报，是因为他的实力不够。但他为了复仇精心准备，卧薪尝胆，甚至不惜花重金把乔军搞到自己的身边。直到今天他准备就绪才开始了复仇。据说王玉珲就像《基督山伯爵》里的伯爵一样手上还有一张要一一复仇的仇家名单，他要在他父亲死之前，把这些仇家一个个都了了。名单里甚至包括了在校办农场那天晚上所有发言批判他的同学。最邪乎的消息是说前几年死于车祸的原农场的老场长，实际上就是死于王玉珲和何疆民策划的谋杀，车祸只是伪造的现场。至于何疆民和王玉珲能勾到一起，都是友谊加金钱的结果。

王玉珲和何疆民被这条消息的版本丰富性和杀伤力震惊了。张灿是从不同的同学甚至一些外面的人那里听到的。每听一次，版本都不一样。所以张灿为了收集这些不同的版本也请了不少的客，终于把这些流传的版本都摸了个底。王玉珲开始怀疑是有人在故意造谣，散布小道消息。但王玉珲知道没有谁有这么丰富的想象力，一个人能臆造这么多的版本。这肯定是加入了很多人的想象，这些想象除了仇富心理以外，是不是代表着一种民意，他们都支持乔军，支持弱者？

何疆民则认为，不管哪种版本看上去都是倾向于乔军的。实际上这些版本都是基于同情心想象出来的。如果是你王玉珲关在里面，那么所有的版本同样会同情你，同样会仇视乔军。他们都不是仇富。

王玉珲说："他现在倒愿意是乔军，赢得全体同学的支持。他曾经为大家做了那么多的好事没一个人记得自己。甚至这次捐款完全是自己在股东会上据理力争，才争取到的，现在倒成了乔军来当好人了。恰恰就是乔军最反对此事。再有前王县长从小就教育我要有感恩的意识，就怕我对乔军一家有什么恶意，影响我与乔军的关系。现在倒好前王县长吃力不讨好，股权都是我送出去的，我什么时候想到过收回了？老场长死了也算在我偷看女同学洗澡的账上，这他妈太冤枉人了吧！"

何疆民说："像你王总做到这个地步了，难道你还在乎人家的几句议论吗？你做事从来不会这样婆婆妈妈。现在像变成一个女人似的，患得患失。"

王玉珲说："我对外面跟我擦肩而过的生意伙伴或者是社会上的酒肉朋友的负面舆论确实不放在眼里，但同学圈子不一样。这个圈子从你小的时候开始，它就包围着你，它会陪伴你的一生。没有谁可以超越这个圈子，你不能视而不见。你可以傻乎乎地视而不见，但是你的形象永远是生活在他们中间的。这个圈子你本人跑不出去，甚至是你的家人都会深受影响。我们这次可能亏大了。"

何疆民说："现在总不能打退堂鼓吧，也没有退路可走。我们首先要摸清是谁在推波助澜，到底是民意如此，还是有人在故意作乱。"

王玉珲说："是啊，以前我们也预计过，按说不会有这么大的反响的。可能是有人在帮乔军。"

何疆民说："帮乔军，谁都愿意帮乔军，包括你我。我们也愿意啊。关键问题谁会动那么大的心思去帮他，这种关系要不就是跟乔军完全不一样的关系，绝对不是同学关系。像这种关系我们预计过，应该没有。还有一种情况帮乔军就是因为对我们满怀仇恨，对你或对我，这才是我们需要了解的。"

王玉珲说："你说得对，从张灿那边来的消息基本上是从小喇叭那里来的。但肯定她不是消息源，后面还有人。"

何疆民说："这个容易查，小喇叭是个消息留不住的人。只要查查她那天的通话记录，我就会知道结果的。"

何疆民把孙红梅的电话详单调了出来，这天跟孙红梅最早见面的是赵梦茹。这让何疆民有些摸不清了，赵梦茹只是个幼师，她帮乔军干什么。虽然她对乔军很有好感，但是在周老师家见面乔军送赵梦茹回家的那一次可以看出，他俩以前也没有什么接触啊。这同时也让王玉珲和何疆民俩人都松了一口气，他们觉得赵梦茹一个幼师也闹不出什么事来。

第十九章　杨老师出手

THE NINETEENTH CHAPTER

何疆民说："我看看案卷，看看还有什么地方可以做文章。有些乔军的口供，看能不能提醒他换个角度说。当然，我也不能出格。我这个乌纱帽还不能丢。"

杨老师着急地说："什么乌纱帽，乔军马上就要身败名裂了，你还惦记着你的乌纱帽。何疆民我跟你说，乔军这件案子我听明白了。关键是在于你整的材料，你的材料越扎实，乔军就越是在劫难逃。你的手头软软，乔军就有可能重罪轻罚。"

晚上，让王玉珲有点奇怪的是杨思冲老师竟然打电话过来，要请他吃饭。王玉珲心想杨老师这个时候找自己，肯定是赵梦茹找过他了，他是来当说客的。正好自己还想找个地方申述，杨老师来了，他不讲这事则罢了，只要杨老师谈起这件事，那就一定要把自己洗干净。

杨老师和小田老师今天是安排在雾水河上吃饭。雾水人谁都知道，这雾水河上请客一般都是很正式的客人才在这里吃的。这里的菜贵而且不还价，是历来的规矩。杨老师选择在这里吃饭，看样子是很正式的。王玉珲在包间门口碰上了彭洋，看来杨老师把彭大法官和自己一块儿请了，让王玉珲有点摸不出头绪来。杨老师和小田老师已经到了，两人正在点着菜呢。杨老师见彭洋和王玉珲进来了，就把点菜本递给了小田老师，让她继续点。自己则招呼着王玉珲和彭洋坐了来下，杨老师开始跟两位学生聊起即将到来的聚会活动的准备情况来。一会儿何疆民也到了，杨老师连忙招呼着何疆民。他说："一段时间没见你，肚子又大了一圈。"

何疆民抱怨着说："自己无能，搞不大别人的肚子，只能搞大自己的肚子了。"

彭洋说："小田老师在啊，说话注意点。"

杨老师倒笑着说："你们几斤几两，小田老师难道还不了解？"

小田老师说："现在的小田老师可不是当初随便就被你们气得哭鼻子的了。"

杨老师说："王玉珲就好，应酬肯定少不了，体型却没有变化。你们这个年纪要注意身体了，现在的毛病大多是吃出来的，管住了嘴就保住了身体。"

彭洋说："那看样子今天杨老师和小田老师肯定是来残害我们的，少点几个菜吧。天天都是大鱼大肉。"

小田老师说："我很民主的，我把菜名给大家报一次，有不同意见可以修改。"小田老师接着报起菜名来，大家只说多了多了，减掉几个。

杨老师对服务员说："快拿去吧！"

王玉珲开着玩笑说："今天杨老师在这里请客，搞得大家都好像不像师生关系似的。总觉得有点别别扭扭的，好像是在陪什么重要客户吃饭。"

彭洋也说："我也有这个感觉。"

何疆民开着彭洋的玩笑说："你的感觉是不是像在跟被告和原告吃饭似的。"

彭洋也回应着说："那你的感觉是不是跟犯罪嫌疑人的朋友吃饭似的。"

王玉珲瞪了彭洋和何疆民一眼说："看你俩怎么说话的，把杨老师说成什么了。"

杨老师笑而不答，他说："小田老师你帮他们把酒斟满！"

杨老师的话音还没落，三位学生齐刷刷地站了起来。他们都说："不行！不行！我们自己来。"

杨老师招了招手，摆出了当年老师的神态说："你们都坐好，小田老师给你们倒一次酒也不是多大的事。听我的，倒！"这时候三位同学都感觉到今天好像有点不一样了。三人面面相觑，不知道杨老师葫芦里卖的是什么药。

等酒都斟满了，杨老师端起了酒杯，三位同学也连忙端起了酒杯站了起来。杨老师说："大家不必拘礼，都不要站，轻松吃饭，不站简单。"等三位同学都坐了下来。杨老师继续说："今天我请客的身份不是以你们的老师身份，以老师的身份我就不会来这里请你们了。还是何疆民和彭洋说对了，我就是以被告和犯罪嫌疑人的家属的身份来请你们吃这顿'鸿门宴'的。"

三位同学都同时感受到了压力。特别是王玉珲和何疆民，虽然他们是久经江湖，但是他们面对的对手是自己的老师，他俩也感到未曾有过的压力。王玉珲心想大家都把乔军当成自己的下饭菜了，本来请我来吃这个饭就不对头。但王玉珲可能更自信些，他早就考虑好自己的腹稿了，他只需打开话匣子就行了。

实际上何疆民出门前，就觉得今天的饭菜肯定是跟乔军有关。何疆民已经跟局一把手洪局长汇报过了，洪局长比任何人都关心此案，他在听取何疆民的汇报时。几次揭开茶杯盖，想喝口水，但那茶杯几次端到了嘴边又都放下了，他的注意力完全放在了听何疆民的讲述上。看得出洪局长是个很害怕老干部的领导。既然连洪局长这一关都过了，何疆民就不担心这个案子还会有什么瑕疵，还会发生什么意外。何疆民心想大不了像对洪局长汇报一样再给杨老师汇报一次。何疆民早已预料到杨老师肯定会为乔军来鸣冤叫屈的。

三人中只有彭洋是最坦荡的，他实际上早就打定了主意要帮乔军，他只要考虑在证据上怎么去找出漏洞来就对了。但是在今天的酒桌上，面对着王玉珲和何疆民，只要自己打算帮乔军，这两人就注定是自己的对手。今天的关键倒不是面对杨老师怎么去表态的问题，表态还可以另找时间再跟杨老师说。关键就是不要表露自己的思想，不能让王玉珲和何疆民掌握自己的任何想法，掌握自己的下一步打算。今天就是要装糊涂，装糊涂彭洋是有绝招的。那就是拼命给自己灌酒，谁都知道自己贪杯。但谁也不知道自己什么时候是清醒的，什么时候是糊涂的。酒可真是好东西，他让自己想躲就躲，想说就说。

杨老师接着说："作为乔军的老师，乔军真要被判了刑，我肯定是不好受的，也是不愿意看到的。乔军的案子跟你们三位可能都有点关系，所以才请了三位来。既然是我的诚意。我当然就不能以老师的身份来压迫你们跟我一样的为乔军排忧解难。因为我帮乔军关系很简单，师生关系，帮完他后不会对自己留下后遗症。不像你们要么是制度上的，要么是法律上，都会或多或少的留下后遗症。今天我不是来勉强各位。只是希望在力所能及的前提下，在不违反原则的基础上，帮乔军一把。我会记得你们，乔军更会记得你们。先说王玉珲这一块儿吧。"王玉珲一听杨老师指名道姓地提到自己，今天他可是提起了十二分小心，聆听着杨老师说的每个字。

杨老师继续说着："不管乔军诈骗了公司多少钱，我希望你以及玉龙公司要原谅他，要放他一马。因为乔军跟你的关系不一般，你们是同学，是一个战壕里拼杀出来的。有这种感情的同事关系，我相信是非常少的。这不需要我多说，我觉得你可以原谅他，也应该原谅他。至于对玉龙公司造成的损失，我想只要可以用钱来抵消的事情那是最简单的事了。乔军毕竟是股东，他有这个能力偿还这些钱。"王玉珲本来以为杨老师会替乔军做无罪辩护的，但杨老师首先承认了乔军有错在先。王玉珲觉得自己开始准备好的台词都有点文不对题了，用不上。他不好说什么了，也说不出什么了。他总不能说连原谅乔军的错误都不可以吧，他也不能说乔军的事与自己没关系，自己帮不上忙吧。

杨老师又继续说："至于说怎么帮乔军更有效些，我真还不知道。是不是把自己的损失报少些。或者写个担保函，讲讲乔军的一贯表现。实际上乔军真要被判了，损失最大的还是玉龙公司，我说的不是经济上的，我说的是信誉上的。如果连公司堂堂的副总都是一个诈骗犯的话，可以想见玉龙公司的声誉何在？"杨老师说完就看着王玉珲，显然他想听听王玉珲的意见。

王玉珲现在只能放下自己早已准备好的台词，他只能顺着杨老师的意思予以回答，杨老师的话里可没有半点需要自己解释的地方。王玉珲说："杨老师关心乔军的事就是关心我们玉龙公司，我代表玉龙公司的全体职工感谢杨老师的这片好心。杨老师都能为乔军这么说话，我们玉龙公司还有什么可说的，按照杨老师的意见办。别说只有一车电池，就是再多点，我们也应该舍弃这些钱财，保住人啊，乔军可是我们公司的宝贝。当年为了把乔军拉进我们玉龙公司，我们可没少下力气。今天为了保住乔军，我们照样可以舍弃。我回去后马上跟大家商量商量，看看怎么来做这件事。我想按照杨老师的建议可以从这几个角度来努力，第一从财务的损失数量上，第二从乔军的一贯表现上，第三写个担保函，可否让乔军取保候审。"说到第三时，王玉珲是看着何疆民说的，从阴谋的角度来说，这事前他俩没商量，他不知道这么说会不会让何疆民觉得难堪，会不会让何疆民暗地里骂自己两头做好人。从"阳谋"的角度来说，他确实不了解取保候审需要什么条件，他只能是看着何疆民的脸色来说这个话，何疆民好像并无反应。王玉珲又接着说："当然，怎么利用法律的空子，何支队和彭大法官是专家。听听他们的意见，说不定还会有更多的办法。"

杨老师说："王玉珲说得很好，像个董事长的话。当然，乔军已经都关进去了，玉龙公司现在可能也只能做些外围协助性的工作了。最能给力的可能还是办案和判案单位。"

何疆民笑着插话说："最能给力的是法院，公安只是'打手'。法院说有罪，我们就关人。法院说无罪我们就放人。"

彭洋说："现在案子在你手上做，证据做不做得扎实，全在你用不用心。"

王玉珲说："你俩不要相互推诿，听杨老师说完。"这话被大家一插，刚才还略显沉闷的气氛被打破了。

小田老师说："我们边吃边聊。"

彭洋说："你们都不吃，我一个人喝闷酒。这菜点多了是腐败，不吃是浪费。毛主席说贪污和浪费都是犯罪。"

大家再注意看时，彭洋把个酒瓶一人拽在手里，酒都下去了大半杯了。杨老师指着彭洋的酒，大家都笑了起来。杨老师继续说："彭洋和王玉珲读书时，是最调皮的，我每次都是点到为止吧。因为我认为，人都是可以教育的，否则还要我们这些老师干什么呢？人犯错都是一时的冲动。关键是要看这个人的本质，看他一贯的思想逻辑。为什么有些人犯了罪，说给他熟悉的人听。熟悉他的人就会说，这个人怎么会做这样的事呢，这就是逻辑使然。当然法律是不讲思想逻辑的，只讲当下你犯了什么罪，按照法律此罪应该承担什么处罚，你就受什么罚。”

小田老师插话说：“杨老师，你是不是讲得太远了，又跑到酒桌上上课来了。他们可不是中学生了，他们都是法律界的精英了。”

彭洋说：“小田老师，你还别说。我干了几十年的法律。倒是第一次听到把教育和法律的功能分得这么清的。”

杨老师又说：“我也只是在一些大概念上有些见解。我说的意思，你们虽然是执法者，能不能在执乔军这个法的时候多点宽容。虽然你们不是教育工作者，但是你们了解乔军的为人，了解他的思想轨迹。乔军能坏到什么地步，你们心里都有底。当然人情是不能取代法律的，但是作为现在的中国人，又有谁不会被情感的因素影响呢？我说完了。”

何疆民看了彭洋一眼说：“彭大法官，你说吧。”

彭洋喝了一口酒头都不抬地说：“你说。”

何疆民就说：“在老师面前，我们也没有什么弯子可以绕，我首先要说些真话。前天，我跟我们洪局长汇报过了乔军这个案子。”看到杨老师不解的样子，何疆民就解释说：“洪局长是我们市局的一把手。乔军这个案子本来不是一个什么大案子，为什么洪局长会过问呢。我们洪局长曾经被老干部告过，差点就阴沟里翻船，所以他对老干部是比较畏惧的。乔军出事后，他父亲乔书记亲自到了我们局，找了洪局长。洪局长因此对这个案子就重视起来。洪局长的指示，证据不足就马上放人，证据确凿就要办成铁案。”

杨老师听到这儿，不禁精神紧张起来，他插着话问何疆民：“那证据到底怎么样呢？”彭洋还是自顾自地喝着酒。

何疆民说：“证据到现在为止，定乔军的罪是绰绰有余了。”

杨老师不禁失声叫了起来：“啊！”他的脸上一时变得灰暗起来。

何疆民说：“而且有些东西重新调整都很麻烦，因为洪局长都知道了。”何疆民一看现场气氛突然显得尴尬起来，又说：“当然我认为在这个案子里我还得想办法把乔军的罪责办得轻些。这也需要王董事长的配合，也需要彭大法官的最终一锤定音。让乔军受到的处罚减至最轻。”

何疆民这些话好像说乔军的案子已经定了性，乔军的刑罚肯定是免不了的。只是通过大家的努力可以把受到的处罚降到最低。这何疆民是个应付讲情人的老手，只要经过他办的案子，抓照样抓、关照样关、饭照样吃、礼照样收、案照样办、判照样判。之所以他敢这样做，就在于当事人没有几个有这专业知识的，自以为找到了办案的负责人了，什么事情都可以搞定了。何疆民对付这些人的办法首先就是在第一时间把来办事的人的预期降到最低，给你把事情的后果说到无穷大，说到不能挽回的地步。然后他就会跟你说他肯定会尽最大努力来把此事的风险降低。最后等法院判下来后，他都会说是他的功劳，实际上他可能什么都没有做。就拿乔军的这个案子来说，照何疆民所说，这案子以后不管判决是什么结果，都是因为做了工作才争取下来的。然后他又在老师面前可以摆功，是以何疆民为首的老同学帮的忙，而且大家今天都见证了。事实上很多人情何疆民只是嘴上认了，实际情况他什么都没干。只是按照他的职务行为按部就班地行事，然后干等着那帮傻呵呵的当事人的亲属上门答谢。

杨老师不死心地继续问着何疆民说："那你准备怎么做？"

何疆民说："我看看案卷，看看还有什么地方可以做文章。有些乔军的口供，看能不能提醒他换个角度说。当然，我也不能出格。我这个乌纱帽还不能丢。"

杨老师着急地说："什么乌纱帽，乔军马上就要身败名裂了，你还惦记着你的乌纱帽。何疆民我跟你说，乔军这件案子我听明白了。关键是在于你整的材料，你的材料越扎实，乔军就越是在劫难逃。你的手头软软，乔军就有可能重罪轻罚。"

何疆民说："这材料哪是我写出来的，那都是有证据支撑的。那都是笔录，当事人的口供，这个可以问问彭大法官。"

杨老师调过头来对彭洋说："彭洋，你也说说你对这件事的看法。"

彭洋就说："乔军是我们的同学，你杨老师都这么热情相助，我们肯定是义不容辞。因为杨老师今天可以这样帮乔军，明天就可能同样地帮助我们任何一个同学。我衷心地代表同学们感谢杨老师，以酒为敬。我干完，杨老师随意。"彭洋连干了三杯。然后彭洋说："乔军这个案子，我还没看到，法官如果看不到案卷，就没有任何办法来断案。即使案卷出来了，这个案子的管辖地也不在中院。当然，我可以打打招呼，说说好话，但是我所有工作都得等到案卷出来。"

杨老师顿了顿说："何疆民我得给你说清楚，我不管是什么红局长还是黑局长。乔军这个案子你肯定是要帮忙的，而且要帮得老师同学们都满意。就是你的乌纱帽，我觉得现在也不是理由。"杨老师已经有些急了，说了跟他平常的作风有些不一样的话。

大家吃了一阵子，何疆民要方便，就出去找洗手间去了。彭洋说："我也不行了，我得去。"

彭洋进了洗手间，就对何疆民说："兄弟啊，你是任重道远啊。搞好了，就是你的功劳；搞差了，你跳进黄河也洗不清啊。人言可畏，不要出格。"

彭洋含混不清地说着这些话，说完就走出了洗手间。何疆民想了一会儿才明白彭洋的意思，他追了出去，拦住彭洋有点正儿八经地问："你说不要出格是什么意思？"

彭洋喷着酒气地说："我的意思你要按照法律的程序办，不要出格，否则会给自己找麻烦的。"

何疆民说："找什么麻烦？"

彭洋说："丢乌纱帽拉。"彭洋说完转身就进了包间，留下何疆民还傻站在走廊里发愣。

第二十章　王玉珲被绑架了

THE TWENTIETH CHAPTER

何疆民立马去了玉龙公司，张军和张灿已经在王玉珲的办公室等着他了。何疆民说：“玉珲八成是被绑架了，这是他的手机。”

接着何疆民又说：“我首先要问昨天是谁派的客车，客车开不进小区，停在小区外。才导致王玉珲步行途中被绑架的。”

张灿喊来了王晓，王晓说：“昨天人多，小车坐不下，董事长就派了大车。”

酒宴散了后，王玉珲打电话给何疆民，说要出来坐坐。于是两人就近找了家僻静的茶馆。点好茶后，服务员送了进来。王玉珲就对服务员说:“我们不叫你，你就不需要进来续茶。”服务员答应着，走出去把门带上了。

何疆民对王玉珲说:“怎么，杨老师一说就沉不住气了？”

王玉珲没有正面回答何疆民的问题，他说:“你刚才在酒桌上说，让乔军调整调整口供。我想问你，乔军会顺你的意吗？”

何疆民说:“调整是对他有利，他为什么不顺？”

王玉珲说:“乔军是什么样的人，我们难道还不知道吗？对他有利没利，只要他不喜欢，他就不会顺你的意。”

何疆民说:“你以为在里面和在外面一个样，和你谈判打官司一个样啊，那就由不得他了。”

王玉珲说:“正因为今天听到你说乔军的口供和洪局长汇报的事，我才想约你了解一下。如果乔军不配合你的问询，或者说他的笔录不尽你意，你怎么办？你怎么向洪局长汇报？你总不能说犯罪嫌疑人到现在还没有承认。”

何疆民说:“这具体办案的事你就别过问了，那都会按照我们的流程走的。”

王玉珲说:“以前干的案子我从来不问你，但是乔军我不能不问。因为我知道乔军会抵死不认的，我可以想象他的态度。我正是因为没有办法对付他的性格才把这事交给你，但其实你最后还是不能回避这个矛盾。”

何疆民说:“你确实很了解乔军，他非常不配合，一点也不配合。”

王玉珲紧张地问:“那你们怎么办？”

何疆民说:“还能怎么办？我们上了手段。”

王玉珲把桌子猛地一拍，大骂了一声：“我 ×！怎么能这么干？怎么能这么干？”

何疆民被王玉珲突然的动作吓了一大跳，他解释道：“你了解乔军的，这小子又臭又硬，实在没办法了。审案的急了，也只是给他点压力。”

王玉珲痛心地说：“你小子也下得了手啊，再怎么他可是跟你一块儿长大的老同学啊，我们平常都是兄弟啊。”

何疆民说：“我没在场，不是我授意的，是审案的自作主张。”

王玉珲说：“谁都知道乔军是你同学，你虽然没授意，但你不给下面人施加压力，他们敢动手吗？”

何疆民说：“不是我给下面人压力，我实在没想到洪局长会这么重视这个案子，他两天一催的，实在压得我喘不过气来。以前这种案子我都可以完全驾驭的。你还记得行动前，你问过我，这个案子在我手上的时间吗？我是有充裕的时间来解决问题的。没想到乔军他爸爸一掺和进来，洪局长一过问，整个节奏就全乱了。顶着我往前面走，现在成了要么乔军就是铁案，要么我就全部玩完。”

王玉珲说：“你是陷我于不义啊，这事肯定会传出来的。”

何疆民说：“即使没有打他，你想过没有，我们诬陷他，难道就不会陷我们于不义吗？”

王玉珲说：“但是怎么也不能动手啊。”

何疆民说：“他们动了手，我问了，也没有什么外伤，看是看不出的。”

王玉珲说：“那你看了没有？”

何疆民难为情地说：“我怎么好意思见他。”

王玉珲说：“我们究竟以后还会见面的，你不好意思见，以后难道我就好意思见吗？”

何疆民说：“实际上进了那种地方，都会多多少少吃些苦头的。谁只要把他送进去，他就会记恨你一辈子的，你以为乔军还有可能原谅你吗？你想都别想。不仅仅是他会怨恨你，他的父母以及和他亲近的人都会认为是你王玉珲断送了他一生，他们会恨你一辈子的，永远不会原谅你。”

王玉珲感叹地说：“实际上都是乔军的脾气性格把我逼到这一步的。我以为我对付不了他，你可以，我抱着侥幸的心态回避矛盾。实际上你还是要面对乔军的个性，我们的对手就是乔军的性格。你也绕不过去啊。”

何疆民说：“我脱了这身虎皮，还不就是一个普通的人。表面上我们虽然是执法者，有法律的名义，但在实际的较量中都是各自的毅力和个性在单打独斗。”

王玉珲喃喃自语说：“不行，不行。”王玉珲对何疆民说：“这件事再往下做，就没有任何回旋余地了，我们可能要刹车了，不能再往前走了。”王玉珲这时觉得此事已经失控了，他最不能接受的是乔军挨了打。在喝酒时，何疆民说让乔军调整口供笔录时，王玉珲就觉得这样干肯定出事。因为他太了解乔军了，乔军肯定会倔到底的。除非可以把乔军零口供给办了，他都认为至少还尊重了乔军的人格。现在非得逼使乔军自己承认自己没干过的事，不管换了谁，心理上都受不了。何况是乔军，这会让乔军疯了的。基于这些，王玉珲才觉得事态变得非常严重了。而对于何疆民来说，他可能已经习惯这么简单地审案了，就没有因人而异地区别对待。

何疆民沮丧地说：“现在刹车来不及了，我已经控制不了了。”

王玉珲说：“不行，你得想想怎么退出了。即使乔军不会原谅我，至少这件事还没有酿成更大的伤害。”

何疆民说：“王董事长，这件事真没有办法退回去了。”

王玉珲说：“都叫我董事长了，这么办行吗？我花出去的所有钱我都不要了。另外你看还需要再花多少钱，才能把这件事情摆平。”

何疆民痛心地说：“玉珲啊！我何疆民什么时候在你的心目中是个见利忘义的人了，我什么时候跟你开过口。再有你以为花钱就什么事都可以摆平吗？有些事是花钱可以摆平的，有些事是花钱摆不平的。乔军的个性你要是花钱可以摆平，那你不是早就摆平了吗？还会挨到今天这个被动局面吗？”

王玉珲说：“现在已经到了关键时候了，我们确实是不能往前走的，再走我们就不能回头了。何疆民啊，我说钱，不是把你当成要钱的人。我知道这么多年来，你对我的情谊，我俩的感情是不用说了，但我是怕你顾忌自己的后路。就这么说吧，这件事情处理后给你何疆民带来的任何损失，我王玉珲以及玉龙公司都负责到底，包括你离开警察队伍后的工作安排。”

何疆民说：“已经没有回头路了，现在到了这个谁都知道的时候，我哪里还有退路。我只要退下去，意味着什么，你想过吗？对同学来说我是不忠不义，对警察职业来说我是滥用权力、刑讯逼供。关键问题我可能还不止这么点肮脏事，那会扯出很多事来。我们这批人都是从计划经济过渡到市场经济的，那段时期什么都有些乱。不可避免的你有原罪，我也有许多的原罪。那将是个什么局面，墙倒众人推啊。”

王玉珲说：“何疆民不管你有多难，你现在至少要想想这种可能性了。后果绝对没有你想的那么严重，不就是一桩错案吗，何况也还没有判。我是有这个准备了。”

几天后，王晓通知王玉珲，说筹委会要对“同学聚”的最后议程再议一次，这次大家希望你也能参加。王玉珲问：“都有哪些人去？”王晓了解王玉珲的习惯，像这样的聚会，他以前从来不会问有谁参加，他只问自己的行程有没有空。而今王玉珲肯定是在会议上不愿见到某人才下意识提出这样的问题的。那他是提防谁呢？赵梦茹、孙红梅以及那些知道乔军案子的人，他都会有所顾忌。他现在应该已经搞清了这些消息源，他应该知道是赵梦茹在做马前卒，那他最提防的就应该是赵梦茹了。

王晓说：“还不是那帮积极分子，大家忙上忙下，也确实辛苦了。大家可能是想跟你汇报一次，以证明玉龙公司的钱花得值。”

王玉珲说：“肯定是值的，至于说这次组织得怎么样，只有搞完以后才能评判，你说对吗？你说这个时候去发一通议论有必要吗？”

王晓说：“我看发议论没有必要，但是你去跟大家见个面是很有必要的。”

王玉珲问：“为什么？”

王晓说：“现在乔军这个案子搞得满城风雨，特别是对我们玉龙公司的形象不好，你多跟大家沟通沟通，当然对玉龙公司甚至你本人都有好处。”

王玉珲好像被王晓一句话点醒了似的，他说：“你这么一说，我觉得很有道理，那要去。那干脆让曾总守家，我俩去吧。”

王晓说：“可能要把聚会时的几个场地都要一起看看，人不少，我叫台大车吧。”

老同学见面，大家都相互打趣着，上了车，第一站是去雪峰宾馆。车上王玉珲跟王晓坐在一排，王玉珲总觉得有双眼睛在暗地里注视着自己，他当时跟大家不停地搭讪着，就没有很在意。到了雪峰宾馆，大家都下了车。雪峰宾馆可能是因为湘西的雪峰山而得名。宾馆的造型陡峭而瘦削，就像两座贴在一块的不规则的巨型山石。进得宾馆的大厅，服务台的后墙上是一幅题为“雪峰春晓”的巨型水墨画。宾馆的右侧显眼处摆放着一座上端雪白、下部翠绿的巨大山石，解读着雪峰宾馆的品牌文化。小喇叭开始介绍起这个报到的地方来。小喇叭说：“这家宾馆到机场坐车三十分钟，到汽车站走路一刻钟，火车站走路不到五分钟。这个宾馆是雾水交通位置最方便的四星级宾馆。报到日，我们将在这大厅设立签到台，然后聚会的第一晚将在这里度过。”

大家又乘电梯上了三楼，中餐厅的大门古色古香，进得门口，正前方的台中间有一个大红色的双喜泡沫字体。四壁和屋顶基调是金色的，让人觉得是到了太上宝殿。几十张圆形餐桌霸占着整个大厅的主要地盘，显示着自己的主流身份。餐桌、餐椅一律地蒙着象征帝王的金色布艺，衬托着大堂金碧辉煌的富贵。

孙红梅继续介绍着："报到第一天将在宾馆的中餐厅举行欢迎酒会，这个中餐厅可以同时容纳四百人进餐。中午进餐可能稍微随便些，下午五点老师和学校领导来了，我们就先开会，然后开始酒会。下午和晚上的具体流程由刘旭给大家汇报。"

刘旭掏出了一张流程表开始给大家介绍："之所以安排在下午五点开始酒会，是因为考虑到有些同学可以下班再来。特别是我们一中的老师和学校领导要到那个时候才下课，五点以前就是同学们的报到时间。那一天这桌上都有茶水和点心可以供大家随便食用。五点以后，就有老师、学校领导和同学代表上台发言。我们的同学代表现在还没定，大家看看推荐谁上台合适？"

王晓首先说："推荐王董吧。我看王玉珲比较合适。"马上有几位同学响应。

刘旭说："我看王玉珲同学合适，他又是我们这次活动的捐助者，应该发言。"

王玉珲连忙站起来说："我觉得捐款本来也不算什么，再说捐款也不是我个人行为。乔军、曾金刚、王晓、张灿人人都是参与者。"本来不说乔军的名字很自然，一说到倒有点显得此地无银三百两，很牵强。王玉珲说到乔军的名字时，他尽量显得自然。他实际上太需要这个时候主动提到乔军了，大家都不愿意提他的时候，自己就更需要主动说到他。

刘旭说："大家都知道是你们玉龙公司的集体决定，但是总要推一个代表说几句吧。"

王玉珲说："那就让王晓说吧！"

王晓连忙说："让张灿姐来说，我不行。"王晓一着急竟使得平时在公司里对张灿的称呼脱口而出。

刘旭说："行啊！谁说都一样，只要是你们玉龙公司的人就行。"

王玉珲急忙插话说："王晓你记得提醒张灿，发言时千万别提捐款的事，她不是代表玉龙公司发言，她是代表全体同学发言。"王晓点着头。

宾馆看完了，大家就到了母校校园。母校聚会办的徐老师早就在那块绿地英才园等着了，汽车直接开到了英才园。大家下了车就发现母校不一样了，绿色的植物多了起来，断桥流水也进了校园。王玉珲说："以前的校园好像不是这样的。"

徐老师就跟大家介绍说："没错，这块地以前是印刷厂的，后来才征过来。"大家说确实漂亮多了。

王玉珲猛然看到了自己在路上捡的那块黄蜡石已经立在绿地里了，上面盖着一块红绸子。王玉珲就悄悄地问刘旭这块石头怎么就搞到校园来了。

刘旭说：“本来是在雕刻厂刻好了字就放在那儿的。后来雕刻厂接了一笔大单，那石头在院子里放不下了。就非得让我们拖走，这不，我们就先让它就位了。”

徐老师早就瞄上了王玉珲，他见刘旭在和王玉珲说话，连忙就插了进来。他对刘旭说：“刘总，你得给我介绍一下。这位是……”

刘旭连忙说：“这位就是玉龙公司的董事长王玉珲同学，这位是一中的徐老师。”刘旭觉得把徐老师的正式职务都介绍出来不妥，那个什么聚会办，刘旭听起来就觉得别扭。

徐老师一双手热情地握住了王玉珲的手说：“你就是王董事长啊，久仰！久仰！这次听说您给大家捐了这么多的钱，办了这么多的事，立了这么大的石头，不容易啊，慷慨啊。您的这块石头已经成了我们英才园最抢眼的标志性景观了，我要代表雾水一中谢谢你。”

王玉珲说：“我们玉龙公司几个股东都是雾水一中的校友，这是我们应该做的，徐老师过奖了。”

徐老师从口袋里掏出了一张大红请柬说：“我们雾水一中准备开一个校理事会筹备会，想请王董事长参加。”

刘旭一把抢了过去，边看边说：“一中也要成立理事会啊，我还是我们这次理事会的副秘书长呢，怎么不请我啊。”

徐老师说：“名额有限，这次校理事会筹委会就是要推选理事会成员。来的有刘副市长，张秘书长，还有宣传部王部长。除了领导就是你们这些事业有成的企业家了。”

刘旭说：“你刚才说的这些领导都是我们校友吗？”

徐老师说：“除了刘副市长只在一中补习班里上了三个月的课外，其他的都是一中毕业的。”

刘旭把请柬递给了王晓，徐老师马上又拿了回来递给了王玉珲。刘旭又从王玉珲手里拿了过来递给王晓，他对徐老师说：“她是玉龙公司股东会的秘书，王董事长的事务都是由她安排的。你们就是势利眼，只知道找当官的和有钱的。”徐老师连忙对王晓赔着不是。

王玉珲在一旁笑着说：“你别听刘旭的，他是跟你开玩笑的。”

刘旭连忙又给大家介绍起聚会程序来。刘旭又对王玉珲说：“你还是代表同学们跟校长一块剪彩吧？”

王玉珲说："照个面行，只要不讲话。"

刘旭说："剪完彩我们就在石头前合影留念。"

王晓说："怎么不去我们的教学楼前合影呢？"

徐老师说："你们读书的那栋两层楼是危房，要拆了，那也是你们读书时的校园留下来的最后一栋建筑了。"

瘦岛山庄三面傍着雾水，瘦岛农庄紧贴着一座拔地而起的孤峰绝壁，这面绝壁给山庄平添了几分孤傲的神情。这座孤峰从山庄的正面看过去，就像是一个巨人用巨斧给劈出来的。从侧面看，才发现它后面的山势是和缓的，后山长满了野生的绿色植被。山庄的结构最为叫绝的是就在三面环水的瘦岛山庄中间还有一个三十多亩地的小湖泊，就因为多了这个小湖，使得瘦岛山庄就成了水外有水，山外有山，山水相隔的山水之洲了。真是个人间天堂，这里作为聚会的主场地是再好不过了。

刘旭说："聚会的第二天我们在母校英才园剪彩，合影留念后，中午就赶到这里吃午饭，晚上就是焰火晚会。我们现在停车的这个位置就是主看台，焰火施放台在湖面上。接下来的几天，这个山庄的所有娱乐项目都对大家开放。唱歌、钓鱼、打球、打牌、看碟、上网、划船。当然在这几天当中我们还有一天安排大家到我们的校办农场去参观，到风景点去玩一天。最后一个晚上，就是我们的联欢晚会，等会儿到茶室里由赵梦茹同学给大家汇报晚会的准备情况。"

孙红梅说："要安排一次狮子岩就近旅游，我们读书时只能隔河相望，一直没有靠近看过那狮子的鼻子是怎么红的。"大家都附和着说好。

刘旭说："那行，我专门跟山庄说好，准备一条船。大家都可以靠近看看狮子岩，满足大家的心愿。"

大家向茶室里走去，王玉珲靠近刘旭说："你们去过农场吗？"

刘旭说："没去过，但是我问了，那两栋房子还在。"

王玉珲说："要先上去打个招呼，我担心临时上不去。"

刘旭说："我问过了，上面现在通车了，车子可以开到门口。"

王玉珲说："我上去过，现在已经是一家隐蔽的赌场了。"

刘旭说："那还能去吗？那么神圣的地方谁他妈在那里开赌场？"

王玉珲说："不去就没有意思了，你先去联系一下，千万不要说破人家是赌场，我想只要把时间缩短些，人家会让我们去的。不是人家开赌场，我估计那里早就没有人烟了，大不了再使些钱。"说到使钱，王玉珲又想起了何疆民跟自己说的不是什么事都可以用钱搞得定的话来，不知道这小子想出招来放乔军了吗？

刘旭说：“那我自己会先去一趟。”

大家都在茶室里坐了下来，大家一边品着茶，一边等着吃饭。折腾了大半天，天都快黑了，肚子有点撑不住了。赵梦茹站起来说：“反正大家还要等菜，我趁这个时候就跟大家先汇报汇报联欢晚会的准备工作。联欢晚会我们要求大家是人人都要上台，实际上大家的积极性非常高，本来节目我们打算进行三个小时的。后来大家报上来的节目实在太多，我们挑选后，重新整合了，最后定下了五个小时节目量。当然大家肯定担心节目质量的问题，能不能吸引大家看下去。我可以告诉大家，那些节目虽然比不上春晚那么专业，但因为它有贴近性，所以大大提高了可看性。还真不错，大家绝对能看完。这里是节目单，我就不一一念了。大家先看看，有问题我再解释。”

“我的天了，王丽花还能表演节目啊，她的病好了吗？”有同学问。

赵梦茹说：“说实话这个节目是我最没有底的。王丽花我去见了，她神智没有任何问题。只要她来了，可能就非得让她上台。”

“为什么？”孙红梅问。

“她如果能来，就说明她的健康状态很好。你不让她上台，万一她又发病了，你不是自找麻烦吗？”赵梦茹回答。

“这快结尾了，还有一个没写名字的节目，谁表演的？”孙红梅问。

赵梦茹故作神秘地说：“会给大家一个惊喜的，先要保密。”

吃完饭，大家准备登车回家了。王玉珲在停车场被赵梦茹叫住了，赵梦茹指着照在瘦岛绝壁上的一束探照灯的光柱说：“王董事长，我眼神不好。那雪亮的灯是什么灯啊？”

王玉珲看了一眼说：“那是探照灯。”

“从哪里照过来的？”赵梦茹又问。

王玉珲回答：“是从看守所啊。”王玉珲的声音一下停住了，他想起了乔军就是关在那里。等他回过头来，再看赵梦茹时，赵梦茹已经上车了。王玉珲好一阵郁闷，今天本来是很得意的一天。被最后这一束探照灯一照，心情顷刻间变得抑郁起来。此时，王晓在车上静静地注视着王玉珲。

第二天上班时，张灿因为要参加女儿的家长会，便到办公室找王玉珲，发现他不在办公室。张灿拨打王玉珲的手机，王玉珲的手机竟然关了机。王玉珲昨晚没有回家，张灿以为他昨晚被同学叫去玩了。但王玉珲的作息时间，张灿是知道的。不管他多晚睡，第二天上班，他肯定会准时来办公室。他宁可到了办公室上午再补睡一觉也会按时到的。

张灿就到了王晓办公室，问王晓王玉珲的去向。王晓说昨晚大家回城时比较晚了，王玉珲让她先下了车，他负责把同学送到家。张灿去了小车队，问到昨天的司机，昨晚出车的司机还没上班。车队队长就把电话打到了昨晚小车司机的家里。那司机还在睡觉，电话叫醒后，那司机说昨晚十一点的时候，他把董事长送回家的。因为小区门口的马路在维修，大车进不去。董事长就提前下了车，他说他走几步。张灿感觉有点不妙，她下意识地觉得王玉珲有可能出事了。

她把电话打回到自己住的小区，问了昨晚值班的保安。保安说昨晚十一点左右王董事长没有回小区。看样子王玉珲就是在下车后步行回家的路上，发生了变故。张灿再拨王玉珲的手机，王玉珲的手机仍然关机。张灿心里有些急，急忙打了电话给何疆民。何疆民说："你先别乱想，我可以查到他的手机方位，我先查查。"

张灿说："他的手机没开机。"

何疆民说："没事，我能查到。"何疆民挂完电话，就去了移动公司，没花多长时间，他就查出了王玉珲手机所在的方位就在王玉珲的小区里。何疆民带了几个兄弟立马去了王玉珲所在小区，王玉珲的手机就在他家不远的一栋连体别墅里。何疆民敲开了门，他们闯了进去。家里一个男孩惊慌失措，王玉珲的手机就躺在沙发上睡觉呢。何疆民他们搜遍了每个房间，还是不见王玉珲的踪影。何疆民当即在男孩家里，询问了男孩。

男孩已经被吓得尿裤子了。何疆民单刀直入地问男孩这手机是从哪里来的。小男孩说是街上捡的。于是，男孩就带上何疆民一干人，出了小区大门。在小区门口的那条正在翻修的马路口指认了地方。男孩说他捡到手机才关的机。何疆民看了看地上，他发现地上有明显的刹车印和王玉珲的鞋印。他估计昨晚王玉珲送完同学后，他一个人在这儿下了车准备回家。步行到这里就被人绑架了。手机有可能是王玉珲故意丢在这儿的，为了给我们留下一条破案的线索。何疆民又去问保安这条路修了多久，保安回答已经修了一个多月了。

何疆民立马去了玉龙公司，张军和张灿已经在王玉珲的办公室等着他了。何疆民说："玉珲八成是被绑架了，这是他的手机。"

接着何疆民又说："我首先要问昨天是谁派的客车？客车开不进小区，停在小区外，才导致王玉珲步行途中被绑架的。"

张灿喊来了王晓，王晓说：“昨天人多，小车坐不下，董事长就派了大车。”

王晓说完，张灿就让她回去了。张灿对何疆民说：“你的判断不对，因为你知道只有大客车才会停在那，小车可以开进小区。既然有人在那里早早地守候，所以必定是和派车人里应外合。其实王玉珲早就开始步行回家了。因为他的那台奔驰，底盘低，修路他怕刮到底盘。所以他每天都是让司机把车停在那个大客车旁边的一个公共停车场里，然后步行回家。”

何疆民说：“这么说，这件事情就比较复杂了。”

张军说：“我看就是乔军的人开始反扑了。”

何疆民说：“可能有下面几种情况：第一种是乔军的关系干的；第二种是专业抢劫犯干的，盯了王玉珲好久，专门是为了抢钱来的；第三种是玉珲以前的仇家干的。反正这件案子是经过策划的，不是偶发的。今天把你们的电话全部打开，包括王玉珲的，把你们家的座机呼叫转移到你手机上来。看看今天有没有要赎金的电话。如果一天没有来电话要钱，这种概率就可以排除了。”

张灿说：“那我们还是先报案吧。”

何疆民说：“案子不能报。因为如果是乔军这个案子引发的，他们为什么要绑王玉珲。不是为了钱，也不是为了别的目的。他们就是要把案子搞大，引起上面的高度重视。因为已经出了个乔军的案子了，再出个绑架案，公安局肯定会重点办案。这个是恶性案件，肯定会让刑侦支队介入。乔军的案子也要移交出去，我们就根本控制不了局势。那个时候就有可能让乔军的案子真相大白，乔军会获得自由。”

张灿说：“会是这样吗？”

何疆民说：“只要不是谋财就基本可以断定是为了救乔军。因为他们没有别的办法了，而我们就不能上他们的当，不能把事情闹大。现在让知道这消息的人都闭上嘴，谁也不许说出来。我们自己来想办法，我照样可以动用我的兄弟。但我们的对手非常了解我们，了解我们的一切，我们在明处他们在暗处。”

张军说：“那你说，如果是帮乔军，谁最有可能？”

何疆民说：“难道是赵梦茹，但我总觉得这个女人不太可能做出这样的事来。”

张军说：“前些日子，我还在我们的门面工地上发现了她。她撒谎说来看买了的门面。后来我查了查，发现她说的那个门面根本就不是她的。”

张灿说：“那她跑到你门面那里干什么？”

张军说：“我估计她那么晚是想溜进玉龙公司来，不知她要干什么？”

张灿就说："我看就是赵梦茹，现在外面流传的舆论也是从她的嘴里开始往外传的。"

何疆民说："先不管到底是谁，今天我们反正得好好等一天电话。张灿，今天打进来的与此无关的电话，你都不要说得太长，能短则短。我们要留下充足的时间来等待这个神秘的客人。"

张灿说："那玉珲会有危险吗？"

何疆民说："绝无半点危险。不管是谋财还是救乔军的，他们都不会伤害玉珲。因为伤害玉珲，就意味着他们想要钱的拿不到钱，想救乔军的救不出乔军。所以我认为这件事我们拖得起。不着急，慢慢来，要找出幕后的对手来。"

张军说："我先出去，问问我道上的朋友，看谁知道昨晚发生的事。"

何疆民说："注意别弄得满城风雨。"

第二十一章　老同学聚会与最后的较量

THE TWENTY-FIRST CHAPTER

一中的现任校长和曾金刚一人拿了把剪刀，一刀下去，蒙在黄蜡石上面的红绸缎就飘飘悠悠地落了下来。这块黄蜡石立在英才园里很是抢眼，除了一些树木，它就是这个英才园的最高的自然物体了。黄蜡石上镌刻着“风华正茂”，落款是大家所在的年级，每个人都为自己的名字留在这个团队里，并永远地与这块巨石共存感到无限的满足，大家鼓起掌来。

终于到了报到的日子了，孙红梅和刘旭上午就在雪峰宾馆大厅里把签到台摆好了，签到表上都划好了格子。孙红梅是第一个签到的，她一边填写，一边对刘旭说："你这个表格也太详细了，什么都要填。家庭电话、座右铭、最喜欢的格言。这不是签到，干脆把大家重新招进教室里，一人发一张试卷，考一次算了。也算大家真正回到同学时代了。"

刘旭说："我们之所以这么详细，主要是为了后面做同学录减少麻烦。一步到位，什么信息都有，同学录就不用再操心了。"

接着王晓也来签到了，王晓先填了王玉珲的名字。孙红梅就问："董事长签个名还有代的啊？"

王晓回答说："王玉珲出差还没回。先由我代签了，没说不能代吧？"

刘旭说："可以代的，别听小喇叭的。"

王晓说："我可是代表玉龙公司的所有老同学来签到的，没有必要个个都先跑一趟吧。"

王晓一个个往下填着，当她填到乔军的名字时，孙红梅就问："我们今天签到是能到的就签，不能到的就不要签了，乔军能不能到啊？"

王晓说："乔军最后能到不能到，我现在不能确定。但我能告诉你的是现在王玉珲正在想办法弄他出来，参加这次聚会。"

孙红梅说："真的！那太好了，先写上再说。我还以为乔军可能与这次聚会无缘了，实在来不了我们再抹掉不就行了。"

下午三点钟，彭洋就早早来了，他签了到，就在中餐厅里先找了一个正好对着进门的大餐桌，面对着门口坐了下来。他对刘旭叫道："先拿两瓶白酒，搞点特殊化。"

刘旭说:“今天是个特殊日子，管饱。”刘旭抱了一箱白酒放在彭洋的身边。

彭洋说:“太够意思了，看我先玩一个游戏，今天主要是让后来者喝好。”彭洋就把桌上的小酒杯全倒满，然后他把先到的几个同学都喊到一块儿在他旁边坐下。

赵梦茹拒绝彭洋说:“不敢陪你这个酒罐子喝酒。”

彭洋说:“不是陪我，我们是要罚后到的同学喝酒。你们坐在我的旁边，不用喝酒。只是借你们的脸蛋用用，你们试试就知道了。”

刘旭说:“彭洋好酒，也有很多喝酒的游戏。这酒席还早着呢，看他怎么让人家喝。”

彭洋说:“我乌七八糟的同学多，经常就是这么想着办法让大家多喝酒加深印象的。”于是，众人将信将疑地坐在他的旁边。一会儿进来了一位刚在外面签完到的同学，他一进门，彭洋就悄声问来者叫什么名字。旁边马上就有人把他名字报出来，彭洋就直接大声喊着那位同学的名字。那位同学一看这么多熟悉的面孔，连忙就向大家笑着走了过来。彭洋问他:“你我们都认识，可在座的不知你能认出几个？”

那位同学连忙大大咧咧地说道:“都是老同学啦，谁不认识？都认识。”

彭洋就说:“好，如果有一个名字你喊不出来，罚酒一杯，从这边开始。”这一过细，那位同学立马就露了馅。第一位同学的名字他说了半天，快到嘴边了，就是蹦不出来。彭洋说:“为了加深印象，罚酒一杯。”

老同学的名字竟然喊不出来，那位同学真有点不好意思，连忙端起酒杯连声说:“该罚！该罚！”下个就该猜赵梦茹的名字了。那位同学说:“我知道你，跳舞跳得好的那位，住在那个有一棵大柳树的院子里，叫什么什么，哎呀！你们看我这记性。”彭洋又给他端上了一杯酒，那位老同学又一口干了下去。最后，一桌人能准确喊出名字的只有两三个，他灌下去了十来杯酒面红耳赤才被放走。

赵梦茹兴奋地说:“好玩！有点意思。”

接着又进来位女同学，彭洋又如法炮制，彭洋很绅士地说:“女同学酒量减半，喝半杯就可以了。”不多时女同学也喝得面如桃花般地下去了。很快桌上的一瓶白酒就见了底，彭洋又从箱子里换上一瓶酒来。

本次的老同学聚会实际上是全年级六个班的老同学聚会。这届同学从幼儿园开始大部分就是同学了。一直到小学，都在一个学校。进入中学后，初一入学时分过一次班，高一又分过一次班，到了高二，文理科分科又打乱过一次。就那么三百人，分分合合，所以全年级几百人基本上都同过班。这么多老同学聚在一块儿，确实没有谁能把大家都记全的。

同学聚会最大的魅力可能来源于两个方面：一方面都是少年时的伙伴，相互的记忆都停留在青春年少的同学时代。同学聚会就会让人们重新找到青春的感觉，就像回到了昨天，这可能也是最接近返老还童的一种心理体验；另一方面，等待着似曾见过的老面孔不断地出现，不断推出新的话题，相互交换着新的信息。都是同龄人，孩子考学、父母身体，都有共同的信息可供交流应对。当然想要看到心仪的异性同学现在的模样和变化，也是一种非主流的魅力。

这从半老徐娘的女同学精心的打扮修饰，个个尽量接近闪亮登场的装束可见一斑。这些女同学早在半个月前就开始琢磨着以什么样的装扮参加这次聚会了。聚会应该带去几套衣服，签到时的服饰，合影的服饰，娱乐时的服饰，室外旅游时的服饰，演出时的服饰。今天的报到可是第一次亮相。女同学普遍下午出门的时间比男同学要早得多，但是她们签到时间却比男同学要晚得多。这段时间她们都在美容院里度过，今天雾水的美容院的营业额估计大多都创下了本月的单日纪录。女同学们都有一种感觉，就像回到了同学时代，个个笑逐颜开，情不自禁。男同学可是看花了眼，不知道是读书时自己成熟得太晚，还是现在的美容术太高明了。

老同学相聚，有太多的话要说，有太多的人要重新认识。大家的嘴忙不过来，大家的眼睛也是目不暇接。大家的注意力都放在了一张张既熟悉又陌生的面孔上，谁都想在第一时间先认出对方。有些变化大的同学辨认起来就有些困难，碰上对方比较自恋，让你猜猜，那就要了命了，有的猜了七八个名字还没猜对的，恨不得马上半路杀出个程咬金来解围。像曾金刚这样比较谨慎点的就先远远地问好对方的名字，然后才靠近打个招呼，说上几句话。只有彭洋从来就不在乎对方是否矜持，想知道对方的名字就直接上去拍拍对方的肩膀，大着嗓门就问：“你叫什么？我忘了。”

一位在县里做县长的同学被彭洋拍了拍，有点不高兴，没有直接回答。彭洋也不在意，又上去追问了一句：“我问你，你的名字？”

县长同学原以为大家都应该认识自己的，竟然还有人敢这么质问其名，他有些不高兴了。但他还是希望能激发对方的记忆力，他很别扭地只报了个姓：“姓李！”他这个全县人民没有谁敢直呼其名的全称，岂能让这个满口酒气的酒汉直呼出来。

彭洋不依不饶地问：“李什么吗？”对方实际上是希望彭洋能流利地惊呼出：“原来是李县长！如雷贯耳！”可惜彭洋确实不记得他，更谈不上他的职务了。

还是刘旭会来事，拿了个红酒杯走了过来。他走到俩人面前，先跟彭洋碰了杯，又跟李县长碰了碰杯。他开口说道:“彭院长!李县长!我来敬两位一杯。”刘旭说到俩人的姓和职务时有意识地说得慢些、清晰些，力求让两位领导都能听清。刘旭今天希望所有的老同学都是快乐和幸福的。

果然李县长喝完酒又来找刘旭，他问:“刚才那位彭院长，是哪个学院的?”

刘旭故作吃惊地说:“他?你还不认识啊，这是我们雾水中级人民法院的常务副院长彭洋大法官啊，听说马上要提院长了。”

李县长确实是被震住了，他还一直以为，今天自己的职务是老同学中最靠前的。刚开始他为是否出席这次聚会纠结过一段时间，他确实有些担心，自己这一出现，名字上了通讯录，以后找自己来解决问题的老同学会成群结队。所以这么多年来，他一方面想把自己进步的消息告诉大家;另一方面又担心麻烦太多。于是在同学的圈子里，他总是躲着走。不了解的以为他官架子大，实际上是怕被打扰。他现在愿意接触的是比自己职务高或者是握有实权能给他带来便利的那些官员。当然那些来自不同部门的党校和短训管理班的同学，就要区别对待了。且不说他们每个人的手上都掌握了不同的资源，还说不定哪天这些同学中就会杀出一匹黑马，一不小心就成了他的上司。那些一块儿长大的同学确实是一种负担，只有自己帮他们的份，只有他们找自己的麻烦。即使很多年没见面，相逢除了回忆孩提时代的一些难忘的细节就很难再有共同语言。反过来他想自己连同学都怕来往，又怎么能够面对全县的百姓。于是最后他还是下了决心参加这次聚会。今天他一直为没有把他安排到和学校领导同桌吃饭耿耿于怀。进门也乱糟糟的，没有人打招呼，没有人来引导，弄得自己找了张座位随便就坐了。他想这是开什么会，一点规矩都没有。他一直在暗暗埋怨，确实没想到还有比自己职务高的同学。他想怪不得这人这么狂，原来马上就是副厅了。一知道对方的职务比自己靠前依然跟自己在一块，这乱坐的座位和被对方乱叫的名字带来的不快顿时烟消云散了。李县长马上把自己的杯子倒满，端着酒杯转了几个桌子追上彭洋要跟彭院长喝一杯。他口里说道:“李前途敬彭院长一杯!先干为敬。”

彭院长很爽快地喝了，他对李县长说:“李前途啊，这次聚会筹委会早就定了个调调，聚会过程中都不体现职务，也不称呼职务。就叫我彭洋吧。”

李前途马上忙不迭地说道:“按领导意思办。”李前途心想虽然不能按官排位。但是只要自己靠着这个彭院长坐，照样可以形成一个中心。何况这位彭院长的人气旺得很，不比自己在下面县里默默无闻地干个县太爷差。当官那么久，好像没几个老同学知道。于是李县长换了个餐桌，紧贴着彭洋坐在一起。

一位打扮俏丽的女同学一扭一扭地在同学中间敬着酒，这可是雾水市有名的交际花。她的外号叫交际处长，平常总是跟市里的最高层玩在一起。市领导有时候免不了接待思想比较前卫的上级官员，太娱乐的地方不好去，一般的小姐也上不了台面。于是交际处长就有了用武之地，老是老了点。但是稍加打扮，也还是能拿得出去。关键是她能随喊随到，没有任何要求。也有应付这种场面的丰富经验，说话做事都还得体，最关键的是嘴紧。来的领导或者其他宾客素质自然没有太差的，即使是荤话也是点到为止，但是如果没有红颜做伴那就会让来宾觉得少了趣味和雅兴。她跟领导层倒是没有丝毫绯闻。也不需要领导们给以经济上的援助，自然对领导们也没有压力。她知道以那种方式跟领导相处，处不长。

但是她也要生活啊，她有她的生财办法。一是跟领导们在麻将桌上，她会全力以赴，锱铢必较。领导们自然是一边娱乐，一边电话响个不停。这就是她盈利的时候，她赢起来毫不手软，她几乎没有空手回家过。每个月陪领导们打牌挣的钱比她守着个电影院大门的钱多多了，于是她辞了电影院的工作，做专职的交际处长。还有个来钱的就是需要市领导审批的批文，只要找上她，只要要求不是太出格，她基本上可以在领导那里手到擒来。最隐蔽的是听说谁要想安排一个什么职务，她也有一定把握可以帮你活动下来。不过这些事她可是先谈好价的，没办下来，分文不取。拿到批文一手交钱，一手交货。这个钱挣得容易，于是她又把自己的一家服装店给关了，做了个全职交际处长。

以前就有人给彭洋推荐过交际处长，可以帮他扶正，彭洋一听要花钱还是拒绝了。彭洋酒也喝了不少，趁着酒劲他想找交际处长开开玩笑，借此发泄自己对官场的不满来。交际处长肩上披着一方薄纱巾，端着酒杯很得体地一路敬了过来。不管是谁来碰杯，交际处长的脸上都洋溢着迷人的笑容，永远不变。她轻轻地走来，轻轻地说话，轻轻地碰杯，轻轻地抿酒，轻轻地离去。彭洋对同桌的同学夸着海口说："你们信不信？我要让交际处长不再这么温柔，要她勃然大怒，剥掉她的职业笑容，还她以真实的同学神态。"同桌的男同学瞎起哄，都故意摆出一副不相信的神态。

交际处长走到了彭洋这桌，就像在官场，很职业地举起了杯。彭洋一本正经地看着交际处长的头发。交际处长微笑着轻声问："彭洋同学，你在看什么啊？"

彭洋的眼光好像在交际处长的头上找着什么似的说："记得高一时你是个癞子头，头发都长起来了。"

交际处长仍然保持着温柔的神态轻轻地说："没有的，你记错了。"

彭洋说："我哪能记错呢，你就坐在我前面，我每天看着你的癞子比墙上的主席语录还清晰。"同桌的同学们都难以抑制地忍俊不禁。

交际处长终于憋不住了，一改刚才的轻柔神态，怒不可遏地对彭洋骂道："彭洋我偷你老爸。"

彭洋的回答让大家笑得喷饭。他说："我爸去了阴间地府，你就别偷了，你直接偷我吧。"

交际处长气呼呼地走开了，彭洋这一桌的笑声掀翻了天。李前途感叹地说："这真的有点像回到学生时代了。"

邻桌的老同学有些是按初中班级坐的，有些是按高一时分的班坐的。大家吃着饭，聊着天，还串着台子。主席台上安排的学校领导和老师还有同学代表在依次发言。可能是话筒的声音调得太小，也可能是台下同学们太兴奋了，总之台上讲什么谁也听不清。就是同一桌的老同学想交流都要换个位置，靠近了再说。合影是很愉快的，一些女同学在合影前不忘给自己补补妆，有些同学还悄悄地把头上的白头发往黑发里塞。彭洋上洗手间，看到一个男同学照着镜子在拔白头发。彭洋就说："要拔肯定是来不及了，干脆用墨水涂一涂。"直说得那个同学唉声叹气。这场酒反正喝得很乱，但大家都感到尽了兴。彭洋最终是被大家抬进客房里去的，他已经醉得不知东西了。

第二天，大家在母校的校门口又重新聚集，第一个程序是为那块黄蜡石剪彩。这时刘旭开始找王玉珲了。张灿说："王玉珲还没来，他说了今天由曾金刚代表玉龙公司剪彩。"昨天大家都很兴奋，就没有关注到那些没来的同学，现在刘旭才想起王玉珲昨天好像就没来。

一中的现任校长和曾金刚一人拿了把剪刀，一刀下去，蒙在黄蜡石上面的红绸缎就飘飘悠悠地落了下来。这块黄蜡石立在英才园里很是抢眼，除了一些树木，它就是这个英才园的最高的自然物体了。黄蜡石上镌刻着"风华正茂"，落款是大家所在的年级，每个人都为自己的名字留在这个团队里，并永远地与这块巨石共存感到无限的满足，大家鼓起掌来。接着，所有人在巨石前，照了一张集体合影。这张照片可是请的照相馆的专业师傅用全幅单反相机给大家照的超宽照片。照完合影，大家就上车往瘦岛山庄去了。

赵梦茹坐在大客车上，从昨天开始到今天上午，她觉得自己就一直处在欢乐的海洋里，她的脑袋一直没有沉静下来。即使现在车里已经很安静了，但脑子里好像还在嗡嗡作响。她没有时间独立思考，也没有时间想乔军。而现在随着瘦岛越来越近，乔军的形象也越来越清晰了。好像不是自己正向他驶近，而像乔军正在大步向自己走来。律师的工作还在展开，但是到现在为止律师并没有给她新的希望。王晓也不知道怎么回事，自从听过律师那段没有希望的话后，她好像是怕被连累，有点躲着自己似的。杨老师倒是把王玉珲、何疆民、彭洋喊到了一块，三人表态都很好。但连杨老师也说不要抱太大希望。

赵梦茹真的有点绝望了，她觉得自己有点孤立无援了。不是自己孤立无援，是乔军孤立无援。想到这儿，她的眼睛就有点湿润。她觉得老天对她有点不公，他们都是几十岁的人了，这个年纪结次婚真不容易。为什么不让他们把仪式办了，再让乔军去坐牢呢？至少大家都知道她跟乔军是什么关系，至少她也有个盼头。赵梦茹随身带到瘦岛的一个服装箱超级大，她把演出服和婚纱服装都带来了。她已经想好了，即便乔军不能参与，她也要把结婚的大幕拉开。她要穿着婚纱独自登台，她要向老同学大声宣布自己跟乔军的婚礼现在开始。她要向世人宣布她赵梦茹从今天开始就是乔军的新娘，她会一辈子等着乔军回来。

想到这儿，赵梦茹不禁热泪盈眶。她擦拭着自己脸上的泪水，她心想，她一定要当着何疆民和王玉珲的面来大声宣布，要让他们的灵魂受到震撼。这样一想，赵梦茹倒是想起了怎么这两天都没见到何疆民和王玉珲呢？他们昨晚好像没出现，赵梦茹觉得很奇怪。

客车刚停稳，赵梦茹就走到刘旭的座位旁，赵梦茹问刘旭：“怎么王玉珲和何疆民都没来？”

刘旭说：“王玉珲是出差去了，正在赶回来的路上。何疆民我们今天下午要组织人去看看，他昨天脑溢血突发。现在正躺在山庄隔壁的老干疗养院进行抢救呢。说是脑溢血吧。”

赵梦茹轻轻说了一句：“恶人恶报。”

刘旭没听清就大声问赵梦茹：“你说什么？”

赵梦茹说：“我说是要去看看。”赵梦茹转念一想，王玉珲出差，这个时候出差，她想也有点不对啊。这次聚会，玉龙公司出了那么多钱，作为董事长这个时候出差，肯定另有原因。赵梦茹想问问王晓，可王晓像个跟屁虫似的紧贴着张灿，总让自己没有机会开口。而张灿从昨天开始脸色就没有开朗过，阴沉沉的样子，就像所有的老同学都欠了她多少钱似的。赵梦茹有种预感玉龙公司可能出大事了。她觉得王玉珲的缺席肯定与乔军有直接关系，一种强烈想搞清真相的愿望一时驾驭了赵梦茹的大脑。她觉得现在不把这件蹊跷的事情搞明白她就会疯掉。她与其问躲躲闪闪的王晓，还不如单刀直入，直接面对张灿。

下午赵梦茹找了个机会。她趁王晓离开张灿的时候，走到张灿的面前直接问道："张灿，怎么王董事长没来啊？"

张灿冷笑着说："我正想问你呢。"

赵梦茹说："你们家的人怎么问我？不是说他出差了吗？"

张灿说："你最清楚他去哪儿了，你明知还来问是什么意思？"张灿的声音瞬间变得愤怒起来，旁边的同学都看到了这一幕。有人上前开始劝说着两位。王晓惊慌失措地从人群里钻了出来。她拖着赵梦茹的手就往外拽。赵梦茹气愤地挣着王晓的手，嘴里喊道："你这个奴才，只知道拽我，不去拖她。"

王晓也不申辩，只是把赵梦茹拉出了人群。王晓对赵梦茹说："你听好了，何疆民快不行了，王玉珲失踪了。张灿以为是你绑架了王玉珲，她马上会跟你谈判的。她放乔军，你就答应放王玉珲，要她先放。"

赵梦茹一时蒙住了，她说："可我真不知道王玉珲在哪儿啊。"

"这不要紧，你必须摆出你知道王玉珲在哪儿的感觉。"王晓说。

"那她要是报案，可怎么办？"赵梦茹问。

王晓说："如果他们敢报案，早就报了。他们就是怕把事情搞大。"

赵梦茹说："这样行吗？我真的冤枉你了。我真要谢谢你。"

王晓笑了笑说："你刚才演的戏很好，完全给了他们错觉，他们肯定会找你谈判的。"

赵梦茹说："我真是不知道王玉珲到哪儿去了，怪不得张灿对我那么仇恨，她真以为王玉珲被我藏起来了。"

王晓说："她也快到极限了，肯定会让我来找你的。记住如果有其他人问你王玉珲的下落，你就说出差了。"

王晓回到张灿那，张灿问："她说什么？"

王晓说："她也很气愤，她只说谁叫我们关了乔军。"

张灿说："这个骚货，怎么被乔军给迷住了，她承认绑了王玉珲。"

王晓说："那倒是没有承认，不过也没否定。"

张灿说："那你认为呢？"

王晓回答："百分之百是她把董事长给关了。"

张灿说："你凭什么？"

王晓说："凭她想做交换。没人她拿什么交换。再说不是她还会是谁呢？何疆民不是也说了，只要没有要钱的电话来，那就不是劫匪图财干的事。那就是赵梦茹叫人干的。"

张灿说："我恨不得报案，把她也抓起来。"

王晓说："何疆民不是再三说绝对不能报案吗？"

张灿说："那难道真要跟她谈判，现在何疆民又是这个样子。怎么办？"

王晓说："现在我觉得要马上行动了，时间再长董事长再不回来，就什么都盖不住了。"

张灿说："是的，真是急死人了，我现在就去见何疆民去，看他清醒点没有？"

王晓说："就要放焰火了，跟大家一块儿看完再去吧。"

张灿说："不行，我怕时间来不及了，何疆民随时都有可能走人的。"

王晓说："大家已经开始注意到我们玉龙公司与会人员不寻常的神态了。你看个开头，亮个相就走。"

《年轻的朋友来相会》的曲调开始悠悠扬扬地飘起。这支歌曲是一个时代的歌声，他们这批老同学曾踏着它的节奏走进教室，走向考场。他们熟悉它欢快的乐曲，每个音符都融进了他们的记忆。焰火晚会就在这熟悉的曲调中开始了。观礼台上，大家兴奋地品着茶，指点着天上五彩斑斓的焰火造型。此起彼伏的焰火次第地在夜空里怒放，把观礼台上无数张兴奋的脸庞同时照亮。变幻的色彩在每一轮照射中都在每张脸庞上映出不一样的颜色。此时每张脸庞呈现的都是金色的光芒；间或又变换成大海的色彩；郁金香让人心醉的紫色同样可以改变世界；嫣红交映的兴奋脸庞显得格外协调；银白色照亮的不仅是每张脸庞还有他们此时充满童真的心房；绿色则是生命的畅想，每张脸庞都融进了碧绿的山庄；交响乐似的色彩合奏，大气磅礴，让夜空里也充满了青春的力量。

赵梦茹的大眼睛里含着的悲伤也被这焰火烧得滚烫，那焰火的光芒在赵梦茹的眼睛里掩映着，变幻着，显得透亮，流光溢彩。只要看着她的眼睛就可以看到漫天的焰火，就可以看到色彩纷呈的世界。这是一个没有休眠的夜晚，是一个从环境到心灵都无比沸腾的夜晚。它让每个热爱生活的人都在感谢上苍，都在感谢命运之神把自己带到了这个欢腾的世界，每个人兴奋的眼眸交映着的变幻焰火图解着命运之神的恩赐。

王玉珲在瘦岛的石洞里关了十来天了，他已经从当初刚进洞的狂躁中渐渐冷静下来。刚进来那几天，他愤怒，他憋气，他莫名其妙地被人绑架到这个山洞里。在对岸的雾水一中校办农场时，他曾待过几个月，他曾无数次注视过瘦岛上的这座孤峰。那时的他从没有想到过，中学毕业三十年后会被囚禁在这里。他甚至不知道是谁把他绑架到这里来的，他现在每天能见到的就是给他送饭吃的这个聋哑人。聋哑人好像当他不存在或者是把他当成一个非人类的动物似的，每天除了送来一顿饭和饮用水，跟他不发生任何交流。任凭他怎么央求，这个哑巴就是低头走来走去，从没有抬头看过王玉珲。王玉珲对这个聋哑人已经绝望了，他现在就盼望着这洞里能出现另外一个人，一个能与他正常交流的人，哪怕对方一进洞来不由分说先把他狠揍一顿都行。王玉珲在想到底是谁把他抓进来的？乔军不是和自己一样吗，早就被送进了看守所，是乔军的亲朋好友在报复吗？不可能，乔军是一个独子，到现在为止，他还是独身呢。从矛盾爆发之初，王玉珲就对乔军的关系进行过评估，王玉珲之所以敢于这样做，很大程度上就是因为乔军的社会关系很简单。除了乔军的家里人以外，乔军的同学和同事也是王玉珲的同学和同事，乔军不多的客户关系跟王玉珲也很熟。

王玉珲想如果不是乔军绑架他，那有可能是曾金刚吗？王玉珲觉得这样的设想本身就荒谬，曾金刚那么懦弱的人，借他十个胆子，他也不敢绑架自己啊。虽然，这次股权之争牵涉到曾金刚的利益，但曾金刚从头到尾就没有表过态，他是个窝囊废。王玉珲把他历史上的所有仇家都想了个遍，就是得不出答案来。他甚至开始怀疑起张灿来，张灿一直认为王玉珲在外面有人，她早就想搞清王玉珲的个人财产状况，而且开始试图掌控玉龙公司的财产。但王玉珲细细一想，觉得张灿的可能性不大，两人虽然关系不怎么样，虽然张灿也横蛮不太讲理，但至少还没到撕破脸的程度啊。何况玉龙公司的股权到现在为止还没有明晰啊，乔军和曾金刚不都是虎视眈眈地盯着这股权吗。绑了我王玉珲对她也没有好处啊，王玉珲确实百思不得其解。

还有种可能是王玉珲最不愿意想的，那就是何疆民叫人绑的自己。因为只有何疆民最具有这样的条件，最具有这样的胆量。至于说动机，何疆民也不是没有，就在自己被绑架的前两天，自己还在给何疆民施加压力，让他想办法放了乔军。可何疆民却认为他的局长都已经过问这个案子了，已经没有任何退路。为了减除压力，何疆民也不是没有可能对自己动手。虽然从情感上来说，王玉珲认为这么想象都是不应该的。

现在最让王玉珲揪心的是，他爸爸在保姆小葛的陪同下已经出去旅游有个把月了。

这也许是他肺癌晚期的父亲最后一次出行。周围的亲戚朋友都知道他爸爸的病情，只有前王县长自己不知道。前王县长出发前就有言在先，在回到家以前，他不会跟王玉珲联系，他要忘我地投入大自然好好玩玩，否则他就不出去。王玉珲同意了，但他始终不放心，现在早已过了医生说的“死刑”期了。可前王县长临到出发之前，都感觉不到任何痛感，只是瘦了许多。王玉珲专门为此事去问了医生，医生说这时应该到了大限了，可能会随时发生不测。

此时，乔军也关在瘦岛上。雾水市看守所坐落在瘦岛的东南角，这是一座刚建成不久的新看守所，四四方方的看守所院子，四个角都建了武警值守的岗楼。武警上岗楼的出入口不在看守所的院子里，而是在院墙外，武警有自己上下哨的专门通道。这四个岗楼不仅把看守所的四面墙守了个严严实实，整个看守所，包括放风区都在四个岗楼的视线范围内。乔军此时就在放风区里游荡着，看守所所谓的放风区不同于监狱的开放式放风区。看守所的放风区是建在室内的，只是在每间监房的尾部又搭了一间比监房略大的房来。只是这间房顶部没有屋顶，把四面是墙的天顶用小手指粗的铁条织成的网给牢牢实实地盖住了。乔军望着那铁丝网心想这可能是为了安全吧，不让这些在押嫌疑人被外面的仇家刺杀吧。

乔军并不知道王玉珲也失去了自由，更不知道他此时被关在离自己直线距离不到一公里的石洞里。乔军只是在郁闷地想，本来他起诉王玉珲，一审胜诉了，眼看着二审第二天就要开庭了，不料事情来了个大逆转，他自己变成了刑事犯罪嫌疑人，这全都是何疆民那个狗屁同学捣的鬼。那小子肯定是得了王玉珲的一笔巨款，把自己打进了监牢。

就在乔军念叨何疆民时，乔军更不知道的是此时的何疆民就睡在紧邻狮子岩的市老干疗养院的重症救护室里。市局分管大要案的副局长今天来经侦支队例行走访，何疆民和这位副局长都是从刑侦支队出来的。在刑侦支队，这位副局长就一直是何疆民的老上级。老上级来了，哪有不喝酒的道理，今天中午何疆民舍命陪君子。实际上从何疆民调到经侦支队后，办经济案子都少不了吃吃喝喝。何疆民渐渐地脸吃圆了，肚子也鼓了起来。每次碰上刑侦支队的老同事，大家都是以调侃的口气揶揄他：“何队，经侦支队的伙食就是好。”

看着老同事们干练的身材，何疆民就说：“没办法啊，当我想吃啊，吃坏了身体喝坏了胃。”

要命的是何疆民的血脂、血糖、总胆固醇、甘油三酯没有一项不超标的。其中血糖到了十八点多，总胆固醇、甘油三酯都超过了十个以上。一次何疆民的血检报告没有详细数据，只是笼统写着：血液呈乳白色，影响化验结果。何疆民为此找医生理论，他认为无论如何你医院要提供数据。但医生的答复让他吃了一惊，医生说："你就别再胡搅蛮缠了，你随时都有生命危险，马上住院吧。"

何疆民还是没有住院，直到今天中午酒后病发。何疆民在喝酒前，还抽空跑到雪峰宾馆"同学聚"筹委会报了个到，准备中午喝完这场酒，就参加"同学聚"系列活动的。没想到酒还没喝完，就直接倒在酒桌下了。他根本不知道是怎么被送到医院来的，等他醒来时，他发现自己突然失去了所有的力气。他已经丝毫不能动弹了，除了还可以控制眼睛的闭合外，其他的器官都完全失控了。他现在只能看着天花板和窗框里上半部分的天空，他甚至转动不了自己的脑袋。他还能听到旁边人的议论，医生在对自己的亲属和同事介绍病情。他们说自己是脑溢血，现在颅内出血好像血还没完全止住。老婆在一旁哭，同事们则互相责怪在抬着自己来医院的路上，没有使自己保持着平躺的姿势，以至于颅内出血没有有效止住。他们现在都当自己是植物人了，以为自己听不见他们说话，他们已经毫不忌讳地谈论自己的病情。医院已经下了病危通知单了，单位领导也来了。何疆民觉得有些滑稽，他的脑袋清醒得很，何况又到了医院，他怎么会死去呢？但他很恼火，他无法把这些话讲给旁边的人听。

何疆民倒是有些担心可能自己不能参加今晚就要开始的"同学聚"活动了，想到这儿他觉得有些遗憾，毕竟有些同学在毕业后就再没有见过面了。更让他向往的是，中学时让他心仪的几位女同学不知道变成什么样了？他很想看看她们是不是也变老了，还有没有过去的那份神韵。

领导好像在对自己的老婆说着安慰的话，老婆已经伤心得不能自持。老婆说："医生已经说过了，最好的结果就是一个植物人。"何疆民听到老婆这么说还真有点急了，他可不能变成植物人，他还有好多事都没有处理完。最让他不放心的是王玉琿送给他的四十万的卡还放在办公室的铁皮柜里。本来以为那里是最安全的，人算不如天算啊！如果那四十万被单位发现了，那他就身败名裂了。那四十万是王玉琿出了大价钱让他搞掉乔军的，乔军已经被抓进了瘦岛的市看守所。何疆民心里倒是真有点为乔军感到内疚，大家都是同学，为什么他要帮王玉琿。本来何疆民是同情乔军的，他知道是王玉琿一直在股份上占了乔军的便宜。乔军这次只是想把自己的东西夺回来，由于他的介入，乔军一个原告，竟成了阶下囚。

何疆民想自己之所以这么干，也确实不是为了钱。在此之前，他跟乔军的关系虽说不上很交心，但绝对还不坏。但他跟王玉珲却是铁杆朋友，他为了保护王玉珲的利益才对乔军下的毒手。为了利益，人啊，真是什么都干得出来。何疆民又想他今天得了脑溢血，是不是报应啊？他确实做过不少见不得人的勾当。

七月的湘西，天黑得晚。天刚擦黑，一束耀眼的焰火升上了黑蓝色的天空。随着一声炸响，五颜六色的礼花顿时布满了天空。星光灿烂，一时瘦岛被照得通亮。接着接二连三的焰火带着呼啸声争先恐后地窜上了夜空，天空次第盛开着一朵朵巨大的色彩艳丽的奇花异蕾。瘦岛的上空开始回响着《年轻的朋友来相会》的主旋律，雾水一中三十年“同学聚”活动在瘦岛山庄拉开了序幕。音乐和礼花顿时铺满了瘦岛的每个角落，瘦岛山庄传来了一阵阵的欢呼声。那是几百名已经离开雾水一中三十年的校友发出的欢呼声。瘦岛雾水河对岸的雾水一中农场在焰火下被照射得分外清晰，两栋简易的农房，还有操场边十几棵高大的苦楝子树轮廓分明，就连操场里的晒衣木架也被照得清清楚楚。

站在瘦岛山庄观景台上的老同学们，看着平地而起的焰火，每个人心里充满了涌动的激流。他们红光满面地说笑着，相互介绍着自己三十年来的工作经历，也互相打探着其他一些同学的情况。更多同学都在相互询问那些既熟悉又陌生的面孔到底是谁，他们因为认不出老同学而感到苦恼，又为最终落实了对方的身份感到兴奋。他们就是处于不断地发现疑团，又不断地解决困惑的过程中，有些相互辨认可能还需要几次重复才能在记忆中巩固。这可能就是老同学聚会最让人兴奋的地方了吧，遗憾的是有些同学却因为时间太久远，他们之间可能会永远记不起彼此了。

在观景台的中间位置，坐着几位这次活动的组委会的核心成员和当年的老师，看得出这些组委会的成员还处于工作的状态，他们不像其他老同学聚会时那么兴奋，他们的注意力还没有放到同学间的交流中来，他们还在忙于活动的具体事务。那位手上拿着一叠稿纸的是赵梦茹，她一直在用优雅的动作跟同学们交流着。在她旁边坐着的是法院的副院长彭洋。今晚的女主角张灿雍容华贵，张灿今天既是玉龙公司的赞助方，又是这次活动组委会的秘书长。从她脸上矜持的笑容里，同学们既看不出她与大家久别相逢的喜悦，也看不出她丢失了丈夫的痛楚。但赵梦茹和王晓心里都暗暗佩服张灿的内心控制力，她们觉得这位女同学不管是财富还是内在的实力都是高不可攀的。紧贴在她身旁而坐的是王晓。在王晓的身边坐着的就是她的丈夫曾金刚同学。今天玉龙公司来了三位同学，看上去很热闹。实际上缺了王玉珲和乔军两位主角，熟悉的人马上就能感觉到这些到场的玉龙公司的角色里总缺了些什么。

在焰火的燃放现场负责指挥的刘旭同学，这回“同学聚”活动从策划到分工，到落实每项工作，出力最多的就是他了。还有在逐个给老同学发放客房钥匙，不停地用女高音跟同学打着招呼的“小喇叭”孙红梅同学。

此时同在瘦岛三个不同地方的王玉珲、乔军、何疆民，他们也被笼罩在这片绚烂的世界里，他们此时都在预祝这届老同学大聚会的成功举行。他们也都在猜想今晚不知还有哪位同学缺席了，也不知哪些同学来了。他们还有一点心态是共同的，就是遗憾自己在这欢庆的时候不能亲临其境。

在石洞里的王玉珲透过十几米远的一米见方的山洞口，看见了耀眼的焰火。那焰火就像在石洞口绽放，把自己身后的洞壁上的褶皱都照得亮亮的。借着光亮，他发现了一条石缝里竟塞进了好几本小学课本。他掏出来一一翻了翻，是语文、算术、音乐、政治等教科书。上面并没有什么别的内容，只是在语文课本里还夹了一支铅笔。王玉珲望着洞外的焰火在想，这洞外焰火的费用可是自己公司出的那笔十多万的赞助款买的，可惜了自己不能出席这场盛会。老婆张灿应该到了今天的现场，她今天可是出尽了风头啊，她却不知道自己就被关在几百米开外的洞里。

身陷囹圄的乔军，望着铁网外热闹的夜空。心里好不悲凉，同学们都相聚了，大家肯定会议论到自己的案情。不知大家会用什么样的眼光看待自己，自己是阶下囚，肯定成为了大家的谈资。了解的同学们会说他是被冤枉的，不了解的会认为他就是一个诈骗自己公司财产的卑鄙小人。想到这儿，乔军真有点后悔自己不该去跟王玉珲较真的，如果自己不较真，股东还是实实在在地当着，每年分红虽然少一点，到年底不也有小几十万的进账吗？这比起雾水一中的同学们，他的收入不知高到哪里去了。实际上这要怪就得怪王玉珲，这个合作伙伴太霸道了，自己的老婆管着账，十几年，公司每年有多少开支，其他股东是一点都不知道。再有曾金刚也是一个窝囊废，和他一样拿了王玉珲给的技术股，就什么声音都没有了。王晓倒是还能有些想法，私下里还和他说说对王玉珲和张灿两口子的不满来。但是一见了张灿就左一个张灿姐，又一个老板娘，全然没有一点当家做主的感觉和气势。

何疆民虽然不能转动自己的脖子，但是他看到了天花板上映射的焰火，他也清晰地听到了时断时续的那首熟悉的主旋律《年轻的朋友来相会》。开始他还能用余光看见窗子上半部分的耀眼的焰火，可能是老婆嫌外面太吵把窗户给关严了，而且把厚厚的窗帘也拉上了。这下倒好，他什么也听不见看不见了。他心里在暗暗地骂：蠢老婆，真他妈蠢啊！老婆却在一旁说："这山庄的高音喇叭开得那么响，还让人住院吗？"何疆民在想不知道自己还有没有机会跟大家再见面，想到这里，何疆民的嗓子有点哽咽，他开始艰难地咳嗽起来。老婆紧张地呼喊着医生，何疆民有点顶不住了，他渐渐地昏了过去。

两天的休闲生活，让大家最开心的是去校办农场参观，谁都没有想到那两间给大家留下深刻记忆的房子还在。杨老师和小田老师在房前房后照了不少照片。那个泥巴做的灶台还没有完全坍塌。"当！当！当！开饭了！"彭洋不知道从哪里找来把破菜刀，他用劲地敲着挂在树上的铁块。大家在问炊事班长中午吃什么。彭洋回答："两道菜，萝卜煮白菜，白菜煮萝卜。"

杨老师说："这农场可有不少宝，要有时间我带大家再去淘点宝贝带回山庄去吃？"赢来了大家一片掌声。

彭洋问杨老师："杨老师你带我们在这农场淘过不少宝贝，你淘的最好的宝贝是什么？"

杨老师说："葛根？茶油？小鱼仔？"

彭洋说："都不是，不是吃的。"大家都是一头雾水。彭洋说："是小田老师啊。"大家鼓起掌来。

杨老师说："确实，没有这段生活，小田老师也没有和我相互了解的机会。"

彭洋说："为什么我当时就没有淘到这样的宝贝。宝贝们，你们说呢？"

女同学说："现在还不迟啊，你还可以淘啊。"

孙红梅说："我们班最遗憾的就是只成了一对。"

刘旭说："都怪杨老师，把我们管得死死的，自己一个人搞腐败。"此时的赵梦茹心潮澎湃，她真的想告诉大家，她跟乔军的爱情，她跟乔军的婚礼。她现在最关注的是张灿，她发现张灿从焰火燃放开始不久就和王晓悄悄离开了山庄，她们肯定是去找何疆民商量去了。今天她俩都没来，赵梦茹现在希望她俩能快点回来，快点出现。

孙红梅说："大家快去看看狮子岩的鼻子红了没有？"

刘旭说："今天没下雨，不会红的。"

孙红梅说："说不定上游下了雨呢。"大家跑过去翘首远望，发出一阵失望的哀叹声。有位眼睛好的，在喊："大白天的有人在放花炮，是从山庄后面的绝岭上放出来的。"

彭洋说："我怎么看不见啊。"

"还在放呢，神了，那山上又看不见人。现在没了。"

刘旭说："好了，等会我们去雾水河荡桨，抵近看看狮子岩的红鼻子去。"

两个小时后，一艘大木船歪歪斜斜地划向狮子山，刘旭和彭洋两人在两旁的船舷边用力划着船桨，彭洋用力过猛，眼镜一不小心掉到了船上。杨老师捡起彭洋的眼镜，对彭洋说："这船桨划到后面时一定要压手腕提桨，让桨脱离水面后，再把桨摇回来。这样压手腕就轻松了。要不你要费很大的劲，而且是划倒船。"杨老师一边示范着，一边说着。

彭洋说："杨老师这课可以给我们上一辈子，不仅是课堂上，更多的是在实践中。"

船已经靠上了狮子岩了，刘旭的手已经摸到狮子的鼻子了。他问着杨老师："杨老师，这鼻子上就是一块凸起的石头，什么都没有。你说为什么一涨水，这鼻子会变红呢？"

杨老师说："我们一中的生物老师为了搞清这个问题，专门在狮子岩的鼻子变红时来过这里考察。实际上狮子岩上面有草的地方里面有很多红色的虫子，一涨水，红虫子就往上面爬。狮子的其他部位都长有茅草，看不见红虫子，只有鼻子上长的草少，那里最显眼，所以远远地看过去就像是鼻子红了。"

大家都"哦"了起来，好像一个难题同时被理解了似的。彭洋说："如果这次不来聚会，不来学校再学习，至少这个狮子鼻子会变红的疑问我们可能是永远也不会搞清楚的。"

杨老师说："记得在农场你们那时也有很多同学问我这个问题，我那时也不能给你们答案。"

刘旭说："所以说要活到老学到老。"船上的同学们都开心地笑了起来。

第二十二章　大结局

THE TWENTY-SECOND CHAPTER

赵梦茹激动地大叫起来，乔军迎了上去紧紧地抱起几乎要昏厥的赵梦茹。大堂里充满了欢呼声，大堂的四壁让人感到会被这欢呼声挤爆。许久，乔军接过话筒幽默地说：“感谢大家参加了这场既普通又特别，既是节目又不是节目的婚礼。”婚礼进行曲奏响了，全场高呼：“吻一个！吻一个！”新郎新娘幸福地吻到了一起。

那位眼尖的同学看到绝岭上的花炮其实不是花炮，那是王玉珲放的纸火箭。王玉珲在那半壁上的石洞里已经挣扎了好几天了。他现在真有些着急，这洞的结构非常独特。绝壁下有时同学们的说笑声他都可以清晰地听见，但是不管他怎么大叫，那下面都听不到他的声音。今天早晨，正在王玉珲大叫救命的时候，那个送饭的家伙来了，王玉珲急忙止住了叫声。按说对方应该完全听到了自己的声音，但是对方没有任何反应。王玉珲想起来了，对方是个聋哑人。王玉珲又使劲大叫了几声，聋哑人还是听不见他的声音。王玉珲有种将入地狱的感觉，他觉得自己已经在地狱的门口了。再有两天，这场聚会就要散了，同学们就要离去，那自己获救的概率会更小。

那哑巴给他捎来了一封信，这封信已经被人拆开看过。王玉珲借着哑巴投射进来的微弱的电筒光，看清了来信。是前王县长从西藏给他寄来的一封信，他急忙拆开了父亲的来信。

前王县长这么写的：

"玉珲：你好！我是你的父亲前王县长，我已经离开你有将近二十多天了，"王玉珲算了算日期，觉得有点不对，到今天应该有三十多天了。他连忙提前看了看后面的落款日期，才发现这封信是十天前写的。王玉珲心想路上可能花的时间长，于是王玉珲又接着读起信来。

"玉珲，你很守信，没有给我来电话，我得在此表扬你。你让你爸爸这段时间非常安静，非常投入地玩了一次。西藏的景色太美了，那是离天堂最近的地方。你爸爸之所以在这个时候选择来西藏，就是你爸爸知道自己不行了，自己要到天堂去报到了。"一行滚烫的泪水滑过王玉珲的脸庞，滚落到信笺上。王玉珲继续读着父亲的来信。"傻孩子，你以为你爸爸这点常识都没有吗？实际上体检的结果一出来，我比你还早知道我的死期呢。你可能一直以为你爸爸的癌症的疼痛没有如期而至，实际上那种痛苦非常难受，简直让我一晚晚的不能入睡。我知道你的事业到今天这一步不容易，我不愿意让你分心，我不想让你知道我的病痛。同样的原因我也选择了到西藏来处理自己的后事。西藏的葬丧习俗很好，人死了，要么天葬，给鸟吃了；要么水葬，给鱼吃了，反正是天人合一，回归自然。我喜欢以这样的方式离开这个世界。既不给自己的家人添麻烦，也不给这个生活了一辈子的地球增加负担。

爸爸要走了，在这个世界上最牵挂的就是你了。还有一点，你爸爸说得够多的，就是你跟乔军的关系，爸爸总担心你俩会出事。到了天堂的门口才知道没有什么放不下的，多大的事，不就是股权和些许的利益吗？人的生命相对于天地又是多么的短暂，而两个人相遇的机率是多么难得，把每个人在你面前的出现都当成是老天的善意安排吧。爸爸也是最后一次劝你，你们之间真的没有什么大不了的，做永远的朋友吧，给你无尽的快乐。

再有小葛，我还得帮她说几句，也许因为她曾经在娱乐场所工作过你对她有些别的看法。她在我最后的日子里，给了我临终的关怀和温暖。她多次想把我的病痛告诉你。我说玉珲也不是医生，告诉他只是多了个痛苦的人，没有用的。我发自内心地感谢她，尊重她，她也是一个非常坎坷的苦命人，她同样需要关爱。同时我答应她只要她不走，我的那套房子她可以永远住下去。

儿子，你习惯了称呼我为前王县长，我也无奈。好在临行前，逼着让你喊了一声爸爸，我已经知足了。不仅仅是为了你的称呼，也是为了你的聪明，为了你的坚持，爸爸为你骄傲。你收到这封信的时候，你爸爸已经到了另一个世界了。如果想哀悼前王县长，你就大喊几声‘爸爸’吧，我在天堂听得见。”

王玉珲读完此信时，几乎是跪匐在地上。他对着石壁悲怆地呼喊：“爸爸！爸爸！爸爸！”石洞里回旋着王玉珲那苦痛的声音，那声音在石洞里憋得嗡嗡作响，可那聋哑人却依然是没有丝毫反应。

一会儿，聋哑人走了。王玉珲看着这封被拆开的父亲的来信，他现在已经没有心情去分析这封信的来龙去脉了。他现在唯一的信念就是要离开这个石洞，逃离这个囚笼。王玉珲的大脑快速地飞转起来，他就像每次碰上绝境时一样，他把自己掌握的所有资源盘点了一遍。他现在手上掌握的一堆课本、一支铅笔、身上的衣服加上自己这个人。铅笔可以写字求救，字可以写在本子上。但是怎么把求救信送出去，自己是飞不出去的，难道凭这身衣服吗？现在也只有衣服了，但是衣服又怎么可以把求救信送出去呢？

猛然，他脑海里灵光一闪，他想起了儿时玩的射箭游戏。那纸做的火箭就是用女孩子扎头发的橡皮筋弹射出来的，那火箭可以弹射得老高老高。现在纸有了，就差橡皮筋了，这衣服上不就有橡皮筋吗？那内裤上的松紧带不就是橡皮筋吗？于是王玉珲把自己的内裤脱了下来，他用手把松紧带扯了下来。他开始把小学课本纸撕开，然后两张叠在一起。他回忆着儿时做的尖尖的火箭，没有多久他就折出了第一支火箭，然后他又快速地折出了第二支，这样他一口气就做了近百支火箭。他用铅笔在火箭上写上："求救！王玉珲被关在瘦岛绝壁半山腰上。"然后他把松紧带绑在了铁栏杆上。他开始试了第一支，那只箭没有射出洞口，跌在洞内了。他又试了几支，终于有一两支稳稳地从洞口飞出去。他信心大增，开始不断地弹射着纸箭。这些纸箭就是被正在校办农场参观的老同学看到的那些"花炮"。王玉珲把所有的纸箭都发射出去了，大约有百分之十的纸箭被射出了洞口，有百分之九十的纸箭都夭折在石洞里。

王玉珲知道根据那个聋哑人的送饭规律，他每天只送一次，明天中午他又会回来。如果今天下午和明天上午他的纸箭没有招来救兵，那他这次的获救希望将化为泡影。王玉珲又开始折起纸火箭来，好在这纸是用不完的，只要自己不懈地努力，获救的希望随时会出现。王玉珲又把所折的火箭全部发射出去了，太阳越来越偏西了，王玉珲的心情也渐渐暗淡下来。王玉珲并不知道今天洞外聚会的同学们都出去参观旅游去了，没有人能捡到他的箭，也不会有人来救援他。

王玉珲看着洞里面一地的白花花的纸箭，开始总结起为什么会有这么高的废品率。就像他每次面对电池次品一样，他觉得首先得找出自己的问题，因为只有自己的问题，才最有可能改进。每一次失败他都认为是因为自己还没有尽到最大的努力。是自己还有些细节没有想好，或者没有做到。他是个百折不回的人，他是个永远需要前进的人。王玉珲再琢磨，他反复回忆射箭时的感觉。没有射出去的箭大多是自己拉动松紧带时，用力太大，使箭头发生了变形。这支箭再射出去，就会翻滚，就会射歪。怎样才能使箭射得准确，控制好拉松紧带的力度应该是一个办法。但是这没有办法量化。还有没有更好的办法？他想如果能提高纸箭的硬度，即使用力不均，纸箭也不会变形。这样射不准的问题可以得到彻底解决。

于是，王玉珲又开始信心百倍地折起纸箭来。这次他每支箭用了三张纸叠在一起折，三张纸折箭，越折到最后越难折。纸厚了，越折越小，自然是越来越受力。王玉珲用牙咬，用拳头捶，终于把一支支戳得肉进的坚硬的纸箭给锻造出来了。王玉珲知道这折的就是自己的希望，折的就是自己的自由，即便是要用自己的牙齿来敲击，他也会把牙齿给拔下来。王玉珲的手肿了，牙齿咬出了血，他没有丝毫的松懈。他一支一支地数着，一支一支地咬着。新型的纸箭越堆越高，王玉珲的信心越来越大。

当晚，夜黑了，王玉珲已经完全看不见了，他只能停下手里的活。王玉珲忙了一天，终于可以停下来了。他想起了前王县长的信，想象着前王县长是怎么走向天堂的。他肯定是撇下了小葛，然后一人走向了白雪皑皑的山崖，他面对着一望无际的雪域高原大笑着跳了下去。石洞外山下有人在荡桨，传来了小喇叭的尖叫声。不知哪位同学在高歌《桑塔露琪亚》："看晚霞多明亮，闪耀着金光，海面上微风吹，碧波在荡漾，在银河下面，暮色苍茫，甜蜜的歌声，飘荡在远方。"王玉珲的泪水在静静地往下淌，他没有擦拭，任由泪水在脸上无声的滑下。那一方不大的夜空里能看到依稀的星光，那依稀的星星里应该有一颗就是自己的父亲，迷迷糊糊的王玉珲睡着了。

第二天醒来前，王玉珲正在做梦，他梦到正在家里跟前王县长和小葛一块儿吃饭，王玉珲只问他们这趟西藏之行感觉怎么样。前王县长正欲回答时，王玉珲就听到了彭洋的叫喊声，那声音越来越大。王玉珲终于被叫醒了，王玉珲发现自己是在做梦，但是他确实听到了彭洋的大喊声。王玉珲想起来了，彭洋有晨练的习惯，一边运动还要一边"一、二、三、四"地大叫。刚才他就是被彭洋的大喊喊醒的。彭洋的声音极大，就像在洞门口大喊。于是王玉珲本能地也喊起来："彭洋，我在这里！"但是他马上反应过来，自己的声音彭洋是无论如何都听不见的。于是他熟练地操起了他的发射器，开始准确地把一支支纸箭射出了洞口。

彭洋正大喊着在峭壁下来回跑着步，他觉得有树叶从天上掉了下来无声地落在草丛里。他开始没太在意，但是当他觉得树叶下降的速度异常地疾速，他把视线转了过去。这时他看清了那不是树叶那是纸做的火箭，他想起了昨天在校办农场参观时，有同学看到绝壁半山腰上飞出来的花炮。他抬起头来仰望绝壁，他清楚地看见了一支纸箭从绝壁上飞了出来。他拣起地上的纸箭，看了起来。那上面歪歪斜斜地写着几个字，彭洋认真辨认起来。他大吃一惊，那上面分明写着："求救！王玉珲被关在瘦岛绝壁半山腰上。"

彭洋想起了，玉龙公司说王玉珲出差去了，他连忙给张灿拨了个电话。彭洋开口就问："你告诉我，王玉珲到底在哪里？"

张灿欲言又止，彭洋急忙说："我看到了王玉珲的求救信，不知道是不是真的？"

张灿急忙说："那肯定是他，他早就被绑架了，现在他在哪？"

彭洋看着绝壁上正在飞舞的纸箭就说："他就在瘦岛的绝壁上，估计他很安全，我这就先上去了。"

张灿兴奋地说："好！你先上去，我马上就到。"

彭洋围着绝壁转着，他在寻找一条上山的路。一会儿彭洋发现了后山上一条隐蔽的小路来。彭洋就开始往山上爬，到了一棵松树下，山路消失了。彭洋又披荆斩棘忙上一阵，又找到了小路。再转上一个弯，就到了刀削斧劈的一堆乱石前。彭洋在巨石之间，找到了一个可以同时通过两个成年人的石洞。他对着洞口喊了声："王玉珲！"

王玉珲像在瓮缸里发出的细小声音传了出来："彭洋！我在这儿。"

彭洋心想这么小的声音，洞肯定很深。他就说："你等等！我马上就叫人进来救你。"

王玉珲那从瓮缸里的声音又急切地传了过来："别等啦，我一个人在这儿，快进来吧。"

彭洋进得石洞，连忙把手机摁亮。他看见了地上已经被白色的纸箭铺了一地，彭洋望着铁栏杆里的王玉珲说："你想当射箭冠军啊？"

王玉珲说："那可当不了，不过我能申报吉尼斯纪录了。你快找块石头来，把这把锁给砸了。"

彭洋捡了块石头，把铁栏杆上的锁给砸开了。两人走出了山洞，然后继续往山下走去，一边走王玉珲一边对彭洋说："我要去见何疆民，他在哪儿？"

彭洋说："他不行了，脑溢血，就在疗养院抢救。"

王玉珲说："马上去！"

接到彭洋的电话时，张灿正和王晓守在何疆民的病房外，等待着何疆民的苏醒。张灿一听找到王玉珲了，连忙叫上王晓就往山庄走，山庄就在疗养院的隔壁，走过去花不了几分钟。王晓一边走，一边在想她是不是马上离开张灿，离开这瘦岛，离开雾水。她的内心里充满了绝望和后悔，她费尽心机策划的绑架马上就要露馅了。她首先想到了孩子，自己能带着孩子一块儿走吗？把孩子留给曾金刚吧，他确实没有参与此事。她几乎是一步一颤地跟在张灿的后面。经过短时间的仓皇失措，王晓渐渐地冷静下来，她不是在策划此案的时候就已经有应对的预案了吗，不是早就想到万一绑架败露，怎么可以全身而退的吗？即使每次跟绑架头子见面时从来就没有让对方看到过她的面目，而且对方是专门干这个的，也知道事败后的处理流程，该坐牢的会去坐牢，该挣钱的还得养活坐牢的，分工很精细。想到这儿王晓心里镇静下来。她的步履也恢复了往日的节奏。

彭洋和王玉珲下得山来，正好碰上了张灿和王晓。顾不得大家惊讶的眼神，王玉珲说要马上去见何疆民。张灿说："他刚才还没醒，我们先把绑架你的人抓住吧，我看了这路口上有几个摄像头。"王晓一听到有摄像头心里不免又狂跳起来，不过她又想害怕什么，她又没有直接绑架王玉珲，肯定不会有她的头像的。她只是在可惜她那十万块钱，那可是自己好不容易存下来的，这下可能打水漂了。王晓可是个经历过大事的人，她的惊慌只有那么一瞬间，她可以马上在极度紧张的状态中放松下来。她开始冷静地想现在最关键的是要做什么，她明确了首先要把王玉珲获救的消息发出去，她要马上找到一个公用电话把消息告诉那些绑架者。

王玉珲摆摆手说："不要抓了，我这个事就当没有发生过。你们不是说我出差了吗？就当我刚回。我去见何疆民。"张灿有点纳闷了，这王玉珲一放出来，思维方式都变了。是不是在洞里关久了，被关傻了。

王晓也觉得王玉珲的想法很怪异，为什么说就当没发生过呢。她为王玉珲不明确的想法感到不解。王晓说："你也得先去山庄刮刮胡子，洗个澡吧，你这样子出去还不把人给吓死啊。"

王玉珲说："管不了那么多了，彭洋你陪我一块儿去行吗？"

张灿带着王晓一身轻松地回到了山庄。正好在过道里迎头碰上了赵梦茹，就在擦身而过的时候，张灿狠狠地对着地上吐了一口唾沫"呸"，赵梦茹气愤地瞪了张灿一眼。进了房间，王晓找了个借口，就溜了出来。王晓直接到了赵梦茹的房里，她气急败坏地对赵梦茹说："这王玉珲真是有命，他刚跑了出来。我们跟张灿看样子是没有谈的了，再想办法吧。"说完王晓就急忙去找公用电话去了，留下一个孤零零的赵梦茹面如土灰，暗自落泪。赵梦茹已经被反反复复地折腾了好几个来回了，这次她真的绝望了。今天晚上看样子只有举办一个没有新郎的婚礼了，她已经在设计今晚没有新郎参与的婚礼台词了。但是不管怎么样，今天必须向全体同学宣布她和乔军的婚礼，揭露王玉珲和何疆民的丑恶嘴脸。

这边彭洋觉得王玉珲想干点不一样的事，他一放出来就要见何疆民。彭洋不敢确定，但是他心里有点底，可能王玉珲想把乔军也放出来，看样子王玉珲这几天没有白关，可能彻底想明白了。王玉珲一边往疗养院走，一边把怀里的前王县长的信掏了出来递给彭洋说："我一定要把乔军放出来。"

王玉珲和彭洋直接进了何疆民的病房，何疆民的老婆哭哭啼啼地告诉王玉珲说："医生说到今天为止，都没能解决他的颅内出血问题。他的脑袋一直没消肿，而且越来越大，医生让我们做好后事准备。"

王玉珲连忙问："何疆民还能听到你说话吗？"

何疆民的老婆说："他有时能听得见。"

王玉珲说："那就不要在这儿说这些话了。"

何疆民的老婆泣不成声地说："已经没什么意义了，他现在已经是个植物人了，全身上下他只能控制自己的眼睛了。"

王玉珲含泪走到何疆民的面前，呜咽着说："前王县长已经走了，我不想再失去你了。大家都在聚会，你却躺在这儿了。才几天你怎么就成这样了？"

彭洋在说："他的眼睛有反应了，在动，他听见你的话了。"

王玉珲就对何疆民的老婆和同事说："我有点私事要对何疆民说，能不能请你们回避一下？"大家都知道王玉珲和何疆民的关系，就都退了出去。彭洋也往外走，被王玉珲给留了下来。

王玉珲说："前王县长死前给我写了这封信，让我们把乔军救出来。我在被关的这几天里，也想了很多，好好反思了我跟乔军的关系。确实像我们这样的同学关系，太难得了，多大的事值得我们相互之间弄个你死我活？"一滴泪水从何疆民的眼角里滑落下来，彭洋连忙帮他擦了擦。"我们都曾是像兄弟一样的少年，只有友谊，没有仇恨。这仇恨到底是从什么地方来的，肯定不是从小就有的。我觉得是无中生有，还我们兄弟般的感情吧，还我们的同学时代吧。"王玉珲继续说着。

彭洋兴奋地说："看何疆民在闭眼睛，他同意了。"

王玉珲又凑上前说："何疆民啊！你要同意就闭闭眼。"何疆民闭了闭眼。

彭洋说："他完全能听懂你的话。"

王玉珲又说："但我现在不知道怎样才能将乔军放出来，我知道你肯定早就有了准备，你能告诉我吗？"

这回何疆民的眼睛没有闭上，眼珠好像不满地横着，眼光里透着不服。这让王玉珲和彭洋俩人都有点大惑不解。他俩在想刚才何疆民都是同意放乔军的，怎么一下子就像孩子的脸说变就变呢。

彭洋说："何疆民你到底同意放乔军吗？"何疆民的眼睛又闭了一下。彭洋高兴地说："他是同意你的意见的。"彭洋又接着问："那你有没有办法？"何疆民的眼睛又横上了。彭洋说："你打的什么哑谜啊，我们都糊涂了。"

王玉珲说："他的思想已经跟我们一致了。现在他是在表达一个意思，他有办法救乔军。只是这个办法有点复杂，他很难用眼睛的开闭表现出来。何疆民，我说得对吗？"何疆民的眼睛又闭了一下。王玉珲说："我们能够沟通了。"

彭洋说："那他这个横横的眼神是在告诉我们方位吗？"何疆民的眼睛又闭了一下。

王玉珲兴奋地接着说："是告诉我们有对乔军有利的证据放在什么地方吗？"何疆民的眼睛紧紧地闭了一下。

彭洋又问："那件证据是放在家里吗？"何疆民没有表态。彭洋又问："是放在办公室吗？"何疆民还是没闭眼。王玉珲说："是在这里吗？"何疆民的眼睛紧紧地闭了一下。彭洋和王玉珲都同时站了起来，他们紧张地在床头柜里翻了起来。王玉珲猛然看到墙上挂着何疆民的制服，王玉珲说："他的眼睛横来横去，就是想告诉我们这件挂在一旁的制服。"何疆民的眼睛又闭了一下。

王玉珲从何疆民的衣服口袋里掏出了几张审讯笔录来，那上面是何疆民询问蒋健的笔录，王玉珲看了看笔录时间，正好是自己被绑架的那天。笔录里蒋健交代了诬陷乔军的全过程，也如实地说出了审讯中，何疆民使用了非法的刑讯逼供手段。王玉珲看一页就递一页给彭洋，王玉珲和彭洋一边看一边在流泪。他看完后，双臂紧紧地抱住何疆民的臂膀，他哭道："兄弟你真做到了，我知道你做得到的，你是我真正的朋友啊，是我害了你啊。"几滴泪从何疆民的眼里流了出来。

王玉珲哭过一会儿，他对彭洋说："你帮我把弟媳请进来，我有点事要跟他们两口子说。"

何疆民的老婆进到了房里，王玉珲就对何疆民说："现在只有我们三人了，何疆民你现在肯定在考虑那四十万元钱的事吧？"何疆民闭了眼睛。王玉珲又问："现在是不是这笔钱没在你老婆的手上？我要帮你落实好这笔钱。"何疆民闭了闭眼睛。王玉珲又问："钱应该还在那张卡里，对吗？"何疆民闭了闭眼睛。王玉珲又问："这笔钱在你家里？"何疆民没有反应。王玉珲又问："在你办公室？"何疆民闭了闭眼睛。王玉珲又问："这笔钱暂时不要动，留给你儿子？"何疆民的眼睛又闭了一下。他老婆张大了嘴巴惊讶地注视着不可思议的一幕。王玉珲对何疆民的老婆说："弟媳！你现在就去何疆民的办公室，把那张银行卡拿到手，让何疆民安心吧。"何疆民在一旁听着，闭了闭眼。

何疆民心里如明镜一般的明亮，他在心里呼喊：知我者王玉珲也！这么了解我的兄弟，我哪里舍得离开你们啊。何疆民连续闭了几下眼睛表示了自己对王玉珲的衷心感谢。王玉珲老婆说："他还有话跟你说。"

王玉珲看着何疆民的眼睛对王玉珲老婆的话没有反应，他就说："他是在感谢我们，让你跟孩子好好生活。"何疆民闭上了眼睛，一串泪水渗出了眼窝。王玉珲的老婆在一旁惊讶地看着王玉珲和何疆民的奇异对话，她跟何疆民生活了大半辈子，她守了何疆民几天了，她跟这个被称为丈夫的人从来没有达到这种琴瑟共鸣的程度。她不知道为什么王玉珲只是进到这间病房二十多分钟，就能马上和这个植物人进行最隐私的交流。

安排妥当后，彭洋对王玉珲说："现在我带你去找洪局长去，为乔军平反昭雪。"

彭洋开车去了市局，彭洋看样子跟洪局长也是老熟人了，他把何疆民的那几张笔录交给洪局长。洪局长看了一会儿，大惊失色，连忙打电话，把法制处长叫了来。洪局长说："你马上去查这张笔录是否属实，属实立即放人。"

法制处长就先走了，彭洋和王玉珲在洪局长办公室又坐了一会儿，他俩就动身去看守所准备接乔军。临行前，彭洋对洪局长说："如果今天能放最好今天放，因为今天是乔军的同学聚会的最后一天了。"

说完两人就去了看守所。路上彭洋对王玉珲说："现在也不早了，趁有点空，干脆去把你的模样包装一下吧？晚上还得亮个相啊。"

王玉珲执拗地说："不行，我要等到乔军出来，跟他一块儿去包装，一块出席今晚的联欢晚会。"

晚上的文艺晚会被认为是这次聚会的最精彩环节，大家一直期待着这个不眠之夜的到来。有些同学为了今晚的演出，早早就开始了排练。就连王丽花今晚也特别兴奋，她一人正在一个角落里围着一张椅子反复排练着节目。旁边为晚会忙碌的孙红梅经过她身旁时，喊了她几句，王丽花没有丝毫反应。孙红梅就对刘旭担心地说："我看王丽花有点不正常，她不会是这两天高兴又发了病了吧。我看她的节目最好别让她演了。"

刘旭说："不会吧，我看她挺好的，她只是很投入罢了，她不理人是平常没有人说话憋出来的习惯。"

孙红梅说："我跟赵梦茹去说去，以防万一嘛。"

赵梦茹和工作人员最后一次检查着舞台上的灯光设备和音响设备，她已经暂时忘记了乔军身陷囹圄带来的烦恼。她像个职业的晚会导演在台上指挥着，调度着。孙红梅在音控室找到了赵梦茹。孙红梅说："赵梦茹啊！我看王丽花今天有点神秘兮兮的样子，我担心她是不是又发病了，她要真在节目现场发了病就不好处置了。"

赵梦茹笑着说："王丽花已经进入创作状态了，很投入，有些忘我，这是一个演员临场的最好状态啊。别忘了她读书时，可是我们学校的表演天才。再一个她今天表演的又不是悲情戏，没事的，我看她很开心。没事的，反而你不让她上台，她可真会跟你急。"

晚会在全体同学的掌声中开始了，开场的灯光昏黄柔和，把人带进时光隧道，让每个在场的人都打开了记忆的阀门。那是三十年沉淀的记忆，那是三十年沉淀下来不能释怀的记忆。只要稍加点拨，事件人物环境就会清晰如故。赵梦茹代替了乔军做了今晚的主持人，赵梦茹走到台前开始了独白："三十年的时光，有什么不能忘记：友谊和亲情；还有儿时的伙伴，读书时的同学；还有我们的师长和已经仙逝的亲人、尊师；还有一中的银杏树，狮子岩的红鼻子；还有杨老师的粉笔头和张灿的大辫子。我们可以一连几十天没有闻到肉香，却一辈子也忘记不了农场的茶油香。"

台下前排坐的是学校现任领导和一些老教师，杨老师和小田老师也坐在其中，后面坐的都是聚会的老同学。演出的大幕已经拉开，一场自娱自乐的激情表演，一场美好记忆的盛宴正在华丽上演。

夜色已经来临，乔军伟岸的身躯正从看守所狭窄的小铁门里闪现出来。彭洋和曾金刚站在看守所门口，迎接着乔军。乔军跟两人相互握着手，他对王玉珲污秽不堪的一身充满了疑惑。彭洋对他说："你们算是难兄难弟了，王玉珲也一直被关在这瘦岛的绝壁上的石洞里，今天还是我把他救出来的。"

王玉珲苦笑着说："也没白关，我在那洞里想的问题估计跟你在这里面想的问题差不多，我都想通了，一出来就找到何疆民把你捞出来，我们洗澡去吧。"乔军一把抱住了王玉珲，俩人紧紧地拥抱在一起。此时看守所的门口异常地安静，远方只有一个武警哨兵在站岗执勤。乔军和王玉珲两人安静而有力地拥抱着，任泪水在他们的脸上流淌，彭洋也在一旁陪着他们垂泪。

彭洋心想，自己一直注视着这场友谊和利益的博弈，注视着同学感情和物质诱惑的决斗。他多次想伸手去矫正，但每次都没有等到自己出手的时候，决斗和博弈又转换了场地和节奏，他也只能在旁边做一个见证者。但最后他看到的也是他希望的结果，友谊战胜了利益，感情战胜了物欲。这个时代是个物欲和利益泛滥的时代，但是情感和友谊却越来越稀少和珍贵，千万不要把手里的宝贝视为敝履。

彭洋开着车带着王玉珲和乔军进了城，他俩进了洗浴城。彭洋说：“要快点，我去给你俩买两套衣服。”

乔军说：“我要全白色的西服，衬衣要红色的，领带皮鞋你随便配吧。”

王玉珲说：“对了，他今晚还有节目，我们快点吧。”乔军笑了笑。

晚会现场，杨老师、小田老师也上台挽着手走起猫步来，台下传来了一片响亮的掌声。他们踩着音乐的节奏，就像T型台上的模特一样神采奕奕地走着，昂首阔步地走着。时光的年轮可以在人的外表上留下刻度，但是在心灵里，在情趣中年轮却留不下任何痕迹。杨老师、小田老师就像回到了过去，回到了孩子王的时代。他们的眼里闪现出的青春气息在舞台上光芒四射。他俩带着这帮弟妹们开荒种地，带着他们在艰苦的山野中寻找食物，带着他们去跟老鼠抢茶籽，去水车磨坊榨茶油，去巡山、去钓鱼、去滑雪、去抓螃蟹。

接下来的是赵梦茹的芭蕾《天鹅湖》的白天鹅独舞片段，四十多岁的中年女性，如果能跳上一段民族舞也会得到大家的交口赞誉，如果还能用脚尖跳芭蕾，那就只能被叹为观止了。赵梦茹那双精妙的脚尖，使她的身体变得异常轻盈，舒展。与我们平常看到的芭蕾舞演员瘦削而又平板的身材不同，赵梦茹丰满的胸部却充满了性感的魅力。在那双娇小而有力的脚尖跳跃中，她的胸部在沉甸甸地抖动，勾起男性同学的无边遐想，引来女性同学的嫉妒眼神。事后有同学总结这台晚会很有点专业味道，很有档次。得到这样的评价，应该说赵梦茹的芭蕾独舞该记头功。

赵梦茹的最后亮相造型换来了全场最热烈的掌声。赵梦茹下了场又拿着话筒上了场，她说：“大家看了我的芭蕾后，我要告诉大家的是以前我们同学时代的芭蕾王后可不是我，那是我们的校花王丽花，下面由王丽花给大家表演小品《红梅花儿开》。”

刘旭搬上了一张课椅作为道具放在舞台中间，然后刘旭就往台下走。下面有同学起哄：“别下去了。”接着《红梅花儿开》的音乐响了起来。王丽花系着一条鲜红的红领巾，装着学生模样上了场。王丽花已经发福的身材和她装嫩的扮相有些不大协调，台下传来一些同学的笑声。赵梦茹在幕后不禁有点紧张，她是担心台下的笑声太大，会刺激王丽花的。万一让王丽花旧病复发又该怎么办呢？王丽花的身材虽然有些变形，但是还是能看得出她的舞蹈功底，转身投足都能感受到她动作的精准协调。这个小品本来是要乔军配合的，但是乔军不在，那张椅子也只好空着了，想到这儿赵梦茹心里又是一阵悲凉。

这实际上是一个没有一句台词的音乐小品。这种小品好表演，但是想出彩那是非常难的。王丽花完全是按照歌词编排的动作，让人一看就知道是一个情窦初开的少女在暗恋自己心仪的白马王子，由于害羞不敢表白出来。一个怀春的故事，一段羞涩的情缘。赵梦茹可知道王丽花就是被这段暗恋折磨成现在这个样子的，它以残酷的结果毁灭了一个少女美丽的一生。这就是王丽花一辈子唯一的情缘，也是王丽花活在一个没有爱情和温暖的家庭的最美好的回忆。这段暗恋可能就是王丽花心中最宝贵的财富，她能把它献给大家，这是何足珍贵啊！王丽花就是个表演的天才，她的身段、眼睛、手势、肢体，把一个少女的暗恋演绎得完美无瑕。大家已经全然忘记了王丽花现在的身体情况，已经忘记了王丽花曾经是个花痴。大家被王丽花娇羞的动作、多情的神态彻底打动了，这哪里是在表演，这分明就是一个少女的真情直播。也可能是王丽花一人在家没事就几十次几百次演练的节目，也可能王丽花表演的就是自己内心里最熟悉的生活和情感，还有种可能就是这段情感积淀得太深，一直没有得到表达。这次王丽花就是假戏真做，她演活了自己，也释放了自己。

这段发自内心深处的表演深深吸引了大家，那是因为它唤起了大家情感的共鸣。每个人都有初恋，甚至每个同学在同学时代都有心仪的异性同学，每个人都要经历过感情难以表达的羞涩期。而只有王丽花把大家的这段感情经历给精确地表现出来了，她又怎么不激发出大家的感情共鸣呢?

彭洋带着乔军和王玉珲此时也赶到了晚会现场，他们三人从后门悄悄地溜进了观众席。然后三人静静地欣赏起节目来。彭洋对乔军说:“你的节目快到了吧？”

乔军说:“听听预报吧。”

赵梦茹报完最后一个节目就说:“下个节目是我们的节目单上的特别节目，请大家拭目以待。”说完走进了更衣间，她开始快速地在换新娘婚纱，她已经在家里反复练习过了，自己可以在几分钟内穿上这件庞大的婚纱礼服。

乔军对王玉珲和彭洋说:“是我的节目了，我上去了。”乔军从后门溜了出去，然后悄悄地从礼堂外绕上了舞台，然后躲在了幕布后面。他想给赵梦茹一个惊喜，他也要给同学们一个惊喜。

赵梦茹拖着长长的婚纱一个人款款地走上了舞台，脸上的笑容是幸福的又有点忧郁，她的情绪是外露的又有点沉静。她拿起话筒，极力控制着自己的音调。她有点担心自己会情绪失控，在这个舞台上痛哭失声。她觉得今天自己应该是恬静的，是幸福的。虽然自己的情感随时都有喷发出来的可能，但是她不希望自己是这样的，那会让张灿看到自己的懦弱。她不愿意这样，她一定要坚强地坚持下去。她不能哭，哪怕回家哭个三天三夜。

赵梦茹说话了："这个特别的节目实际上没有什么特别，这个特别的节目也不是一个什么节目，可能会让大家失望的。"全场传来的是哄堂大笑，大家以为赵梦茹在表演滑稽节目。"说它不特别，是因为每个人都经历过。说它不是一个节目，因为它就是生活中的一个片段。"大家被赵梦茹的弯弯绕糊涂了，都希望赵梦茹能早点揭开谜底，全场已经是鸦雀无声了。只有赵梦茹的声音在大堂里回响："它只是一场婚礼，只是一场普普通通的婚礼，只是一场你们老同学迟到的婚礼。"全场的同学都意识到可能会有什么事情发生。

"但是它又是特别的婚礼，是一场新郎缺席的特别婚礼，新娘已经出场了，就是我，赵梦茹。新郎还关在咫尺之遥的看守所，他是——乔军。"赵梦茹还是克制不住地抽泣起来。全场却是一片震天动地的欢呼声，接着是雷鸣般的掌声，许久掌声才渐渐平息下来。"这些天来，我每天都在向上苍祈祷，祈求它给乔军自由，让我们完婚。但是我今天只能一个人来独自完成这个节目了，我只能一个人来举行这场没有新郎参加的婚礼了。"台下的同学们都站了起来，指着台上。赵梦茹不知道出了什么事，当她转过身子，她看见乔军身穿白色的西服正笑吟吟地从台后走了上来。

赵梦茹激动地大叫起来，乔军迎了上去紧紧地抱起几乎要昏厥的赵梦茹。大堂里充满了欢呼声，大堂的四壁让人感到会被这欢呼声挤爆。许久，乔军接过话筒幽默地说："感谢大家参加了这场既普通又特别，既是节目又不是节目的婚礼。"婚礼进行曲奏响了，全场高呼："吻一个！吻一个！"新郎新娘幸福地吻到了一起。

乔军说："在这大喜之日，我不能重色轻友，我要请上救我出狱的我的搭档王玉珲，请上彭洋，我们合唱一首《朋友》吧。"王玉珲和彭洋上了舞台，王玉珲对大家沉痛地说："何疆民同学为乔军无罪释放提供了最关键的证据。刚才我接到他老婆的电话，何疆民刚刚离我们而去。他非常想参加这次聚会，但是病魔带走了他。让我们全体默哀三分钟以表示我们的哀悼吧。"

默哀后，《朋友》的歌声响了起来："这些年、一个人，风也过、雨也走，有过泪、有过错，还记得坚持什么。真爱过、才会懂……"歌声在大堂里回旋，在瘦岛的上空回响，在雾水河里回荡。

（完）

图书在版编目（CIP）数据

纸篱笆/梁奕 著. —北京：东方出版社，2014.7
ISBN 978-7-5060-7605-0

Ⅰ.①纸…　Ⅱ.①梁…　Ⅲ.①长篇小说—中国—当代　Ⅳ.①I247.5

中国版本图书馆 CIP 数据核字（2014）第 153442 号

纸篱笆
（ZHI LIBA）

作　　者：梁　奕
责任编辑：简以宁　杨　灿
出　　版：东方出版社
发　　行：人民东方出版传媒有限公司
地　　址：北京市东城区朝阳门内大街 166 号
邮政编码：100706
印　　刷：北京市大兴县新魏印刷厂
版　　次：2015 年 1 月第 1 版
印　　次：2015 年 1 月第 1 次印刷
开　　本：710 毫米 ×960 毫米　1/16
印　　张：21
字　　数：269 千字
书　　号：ISBN 978-7-5060-7605-0
定　　价：38.00 元
发行电话：（010）64258117　64258115　64258112